# Pruebas de Hechicería

ELISE KOVA

Traducción de Alicia Botella Juan

UMBRIEL

Argentina • Chile • Colombia • España
Estados Unidos • México • Perú • Uruguay

Título original: *A Trial of Sorcerers*
Editor original: Silver Wing Press
Traducción: Alicia Botella Juan

1.ª edición: agosto 2023


Plaza de los Reyes Magos, 8, piso 1.° C y D – 28007 Madrid
www.umbrieleditores.com

ISBN: 978-84-19030-57-3
E-ISBN: 978-84-19699-29-9
Depósito legal: B-11.552-2023

Fotocomposición: Ediciones Urano, S.A.U.
Impreso por Romanyà Valls, S.A. – Verdaguer, 1 – 08786 Capellades (Barcelona)

Impreso en España – *Printed in Spain*

Para la Guardia de la Torre

# EL CONTINENTE MAYOR

Vangar
Solarin
«La Capital»
Rivend
Mosan
La Gran Vía Imperial
Oparium
EL SUR
LYNDUM
Paca
Shan
Leoul
El Del del
Finshar
HAST
EL
EST
CYVEN

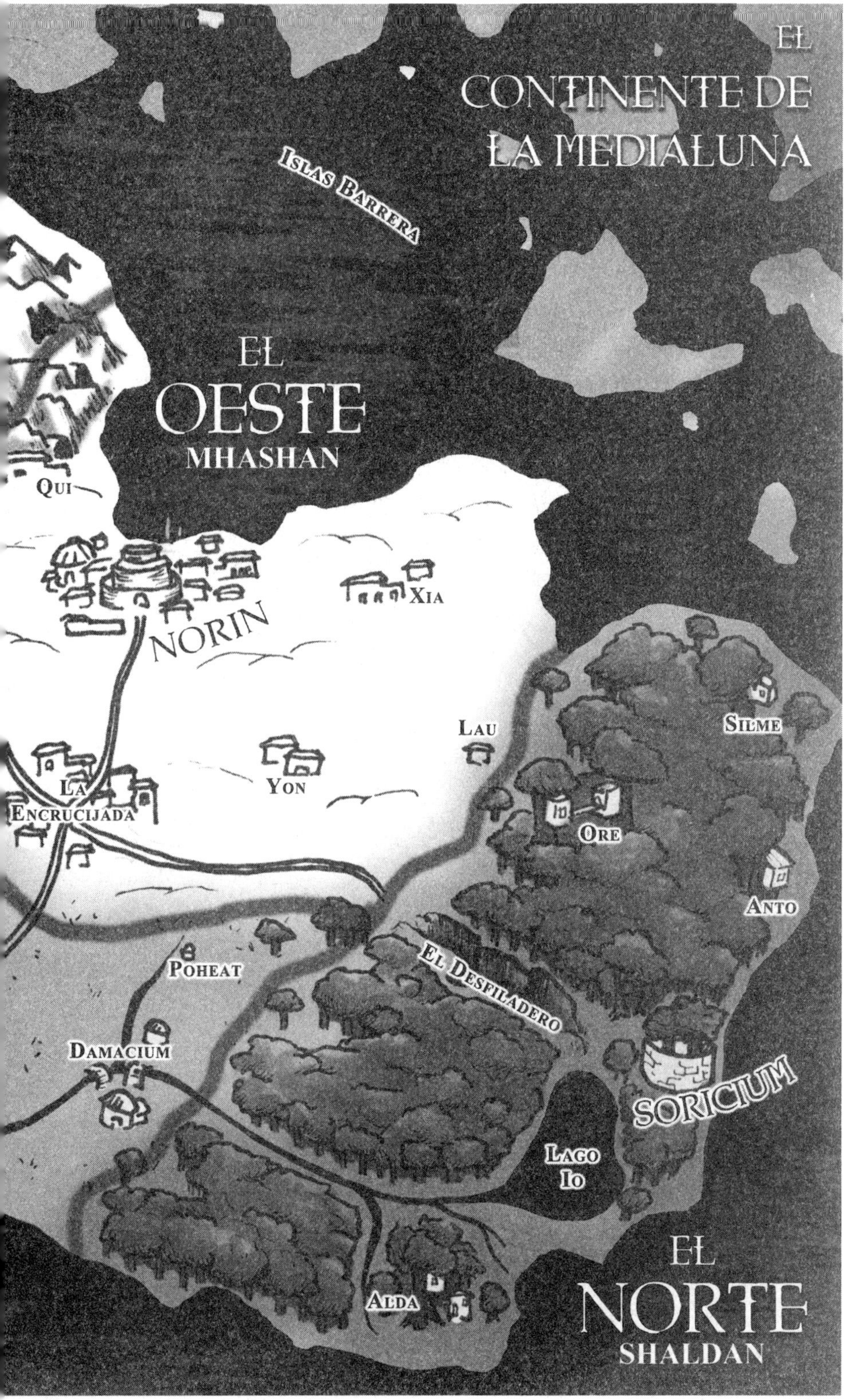

EL CONTINENTE DE LA MEDIALUNA

Islas Barrera

EL OESTE
MHASHAN

Qui

Norin

Xia

Lau

Silme

Yon

La Encrucijada

Ore

Anto

Poheat

El Desfiladero

Damacium

Soricium

Lago Io

EL NORTE
SHALDAN

Alda

DOLARIAN

Efer

Varga

Ofok

Warich

Risen

Venmir

IMPERIO
DE CARSOVIA

Luth

Franhurt

REPÚBLICA
DE QWINT

Losog

ONLAN

EL BOSQUE CREPUSCULAR

Soricum

Norin

Crossroads

Hastan

Solarin

Oparium

IMPERIO SOLARIS

LAS ISLAS AÑICOS

U

Parth

Isla de Escarcha

Iokoh

N

# Uno

Las paredes podían hablar y ocultaban secretos.

*Donde…*

*Yo no…*

*Que quede entre nosotros…*

Eira ignoró los murmullos y mantuvo la cabeza gacha y la nariz en su libro. Las palabras no eran más que susurros atrapados mágicamente de personas que no estaban allí, de personas que tal vez llevaran horas o incluso décadas sin estar allí. Eran su compañía y su tortura. Eira luchaba por reprimir e ignorar las voces porque cuando intentaba hablar sobre ellas nadie la creía.

Nadie más podía oírlas.

Ascendió por el pasillo de la Torre de los Hechiceros, un camino inclinado que serpenteaba como un tirabuzón entre salas de conferencias, bibliotecas en el centro y dormitorios de aprendices en el exterior. La gente pasaba rozándola, silenciosa en contraste con la cacofonía que amenazaba con ensordecerla si dejaba que su magia se torciera y se descontrolara.

En lugar de eso, Eira intentaba llenarse la mente con las palabras del libro que estaba leyendo. Dibujaba imágenes de una tierra lejana: el Continente de la Medialuna, Meru. Una tierra llena de una magia muy diferente a la suya con pueblos que parecían sacados de cuentos populares. Le resultaba fácil imaginarse fuera de su cuerpo, visualizarse en esas costas lejanas, hasta que una voz dijo…

*… mata a nuestro soberano…*

Se detuvo en seco. Salieron dos aprendices de un almacén susurrando entre ellos. El hombre llevaba una túnica de la Torre como ella: sin cuello, con mangas anchas hasta los codos y el dobladillo en la parte baja de la espalda. La túnica de la mujer tenía mangas de casquillo y cuello alto. Un Corredor de Agua y una Portadora de Fuego, Adam y Noelle, también conocidos como la «superpareja» de la Torre y las últimas personas a las que Eira desearía ver.

—¿Qué miras, friki? —preguntó Adam, el Corredor de Agua.

—Perdona, ¿qué? —preguntó Eira con calma deslizando el libro en su bolso para que no pudieran convertir su lectura sobre Meru, su pasión, en más munición que usar contra ella.

—¿Ahora está sorda? ¿No era ella la que «escuchaba voces» todo el tiempo? —se burló Adam y miró a Noelle, quien soltó una risita y se colocó un largo mechón oscuro detrás de la oreja.

—Tal vez no nos ha oído porque estaba hablando con sus amigos imaginarios —sugirió Noelle.

—¿Eso es todo? —Adam dio un paso hacia Eira.

Ella lo miró de los pies a la cabeza. Se fijó en la punta de su nariz aguileña para evitar sus ojos marrón oscuro. Justo lo que le había dicho Alyss que hiciera para no sentirse intimidada.

—Me ha parecido escuchar que uno de vosotros decía algo sobre el emperador.

Él se rio con un sonido horrible y chirriante. Era una risa que Eira conocía bien, una que Adam se reservaba solo para ella.

—¿Parezco alguien que hablaría de política?

—No. —Eira negó con la cabeza—. Supongo que no. Necesitarías al menos medio cerebro para tener una opinión sobre política. —Desvió la mirada y empezó a subir la torre.

Él la agarró del codo y gruñó.

—¿Qué has dicho?

—Suéltame —contestó Eira con calma. Su magia se hinchó ante el ofensivo contacto. Si Adam se aferrara a Eira mucho más tiempo, acabaría arrastrado por ella, como un niño indefenso en una corriente de resaca.

—¿Crees que puedes insultarme y largarte?

—Vamos, Adam. —Noelle lo agarró por el brazo con el que no sostenía a Eira.

—No es insultarte si es cierto —respondió Eira en voz baja.

—¡Repítelo! —Emanaba oleadas de magia incontrolables, implacables. Eira se sentía como la luna dando vueltas alrededor de sus palabras. Arrastrarlo de una dirección a la siguiente era demasiado fácil. Hacerle sentir lo que quería que sintiera...

*Para.*

Eira cerró los ojos y suspiró suavemente intentando protegerse de las oscuras profundidades en las que se estaba hundiendo. Era un lugar al que nunca podría arriesgarse a ir.

—Lo siento. Ahora suéltame, Adam. Por favor.

—Yo no...

—No vale la pena. —Noelle miró a Eira con recelo por el rabillo de ojo—. Ya sabes lo que hizo hace tres años.

*Por culpa vuestra. No era mi intención. Si no hubierais...* Las palabras seguían burbujeando en ella, tan horribles y oscuras como el recuerdo de aquel día. Pero ahora Eira tenía dieciocho años. Ya no tenía que decir todo lo que se le pasaba por la cabeza.

El silencio a menudo era el mejor camino que seguir en un mundo ruidoso. Estasis, silencio y *entumecimiento.*

—¿Qué está pasando aquí? —intervino una voz familiar. Los tres se volvieron hacia su propietario. Adam apartó la mano rápidamente del codo de Eira.

—Nada, Marcus.

—Eso espero —contestó Marcus con una nota de advertencia—. Vamos Eira, no queremos hacer esperar al ministro de Hechicería. —Marcus pasó con rapidez junto a ella en dirección a la Torre. Eira lo siguió obedientemente.

—Corre, cobarde —siseó Noelle con el volumen justo para que Eira pudiera estar segura de que no había sido un susurro mágico de las paredes, las puertas o el suelo.

Eira se detuvo un momento, miró por encima del hombro y se encontró con los ojos negros de Noelle.

—Debe ser agradable tener al señor Perfecto como hermano y que siempre salga en tu defensa. Me pregunto qué te habría pasado si no hubiera estado él para controlarte y si tu tío no fuera el ministro. El Senado te habría comido viva. —Resopló y su bonito rostro se retorció reflejando algo mejor la fealdad de su alma.

Eira se limitó a mirarla fijamente. Mantuvo la mente vacía como si se estuviera hundiendo cada vez más en el amargo frío del océano que la envolvía. Debajo del agua, todo estaba callado, distante y aburrido. Las voces no llegaban. Nadie podía alcanzarla.

—¿Eira? —La llamó Marcus.

Volviendo a la realidad, Eira lo siguió con prontitud, dejando a Noelle y a Adam de pie en la pasarela.

—No necesito tu ayuda.

—No he hecho nada. —Su hermano puso los ojos en blanco.

—Sí que lo has hecho.

—Bueno, ¿y qué esperabas? —suspiró—. No voy a quedarme a un lado viendo cómo te acosan.

*Porque te da miedo lo que podría pasar si me presionan demasiado*, agregó Eira mentalmente.

—Si sigues defendiéndome, nunca pararán.

—¿Eso te lo ha dicho Alyss? —Arqueó una ceja rubia oscura mientras la miraba, sabiendo que la tenía atrapada. Marcus tenía el cabello más parecido al de sus padres, de un miel dorado, oscurecido con bronce; mientras que el pelo de Eira era de un tono platino, tan brillante que parecía casi blanco bajo la luz del sol.

—Puede ser. —Eira retorció la correa de su bolso—. Pero no se equivoca.

Él suspiró.

—Eira, les prometí a mamá y papá que te protegería y te cuidaría. También se lo prometí al tío Fritz y al tío Grahm.

—Acabo de cumplir dieciocho. Creo que ya no es *necesario* seguir protegiéndome.

—Sin embargo, lo haré siempre. —Le colocó la palma de la mano pesadamente en la cabeza y se la sacudió de delante hacia atrás.

—Vas a despeinarme. —Le apartó la mano de un manotazo.

—¿Crees que alguien notaría la diferencia? —Su hermana lo fulminó con la mirada, lo que solo sirvió para hacerlo reír—. No me mires así. Vamos, Eira, sonríe. Ha pasado mucho tiempo desde la última vez que te vi sonreír.

—Vamos a por las tareas del día. —Eira cruzó hasta la penúltima puerta en la Torre de los Hechiceros, casi en lo más alto: el despacho del ministro de Hechicería. Llamó rápidamente.

—Adelante.

Dentro había una habitación tan familiar para ella como su hogar en Oparium.

Había un gran escritorio situado en el centro, frente a la puerta. A un lado había dos sillones preparados para mantener conversaciones. Las amplias ventanas brindaban unas vistas impresionantes de los picos escarpados que coronaban las montañas que rodeaban la capital del imperio Solaris. Tenía todo tipo de mesas de trabajo y almacenamiento amontonadas junto a las ventanas. Siempre había algo burbujeando suavemente en sus superficies.

Detrás del escritorio había un hombre con unos intensos ojos azules y el pelo a juego con el de Marcus. Era un elemento fijo de esa estancia en la mente de Eira, tanto como los matraces o los calderos.

—¡Ah! ¡Hola a los dos! —Fritz, el ministro de Hechicería, se levantó.

—Ministro —saludó Eira asintiendo educadamente.

—Siempre tan formal. —Fritz rodeó el escritorio negando con la cabeza. Le dio un fuerte abrazo de oso a Marcus, a pesar de que no le llegaba ni a los hombros—. Me alegra veros a los dos.

—También a nosotros, tío —contestó Marcus.

—Nos viste hace dos días. —Aun así, Eira cedió ante su ansioso tío estrechándolo con suavidad mientras él la aplastaba con tanta fuerza que le crujió la espalda.

—Vaya, ha sonado fuerte —rio Fritz—. ¿Te encuentras mejor?

—La verdad es que sí. —Eira se estiró de delante hacia atrás.

—Y solo porque os viera hace dos días no significa que no os haya echado de menos. Me parece que fue ayer cuando llegasteis a la Torre, agarrados de la mano, jugando en mi despacho...

—Sí, lo sabemos, tío. —Eira le sonrió y le dio una palmadita en el hombro—. Y ahora, ¿puedes darnos nuestras tareas?

—¿Te vas corriendo a encontrarte con Alyss?

—Si nuestras tareas vuelven a coincidir, sí —admitió Eira.

—*Si* vuelven a coincidir —repitió Marcus con un resoplido y una risita.

—Aquí tenéis. —Fritz le entregó una hoja de papel y luego otra a Marcus... el doble de larga—. Y ahora, marchaos. Se está haciendo tarde y hay trabajo que hacer.

—Gracias, tío. —Marcus lo saludó de manera juguetona con su papel antes de salir por la puerta. Dejando a Eira de nuevo tras él.

—¿Qué pasa? —preguntó Fritz atentamente.

Ella bajó la mirada a su lista. Había cinco nombres escritos debajo de las palabras Clínica Occidental. Su hermano tenía al menos diez... no, quince.

—Su lista es más larga que la mía —murmuró.

—Quiero que tengas tiempo para pasarlo con Alyss. —Sus palabras parecían sinceras, así que ¿por qué le daba la sensación de que era mentira?

—Quiero hacer más.

—Cuando llegue el momento. —Era la frase que más odiaba.

—¿Y cuándo será eso? —preguntó Eira suavemente—. Quiero...

Él ni siquiera le dio la oportunidad de terminar.

—No te apresures. Eres joven. Tienes mucho tiempo por delante. Es mejor tomarse las cosas con calma teniendo en cuenta lo *única* que es tu magia. —Eira apretó los labios. Como no dijo nada, él insistió—. ¿De acuerdo?

—De acuerdo —repitió, resignada y se marchó antes de que la conversación pudiera continuar. En lugar de pelear, sacó el libro una vez más releyendo esas páginas que había leído tantas veces que podía recitarlas de memoria.

Palabras sobre lugares a los que sabía que nunca tendría la oportunidad de ir porque estaría atrapada ahí toda su vida, guiada y supervisada.

Serpenteó una vez más por la torre con los susurros llenándole los oídos. De niña no comprendía las voces, pensaba que eran amigos imaginarios. Sus padres habían pensado lo mismo.

Entonces, su magia había empezado a manifestarse de modos diferentes y había quedado evidente que era una hechicera, como su hermano y su tío. Eira supo ese día que estaba destinada a la Torre de los Hechiceros en Solarin, la capital del imperio. Era el lugar al que enviaban a todos los hechiceros del imperio. Esperaba encontrar una solución o incluso una explicación para las voces en la Torre. Pero todavía no tenía ninguna pista. Solo había podido usar sus esfuerzos para aprender a silenciar las voces si se concentraba.

Hacía seis años que había llegado, muy joven para ser una iniciada, pero no desconocida. También se podía hacer excepciones para la sobrina del ministro de Hechicería... un hecho que sus compañeros raramente le permiten olvidar.

En la base de la Torre de los Hechiceros estaba la entrada principal, la única entrada que conocían los no hechiceros y la única por la que podían acceder. Había una zona de espera con mesas, sillones y sofás, normalmente vacíos. Nadie iba a visitar a los hechiceros. El emperador Aldrik Solaris y la emperatriz Vhalla Solaris habían hecho mucho para impulsar la aceptación de los hechiceros en la sociedad común. Pero el odio y los prejuicios eran enredaderas que se alimentaban a sí mismas, cavando constantemente dos zarcillos en los corazones de los hombres por cada uno que arrancaban.

—Estaba a punto de irme sin ti —gruñó Alyss mientras saltaba del asiento que había estado ocupando. Se metió la arcilla que había estado esculpiendo mágicamente en el bolso que tenía en la cadera.

—Lo siento.

—He visto a tu hermano pasar y he sabido que no estarías muy lejos.

La sombra de Marcus. Eso era todo lo que era. Incluso Alyss, su mejor y más fiel amiga, lo sabía.

—Me he retrasado un poco con mi tío. ¿Qué estabas haciendo? —Eira cambió rápidamente de tema.

—Nada, pasar el rato. —Alyss sonrió. Siempre tenía los dedos manchados de arcilla, de polvo de piedra o de cualquier proyecto con el que estuviera «pasando el rato»—. Lo que realmente deberías preguntarme es qué estoy leyendo.

—¿Has encontrado algún libro nuevo?

—Sí y es una historia verdaderamente escandalosa. —Alyss hablaba rápido y en voz baja—. Lo encontré en un rincón de la librería de segunda mano de la avenida Destello. Tiene cosas que no creerías que alguien se ha atrevido a escribir… ¡y mucho menos a publicar!

—Eres demasiado inteligente para tener la cabeza llena de tantas tonterías. —Eira puso los ojos en blanco.

—Y tú eres demasiado divertida en el fondo para ser tan mojigata y desagradable todo el tiempo. —Alyss se apoyó las manos en las caderas y un montón de trenzas pequeñas largas y oscuras que Eira había ayudado a trenzar una semana antes se le deslizaron sobre el hombro. Las cuentas que la madre de Alyss le había enviado desde el norte tintinearon suavemente en los extremos con cada giro de cabeza.

Para Eira volver a casa suponía un arduo día de viaje. Para Alyss, era una semana hasta la región más septentrional del imperio Solaris.

—No sabes nada de mí. —Eira imitó la pose de su amiga colocándose las manos en las caderas.

—¿Cómo? ¿No? ¿Que *yo* no sé nada sobre *ti*? —Alyss se burló con fuerza y su voz resonó por la lámpara de araña que había en el techo—. Soy la única de toda la Torre que te conoce.

Eira tarareó, pero no dijo nada. Una sonrisa amenazó con separarle los labios. Alyss le dio un codazo en las costilla y liberó su expresión con una carcajada.

—Hoy vamos a la Clínica Occidental, ¿verdad?

—Eso parece.

Juntas, partieron hacia un enérgico amanecer primaveral.

El hielo se acumulaba alrededor de las canaletas y colgaba de los toldos brillando como magia a la luz de la mañana. El aliento de Alyss flotaba ante ella como una chimenea en el frío, pero el de su amiga era invisible.

Eira cerró los ojos imaginándose solo por un segundo que ella era el espíritu del invierno. Era el aire helado. Vivía en los bancos de nieve. Tenía el corazón profundamente enterrado en el azul helado de la escarcha que cubría los picos de las montañas que la rodeaban.

—Me muero de ganas de que llegue la primavera —murmuró Alyss debajo de su bufanda.

—Me muero de ganas de que se alargue el invierno —suspiró Eira estirando los brazos por encima de la cabeza.

—Estás loca.

—Eso dicen. Por suerte para ti, me gustan las locuras. —Alyss entrelazó su brazo con el de Eira—. No me lo has contado. —Levantó el libro—. ¿Has oído algo?

—No es algo que pueda controlar. —*Sofocar en el mejor de los casos*—. Ya lo sabes.

—Eso es porque no intentas controlarlo. Solo lo reprimes y te hundes en tu océano.

—Porque preferiría no escuchar los susurros. —Y no había sonido en la burbuja de agua en la que se imaginaba a sí misma.

Alyss suspiró dramáticamente.

—Tienes un don y no haces nada con él, así que me corresponde a mí animarte. Tú solo sostén el libro y mira a ver si puedes hacer que hable. —Alyss le puso el libro a Eira en las manos—. ¿Algo?

Eira le dio la vuelta y hojeó las páginas. A pesar del entusiasmo de Alyss, mantuvo la magia resguardada.

—No, está en silencio.

—Mierda. —Alyss recuperó el libro y se lo metió en la bolsa, guardándolo entre los ungüentos y pociones que llevaba a la clínica—. Algún día encontraré algo verdaderamente especial para que lo escuches.

—Espero que no.

—Tienes un *don* —repitió como si a la millonésima vez Eira fuera a darle la razón.

—Tengo una *maldición.*

—Deja de ser tan negativa. —Alyss le dio un ligero empujón—. Hace muchísimo frío aquí fuera. Sé que no puedes fruncir el ceño cuando hace este maldito frío.

Eira esbozó una sonrisa. Entonces, cayó.

—He oído algo antes...

—¿Qué?

*... mata al soberano...* Era lo que había dicho la voz. Una voz tan fría como una noche de invierno. Eira negó con la cabeza.

—Nada.

—Sé cuándo pasa algo. Ahora me lo dices.

—Me he topado con Noelle y Adam junto al almacén de los Corredores de Agua. —Al menos, era parte de la verdad.

—Madre en lo alto, qué ganas de partirles la cara. —Alyss frunció el ceño y procedió a despotricar sobre algo que había hecho Adam durante una de sus clases de historia todo el camino hasta la clínica.

La Clínica Occidental era una estructura de tres plantas ubicada en lo que Eira consideraba que era el nivel central de Solarin. Había otras dos en la ciudad, pero esa era la más grande y concurrida por lo general. Era donde entrenaban los clérigos nuevos en las artes de las pociones y los ungüentos y los Rompedores de Tierra los ayudaban. También era donde los Corredores de Agua, como ella, estudiaban cómo usar la magia para ayudar a los moribundos a pasar al otro mundo.

Por cada cinco personas no mágicas que entraban y salían de la clínica (Comunes, como los llamaban en la Torre) Eira veía a un hechicero.

Los hechiceros eran fáciles de detectar por dos motivos: el primero era que la mayoría, como Eira y Alyss, vestían túnicas negras de diferentes estilos según su rango y tipo de afinidad elemental; el segundo, que los Comunes tomaban rodeos para evitar cruzarse en el camino de un hechicero.

Eira y Alyss entraron por el vestíbulo principal, pero se detuvieron en una sala lateral, donde se prepararon para el día. Ambas se ataron mascarillas en la cara y se cubrieron las manos con guantes gruesos antes de despedirse. Sin embargo, antes de marcharse, Eira no pudo evitar fijarse en que incluso Alyss tenía más personas en la lista que ella.

Suspirando, se colocó el pelo detrás de las orejas y se obligó a concentrarse. Tal vez fuera la enana, la marginada, la rarita... pero esa gente seguía necesitando el consuelo que ella pudiera brindar. Miró el primer nombre de la lista, lo cotejó con un dietario de un clérigo y se dirigió a una habitación en el ala más alejada donde toda actividad estaba silenciada por la presencia de la muerte como tal.

Eira vagó de una habitación a otra, poniendo su magia al servicio de las gentes del imperio Solaris. Dijeron que había sido idea de la emperatriz hacer hechiceros a instancias del pueblo, hacer uso de la magia más allá de los tiempos de guerra y sacar a la luz a los hechiceros que habían sido reprimidos en rincones oscuros y callejones ocultos durante tanto tiempo en el imperio.

Las herramientas de su oficio eran sencillas: un cuenco y unas cuantas piezas de madera. Eira llenaba el cuenco de agua y colocaba la pieza en el centro. Usando su magia, podía grabar las palabras de los enfermos en la madera y convertirla en un recipiente para que su familia pudiera escucharlas más tarde en caso de que sucediera lo peor.

Cuando Eira terminó, volvió sola a la Torre. Alyss tardaría al menos el doble de tiempo. Como Rompedora de Tierra, estaba intentando curar de verdad a la gente. Ella no podía hacer tanto. Tan solo podía funcionar como ayudante de una amiga a la que conocía demasiado bien: la muerte.

Eira vagó por los pasillos vacíos. Había clases en ese momento y los hechiceros que no estaban en ellas estaban en la ciudad. La gente estaba cansada de estar encerrada y anhelaba la llegada de la primavera.

*... No puedo creerlo... Lo recuperaré...*

*... El príncipe Baldair está muerto...*

Eira se detuvo al escuchar esa voz familiar. La biblioteca de la Torre era modesta bajo la luz del sol de la tarde que entraba por las ventanas traseras. Estaba completamente en silencio, solo ella y los murmullos.

—¿Quién eres... eras? —susurró Eira dando un paso hacia el interior. Un zarcillo de magia se extendió por el aire sin su permiso agarrando, buscando. Intentando encontrar esa voz conocida que tantas veces había escuchado en esos pasillos.

Por primera vez, Eira no intentó detener su magia. Se atrevió a dejar que su poder vagara, tal y como Alyss la alentaba a hacer, solo para ver qué encontraba.

*... Todo esto... terminará muy pronto...* susurró la voz desde algún lugar a través del espacio y del tiempo.

Eira se detuvo junto a las ventanas traseras contemplando la ciudad.

Alguien había estado ahí. Alguien inmensamente poderoso. Alguien con una magia lo bastante fuerte como para imprimir sus palabras en las fibras de los cojines o en la piedra de las paredes sin darse cuenta siquiera. Los llamaban recipientes accidentales y se consideraban muy poco comunes.

Eira había intentado decirle lo contrario una vez a un profesor y había sido reprendida. Su teoría de que los recipientes accidentales eran mucho más comunes de lo que todo el mundo pensaba (si se sabía cómo prestarles atención) era una de las muchas cosas sobre las que había aprendido a guardar silencio.

—Eso me recuerda…

Eira comenzó a subir por la Torre deteniéndose en el almacén frente al taller de los Corredores de Agua. La instrucción resonó a través de la puerta rota. Utilizó una orden particularmente ferviente para ocultar el suave chirrido de las bisagras del almacén al entrar.

Por suerte Noelle y Adam estaban en otra parte. Eira hizo una ronda rápida por los estantes polvorientos. Un solo orbe de cristal con una llama flotando mágicamente en su interior bailaba con las largas sombras proyectadas por las herramientas de los Corredores de Agua.

—De acuerdo, Alyss. Bien. Veamos si tienes razón. Si esto es realmente un don. —Eira se armó de valor y preguntó al aire—: ¿A quién intentabas matar?

*… imagínate, el emperador Solaris…* susurró la voz helada de antes en respuesta.

Eira se dio la vuelta con el corazón acelerado. No estaba acostumbrada a que las voces le contestaran. Los rastros de magia eran algo malhumorado, difícil de precisar en el mejor de los casos. Hablaban con sus propios términos, nunca con los de ella.

O tal vez Alyss tuviera razón. Tal vez nunca lo hubiera intentado en serio.

—¿Cuándo? —Silencio—. ¿*Cuándo*? —¿Había un complot para asesinar al emperador? Notaba el corazón en la garganta. Seguramente nadie…

*Nadie conoce este sitio… nuestro secreto…* La voz se estaba debilitando, desapareciendo. Eira casi podía sentir el fantasma de la mujer con ese hielo atravesándola y dirigiéndose… no, no podía ser… dirigiéndose a la parte trasera de la estancia.

Eira sacudió las telarañas y pasó los dedos por años de polvo acumulado en un surco que nunca había notado en la esquina trasera. Estaba medio oculto por un estante y un barril. Allí, escondido bajo la sombra de una hornacina, había un pequeño picaporte. Lo agarró y tiró. Luego empujó.

Justo cuando estaba a punto de rendirse, las bisagras ocultas crujieron. Empujó con más fuerza. La puerta se soltó de inmediato y se abrió.

Eira no salía de su asombro: tenía por delante una cámara secreta.

# Dos

Tosiendo polvo, Eira se apartó el pelo de los ojos e intentó orientarse. El pestillo de la puerta del almacén se soltó y llamó su atención a la habitación a la que había llegado. Poniéndose en pie de un salto, Eira agarró la puerta oculta y la cerró de golpe antes de que alguien más pudiera verla a ella… o a su descubrimiento.

Se apoyó contra la puerta conteniendo la respiración y escuchando. Los suministros resonaron en la otra estancia mientras alguien hurgaba entre los artículos de los Corredores de Agua. Eira rezó a la madre para que no se fijaran en la puerta y para no haber dejado ninguna pista de su existencia. El ruido cesó y Eira se mordió el labio inferior preparándose para sostener la puerta cerrada si la otra persona intentaba abrirla. Se oyó el sonido de la puerta del almacén cerrándose y después… silencio.

Eira exhaló lentamente y se apartó el pelo de la cara. Cayó del moño que se había atado a media altura. Los mechones tenues colgaban entre sus dedos mientras intentaba volver a colocarlos en su sitio.

Y hablando de sitios… ¿dónde estaba?

Enderezándose, Eira observó la habitación por primera vez. Le recordó al dormitorio de un aprendiz de la Torre, sencilla y relativamente sin adornos. Una cama, un escritorio y una estantería con unos cuantos diarios apilados. Los restos de un estandarte aferrados a la pared de piedra. La mayoría de las fibras habían cedido mucho tiempo atrás y ahora eran un montón de algodón en el suelo.

—¿Quién vivía aquí? —se atrevió a preguntar Eira desafiando a la habitación a responder.

*... Yo lo haré... lo mejor que hayan visto nunca...* respondió la voz de sirena que la había guiado hasta allí.

Eira miró la estantería. La voz procedía de uno de los libros del estante superior. Tomó uno con el dedo índice con delicadeza y tiró de él. Por algún milagro, no se desmoronó en sus manos.

Dejándolo sobre el escritorio, Eira abrió lentamente lo que resultó ser un diario. No había nombre en el libro, quienquiera que fuera el autor se había esforzado por no dar ninguna indicación sobre su identidad. Eira pudo comprender por qué en las primeras cinco páginas.

—Qué crueldad —susurró horrorizada al demorarse en una instrucción prolongada. Pero una parte de ella, un lado oscuro, frío y miserable que había elegido ignorar los últimos dos años, se sintió impresionado.

Minuciosamente detallado en la página, sin juicio ni emoción, se leía el inicio de lo que parecían ser instrucciones claras sobre cómo congelar por completo a una persona. Algún Corredor de Agua se había esforzado mucho o había hecho experimentos muy ilegales (era problable que ambas cosas, teniendo en cuenta los detalles) para demostrar cómo podía hacerse de manera que la persona quedara congelada en estasis. No estaría ni viva ni muerta, sino completamente atrapada.

—A menos que fuera un Portador de Fuego, por supuesto —reflexionó Eira y negó rápidamente con la cabeza. Cerró el libro y le dio la espalda. Las profundas corrientes de su interior se agitaron ante los escritos, unas corrientes que necesitaba mantener en calma.

Mientras Eira trabajaba para vaciar la mente, notó que la estantería estaba ligeramente entreabierta. Presionando la cara contra la franja de oscuridad, Eira confirmó sus sospechas: había aire fresco y tierra húmeda. Eira empujó y reveló una abertura. No, era más bien una grieta en la pared que conducía a un pasaje toscamente tallado. Eira no sabía hasta qué distancia llegaba. Pero, a juzgar por la corriente de aire fresco, se metería en las profundidades de la montaña sobre la que estaban construidos la ciudad y el palacio, tanto alrededor como en el interior.

Había muchos pasadizos ocultos en el palacio. La propia Eira sabía que unos cuantos formaban parte de la Torre de los Hechiceros. La mayoría de las entradas y salidas de la Torre estaban ocultas a la vista de los Comunes que trabajaban y vivían en el palacio.

Pero ese no se parecía a ninguno de los pasadizos habituales. Las paredes parecían haber sido formadas de manera natural. Y no había orbes de llamas iluminando sus profundidades, así pues, solo podía ver hasta una corta distancia antes de que lo desconocido fuera consumido por el vacío.

—¿Quién eras? —preguntó de nuevo Eira, pero esta vez, el silencio fue la única respuestas.

Volvió al diario. La curiosidad la desafiaba a abrirlo una vez más. Su mente objetó, pero su mano obedeció. Volvió a la página que hablaba sobre cómo congelar a las personas y empezó a leer.

El día se prolongó y las páginas se volvieron lentamente de un naranja intenso con la luz menguante. Eira parpadeó, se frotó los ojos y miró por la ventana. El sol ya estaba bajo en el cielo. Estaba tan acostumbrada a los orbes de llamas que iluminaban la mayoría de la Torre prestando su brillo de manera constante que el oscurecimiento de esa cámara olvidada le pareció una rareza.

Murmuró una maldición por lo bajo. El tiempo siempre se movía más rápido cuando estaba absorta. Presionando la oreja contra la puerta que conectaba esa estancia secreta con el almacén de los Corredores de Agua, Eira escuchó atentamente. Oyó voces amortiguadas y pasos. Le llegó un breve trueno de lo que parecía ser un grupo de gente corriendo.

Corriendo para ir a cenar, probablemente. Las clases para los aprendices más jóvenes y aquellos que no eran enviados a la ciudad durante el día como ella habrían terminado por ese día. Necesitaba escabullirse o se arriesgaría a que alguien la descubriera en el taller al salir.

Armándose de valor, Eira murmuró una plegaria y abrió la puerta. Se apretó alrededor del enorme barril y cerró la puerta tras ella. Examinó la habitación con meticulosidad, buscando algo que pudiera usar para ocultar la abertura. Algo que nadie notara que estaba fuera de lugar. Algo como... una gran bolsa de piezas de madera.

Gruñendo, Eira levantó la bolsa y la colocó sobre el barril. Así escondía la pequeña abertura en la que estaba oculto el picaporte. Pero ¿sería suficiente? Ahora que Eira sabía que allí había una puerta, era lo único que veía. ¿Cómo era posible que nunca se hubiera fijado en ella? Seguramente, ahora alguien...

La puerta del almacén se abrió de repente.

—¿Eira? —Marcus la miró, parpadeando—. ¿Tú también acabas de volver?

—Sí —le mintió a su hermano, algo que no solía hacer porque era peligrosamente fácil. El chico se creía cada palabra que saliera de su boca—. He acabado antes, por supuesto, pero he dado un paseo por la ciudad. —Mientras Eira hablaba, colocó su cuenco y el resto de las piezas en las estanterías.

—Sí que te gusta pasear en días gélidos. —Rio entre dientes y se puso a guardar él también su equipo sobrante. Por supuesto, le había sobrado mucho menos que a ella. Eira lo miró por el rabillo del ojo—. ¿Qué pasa?

—¿Notas... algo diferente? —se atrevió a preguntar Eira. No sabía si la puerta era tan evidente para los demás como lo era para ella.

—¿Diferente? —Marcus la miró con las manos en las caderas—. Ah, te has soltado el pelo. Me gusta.

—Eso... Sí, eso es. Sí. —Eira se pasó los dedos por el pelo para asegurarse de que no se le hubiera llenado de polvo y telarañas de la sala en la que se había pasado la mitad del día.

—En cualquier caso, voy a cenar. ¿Quieres venir?

—En realidad, tendría que intentar encontrar a Alyss. —Eira entrelazó los dedos con fuerza. Había pensado ir a por unas velas y pasarse el resto de la noche en esa habitación. Había al menos ocho diarios más con los que trabajar. Y no había explorado aún el túnel.

—Alyss seguía en la clínica cuando me he marchado.

—Creía que hoy no te habían enviado a la Clínica Occidental.

—Me han avisado en el último momento para que ayudara con la gestión del dolor durante un procedimiento y tenía tiempo. —Marcus sonrió.

*Gestión del dolor...* Eso significaba que a su hermano ya le había enseñado alguien (probablemente su tío) a usar la magia para enfriar la carne sin dañarla, lo suficiente para adormecerla.

—¿Cuándo has aprendido a hacer eso? —se atrevió a preguntar Eira deseando que su voz cooperara y se volviera más fuerte.

—Ah... —Marcus hizo una pausa. Se le hundieron los hombros mientras se pasaba una mano por la mata de pelo. *Culpable.*

Cada uno de sus movimientos gritaba *culpable*—. Supongo que hace un año.

—¿Hace un año? ¿Cuando se suponía que ibas a graduarte en la Torre? —Los aprendices normalmente se graduaban a los veinte años, pero Marcus los había cumplido el año anterior y, por alguna razón inexplicable, seguía siendo aprendiz.

—Sí, por esa época, me parece. Tal vez por eso me enseñó el tío. Sabía que tendría que haberme graduado y que podría haberlo aprendido en ese momento.

—Enseñó a un aprendiz —murmuró Eira.

—Seguro que pronto te enseñará a ti. —Marcus le apoyó una mano en el hombro—. Vamos, ojitos azules de pajarillo, no bajes la mirada. Dedícale una sonrisa a tu hermano.

Eira forzó una sonrisa porque dudaba de que Fritz fuera a enseñarle algo.

Siguió a Marcus por la Torre justo detrás de él, a su sombra, como le correspondía. Marcus era la estrella. Era el Corredor de Agua que brillaba, el que siempre tenía el control. Ayudaba tanto a los aprendices más jóvenes como a los profesores. Era una combinación saludable entre académico y práctico.

Y ella... estaba... ahí. Siempre a un paso del foco de atención.

Pero si realmente estuviera en el centro de atención, ¿qué haría? No lo sabía. Era una pregunta que se había planteado muchas noches, sola en su habitación y para la cual todavía no tenía respuesta. Algunas personas habían sido hechas para ser amadas y adoradas. Otras no.

Estar en la sombra podría ponérselo más fácil si alguna vez intentaba escabullirse. Esas noches solitarias en vela por lo general la llevaban a atravesar el mar hasta él. Fantaseaba con largarse y labrarse una vida allí. Se preguntaba qué tan fácil sería meterse de polizón en una galera mercante. Seguramente, algunos de los marineros que había conocido de niña en Oparium seguían en los mares…

—¿Marcus? —Eira se detuvo en la entrada del comedor. En una sala circular de la Torre, aprendices y profesores se reunirían alrededor de las mesas, enfrascados en conversaciones. El olor a pan recién hecho y cerdo asado impregnaba el aire—. ¿No somos…?

—Tenemos que hacer primero una parada rápida.

—¿A dónde? —Se le hundió el corazón.

—Vamos a por Cullen a los campos de entrenamiento. Prometí…

—No, voy a buscar a Alyss.

Marcus corrió hacia ella agarrándola por los hombros antes de que pudiera darse la vuelta.

—Le prometí que esta noche cenaríamos juntos. Quería decirme algo.

—Vale, podéis cenar los dos. Ya nos pondremos al día en otro momento.

—Pero es mitad de semana. Siempre cenamos juntos.

—Tendrías que haberlo pensado antes de programar una cena con Cullen. —Eira se cruzó de brazos.

—Por favor, Eira. No es tan horrible.

Cullen sí que era *tan* horrible. Y peor. Era más terrible que Noelle y Adam juntos. Era el Príncipe de la Torre, por el amor de la Madre. Por lo que respectaba a Eira, era lo peor. Rara vez hablaba con alguien. Y cuando lo hacía, siempre era para recordarles a los demás que estaban muy por debajo de él.

—Marcus…

—*Por favor.* —Marcus se inclinó hacia adelante y la miró a los ojos. Eran más oscuros que los de ella, al igual que su pelo, de un azul más marino que hielo. Sus ojos eran cálidos y acogedores, al igual que él. Los de Eira era enérgicos, casi antinaturalmente brillantes y poco atractivos… como ella.

—Vale —suspiró—. Bien, bien —agregó Eira con un gemido al final por si acaso—. Pero me debes algo del Obrador de Margery.

—¿Un bollo dulce?

—Dos bollos dulces cuando los pida.

—Hecho. —Marcus dio una palmada y se encaminó hacia la Torre. Eira lo observó debatiéndose por última vez entre seguir o escapar mientras pudiera. Con otro gemido, alcanzó a su hermano. Una promesa era una promesa, sobre todo entre hermanos.

Salieron de la Torre por una puerta sin marcar. Cada aprendiz tenía su nombre estampado en su puerta con una placa de plata hecha con amor por algún joven Portador de Fuego de la Torre como una de sus primeras tareas. Pero las puertas sin marcar eran pasadizos que conectaban con el palacio en sí.

—¿Marcus?

—¿Sí?

—¿Alguna vez has encontrado algún pasadizo en la Torre que no estuviera marcado?

—¿A qué te refieres? —La miró por encima del hombro. El único orbe de llamas del largo vestíbulo proyectaba sombras profundas en su rostro.

—Una puerta o un pasadizo que no fuera obvio.

—¿De qué estás hablando? —Marcus se detuvo en el extremo opuesto del pasillo. Parecía no tener salida, la piedra de argamasa del palacio se redondeaba donde debería haber una salida.

—Yo... —Eira intentó reorganizar sus pensamientos resbaladizos—. Estaba pensando que hay muchos pasadizos secretos que no son secretos... tal vez haya uno o dos que sí que sean realmente *secretos*. ¿Y si hay pasadizos que la gente olvidó hace mucho tiempo?

Su hermano se rio.

—¿Es el argumento de una de las novelas de Alyss?

—Sí. —Eira se obligó a reír—. Da igual, no me hagas caso.

Y no se lo hizo.

La vida le había enseñado a Eira con los años que era alguien fácil de ignorar. De olvidar, incluso. A veces se preguntaba si alguien habría lanzado una ilusión permanente sobre ella que la hacía camuflarse con las paredes que la rodeaban. Una ilusión como la que acababan de atravesar.

Marcus fue primero. Se sumergió sin miedo en el túnel sin salida. Fue como si una niebla lo consumiera entero. Eira lo siguió pasando a través de la ilusión del muro de piedra hasta un salón palaciego. El único indicador de la ilusión era un símbolo pequeño, dos mitades de un círculo rotas y separadas la una de la otra. Era el antiguo símbolo de la Torre, llamado la Luna Rota. Ese símbolo había persistido durante más de cien años hasta que la princesa heredera Vi Solaris decretó que debía cambiarse por los cuatro círculos y triángulos que había ahora en la parte posterior de la túnica de Eira. Una petición extraña y repentina, sin duda. Pero a Eira le gustaba más el símbolo nuevo que el antiguo.

Caminaron por los pasillos del palacio hasta los campos de entrenamiento. El tío Fritz le había explicado que hubo una época en la que los hechiceros habían sido una rareza, personas poco gratas como en la mayoría de los sitios. Era una idea extraña porque ahora nadie pensaría que eso había sido cierto.

Los polvorientos campos de entrenamiento del palacio tenían una sección completa dedicada a los hechiceros. Practicaban con la guardia del palacio y los restos del ejército de Solaris. En ese momento la vasta extensión estaba vacía, excepto por seis personas.

Marcus se detuvo en una muralla mirando al pequeño grupo que entrenaba más a la luz de las antorchas que con la luz del sol. Apoyó la mano en la alta barandilla de piedra mientras observaba con lo que Eira solo podría describir como asombro. Se detuvo junto a él, contemplando ella también.

Tres niños se sentaron a un lado. Eran la clase más nueva de aprendices. Eira había oído que el más pequeño tenía siete años. Los niños observaron mientras los dos jóvenes practicaban su hechicería enfrentándose entre sí. Lanzaban ráfagas de aire que cavaban trincheras en la tierra apisonada. Esquivaban con una gracia sobrenatural, sus cuerpos flotaban en el aire más tiempo del que debería ser posible. Sus pies y sus manos se movían con el viento porque eso era justo lo que eran... Caminantes del Viento.

Los Caminantes del Viento eran la más escasa de las afinidades elementales del imperio Solaris. Esos hechiceros se creían extintos hasta que una emergió de las cenizas de una oscura historia: Vhalla Yarl. La mujer que había nacido como plebeya, se había creído que era Común y luego había ascendido más allá de su posición como un pájaro que vuela contra la gravedad para convertirse en emperatriz.

La misma mujer que en ese momento estaba instruyendo a los dos jóvenes en la zona de combate.

—Imagínatelo —susurró Marcus—. Aprender de la propia emperatriz.

—Tú aprendes del propio ministro de Hechicería. —Algo que Eira anhelaba. Aunque tenía la misma sangre que Marcus, nunca había disfrutado de los mismos privilegios que su hermano. Fritz nunca se la había llevado para estar los dos a solas.

—No es lo mismo.

—El destino te habría hecho nacer como Caminante del Viento si hubiera querido que aprendieras de la emperatriz. —Eira observó a los dos combatientes bailando. No conocía el nombre del más joven, pero sí el del mayor: Cullen.

Cullen era el Caminante del Viento más mayor. El primero en despertar tras la emperatriz Vhalla. Había sido tratado con el mismo cuidado con el que se trataría a un huevo de codorniz desde que llegó a la Torre. No había nada demasiado bueno cuando se trataba de él. Era el niño mimado de todos los instructores.

Incluso la ciudad se había enamorado de él cuando había llegado. Ser el primer Caminante del Viento después de Vhalla Yarl había creado un aire de misterio y encanto a su alrededor. Es más, se le había concedido un puesto en la corte de Solaris solo por ser un Caminante del Viento. Y porque su padre había obtenido un puesto rápidamente en el Senado.

Era todo dinero y nobleza de primera generación y actuaba como tal.

—Ojalá. —Marcus suspiró con nostalgia apoyando los codos en la barandilla.

Eira no podía soportar ver a su hermano soñando despierto con estar en el lugar de aquel idiota. En lugar de ponerse a mirar, apoyó la parte baja de la espalda en la piedra dejando el peso en los codos y dirigiendo la mirada a las montañas heladas de la distancia. Su hermano, el epítome de la perfección ante sus ojos, tenía a Cullen en un pedestal como si fuera el regalo de la Madre para toda la hechicería. Como si en cierto sentido fuera incluso mejor que la propia emperatriz.

—Tú tienes mucho, Marcus. No desees perderlo —murmuró Eira.

—¿Qué ha sido eso?

—Nada —contestó rápidamente.

La conversación fue cortada.

—Marcus, ¿eres tú? —lo llamó Cullen.

—¡Hola, amigo! —saludó Marcus enérgicamente—. No permitas que te interrumpa.

—No pasa nada, justo acabamos de terminar. Baja.

—¿Seguro?

Una pausa, sin duda para consultar con la emperatriz.

—Sí, no pasa nada.

Marcus se dio la vuelta para mirarla.

—Vamos.

—No quiero ir.

—*Vamos*. ¡Tenemos una oportunidad para conocer a la emperatriz!

Marcus la agarró de la mano y estuvo a punto de arrancarle el brazo al tirar de ella por las escaleras que había junto a la pared que rodeaba los campos de entrenamiento.

¿Había sido ese el plan desde el principio? A Eira no le sorprendería que así fuera. A su hermano se le daba bien conseguir lo que quería. Tal vez hacerse amigo de Cullen años atrás e ir volviéndose poco a poco más cercano a él había sido una larga jugada para ese momento. Miró la parte posterior del cabello de color bronce de su hermano. Lo que tuviera en la cabeza era todo un misterio para ella. Si ella tuviera la mitad de su talento… la mitad de su determinación… y si fuera amada la mitad de lo que era amado él…

El mundo sería suyo.

Salieron por una puerta lateral al campo del entrenamiento. Cullen ya se estaba acercando a ellos. La emperatriz se retiró dando instrucciones que ellos no pudieron oír a los demás Caminantes del Viento.

—Lo siento, amigo. Se me ha echado el tiempo encima —se disculpó Cullen con una sonrisa amable. Había pronunciado las palabras, pero no parecía lamentarlo lo más mínimo. Eira no tenía dudas de que estaba acostumbrado a que la gente estuviera a su entera disposición.

Marcus finalmente la soltó y Eira se quedó detrás alegremente. Entrelazó los dedos observando cómo Marcus le daba a su amigo una firme palmada en el hombro e intercambiaban bromas.

*Cullen, el Príncipe de la Torre,* como lo llamaban las señoritas. Parecía estar a la altura del título con su ropa de corte excelente.

Su cabello era de un marrón intenso tan oscuro que con la poca luz que había ya parecía casi negro. Pero Eira sabía por una excursión pasada que cuando le daba el sol brillaba con tonos casi tan dorados como los de su hermano. Los ojos de Cullen eran del color avellana de la puesta de sol, penetrantes y casi incómodamente brillantes, como los de ella. Unos ojos que se giraron a mirarla.

—Has traído a tu hermana. —Su expresión se ensombreció y la calidez abandonó su rostro.

—Puedo marcharme —respondió Eira fácilmente—. De hecho…

—De hecho, esta noche es nuestra cena semanal —intervino Marcus—. No te importará que coma con nosotros, ¿verdad?

—Para nada —dijo Cullen con la elegancia que uno esperaría de alguien que ha recibido lecciones de buenos modales. La sonrisa que forzó parecía objetar.

Eira no era bien recibida. El fantasma gélido de la Torre. Una hechicera más fría que el invierno. Estaba tan ocupada torturándose a sí misma que casi no oyó los susurros.

*… tú y yo…*

*… es seguro…*

La segunda voz pertenecía a la mujer glacial que había oído antes. La mujer que ocupaba la habitación misteriosa que había encontrado o que al menos se había pasado por ella. La misma mujer que había hablado de matar al emperador. Eira giró la cabeza fijando la mirada en la pared de la que parecían provenir los susurros. Nunca había escuchado esa voz y ahora la mujer la estaba persiguiendo.

—¿Qué pasa? —preguntó Marcus con una ligera nota de preocupación. Susurrando, preguntó—: ¿Son las voces?

—No es nada —contestó Eira rápidamente—. Nada. Lo siento, estaba pensando en una cosa que tengo que hacer, eso es todo. Debería... —Eira fue interrumpida de nuevo, esta vez por la emperatriz.

—Cullen. —La emperatriz Vhalla Solaris se dirigió hacia ellos. Llevaba el cabello castaño cuidadosamente retirado en dos trenzas que enmarcaban una diadema dorada en la frente. Se podría esperar de una emperatriz que fuera altanera y repelente, pero a Eira le pareció mucho más tratable que Cullen—. ¿Son tus amigos?

—Sí, Marcus es un buen amigo mío. —Cullen señaló a su hermano. Eira dio un paso atrás como si pudiera fusionarse con las sombras y desvanecerse. No pasó por alto que él se había cuidado de no mencionarla.

—Me alegro de conocerte, Marcus —saludó amablemente la emperatriz.

—Majestad. —Marcus se agachó en una profunda reverencia—. Lamento la interrupción.

—No es ninguna interrupción. —Los ojos de la emperatriz se volvieron rápidamente hacia Eira—. ¿Y tú eres?

—Eira, majestad. —Mantuvo la mirada en los dedos de los pies, se agarró al vestido con tres dedos e hizo una reverencia. O, al menos, su mejor aproximación. Marcus parecía natural entre ellos. Había nacido para eso. Ella era... un lastre continuo para sus aspiraciones. ¿Qué podría lograr su hermano si no tuviera que cargar con ella?

Eira odiaba esa pregunta, pero odiaba todavía más la respuesta.

—Es un placer conoceros a ambos —agregó la emperatriz educadamente y se volvió hacia Cullen a continuación—. Tienes que aprender a no comunicar tus ataques antes de llevarlos a cabo. Por eso Gregor ha podido asestarte tantos golpes sorpresa hoy.

—Sí, majestad. —Cullen asintió.

A pesar de su tono de regañina, la emperatriz sonrió con lo que Eira se atrevería a decir que era cariño.

—Me recuerdas a mí. A mí también me costó mucho dejar de hacerlo. Al fin y al cabo, es normal. Queremos fluir con el aire.

—Mejoraré —prometió Cullen a pesar de ello.

—Sé que lo harás. Ahora, si queréis…

Resonaron cuernos sobre Solarin.

Todos se quedaron quietos conteniendo la respiración. Los cuernos solo sonaban por dos cosas. La primera era la guerra, pero Solaris llevaba años en paz. La segunda… era por la familia real.

—Vi. —Vhalla susurró el nombre de su hija mayor olvidándose por completo de sí misma. Eira observó cómo la fachada de emperatriz real se desmoronaba y daba paso a la adoración de una madre. Vi Solaris, almirante de la Armada de Solaris y princesa heredera llevaba fuera casi dos años—. Por favor, perdonadme —dijo rápidamente y empezó a atravesar los campos de entrenamiento reuniéndose con los guardias que ya estaban saliendo del castillo.

Cullen se metió las manos en los bolsillos con una expresión reflexiva e inescrutable en sus rasgos severos.

—Deberíamos ir al Escenario Soleado, parece que la princesa heredera por fin ha regresado de las despiadadas tierras de Meru.

# Tres

—Meru no es un lugar despiadado. —Las palabras salieron de los labios de Eira antes de que pudiera pensárselo mejor.

—¿Qué? —Cullen pareció sobresaltarse porque todavía estuviera ahí—. Ah, cierto, tú eres la que está obsesionada con el Continente de la Medialuna, ¿verdad?

—Se llama Meru —murmuró Eira para recordárselo, a pesar de que él acababa de usar el nombre adecuado.

—Bueno, vayamos al Escenario Soleado —sugirió Marcus. Que su hermano mayor la salvara tenía sus ventajas. Marcus conocía todos los temas que Eira quería evitar y *normalmente* usaba ese poder para el bien. Solo era una habilidad horrible cuando era él el que la molestaba sobre dicho tema—. La princesa heredera no ha estado en casa desde el anuncio del compromiso.

—Y menudo anuncio —comentó Cullen negando con la cabeza—. No puedo creer que nuestra princesa vaya a casarse con uno de esos tipos de orejas puntiagudas.

Eira recordó aquella noche. Fue la única vez que a ella y a su hermano se les había permitido asistir a una función estatal. Sus tíos los habían llevado a un baile de invierno en el que la princesa heredera había anunciado su compromiso.

—Se llaman elfins. —No podía evitar destacar los errores de Cullen.

Cullen la miró por encima del hombro.

—¿Vas a estar corrigiéndome todo el tiempo?

—Si sigues equivocándote, tendré que hacerlo.

—Menudo tacto. —Una sonrisa poco agradable se dibujó en sus labios—. Me encantaría verte pasando un día en la corte real. Sin duda, sería una imagen interesante.

—Puedes quedarte con tus cortes, no me interesan.

—Sospecho que el sentimiento es mutuo.

Eira lo fulminó con la mirada.

—Comportaos —les dijo Marcus a ambos en un tono que iba entre la advertencia y la reprimenda—. No le hables a mi hermana así.

—Disculpas a los dos. —Cullen no parecía lamentarlo en absoluto. Eira imaginó dagas de hielo yendo hacia su cráneo y se detuvo a justo antes de que se manifestaran y lo hirieran de verdad.

Ella no quería hacerle daño a nadie, a pesar de que su magia siguiera insistiendo en lo contrario... Eira no podía negar que un rincón oscuro y curioso de su ser se preguntaba cómo sería congelarlo lentamente tal y como describía el diario. ¿Podría mantenerlo en un estasis glacial sin matarlo?

—Tú también. —Marcus no la eximió.

—Me comportaré siempre que lo haga él. —Por eso nunca pasaba tiempo con Cullen y Marcus.

Había conocido a Cullen unos años atrás y no le había gustado lo más mínimo. Lo evitaba como a la peste y todas las historias que había oído susurrar acerca de él desde aquel momento reafirmaban su decisión. Cullen era una persona polarizadora y Eira supo que estaba en el polo correcto cuando Alyss se había mostrado de acuerdo con su evaluación. Después, tras el incidente que había tenido lugar tres años antes y la involucración del chico... Eira tenía todavía más razones para mostrarse escéptica con sus intenciones.

El Escenario Soleado era el área de recepción real y la entrada pública al palacio más grande. Un amplio escenario conectaba el palacio con una arena debajo. La gente común se acumulaba mientras los sirvientes y el personal del palacio empezaban a llenar los altos peldaños que se extendían hacia arriba desde el semicírculo como rayos de sol.

Por suerte, eran de los primeros en llegar y se aseguraron una buena ubicación en las gradas inferiores justo encima del arco bajo el que pasaría cabalgando la princesa. Los Caminantes del Viento más jóvenes los rodearon manteniéndose cerca. Los otros sirvientes de palacio se mantuvieron a buena distancia incluso cuando se llenó de gente. La cautela que prevalecía en la conciencia pública alrededor de los hechiceros era una mala hierba obstinada casi imposible de arrancar de raíz.

Eira ignoró a los sirvientes, como de costumbre, se agarró con fuerza a la barandilla que tenía delante y se quedó mirando al vacío. Se sumergió en el océano de su magia hundiéndose más y más hasta que todo quedó amortiguado. Era un lugar ruidoso. La gente era tan escandalosa como el ladrillo y el cemento. Todos y *todo* querían hablar a la vez en un estruendo que solo aumentó de volumen en cuando el emperador, la emperatriz y el príncipe más joven salieron con su destacamento real y ocuparon su puesto al borde del escenario.

—Imaginad cómo debe ser... —suspiró Marcus con anhelo. La voz de su hermano la trajo de vuelta a la realidad—. Tener a tanta gente gritando tu nombre...

—Al final te cansas —bromeó Cullen.

—Ah, tú calla. —Marcus le dio un codazo a su amigo.

Eira mantuvo la mirada fija en el arco que había debajo de ellos. En cualquier momento, habría...

El retumbar de los cascos hizo callar a la multitud. Con el revoloteo de los estandartes que reflejaban la luz de las antorchas, la de la luna y la de los últimos rayos de sol, un grupo de veinte personas atravesó la calzada hasta el centro del Escenario Soleado. Eira inhaló lentamente como si pudiera respirar el aire desenfrenado de una tierra al otro lado del mar... una tierra llena de una magia inimaginable y de pueblos que escapaban a su comprensión. Como si las personas que había ante ella irradiaran ese mismo aire con sus hombros cubiertos de terciopelo.

*Elfins.* Casi parecían humanos, pero no lo eran. Desde sus orejas puntiagudas hasta sus ojos de colores brillantes, eran algo enteramente diferente. Una raza que había sido desconocida para el imperio Solaris durante cientos de años hasta que la princesa heredera Vi Solaris había creado la Armada Imperial y había navegado a través del mar hacía apenas tres años. En solo tres años, el mundo había cambiado para el imperio Solaris.

Un hecho que a veces Eira tenía la sensación de ser la única que lo entendía.

—¿Dónde está Vi? —susurró Marcus a su lado.

Eira apartó la mirada de las criaturas etéreas que eran los elfins para abarcar un grupo mayor. Efectivamente, vio la delegación de elfins con sus telas lujosas y sus puntadas cuidadosas. A su lado, estaban los humanos de Solaris con armaduras chapadas y el estilo anodino al que estaba acostumbrada.

Pero ni la princesa ni su prometido elfin se encontraban entre ellos. Un silencio sepulcral había caído sobre la multitud reunida mientras la gente parecía reconocer su ausencia y sus posibles implicaciones. Los ojos oscuros del emperador eran una pizarra en blanco mientras observaba al grupo. La calidez que había visto antes Eira en la emperatriz se había desvanecido en algo ilegible.

—Sus majestades —saludó un hombre con el cabello negro azabache recogido en una pequeña coleta en la nuca. A juzgar por las franjas que llevaba en el hombro de su gabardina, era un miembro de alto rango de la armada.

—Embajador Cordon. —La voz del emperador era sorprendentemente frígida para un hombre al que las historias pintaban como Señor del Fuego—. Esperábamos el regreso de nuestra hija.

—Lamento no traer a la princesa heredera, pero traigo buenas noticias de su parte. —El embajador subió las escaleras y se arrodilló tendiéndole un pergamino enrollado a la emperatriz.

Vhalla aceptó el pergamino, rompió el sello y lo leyó antes de pasárselo al emperador. Todos esperaban conteniendo el aliento, esperaban para ver si estaban a punto de presenciar una masacre por la ausencia de la princesa heredera... o si realmente eran buenas noticias.

—Pueblo de Solaris. —El emperador dio un paso hacia adelante con los ojos todavía fijos en el pergamino—. Sí que son buenas noticias. —Una sonrisa atravesó sus labios. Eira la reconoció como la sonrisa de un padre orgulloso. Sabía lo que era porque había visto a su propio padre dedicarle esa misma sonrisa a Marcus innumerables veces—. Nuestra princesa heredera ha logrado negociar un trato no solo con el reino de Meru, sino también con el Reino Crepuscular, el Reino Draconis y la República Popular de Qwint. Van a llamarlos los Acuerdos de los Cinco Reinos, puesto que los han firmado todos los reyes.

—¿Reyes? —repitió Eira—. ¿En Meru no había una reina?

—¿Y ha dicho que hay una... república? —Marcus miró primero a Cullen y luego a ella.

Eira negó con la cabeza.

—Nunca había oído ese término.

—Me parece que es como lo que había antes en el Este. Cuando Cyven era parte del imperio... un gobierno dirigido por el pueblo. —Cullen era del Este e hijo de político, cabía suponer que lo sabría.

—Qué extraño que haya un estado tan grande liderado de ese modo —murmuró Marcus.

—Es fascinante. —Cullen se inclinó hacia adelante pendiente de las próximas palabras del emperador. Eira no lo tenía por alguien que podría mostrar interés por algo más aparte de por el alcance de su influencia.

—Para celebrar la finalización de este acuerdo, cada estado soberano enviará una delegación de sus mejores hechiceros para competir en el Torneo de los Cinco Reinos que tendrá lugar a principios del año 375.

—¿Un torneo de hechiceros? —susurró Cullen, emocionado. Cruzó la mirada con Marcus, ignorando completamente a Eira.

Ella se mantuvo centrada en el emperador, ignorando a los jóvenes.

—Los preparativos para el torneo deben dar comienzo de inmediato. —El emperador enrolló el pergamino—. Será una celebración de unidad y fortaleza entre nuestras culturas. ¡Es una gran oportunidad para mostrar tanto el poder como la elegancia de Solaris!

Se elevaron vítores para vencedores todavía no decididos. Eira no estaba segura de que la gente se hubiera dado cuenta de que estaba animando a hechiceros.

—Mientras tanto, Solaris da la bienvenida al embajador Ferro. —El emperador señaló al elfin que estaba desmontando en ese momento.

Su cabello verde oscuro parecía casi negro o morado bajo el cielo de la noche joven, largo y suelto. Las ondas de su pelo no ocultaban sus orejas puntiagudas. Llevaba una capa alrededor de los hombros, sostenida en su sitio por una cadena de oro más gruesa que las muñecas de Eira. Ferro subió las escaleras y se inclinó con una floritura que hizo que Eira tuviera que reprimir una exclamación de deleite. Cada uno de los movimientos del elfin parecía mágico.

—Es un honor estar aquí, majestad. Vengo de parte de la reina Lumeria con buenas intenciones y obsequios que depositar a vuestros pies. —Con un movimiento del brazo, dos hombres levantaron un cofre y lo colocaron a los pies del emperador. Desde su posición ventajosa, Eira pudo ver en el interior oro, especias y el artículo más valioso de todos: libros.

—Les damos la bienvenida con humildad y alegría. Venga, embajador, usted y su grupo son bienvenidos a cenar en mi mesa esta noche para discutir con mayor profundidad los detalles de este torneo.

Tanto la realeza como los delegados se retiraron atravesando el escenario hasta el palacio. Eira los observó hasta que las puertas se cerraron detrás del último guardia. La emoción la recorría con la fuerza de un maremoto.

*Había elfins en el palacio.*

La última y única vez que Eira había visto un elfin había sido dos años antes. El tío Fritz y el tío Grahm los habían llevado a Marcus y a ella al baile a celebrar el compromiso de Vi Solaris y Taavin, la Voz de Yargen. Lo que, por lo que había leído Eira en sus libros, básicamente lo convertía en el líder de su religión.

Lo cierto era que le había visto aspecto de noble aquella noche a la luz de la luna. Eira se había sentido tan abrumada al verlo que se había mareado. Ni siquiera había podido hablar cuando le habían presentado a la princesa y al elfin en un momento que atesoraría durante el resto de su vida.

Fue en ese instante cuando supo que tenía que ver Meru con sus propios ojos sin importar nada más.

—Vamos, Eira. —Marcus la sacudió—. ¡Tenemos que volver a la Torre!

—¿Qué?

—¡Despierta! Un torneo de hechiceros. —Por la actitud de Marcus, vio que él esperaba competir. No sabían cómo se llevaría a cabo el torneo ni dónde. No conocían los requisitos de participación. Aun así, Marcus, con su infinita confianza, sabía que iría—. ¡Vamos a ver al tío!

Volvieron corriendo a la Torre, pero no fueron los únicos con esa idea. Un rugido resonó por toda la espiral de la Torre. Lo siguieron hasta la entrada principal, donde se habían amontonado todos los estudiantes y profesores. Eira se quedó en la pasarela mirando sobre la barandilla que descendía hasta el mar de personas.

Cullen lideró a los Caminantes del Viento y Marcus fue con él. Los aprendices de la Torre se separaban de él de manera natural con miradas cautelosas. Cullen se colocó junto a Fritz en el centro de las masas.

—Escuchad, escuchad —dijo Fritz moviendo las manos tratando de calmar a la multitud.

—Estaba buscándote.

Eira estuvo a punto de saltar de la barandilla del sobresalto. En lugar de eso, se dio la vuelta y agarró a Alyss de las manos.

—¿Te has enterado?

—¿Y quién no?

—Escuchad, por favor —volvió a probar Fritz.

—Un Torneo de los Cinco Reinos. Parece sacado de una historia de fantasía. —Alyss le estrechó los dedos a Eira—. De un modo u otro, tengo que verlo.

—Lo haremos —contestó Eira sin pensar. La oleada de emoción también estaba alzándose en ella y la transportaba a un apasionante mar de posibilidades.

—¡Silencio! —Una voz pidió atención resonando por encima de todas las demás y rebotando en los candelabros del techo.

Tanto Eira como Alyss se sobresaltaron. Grahm señaló a su marido y dio un paso atrás. Tal vez Fritz fuera el ministro de Hechicería, pero era su marido el que realmente evitaba que la Torre se desmoronara.

—Sí, gracias. —Fritz se aclaró la garganta y continuó en voz alta—: Sé que tenéis muchas preguntas. Es comprensible. *Yo* tengo muchas preguntas. Pero ninguna de ellas será respondida esta noche.

—¿Es cierto? ¿Habrá hechiceros de Solaris compitiendo con esos otros reinos? —gritó alguien.

—Puesto que lo ha dicho el emperador, asumo que es cierto —respondió Fritz. A continuación, se apresuró a agregar—: Pero, de nuevo, no nos adelantemos. Hasta que no conozcamos los detalles de este torneo, no hay modo de decidir quién participará ni qué supondrá esa participación.

»Por ahora, cada aprendiz debe continuar con sus clases y sus tareas como de costumbre. Cada instructor hará lo mismo. Concertaré una reunión con el emperador o la emperatriz en cuanto pueda y espero convocar a la Torre para una reunión la semana que viene. Mientras tanto, por favor, seguid centrados en vuestras obligaciones. Y más os vale que no os oiga a ninguno acosando o interrogando a nadie al respecto.

»¿Entendido?

Todos murmuraron en señal de acuerdo.

—Bien. Cuidaos los unos a los otros por el momento. —Eira se dio cuenta de que lo que Fritz había querido decir era «vigilaos los unos a los otros»—. Por...

—¡La Torre cuida de su gente! —exclamaron todos los alumnos y profesores al unísono.

—Y ahora, a cenar, que se estará enfriando. —Fritz los despidió.

Lo único que había en los labios de todos los hechiceros de camino al comedor eran conversaciones sobre el torneo. Alyss y Eira pasaron de largo, demasiado emocionadas para pensar en comida. Ya buscarían algo que picar en la despensa más tarde para que sus estómagos no se devoraran a sí mismos antes de la mañana. En lugar de entrar, ascendieron por el sendero central curvo de la Torre buscando un rincón en el que hablar. Pero todo el mundo había tenido la misma idea. Incluso la biblioteca estaba llena de conversaciones.

Finalmente, se retiraron a la habitación de Eira.

Era una estancia estrecha, como todos los dormitorios de los aprendices. Pero los aprendices de la Torre no tenían que compartir habitación con otros, lo cual ya era una mejora respecto a la mayoría de los sirvientes y personal de palacio. Alyss se dejó caer en la cama de Eira y sacó inmediatamente una gota de arcilla de su bolsa y empezó a manipularla mágicamente. Eira optó por pasearse de un lado a otro.

—¿Qué crees que será? —preguntó Alyss moviendo los dedos, observando cómo la arcilla se retorcía y bailaba—. Si es un torneo, debe haber juegos de alguna clase.

—Me pregunto cómo se las arreglarán para que compitamos unos contra otros. La magia de los elfins, el Giraluz, es muy diferente de la nuestra. No conozco nada del Crepuscular ni de los demás.

—Si tú no conoces nada, nadie de Solaris sabe nada —rio Alyss—. ¿No estás emocionada por averiguarlo?

—Podría explotar. —Eira flexionó y estiró los dedos. Cada muro de hielo que había construido alrededor de sus emociones se había descongelado. La magia se filtraba por sus poros. Le sorprendió no dejar huellas mojadas detrás de ella con cada paso—. Me pregunto si el torneo se celebrará aquí. Si podremos verlos y contemplar la magia que poseen.

—Claro que será aquí. Solaris es el centro del mundo —proclamó Alyss en voz alta.

—No te creerás sinceramente esa propaganda.

—Incluso en los mapas nuevos, aparecen solo Solaris y Meru.

—El mundo es mucho más grande, Alyss. —Eira se detuvo mirando más allá de los vitrales de su ventana. Los picos helados de la montaña la tentaban con su horizonte irregular. El mundo estaba ahí fuera, llamándola. Susurrando desde lo desconocido—. Solaris *era* el centro del mundo hasta que se abrió el comercio con Meru. Eso fue hace tan solo tres años. Y ahora mira, hay tres, ¡*tres* reinos más! Piensa en cuántos más podría haber.

—Preferiría no hacerlo —rio Alyss—. La clase de historia ya es insoportable. Piensa en lo mucho que empeoraría si siguiéramos descubriendo más historia.

—De todas formas, yo solo quiero ver mundo —comentó Eira con nostalgia—. Quiero ver Giraluz en persona. Dicen que es como tejer con la luz del sol.

—Y las Matriarcas de la Madre dicen que esa comparación es un sacrilegio.

—Las Matriarcas de la Madre odian el progreso. —Eira negó con la cabeza y descartó la idea.

—Hay un modo de asegurarte de verlo.

—¿Cuál? —Eira se volvió hacia Alyss.

—Ir al torneo.

—Evidentemente. —Eira puso los ojos en blanco—. Pero no voy a poder ir si es en Meru. A diferencia de la princesa heredera, no tengo a toda una Armada que me lleve de un lado a otro.

—Hay una manera de ir hasta allí. —Una brillante sonrisa casi de oreja a oreja tiró de las mejillas de Alyss—. Compite.

—¿Qué? —susurró Eira.

—Sé una competidora.

—Ni siquiera... sabemos cómo.

—Podrías preguntárselo a tu tío. Probablemente, serás la primera en saberlo —comentó Alyss con entusiasmo—. Piénsalo, tú y yo podríamos tener ventaja sobre todos los demás.

—Probablemente irán los instructores o hechiceros mucho mejores que nosotras. —Eira odiaba lo decepcionantemente lógica que solía ser.

—Podemos ser tan buenas como cualquiera de los instructores y somos mejores que la mitad… ya lo sabes.

—Tú puedes ser tan buena como ellos.

—Las dos —replicó Alyss con firmeza—. Y si intentas discutir conmigo te lanzaré la arcilla a la cara y haré que se te pegue al pelo.

—Seguro que mi her… —Eira se vio interrumpida por un profundo rugido de su estómago.

—¡Ja! Tienes hambre. —Alyss volvió a guardarse la arcilla justo cuando estaba empezando a tomar forma de pájaro. Eira agradeció que no hubiera terminado en su cabeza—. Lo sabía.

—Solo he dicho que no tenía hambre porque había demasiada gente.

—Probablemente ahora esté más tranquilo. Vamos. —Alyss entrelazó el codo con el de Eira y tiró de ella hacia el vestíbulo—. Iremos. Comeremos. Y planearemos nuestro entrenamiento —decretó Alyss.

—¿Entrenamiento?

Alyss se arrojó las trenzas por encima del hombro dramáticamente.

—Por supuesto. Querremos estar en plena forma si vamos a competir.

# Cuatro

Durante una semana, Eira tuvo que lidiar con la presión de Alyss para convertirse en «principales competidoras». Como era de esperar, el séptimo día, sus carreras matutinas habían acabado por convertirse más bien en paseos por la ciudad que terminaban o bien en una librería o bien en la tienda de artículos diversos para las manualidades de Alyss. Tampoco es que Eira fuera a quejarse. Cuanto más tiempo tenía para pensar en la posible logística de la competición, más dudaba que pudiera llegar a tener una posibilidad de participar.

Ella y Alyss estaban sentadas en uno de los salones de la Torre disfrutando de una velada tranquila y agradable cuando se acercó un joven aprendiz.

—¿Eira Landan? —Se mantuvo a unos pasos de distancia y mantuvo la mirada baja. Eira había aprendido lo rápido que podían esparcirse los rumores sobre ella en la Torre.

—Sabes que soy yo. ¿Qué quiere el ministro? —Evitaba referirse a Fritz como a su tío para no atraer más la atención sobre su vínculo familiar.

—Le gustaría hablar. Me ha enviado para decirte que estará en sus aposentos.

—De acuerdo, ahora iré. —Eira cerró el libro de cartografía que había estado hojeando, mirando mapas de la costa en forma de medialuna de Meru y de la ciudad de Risen anidada en el interior, y se lo metió en el bolso cuando el joven se marchó.

Alyss la agarró de la mano y tiró de ella hacia sí.

—Juro por la Madre que, si tienes la oportunidad de inscribirte antes en esta competición y no escribes mi nombre...

—Alyss. —Eira detuvo a su amiga con una carcajada—. Probablemente, esto no tenga nada que ver con la competición. Ni siquiera sabemos todavía qué significa «inscribirse» o si podemos hacerlo siquiera.

—El ministro Fritz dijo que sabría algo en una semana. Apuesto a que ya lo sabe —susurró Alyss emocionada mirando a su alrededor. Por supuesto, no había nadie ni remotamente cerca de ellas.

—Aunque lo supiera, no voy a inscribirme antes. Dudo de que me cuente algo. Sabes que en realidad mi tío no me concede ningún tipo de favoritismo. A Marcus tal vez, pero a mí no.

—Os quiere a los dos, ya lo sabes. —Alyss le estrechó la mano.

—Sí, lo sé. —A Eira no le gustaba hablar de sus problemas familiares con Alyss. Su amiga solo veía a sus padres dos o tres veces al año. Mientras tanto, Eira tenía a su hermano, a su tío y a una tía en el palacio. El resto de su gran familia estaba a un día o dos de viaje, según lo rápido que fuera—. Nos vemos en el desayuno.

—Hasta entonces.

Eira dejó a su amiga, se dirigió a la puerta del despacho del ministro y llamó con firmeza.

—¡Adelante! —exclamó desde el interior Grahm, el marido de Fritz.

—¿Tíos? —Eira asomó la nariz por la puerta.

—Fritznangle se está cambiando. —Grahm se sentó en un sillón orejero junto a las grandes ventanas que había frente a la puerta de entrada—. He preparado leche y chocolate, si te apetece un poco.

—Sabes que no puedo negarme. —Eira se acercó a una mesa en la que había una gran tetera plateada calentándose con una alegre llamita. Llenó una taza y se la llevó al sofá para sentarse enfrente de Grahm.

—¿Qué tal estás, Eira? —preguntó él.

—Bien.

—Supongo que emocionada por la presencia de elfins en el palacio.

—No me he topado precisamente con ningún elfin. —Los labios de Eira se torcieron formando una sonrisa antes de tomar un largo sorbo de bebida. El chocolate de Grahm era una de las pocas cosas que podía hacer que se le calentaran hasta los dedos de los pies. Un momento extraño en el que a Eira no le importaba tener calor.

—No te he oído negar que estés emocionada. —Grahm le dedicó una sonrisa de complicidad.

—Bueno, es algo emocionante —admitió Eira intentando no tentar a la suerte. Se había paseado de más por la ciudad con Alyss pasando por puntos de referencia con la única esperanza de ver a algún elfin haciendo turismo.

—Perdón por hacerte esperar. —Fritz salió de una puerta lateral con ropa informal holgada y fue directamente a la tetera.

—No llevo mucho tiempo esperando. ¿De qué querías hablar conmigo?

—Bueno... —Fritz se detuvo llenándose la taza.

—¿Tío? —inquirió Eira cuando el silencio se prolongó.

—No estoy seguro de cómo decir esto.

—Tío, la taza.

—¡Oh, oh! —Fritz limpió rápidamente el chocolate derramado. Grahm intentó ocultar su sonrisa con una expresión de molestia. No lo consiguió. Fritz podría prender fuego a su propio pelo y solo conseguiría que Grahm lo amara todavía más. Eira siempre había admirado la relación de sus tíos—. Perdón por el desastre.

—¿De qué va todo esto? —Eira lo observó mientras él se acercaba y se sentaba en el sofá junto a ella.

Fritz le dio una ligera palmadita en la rodilla.

—Quería ver cómo te va, eso es todo.

—Me va bien —contestó Eira pasando la mirada de uno a otro—. Si eso es todo...

—Eso *no* es todo —intervino Grahm mirando intencionadamente a su marido—. Adelante, Fritz.

—Queríamos... no, yo quería hablar contigo sobre la próxima Competición de los Cinco Reinos.

Alyss tenía razón. Fritz tenía información. Un hormigueo le recorrió los brazos a Eira como un fuerte viento invernal ahuyentando el calor y haciendo que se pusiera en alerta.

—Dime.

—Mañana por la mañana anunciaré el inicio de las inscripciones para aquellos interesados en competir en el torneo. —Fritz tomó un sorbo de chocolate y Eira permaneció en el borde de su asiento, pendiente de sus palabras—. Quería preguntarte si estás interesada en apuntarte para competir por Solaris.

Eira miró a sus dos tíos.

—Yo... es complicado tomar la decisión ahora sin toda la información. —No lo era. Eira ya sabía su respuesta. Cualquier cosa que la acercara a Meru, a los elfins, al Giraluz era algo que deseaba hacer—. ¿Tan malo sería que lo hiciera?

El silencio era ensordecedor. En esos momentos Eira odiaba la calma que normalmente anhelaba. Fritz y Grahm intercambiaron una mirada.

—Bueno…

—Vale, no lo haré. —Eira se terminó lo que le quedaba en la taza de un trago. Ya sabía lo que iban a decir. No soportaba tener que escucharlo—. Ya está aclarado.

—Eira, solo velamos por tus intereses —intentó aplacarla Fritz.

—Eso decís, pero… —En ese momento detestó tener el chocolate caliente en el estómago irradiando calor y un amor familiar que quería rechazar en ese momento—. ¿Cuáles son esos «intereses»? Me das la mitad de trabajo que a Marcus en el mejor de los casos. Solo voy a clases y talleres básicos. Sé que me dices que me tome mi magia con calma, pero llevo años haciéndolo. Puedo hacer más.

—Lo sabemos —respondió Fritz con calma.

—Y luego está Marcus siendo retenido. —Esas palabras se derramaron como el chocolate de la taza de Fritz—. Sigue siendo aprendiz cuando debería ser instructor o haberse marchado de la Torre y trabajar fuera, en el mundo. Si lo estáis manteniendo aquí solo para que me vigile, dejadlo graduarse y dadle un puesto adecuado en la Torre. Se merece *al menos* eso.

—El estatus de aprendiz de Marcus no tiene nada que ver contigo —repuso Grahm.

—¿De verdad? —Eira arqueó las cejas.

—Sí, de verdad.

No se lo creyó. Ni por un momento.

—A ver, todos sabemos que, de todos modos, tampoco iba a ser elegida competidora.

—Eira, eso no… verás… —balbuceó Fritz.

—No pasa nada, sé que no estoy a la altura. —Eira dejó la taza lenta y elegantemente. Ni siquiera resonó contra el plato cuando la depositó sobre la mesa. El agua de su interior se agitaba con lentitud, se endurecía formando hielo y le aplastaba el pecho. Enviaba dagas heladas que le pinchaban los dedos y se le arremolinaban en la mente como una ventisca. Fría, constante, protegida—. Pero, aunque no me eligieran, me habría encantado al menos intentar conseguir un puesto. La Madre sabe que podríais haber encontrado un modo de eliminarme de todas formas.

—He pensado que preferirías que te pidiera que no te apuntaras directamente en lugar de eliminarte a tus espaldas.

Eira frunció los labios. Supuso que eso era cierto.

—Bueno, pues ya lo tenéis. Si me disculpáis, he tenido un día muy largo en la clínica y debería irme a descansar antes de las clases de mañana.

—Eira... —empezó Fritz con ese tono tan suyo que decía «no te enfades».

Ella se detuvo al oírlo.

—Dime una cosa.

—¿El qué? —preguntó Grahm.

—¿Esto es por lo que pasó hace tres años? —Eira los miró a ambos a los ojos—. Ya me habéis contado mucho. Si es por eso, quiero saberlo.

Fritz abrió la boca para hablar.

Grahm lo interrumpió.

—Sí.

El incidente que había sucedido tres años antes, su carga ineludible, el crimen que nunca podría eliminar.

—Eso pensaba. Disculpadme, tíos. —Eira salió inclinando la cabeza.

La mantuvo baja mientras descendía por la Torre. Caminó sin dirección, con la mirada fija en sus pies, sin prestar atención a donde la llevaban. La luz cambió cuando cruzó un pasillo que conectaba la Torre con el palacio.

*... mi padre...*

*... cómo está...*

Los susurros la siguieron por los pasillos traseros del castillo, fragmentos de conversaciones desaparecidas mucho tiempo atrás. Se detuvo para escuchar un jarrón particularmente parlanchín fuera de las oficinas de la guardia que hablaba sobre un asunto escandaloso. Pero las voces solo eran susurros en el viento, desaparecían en cuanto los escuchaba. Eira empujó su magia hacia abajo silenciándolos una vez más.

—¿Qué necesitas, hechicera? —preguntó el hombre apostado en la entrada de los cuarteles de la guardia del palacio.

—He venido a ver a mi tía. No te preocupes por mí.

Él le dirigió una mirada cautelosa, pero la dejó pasar. Había acudido allí lo suficiente para ser reticentemente bienvenida. Eira subió la escalera principal y entró en una sala gigantesca. Había camas apiladas en literas de tres alturas. Estaban tan cerca unas de otras que Eira apenas podía pasar sin rozarse el hombro con alguna mano o pie que salía del borde.

En la parte exterior, las camas estaban apiladas de dos en dos y tenían cortinas colgando, un poco de privacidad para los guardias de mayor rango como su tía.

Las cortinas ya habían sido corridas para pasar la noche en la cama de su tía. Eira golpeó el poste de todos modos. Por suerte, su compañera de litera no estaba presente.

—Fuera. Ya —espetó Gwen Charem desde detrás de las cortinas.

—Dijiste que podía acudir a ti sin importar la hora, tía.

Se abrieron las cortinas.

—¿Es mi sobrina favorita?

—Diosa, que Rose y Lily no te oigan decir eso. —Eira se sentó al borde de la cama. Rose y Lily eran sus primas pequeñas, las hijas de una de las hermanas mayores de Gwen.

—Esas chicas son tan insoportables como su madre. —Gwen se incorporó con un bostezo. Dormía con la ropa de entrenamiento, siempre preparada.

—No lo dices en serio.

—Pues sí y Nia lo sabe. —Gwen sonrió ampliamente—. Y, si no lo sabe, estoy segura de que tú no se lo dirás. Sabes un par de cosas sobre hermanos mayores.

El árbol genealógico de la familia Charem se ramificaba debajo de los abuelos de Eira: Orel y Tama. Habían tenido cinco hijos en dieciséis años y Gwen era la más joven, tan solo doce años mayor que ella. Dos de las hijas se habían casado y habían tenido hijos: Reona, la madre de Eira, y su hermana Nia. La hija mayor, Cass, no estaba casada y vivía con sus padres a las afueras de Rivend. Fritz, el único varón, todavía no había tenido hijos.

—¿Y bien? ¿A qué debo el placer de esta visita nocturna? ¿He acertado? ¿Tiene algo que ver con Marcus?

Eira se quitó los zapatos, subió los pies a la cama y se sentó frente a su tía.

—Has oído hablar del torneo, ¿verdad?

—Todo el mundo ha oído lo del torneo. —Gwen sonrió—. ¿Estás pensando en presentarte como candidata? ¿En intentar vencer las pruebas para ganarte un puesto como competidora?

—¿Pruebas? —Eira inclinó la cabeza.

—Ups. —Gwen sonrió tímidamente—. Había olvidado que no se anunciaba hasta mañana por la mañana. —Su tía le guiñó un ojo y Eira dudó si lo habría olvidado de verdad. Gwen siempre había sido buena con ella—. Bueno, ¿querrías estar en el torneo?

—Yo… —Eira suspiró. La conversación de antes todavía le helaba la magia.

—Creo que deberías saberlo: el Torneo de los Cinco Reinos se celebrará en el Continente de la Medialuna.

—¿Qué? —Eira se inclinó hacia adelante y su voz se convirtió en un susurro emocionado—. ¿El torneo será en Meru?

Gwen se mostró ligeramente demasiado engreída y orgullosa por haber compartido esa información con ella.

—Eso he oído.

Eira se mordió el labio inferior y tiró de una costura del dobladillo de su vestido. Los competidores podrían ir a Meru. Todas sus fantasías acerca de ver el continente con sus propios ojos de repente tenían la posibilidad de hacerse realidad.

—El tío no quiere que compita —admitió Eira en voz baja—. Por lo que sucedió hace tres años. —Cuando Eira levantó la mirada para observar a Gwen, su tía la recibió con un ceño fruncido.

—Tu tío necesita recordar que eres una mujer adulta y que debe ocuparse de sus propios asuntos. Ya has pagado maravillosamente con tu tiempo. Ese incidente está pasado y acabado.

Eira dejó escapar una suave risita.

—Sí, pero…

—Lo de hace tres años fue un error horrible y gravísimo. Lo sabes, pero, Eira, mírame. —Gwen se inclinó hacia adelante cubriendo suavemente los dedos de Eira con los suyos—. ¿Crees que yo nunca he herido a nadie por accidente?

—Herir a alguien o matarlo son dos cosas muy diferentes —susurró Eira. Su tía ignoró el comentario.

—Oye, la primera vez que vine aquí estaba entrenando con otro alumno. Era un poco mayor de lo que eres tú ahora. Tenía dieciséis años, era estúpida y creía que tenía el control no solo de mí misma, sino también de todo el puto mundo. ¿Te suena de algo? —Gwen inclinó la cabeza y Eira se obligó a asentir.

No tuvo ánimo para corregir a su tía. Ella no había tenido la ilusión de tener el control. No le había importado el control. Solo había querido hacer daño igual que se lo habían hecho a ella… o peor. Había querido que toda la Torre se ahogara, que se congelaran con su frío, lo que fuera necesario.

—En cualquier caso, lo llevé demasiado lejos. Lo desafié a un duelo por abandono. ¿Sabes lo que es?

Eira negó con la cabeza.

—Es un duelo que solo acaba cuando alguien renuncia o muere.

—Los duelos a muerte no están permitidos en Solaris.

—*Técnicamente*, no es un duelo a muerte. Aunque aun así me llevé una fuerte reprimenda de mis superiores. De todos modos, para ahorrarte una larga y espantosa historia antes de dormir... las cosas se salieron de madre y estuve a punto de arrancarle el brazo a uno de mis compañeros de la guardia. Si el golpe hubiera sido ligeramente diferente, podría habérselo clavado en el corazón.

—No lo sabía —susurró Eira.

—No es algo de lo que me sienta orgullosa —rio Gwen a la ligera. Eira captó la nota amarga que reconocía en ella misma—. No es que fuera a casa y lo contara en Yule a todo el mundo. Pero sucedió. ¿Cuál crees que fue mi castigo?

—Evidentemente, no te echaron de la guardia del palacio.

—No. Fui disciplinada con duras lecciones y servicio. Pero cumplí mi tiempo e incluso ascendí en las filas de la guardia. Y mírame ahora, estoy a un paso de convertirme en mayor. —Gwen bostezó y se reclinó. Con la mano libre, Eira siguió jugueteando con el dobladillo del vestido—. Mira, yo no entiendo todos esos temas de hechicería que hay entre mi hermano y tú. Pero sí que entiendo lo que es ser joven, cometer un error y sentir que te ha destrozado la vida. Sin embargo, si sigues respirando y estás dispuesta a trabajar duro, no hay muchos errores de los que no puedas recuperarte.

Eira se guardó sus objeciones para sí misma. En efecto, si la historia de Gwen era cierta, era algo bastante serio. Pero la persona a la que había herido había entrado voluntariamente en el campo de entrenamiento. Había aceptado la posibilidad de ser herida.

Y también se había marchado con vida.

Tres años antes, Eira había entrado en una clase con el corazón repleto con una ingenua esperanza. Había confesado su amor, un amor que ella pensaba que era verdadero y real, a Adam y él había decidido convertirlo en juego. La había atraído con una nota con falsas promesas, le había dado a entender que en realidad podía sentir algo por esa chica torpe y desgarbada.

Noelle y los demás estaban escondidos cuando ella llegó. Justo cuando Adam iba a besar a Eira, salieron de sus escondites burlándose. Le habían gastado una broma pesada.

*Inútil… horrenda… ni siquiera tu madre podría quererte…*

Eira podría escuchar miles de voces, pero nunca olvidaría esas. El hielo reemplazó la sangre de sus venas aquella noche. Su crueldad había expuesto su fragilidad y su poder corría desenfrenado. Había cubierto la mitad de la Torre con escarcha y había dos estudiantes durmiendo en el centro. Uno sufrió una congelación severa y no volvió nunca a la Torre. La otra era joven y de constitución débil… No se volvió a despertar.

Era un milagro que no hubieran expulsado a Eira. Sus acciones fueron recibidas con un severo castigo, pero como era joven y no tenía control se salvó de los barrotes… por los pelos. El Senado había pedido un castigo más severo. Después de eso, la mayoría de las burlas habían pasado a las sombras en lugar de hacerse a plena luz. Y Eira nunca podría volver a mirar a sus compañeros del mismo modo.

—Espero que tengas razón —respondió Eira suavemente para aplacar a su tía negando con la cabeza y enviando a las ratas oscuras de su pasado a las sombras en las que normalmente acechaban.

—Sé que no me crees, pero tengo razón. —Gwen se acomodó de nuevo debajo de las mantas, así que Eira se levantó, pero su tía la agarró de la mano—. En algún momento tendrás que salir adelante. Lánzate al agua. Lucha por ser una competidora.

—Me lo pensaré.

—Nadie… Nadie adora el Continente de la Medialuna…

—Meru —corrigió Eira. La tierra había sido prácticamente olvidada durante un tiempo. Los que no la conocían se referían a ella como Continente de la Medialuna porque no sabían más. Pero ahora tenía nombre y, por lo que a Eira respectaba, debían empezar a referirse a ella de manera adecuada.

—Justo lo que yo decía. —Gwen sonrió y tiró de la mano de Eira para que ella se acercara—. Nadie adora ese sitio más que tú. Naciste para ir allí, para ver el ancho mundo y encontrar tu lugar en él, puedo sentirlo. —Gwen le dio un beso en la mejilla—. Que duermas bien, sobrinita. Y, cuando despiertes, sigue a tu corazón. Ayudaré a suavizar las cosas con tu tío si es necesario.

—Gracias, tía.

Eira se retiró de nuevo a la Torre con las sombras de su pasado y las posibilidades del futuro siguiéndola a cada paso.

A la mañana siguiente, se reunió con Alyss tal y como habían planeado y sufrieron durante las clases.

Tras terminar las clases del día, Eira, Alyss y el resto de la Torre se encontraron una vez más para un anuncio en el atrio principal de la base de la Torre. Todos los alumnos y profesores se aferraron con gran expectación a las palabras del ministro.

—Todos sabemos por qué os he convocado, así que no os haré esperar. —Fritz se colocó sobre una mesa para dirigirse a todos—. Esta semana comí con la emperatriz, lo que dio lugar a muchas reuniones tanto con la emperatriz y el emperador, como con el jefe de la Guardia y el ministro de Guerra sobre el próximo torneo. Además, me he reunido con el embajador Ferro y su delegación para discutir los detalles más a fondo.

—Al grano —siseó Alyss por lo bajo.

Eira la hizo callar. Ya le estaba costando concentrarse en Fritz por encima de los murmullos, las voces que la atormentaban desde las paredes, los restos de los consejos de Gwen y los latidos frenéticos de su corazón.

—Tras muchas discusiones, se ha decidido que se enviará a un hechicero de cada afinidad desde el imperio Solaris como nuestros competidores al Torneo de los Cinco Reinos. Esto significa que los otros cuatro reinos o territorios enviarán también a cuatro de sus mejores hechiceros para competir.

Susurros de emoción recorrieron la estancia como si fueran niños agitados durante las celebraciones otoñales del Festival del Sol.

—¡Cuatro, van a enviar a cuatro! —Alyss sacudió a Eira por el hombro.

—Pero solo uno de cada afinidad.

—No seas aguafiestas.

Fritz continuó antes de que Eira pudiera decir nada.

—Cualquier aprendiz mayor de quince años o instructor es bienvenido a inscribirse como candidato para ser considerado para competir. Para que la selección de los competidores finales sea justa, se llevará a cabo una serie de cinco pruebas durante los próximos tres meses para determinar quiénes serán nuestros campeones. Las pruebas empezarán tras el registro aquí, en el atrio. Los Portadores de Fuego podrán apuntarse mañana, los Rompedores de Tierra al día siguiente y, por último, los Corredores de Agua. Las inscripciones comienzan al amanecer y durarán hasta el atardecer.

—No ha mencionado a los Caminantes del Viento —murmuró Alyss—. Él no va a competir en estas pruebas, ¿verdad?

Eira sabía a quién se refería exactamente Alyss.

—Claro que no, no van a enviar a la emperatriz. Y Cullen es el más fuerte, el mayor y el más talentoso de los Caminantes del Viento que han despertado. Es la única opción viable. —Eira hizo una mueca—. Tal vez no deberíamos apuntarnos. Si fuéramos elegidas, tendríamos que competir al lado de Cullen.

—Valdría la pena aguantarlo como compañero de equipo si eso supone tener la oportunidad de competir contra hechiceros de otros reinos —replicó Alyss negando con la cabeza.

—Si tenéis alguna pregunta, haced el favor de dirigiros a vuestros instructores. Buena suerte a todos. Tenéis la oportunidad de representar a Solaris en el mejor escenario jamás conocido —terminó Fritz y su voz resonó con el peso del destino.

# Cinco

Eira y Alyss no eran las únicas que sentían curiosidad por saber qué significaba «apuntarse». La noche siguiente deambularon junto con otros aprendices por la pasarela en la que habían escuchado a Fritz la víspera. Todas las miradas estaban puestas en la tablilla rodeada por un anillo de fuego.

—Me pregunto si esto será la primera prueba —comentó Alyss.

—¿Hmm? —Eira aún no había apartado la mirada de la tabla de registro.

—El ministro dijo que habría cinco pruebas para reducir los candidatos a cuatro competidores finales. Me pregunto si atravesar el fuego será la primera prueba.

—No lo creo. Dijo que las pruebas empezarían después de las inscripciones.

—Ah, sí. Es verdad. —Alyss levantó la mirada de la madera que estaba talando mágicamente y una lluvia de serrín cayó a sus pies—. *Mira,* va a intentarlo.

Un joven aprendiz caminó hacia adelante, vacilando al borde de las llamas. Tenía las mangas de casquillo de los Portadores de Fuego. Aun así, irradiaba aprensión. Parecía tener apenas quince años.

El fuego, el agua, el viento y la tierra que sucedían de manera natural no podían dañar a los hechiceros de sus propias afinidades. Un Portador de Fuego no podía ser quemado por la llama de una vela ni por las llamas que él mismo creara. Sin embargo, si el fuego lo creaba otro hechicero, se convertía en una batalla de fuerza.

La concentración se adueñó del rostro del joven. Le goteaba el sudor por el cuello mientras miraba las llamas fijamente. Parpadearon, vacilando durante un instante. Alargó la mano y la retiró con un siseo. El fuego rugía con más fuerza que antes. El joven se alejó, abatido, renunciado a anotar su nombre.

—No es lo bastante fuerte. —Alyss chasqueó la lengua—. Interesante. Me pregunto quién habrá creado ese fuego.

—¿Acaso importa? —preguntó Eira observando a otra joven acercarse.

Era algo mayor y mostraba mucha más confianza. Levantó la mano y las llamas se separaron encogiéndose hasta quedar reducidas a llamitas alrededor de la tablilla del centro. La aprendiza pasó sobre ellas, ilesa, y anotó su nombre en la lista. Desde donde estaba, Eira pudo contar los nombres de unos diez Portadores de Fuego.

—Por supuesto que sí —Alyss frunció el ceño—. Porque eso significa que ya tienen candidatos favoritos para ser competidores.

—¿Cómo lo sabes?

—Piénsalo. Alguien ha creado esa llama que están usando como punto de referencia. ¿Quién? Probablemente la persona que piensen que sería lo bastante fuerte para representar a la Torre.

—Pues eso es todo. No tenemos oportunidad. —Eira quería sentirse aliviada, pero la fantasía de llegar a ser una de las competidoras y poder ir a Meru se aferraba a ella con determinación.

La joven salió del círculo de llamas con una pequeña ronda de aplausos. Hizo una reverencia con una floritura y se hizo a un lado para que lo intentara el siguiente candidato.

—¡Claro que no! —Alyss la fulminó con la mirada—. Tú y yo vamos a ser competidoras. Tú tienes dos días para practicar para lo que vayan a lanzarte. Yo solo tengo uno.

—Cierto... —murmuró Eira. Pero su mente ya estaba pensando en lo que habría en su tablilla de registro dos días después. No... su mente estaba pensando en *quién* lo habría puesto. ¿Había sido Fritz? Era la opción más probable. Pero Eira tenía un presentimiento constante en lo más profundo de sus entrañas acerca de quién iba a crear la barrera para los Corredores de Agua. Se apartó de la pared.

—¿A dónde vas? —la llamó Alyss.

—A ver a mi hermano.

Marcus estaba con Cullen en la biblioteca. Estaban sentados el uno frente al otro, cada uno en un sofá diferente, acurrucados alrededor de la chimenea en el lado derecho de la habitación. Eira pudo verlos mucho antes de que la vieran a ella. Tal vez por las estanterías. Pero probablemente porque era alguien no deseado y estaban demasiado absortos en la conversación del otro para fijarse en ella.

—... pero no estoy seguro de que mis padres me dejaran ir realmente —estaba diciendo Marcus en voz baja.

—Por supuesto que sí —respondió Cullen susurrando—. A ver, dijiste que pretendías conseguir renombre para tu familia, ¿verdad? Esta es la oportunidad de tu vida y un verdadero honor. Estarás representando a toda Solaris. Es lo que estabas esperando.

—Pero mi hermana... le dije a mi familia que...

—Tu hermana puede cuidar de sí misma.

Eira nunca pensó que fuera a estar de acuerdo en algo con Cullen, pero resultó que estaban sucediendo cosas imposibles a diestra y siniestra.

—No puedes seguir dejando que ella te retenga —continuó.

—No lo hace.

—Sí lo hace. Por eso sigues aquí, ¿verdad?

Eira se agachó, se arrastró y se detuvo detrás de una estantería. Desde su posición, podía mirar por encima de los libros para espiar la pequeña zona de asientos. Apenas respiraba, no emitía ningún sonido.

—Estoy aquí porque quiero estarlo.

—Y quieres estar aquí porque sientes que tienes que cuidarla porque no está *del todo aquí* y te preocupa que, si no la estás vigilando, haga algo con lo que salga dañada, ella o alguien más... otra vez.

—No es solo que...

—Mira, es admirable —prosiguió Cullen impidiendo que su hermano dijera otra palabra—. Te preocupas por ella de verdad. Quieres a tu hermana. Es algo maravilloso y no intento animarte a que dejes de hacerlo. Pero no puedes dejar que Eira te impida mirar por ti y hacer lo mejor para Marcus.

Marcus se quedó callado durante una horrible cantidad de tiempo. Eira deseó poder verle la cara, pero no se atrevió a moverse. Finalmente, dijo:

—Lo sé.

Su hermano se agarró la cabeza con ambas manos y se pasó los dedos por el pelo. Una aguja abrasadora se le clavó en el estómago al ver el movimiento torturado de Marcus. Estaba sufriendo. No era que ella no lo viera, que no se hubiera dado cuenta antes. Pero él ni siquiera le había permitido nunca tratar de hacerlo mejor. Siempre la había visto como algo lamentable, demasiado indefensa para compartir con ella algunas de sus cargas.

—Seremos tú, yo y Noelle. Ya sabemos la mitad del equipo basándonos en a quién ha pedido el ministro Fritz que creara las barreras.

Bueno, Eira ya tenía la respuesta a la pregunta que había ido a plantear.

—Eso no lo sabemos.

—¿Crees que os lo ha pedido específicamente a ti y a Noelle porque ambos tenéis mucho tiempo libre? —Cullen puso los ojos en blanco y se recostó en su silla. Apoyó una rodilla sobre la otra, esparciéndose y dominando el espacio. Cullen podía llenar una habitación solo con su presencia—. Piénsalo en serio. Tenemos una oportunidad increíble y formaremos un equipo estelar sin importar quién sea el Rompedor de Tierra. Yo seré el líder y tú serás mi segundo, dominaremos el espectáculo. Piensa en la gloria.

Los ojos avellana de Cullen parecían casi naranjas bajo la luz del fuego, casi como un Portador de Fuego mirando el futuro. Estaban ardientes de ambición y un orgullo que era casi aterrador. Eira no estaba completamente en desacuerdo con lo que estaba diciendo. Quería lo mejor para su hermano y, por supuesto, no quería ser la causa de su retención.

Pero tampoco se creía por completo que Cullen estuviera actuando según los intereses de Marcus. La única persona por la que Eira podía estar segura de que Cullen velaba era él mismo.

—Ya le he dicho a mi tío que me apuntaría. Veremos si paso las cinco pruebas. —Marcus se encogió de hombros.

—Sabemos que lo harás. No hay Corredor de Agua mejor que tú en esta Torre, ni siquiera el propio Fritz.

—No insultes a mi tío. —Marcus se levantó estirándose y bostezando.

—Estoy exponiendo hechos, no es ningún insulto.

—Solo estás adulándome porque quieres asegurarte de que vaya a Meru contigo.

—¿Y puedes culparme? —Cullen hizo una pausa y mostró un breve momento de vulnerabilidad que Marcus pareció pasar por alto cuando se dio la vuelta. Pero Eira se fijó. Vio sus ojos cansados y sus hombros levemente caídos. Vio algo debajo de la imagen de «Príncipe de la Torre» que proyectaba ante todos—. Necesito esto, Marcus. Para mí es la victoria o nada.

—Lo sé. —Marcus pasó un brazo por los hombros de Cullen—. Triunfarás. Siempre lo has hecho, así que, sin importar lo demás, de eso estoy seguro.

Cuando los hombres salieron de la biblioteca, Eira se retiró a las sombras en cuatro patas. Se apretó contra la pared del fondo y sintió que su magia se condensaba en el aire a su alrededor. Gotas de agua invisibles, presentes en todas partes, se engrosaron con su poder. Brillaban cambiando la forma en la que la tenue luz se refractaba, doblegándose a la voluntad de Eira.

Una ilusión la rodeó. Si cualquiera de los jóvenes mirara en su dirección, solo verían pared y sombras. Nadie lo hizo. Estaban demasiado absortos continuando su conversación.

Eira dejó caer su escudo mágico y se sentó en la oscuridad. Los susurros flotaban a su alrededor desde los libros y estantes. Algunos hablaban de amor, otros de tristeza y la gran mayoría de cosas nada importantes. Desde que había dejado de intentar silenciar por completo las voces, se habían vuelto más articuladas.

Culpaba a Alyss. La Torre estaba volviéndose tan ruidosa que apenas podía oírse a sí misma pensar.

Había un lugar más silencioso que el resto. Y, pronto, Eira se encontró en el almacén de los Corredores de Agua, abriendo la puerta oculta y deslizándose en una habitación olvidada de la Torre. Llevaba días sin visitar ese misterioso lugar, pero estaba exactamente como la última vez. El diario que había estado leyendo seguía sobre la mesa iluminado por la luz de la luna. Una vela que había tomado de los almacenes de los sirvientes del palacio estaba a su lado a medio quemar.

—¿Qué harías? —le susurró Eira al diario.

El silencio fue la única contestación.

Sin embargo, sabía la respuesta.

Quien hubiera escrito esos diarios y hubiera ocupado esa habitación había sido alguien valiente y poderoso. Alguien a quien no le importaba lo que el mundo le decía que debía o no debía hacer. Alguien que, en algún momento, había dicho las palabras «mata a nuestro soberano».

Evidentemente, había fracasado. El emperador Aldrik seguía vivo y sano. Su padre había muerto a manos del Rey Loco, Victor. Así que, quienquiera que fuera esa mujer, no había asesinado a ningún emperador.

A menos que... Eira negó con la cabeza. Era una idea demasiado imposible para considerarla. Había habido una mujer hecha de pura maldad e ira en la Torre de los Hechiceros muchos años atrás. Al menos, eso es lo que aseguraban los rumores.

Pero era más tradición que un hecho. Un fantasma cuyo nombre traía mala suerte incluso solo de *pensar* en él.

Eira se sentó al borde de la cama. Crujió debajo de ella, pero aguantó su peso. Se recostó y miró al techo intentando imaginarse a sí misma como esa mujer. Alguien lo bastante audaz y lo bastante loco para decir las palabras...

—Mata al emperador —susurró Eira probándolo. Las palabras le resultaron incómodas y le enviaron escalofríos por los brazos. Pero había valentía en ellas. Eran peligrosas y salvajes, no eran algo que dijera o incluso pensara la gente de bien.

Negó con la cabeza apartándolas a un lado. Eira no iba ganar ningún premio por patriotismo, pero tampoco le deseaba la muerte al emperador.

Aun así, la audacia que había sentido con esas palabras permaneció.

Eira giró la cabeza y tosió cuando una columna de polvo salió de la almohada. Se le humedecieron los ojos y volvió a centrarse en el escritorio. Tenía dos opciones. Una era seguir ahí tumbada sin hacer nada. La otra era levantarse y desafiar todas las posibilidades. Intentar alcanzar algo que el mundo no creía que debiera tener.

Sabía lo que su tío y su hermano pensaban que debía hacer y probablemente sus padres también estuvieran del lado de su tío. Alyss y Gwen estaban en el bando contrario.

Pero ¿qué quería *ella*?

Respirando hondo, Eira se levantó y se acercó al escritorio. Abrió su yesquero y encendió la vela. Había cera suficiente para toda la noche y al día siguiente podría intentar hacerse con un orbe de llamas para esa habitación. O, al menos, con una mayor existencia de velas.

Eira abrió el diario y empezó a leer. Alyss tenía razón. Si quería convertirse en una contendiente para el torneo, debería empezar a practicar ya.

# Seis

El día siguiente, Eira observaba mientras Alyss esperaba su turno en la cola. La tablilla de registro estaba completamente encerrada en un grueso cubo de granito. Las paredes eran extrañamente lisas, lo que indicaba que habían sido hechas con magia y no por manos humanas.

Uno a uno, los Rompedores de Tierra se acercaron. Clavaban los pies y colocaban las palmas de las manos en el granito. La mayoría no logró nada. La roca era implacable. Con otros, se resquebrajó bajo sus manos o se tambaleó como si se hubiera convertido en gelatina, pero al final la roca no cedía.

Pero hubo unos pocos que se acercaron a la piedra, la abrieron como si fuera una cortina y se metieron en su interior para anotar su nombre antes de volver a salir. Alyss fue una de las que lo logró.

—Te lo dije —comentó orgullosa mientras se acercaba a donde la estaba esperando Eira—. Te dije que no habría ningún problema.

—Estabas nerviosa esta mañana en el desayuno —señaló Eira con una sonrisa—. Pero enhorabuena. No he dudado de ti ni un segundo.

—Mañana te toca a ti. —Alyss se encaminó hacia la Torre y Eira la siguió en silencio. Alyss la miró por el rabillo del ojo—. No me digas que te vas a echar atrás.

—No —replicó Eira con más confianza de la que sentía.

Desde la noche anterior, había dos facciones en guerra dentro de ella. Una le decía que siguiera el camino que estaban trazando para ella: el de no defraudar a su familia y alejarse de las pruebas. Ya había visto lo que sucedía cuando intentaba hacer algo grande. No estaba hecha para la grandeza que Cullen, o el misterioso Corredor de Agua que había encontrado una habitación secreta en la Torre o cualquier otro como ellos buscaban tan asiduamente.

Pero había otro lado en ella que hablaba con la voz de Gwen. «Estás hecha para esto». Las pruebas estaban destinadas a ella. No había nadie más preparado para ir a Meru ni nadie que lo deseara más que ella.

Aquella noche, volvió a la habitación escondida cuando todo el resto de la Torre dormía. Eira practicó magia hasta altas horas de la madrugada y se tumbó en esa cama, sin molestarse siquiera en volver a su habitación. Se despertó sobresaltada poco después con el sonido de alguien hurgando en el almacén.

Eira contuvo la respiración esperando que, quienquiera que fuera, viera finalmente la puerta oculta. Pero no fue así. El ruido cesó y el estruendo de la puerta del almacén mientras se cerraba resonó a través de la piedra del castillo hasta ella.

Se pasó los dedos por el pelo de camino al comedor para desayunar e intentó sacudirse el polvo de la ropa.

El comedor de la Torre estaba en el centro. Los aprendices se turnaban para cocinar, así que la comida siempre era diferente... y de cantidad variable. Esa mañana la comida era de la parte occidental del imperio: un estofado a base de tomate con huevo pochado servido con dos puntas de pan tostado.

—No estabas en tu habitación esta mañana —señaló Alyss sentándose enfrente de Eira en una mesa larga. Nadie se atrevía a sentarse cerca de ellas—. Y tienes un aspecto horrible. ¿Has dormido con esa ropa?

—Sí.

—¿Por qué?

—He estado practicando toda la noche.

A Alyss se le iluminó la cara.

—Sabía que lo intentarías. —Se inclinó hacia adelante y las trenzas se le deslizaron por los hombros—. No he visto a tu hermano esta mañana. Creo que tenías razón. Él será el que coloque la barrera hoy.

—¿Has ido a verla ya?

Alyss negó con la cabeza.

—Iré cuando vayas a apuntarte. ¿Quieres hacerlo de camino a la clínica?

—Lo haré cuando termine en la clínica.

—Las inscripciones solo duran hasta el atardecer —le recordó innecesariamente Alyss—. Asegúrate de no acabar demasiado tarde.

—Eso tendría que decírtelo a ti. Tú eres la que siempre está tan ocupada que nos retrasa.

Alyss le sacó la lengua e hizo una mueca.

Resultó que Eira se había equivocado. Alyss solo tenía que ayudar a los clérigos con unos pocos pacientes, mientras que la lista de Eira se había triplicado.

Fritz le entregó la lista como si nada. Ninguno de los dos mencionó a su hermano, pero Eira lo sabía. Tenía una lista tan larga porque él no iba a salir ese día. No podía acudir a la clínica si tenía que colocar la barrera. Y si el resultado era que ella estaría ocupada hasta que se pusiera el sol, por lo que a su tía respectaba, mejor que mejor.

—Hay una cosa más —dijo Fritz antes de que saliera de su despacho.

—Si tengo que hacer todo esto será mejor que empiece cuanto antes —comentó Eira sacudiendo su lista.

—¿Con prisas? —replicó él en tono acusador.

—Solo quiero asegurarme de no ensuciar la Torre por llegar demasiado tarde y de no perdérmelos a todos. —Eira apretó los labios en una fina sonrisa.

—Vale, bien. Puedes leer esto de camino. —Fritz le pasó una carta doblada, sellada con una gota de cera bien conocida—. Ha llegado esta mañana.

—Gracias —murmuró y se excusó. Eira le dio la vuelta a la carta. Estaba su nombre escrito en la parte delantera junto con las palabras «Aprendiza de la Torre» garabateadas debajo. Deslizó un dedo por debajo del sello, pero al instante se lo pensó mejor. No era algo que quisiera leer en mitad del salón principal de la Torre.

Retirándose al almacén de los Corredores de Agua, Eira recogió todo lo que necesitaba para la clínica y le quedó una bolsa tres veces más pesada de lo normal. Respirando hondo y esperando que estuvieran todos concentrados en sus clases o en la barrera, abrió la carta.

Decía:

*Eira,*
*Nos hemos enterado de lo de las pruebas y ¡no podemos estar más emocionados! Nos parece una oportunidad increíble, una que no deberías pasar por alto.*

Sonrió, pero la expresión se desvaneció de su rostro al seguir leyendo.

*Como sabes, tu hermano lleva años cuidando de tí diligentemente. Te ha apoyado en la Torre desde muy temprana edad. Ahora nos gustaría pedirte que lo apoyaras a él.*

*Estas pruebas significan mucho para Marcus.*

«Significan mucho para Marcus...» leyó en voz alta para comprobar si esas palabras le sentaban mejor al escucharlas. No fue así. Le sentó tan mal como cuando las había leído.

*Por favor, asegúrate de dejarle a Marcus espacio para brillar. Tu tío nos ha dicho que estás ansiosa por probarte a ti misma, pero ahora no es tu momento. Apoya a tu hermano con la misma diligencia con la que él te ha apoyado a ti.*

*Estamos planeando hacer un viaje a Solarin para verlo competir en la segunda prueba. No podemos esperar para celebrar su éxito junto a ti. Escucha a tus tíos y céntrate en tus estudios.*

*Te queremos,*
*madre y padre.*

Leyó la nota dos veces deseando que las palabras cambiaran.

«Apoya a Marcus. Hazte a un lado. Espera tu turno».

—¿Cuándo será mi turno? —susurró Eira con la voz débil marcada por un dolor que no podía describir. Eira negó con la cabeza y se metió la nota en el bolso. Las palabras se estaban volviendo borrosas y, si seguía mirándola, la carta la rompería en pedazos que no podía esperar volver a armar.

Intentando sacársela de la mente, Eira empezó a bajar por la Torre. Pero las pruebas estaban en boca de todos los aprendices emocionados. Y la barrera que vio al salir fue otro recordatorio importante.

El cubo de los Rompedores de Tierra había sido suave y pulido. Su hermano había optado por un enfoque más... orgánico. Había lanzas de hielo entrelazadas formando una jaula de aspecto retorcido. Irradiaba penachos de escarcha. Todo el vestíbulo estaba helado por su presencia.

Tenía que admitir que estaba impresionada, tenía un aspecto formidable. Y parecía ser efectivo a la hora de mantener fuera a la mayoría de los Corredores de Agua. Dos lo intentaron mientras Eira bajaba por la pasarela para salir de la Torre. Ninguno de los dos logró hacer que se moviera ni un pedazo de hielo.

El día se prolongó y siguió. Aun así, en cierto modo, todo terminó demasiado pronto.

El sol ya estaba bajo mientras Eira regresaba a la Torre. Cuando llegó, lo hizo con el aliento entrecortado por la ligera carrera, decidida a vencer al sol. Cuando Eira entró en la Torre, vio a Alyss sentada en un rincón, esperando. Fritz había tomado posición junto a la jaula de hierro.

Eira se quedó paralizada. No había contado con tener público. Alyss, tal vez. Pero no a los otros veinte que había allí reunidos. Y, ciertamente, no a su tío.

Fritz no reparó en ella. Estaba concentrado en su reloj, sin duda contando los minutos que quedaban para que la barrera cayera y poder llevarse la tablilla con todos los que se habían apuntado.

Alyss se levantó llamando la atención de Eira. «Hazlo», articuló. Eira tragó saliva con dificultad. «Hazlo», insistió Alyss en silencio.

La petición de sus padres seguía al frente de sus pensamientos. Había estado allí todo el tiempo, minando su determinación.

Sacudiendo lentamente la cabeza, Eira levantó la barbilla y empezó a subir por el camino. *Es mejor así*, trató de decirse a sí misma. Estaba equivocada y Gwen también estaba equivocada. No estaba hecha para eso, Marcus sí. Él era la estrella de la familia, el que sin duda seguiría los pasos de su tío. Competir en el Torneo de los Cinco Reinos era un buen inicio para convertirse en el ministro de Hechicería del imperio, tal vez incluso con un señorío como Cullen.

Si Marcus lo hiciera, ella ya no lo estaría reteniendo.

Los pasos de Eira se ralentizaron. Miró por encima del hombro hacia la jaula de hielo. Fritz la vio y le sonrió saludándola con la mano.

Una oleada de valentía salvaje, probablemente errónea, se apoderó de ella. No. Había otro modo de demostrarles a todos que Marcus no necesitaba retenerse por ella. Podía *demostrar* que era capaz de valerse por sí misma. Tragándose los nervios y permitiendo que su coraje aumentara, Eira volvió a bajar en dirección a la jaula de hielo.

—¿Eira? ¿Puedo hacer algo por ti? —Fritz la miró parpadeando.

—Por favor, disculpe, ministro. —Eira inclinó la cabeza y lo rodeó.

—Eira...

Antes de que pudiera volver a pensárselo, Eira levantó la mano. El frío se hundió en sus dedos con una sensación conocida y bienvenida. Permitió que las ataduras de la magia se envolvieran alrededor de su antebrazo. Eira dio un paso hacia adelante y su mano se encontró el hielo amargo. Se fusionó con él en magia y carne.

No había duda, era la magia de su hermano. Se había pasado toda la vida admirándolo, queriendo ser como él. Conocía su poder mejor que nadie. Respiró hondo y cerró el puño.

El hielo azul intenso crujió bajo sus dedos como si no fuera más que escarcha. Toda la barrera se fracturó con un crujido que resonó a través de toda la Torre. El hielo cayó al suelo en forma de agua.

Eira se levantó la falda y pasó por encima del charco que se onduló y retorció contra su magia intentando reformarse. Lanzas de agua se elevaban desde el suelo y se convertían en escarcha antes de volver a caer por su propio peso. Su hermano debía estar cansado de sostener la barrera durante todo el día porque no pudo oponer mucha resistencia desde dondequiera que estuviera.

Eira levantó la pluma y anotó su nombre, el último de la lista. Sentía la mirada de Fritz perforándole el cráneo, pero Eira lo ignoró mientras devolvía la pluma y se retiraba a la Torre con el corazón resonándole en los oídos.

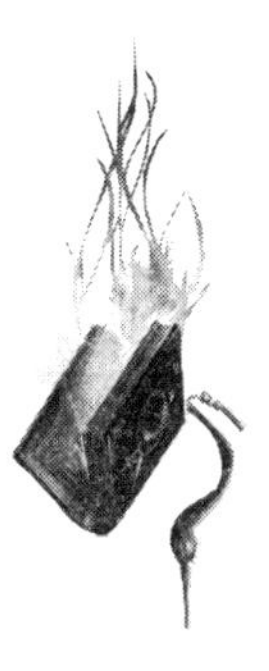

# Siete

—HA. SIDO. BRILLANTE. —Alyss le agarró ambas manos y la hizo girar en su habitación—. ¡No solo has movido la barrera, sino que la has destrozado entera! No sabía siquiera si querías inscribirte de verdad. Pero, vaya, menuda declaración. Has entrado y *pum*… —Alyss alargó la mano y golpeó el aire—. Barrera desaparecida. Atentos, Corredores de Agua. ¡Eira ha llegado para quedarse!

Eira rio con nerviosismo.

—No creo que mi tío esté tan contento como tú. —Y sus padres tampoco lo estarían.

—No te ha detenido.

—En realidad, no *podía* detenerme. —Eira se paseó entre Alyss y la ventana—. Al fin y al cabo, no puede mostrar favoritismo conmigo y tampoco lo contrario. Tengo que ser igual que los otros aprendices. —Y, si eso era cierto, ¿por qué estaba Eira tan nerviosa? Probablemente porque acababa de desobedecer muy públicamente la petición de toda su familia.

En los tres años que habían pasado desde el accidente, Eira había trabajado para cumplir todas las expectativas que había puestas en ella. Pero Gwen tenía razón. ¿Verdad? En algún momento, tendría que valerse por sí misma. Tenía que romper los deseos de su familia y demostrarles quién era realmente sin estar atada a Marcus.

—Seguro que irá bien.

—Yo... —Eira no pudo terminar la frase, el destino decidió hacerlo por ella.

Una ráfaga de cuatro golpes en la puerta, una pausa y luego dos golpes lentos. Antes de que pudiera decirle a su hermano que pasara, entró. Los ojos de Marcus brillaron sobre Alyss y se posaron en ella.

—El tío quiere verte.

—Seguro que sí —murmuró Eira.

—No dejes que se meta en problemas. —Alyss se interpuso entre Eira y Marcus—. Tiene permitido competir en las pruebas si quiere hacerlo.

—Vuelve a tu habitación, Alyss —ordenó Marcus en tono sensato—. Sin duda, convencerla para inscribirse fue una idea brillante.

—Gracias por darte cuenta de que soy brillante. —Alyss ignoró por completo el sarcasmo de la palabra «brillante» tal y como Marcus la había pronunciado. Paró junto a él y gritó desde el pasillo—: ¡Buen trabajo, Eira! ¡Me muero de ganas de que seamos compañeras de equipo en el Torneo de los Cinco Reinos!

Eira no dijo nada, estaba demasiado centrada en protegerse de las dagas que Marcus le estaba clavando con la mirada.

—Vamos. —Marcus le dio la espalda y empezó a subir hacia la Torre.

Eira corrió tras él.

—Marcus...

—Ahórratelo, Eira.

—Marcus, sé que estás enfadado conmigo.

—No tienes ni idea de lo que siento. —La voz de Marcus se elevó y luego calló de inmediato. Se volvió hacia ella—. No puedes saberlo porque ni yo mismo tengo idea de lo que siento.

—Sé que no querías que compitiera. —Miró a su hermano a los ojos. Tras su crecimiento acelerado los últimos dos años, tenía casi su altura.

—Por supuesto que no quería. No quiero nada que pueda ponerte en peligro. No puedo dejar que hagas nada arriesgado. Eso es algo que me dejaron bien claro mamá, papá y todos los demás y creía que a ti también. —Marcus reanudó la subida.

—La vida está llena de riesgos —siseó Eira bajando la voz al pasar junto a otros hechiceros—. No puedes protegerme de todos ellos.

—No me digas lo que puedo hacer —gruñó.

—Sí, no es nada divertido, ¿verdad? Que alguien te diga lo que puedes hacer y lo que no.

—Eira…

—Puede que ahora lo entiendas. —Lo fulminó con la mirada—. Soy mi propia persona. No salto solo cuando me lo piden y no me limitaré a existir tranquilamente dónde y cómo tú o cualquier otro quiere que lo haga.

—¿Crees que no lo sé? ¿Que no lo sabemos? —Marcus negó con la cabeza. Irradiaba decepción con más fuerza aún que la magia de antes—. Pero también tienes que confiar en nosotros cuando decimos que solo buscamos lo mejor para ti.

—¿Y qué hay de lo mejor para *ti*? —Eira odiaba hacer eco de las palabras de Cullen—. ¿Cuándo dejarás de preocuparte por mí y empezarás a centrarte en ti mismo?

—¡Cuando pueda confiar en que no vayas a matar a nadie por accidente! —espetó y retrocedió al instante.

—No fue mi intención y lo sabes. —Eira se envolvió con los brazos como si pudiera protegerse de las oleadas de culpabilidad que la invadían cada vez que salía a luz el recuerdo de aquel día—. No fue…

—Lo sé, lo siento. No tendría que haberlo mencionado. —Marcus negó con la cabeza—. Pero... está el incidente y las «voces» que oyes por todas partes.

—Sí que oigo voces y lo sabes —susurró sin aliento. Cada comentario era como un puñetazo en el estómago que la golpeaba con más fuerza de la que él probablemente tuviera intención y la dejaba debilitada. De entre todos, él era el único que le había dicho que la creía. Necesitaba a alguien en su familia que la creyera y, si no era Marcus, ¿quién?—. Ya te lo he dicho, las voces vienen de recipientes accidentales creados por la magia sin que sus propietarios se dieran cuenta... por eso la Torre es más ruidosa que cualquier otro sitio.

—Eira. —Suspiró y redujo la velocidad hasta detenerse. Ya casi habían llegado al despacho de su tío. Marcus le puso las manos en los hombros y la miró a los ojos—. Sé que es lo que crees, pero nadie más ha escuchado nunca ese tipo de voces. Ningún Corredor de Agua. Y los recipientes accidentales son muy difíciles de crear.

—Tal vez no tanto como la gente piense. Tal vez alguien más escuche las voces y le da miedo que lo traten de loco si dice algo.

El dolor se reflejó en la expresión del chico, perseguido por la culpa. Aun así, Marcus no cedió.

—¿Qué te parece más razonable? ¿Que tengas una habilidad que nadie ha tenido nunca o que escuches cosas que...?

—¿Que no son reales? —terminó tan gélida como los sentimientos de su interior.

—Que quieres oír —replicó él con firmeza—. Sé que las cosas no han sido fáciles para ti. Es normal que quieras amigos. O que quieras sentirte especial.

—No me lo estoy inventando. Y no tengo amigos imaginarios. —Eira se apartó de él. El dolor le abrasó el pecho y se infiltró por las barreras adormecedoras en las que había intentado sumergirse—. No me crees, ¿verdad?

—Creo que crees lo que estás diciendo. Eira, espera...

Abrió de un tirón la puerta del ministro, dando por terminada la conversación.

Fritz estaba sentado detrás del escritorio apoyando la cabeza en las manos. Grahm estaba apoyado en el borde del escritorio con los brazos cruzados. La conversación que estuvieran manteniendo también terminó abruptamente.

—Acabemos con esto. —Eira se sentó en una de las dos sillas que había frente a Fritz preparándose para una reprimenda aún mayor.

—Cierra la puerta, Marcus, por favor —le pidió Fritz con cansancio. Marcus obedeció y Fritz se volvió hacia ella—. Dijiste que no te inscribirías.

—Cambié de opinión.

—Te pedimos específicamente que no lo hicieras. Tus *padres* te pidieron específicamente que no lo hicieras —agregó Grahm. La frustración le endurecía más la voz que su brazo de hielo. Había perdido el brazo en la guerra contra el Rey Loco Victor y ahora usaba su magia como prótesis.

—No pasa nada —dijo Fritz con un suspiro.

—¿De verdad? —preguntó Eira con cautela.

—Sí. La primera prueba está diseñada para acabar con la mitad de los candidatos. Tú estarás en esa mitad.

—¿Estás diciendo que vas a descartarme sin tener en cuenta mi rendimiento? —No podía creer lo que estaba oyendo.

—No. Lamentablemente, las pruebas serán públicas en todas las etapas, así que no puedo interceder entre bambalinas sin provocar preguntas. Estoy diciendo que tú fracases a propósito.

—¿Por qué no quieres que lo consiga? —Se levantó de la silla dando un manotazo—. ¿Por qué ninguno queréis que lo haga?

—Ya te lo dijimos —respondió Grahm sin mirarla.

—¿Por lo de hace tres años? Fue un error, una equivocación. Ya no soy la chica que era entonces. Ahora soy una mujer. Soy más fuerte y tengo mayor control.

—¿De verdad?

—¡Claro que sí!

—¿De verdad? —repitió Grahm mirando la silla.

Eira siguió su mirada. Toda la silla estaba empapada y goteando en el suelo. Se miró las manos. El agua que había en ellas ya se estaba convirtiendo en hielo.

—Sí —insistió Eira dejando ir su poder y su frustración con una exhalación. El agua se evaporó—. Y tal vez este sea el único modo de demostrároslo a todos. Ahora lo veo claro, si no lo hago, seguiréis tratándome como una niña a la que rechazar y controlar durante el resto de mi vida. Aunque no sea elegida como competidora final, os demostraré a todos que puedo controlarme.

—Deja de ser tan irracional. —Grahm puso los ojos en blanco.

—Querer tener el control de mi vida es lo menos irracional que podría pedir. —Eira se dirigió a la puerta.

—No seas egoísta, Eira —murmuró su hermano.

Eira lo fulminó con la mirada.

—¿No lo entiendes? Esto es tanto por mí como por ti y tu libertad.

—Por favor, siéntate. No hemos terminado —indicó Fritz.

—Yo sí. —Eira salió dando un portazo.

Bajó corriendo por la Torre esforzándose por mantener bajo control las oscuras corrientes que se arremolinaban en su interior. Su océano revuelto por el hielo se calmaba amargamente. Hielo. Hielo por todas partes. De la cabeza a los pies. Había congelado todo el tumultuoso océano que había en ella.

—Vaya, ¿esta noche eres la reina del hielo? —La voz de Cullen fue como un relámpago atravesando cada rincón de su ser.

Eira se detuvo de golpe. Cullen estaba justo al final del pasillo. Con el cabello perfectamente peinado hacia arriba y hacia un lado. Con las manos en los bolsillos y con esa sonrisa tan perezosa y arrogante.

—¿Qué?

—Será mejor que te calmes si no quieres congelar toda la Torre... de nuevo.

Cuando ella frunció el ceño, él señaló sus pies. Efectivamente, el hielo se estaba extendiendo desde su posición. Maldiciendo por lo bajo, Eira cerró los ojos con fuerza y exhaló profundamente. Cuando volvió a abrirlos, la escarcha había desaparecido.

—Eso es.

—¿Qué te ha alterado tanto? —preguntó Cullen antes de que ella se diera la vuelta para dejarlo atrás—. Déjame adivinar, acabas de volver de hablar con Marcus y te has dado cuenta de que lo has avergonzado delante de toda la Torre con tu numerito de hoy.

—Lo que hable o deje de hablar con mi hermano no es asunto tuyo, Cullen. —Eira se volvió y lo fulminó con la mirada. La luz de los orbes de llamas proyectaba sombras casi siniestras en las duras líneas de la mandíbula y la nariz del chico. Su cabello castaño estaba rodeado de naranja. Sus ojos mostraban un cálido color ambarino, tan amenazantes como hermosos.

—Déjame darte un consejo. —Dio un paso hacia ella. Eira no retrocedió.

—Déjame decirte que no quiero tu consejo. —Se estiró, pero él estaba más arriba en la pendiente de la pasarela principal de la Torre. Y, para empezar, era un poco más alto.

—Tu hermano será un competidor conmigo. Hay gente que simplemente no nace para esto. —Se encogió de hombros y recorrió su cuerpo con la mirada, de los pies a la cabeza—. No hay nada de lo que preocuparse o avergonzarse si no estás a la altura. Pero tendré el equipo que *yo* elija para esta competición. No vas a llegar muy lejos en tu desafío.

—El equipo final se elige en función de los méritos.

—Las pruebas son una formalidad.

—Menudo hombre más arrogante —se enfureció Eira. Cullen había nacido con su magia poderosa, su cabello perfecto, su familia prometedora y su hermoso rostro. Se lo habían dado todo sin tener que esforzarse. Había sido el primer Caminante del Viento tras el ascenso de Vhalla al poder. Había sido entrenado por la propia emperatriz. Había sido ascendido al señorío, su padre se había convertido en senador, lo habían recibido con los brazos abiertos en la corte de Solaris… no era de extrañar que se pensara que el mundo giraba a su alrededor.

—Sería más correcto decir «menudo *lord* más arrogante».

—¿Ahora vas a empezar a hacer alarde de tu título? —Lo miró entornando los ojos. Históricamente, Cullen no había exigido el uso de su título en la Torre. Era modesto, o eso afirmaba él. Por supuesto, la humildad también había sido una farsa.

—Solo te estoy corrigiendo. Mientras sigas haciendo las cosas mal, voy a tener que hacerlo. —Le echó en cara las palabras de su última interacción.

Eira frunció el ceño y no mordió el anzuelo.

—No tienes control sobre eso. Las pruebas serán públicas.

Cullen pareció realmente sorprendido al oír esa información. Pero esa expresión se desvaneció rápidamente en una brisa invisible.

—Más razones para echarte atrás mientras puedes. No hay motivos para volver tu humillación un asunto público.

—Voy a competir y voy a ganar —prometió tanto para sí misma como para él.

Él retorció el rostro con repugnancia.

—Piensa en tu hermano.

—Creo que soy la única en esta Torre que lo hace. Buenas noches, Cullen. Si me necesitas, podrás encontrarme en la primera prueba. —Eira se alejó en la dirección opuesta a él. Cullen siguió subiendo, sin duda para ir a la habitación de Marcus y contarle la falta de control de Eira y su comportamiento amargado.

*Piensa en Marcus.*

Cómo se atrevían. La declaración era una traición en dos frentes. En primer lugar, era una traición a Marcus, como si el mundo se contentara con dejarlo ser su guardián. Si Eira no se apartaba de su sombra, él siempre cargaría con su responsabilidad. En segundo lugar, era una traición a ella. Nadie creía que tuviera una oportunidad. Ni siquiera tenían la decencia de fingir lo contrario.

Por segunda noche, Eira no fue a su dormitorio. En lugar de eso, fue a la misteriosa habitación que había detrás de la puerta secreta. Leyó hasta altas horas de la noche y, por primera vez, se atrevió a probar algunas de las instrucciones mágicas más extrañas de esos diarios olvidados.

—¿Qué pasa? —preguntó Alyss cuando se sentó junto a Eira en una de las largas mesas de la sala de conferencias.

—No he dormido bien —murmuró Eira hojeando las páginas de su cuaderno e imaginándose las palabras del diario que había estado leyendo una hora antes.

—Hay algo más que eso. —Alyss le agarró la mano—. Estás mirando páginas en blanco, tienes un aspecto horrible *y* no has venido a desayunar. Hoy era día de bizcocho en sartén. No hay nada que te guste más que nos sirvan bizcocho en sartén caliente y mantecoso en lugar de esas gachas.

—La explicación de lo delicioso que estaba el bizcocho en sartén no era necesaria.

—Dime qué te pasa y conseguirás uno.

—¿Qué? —Eira se enderezó.

—He sacado uno a escondidas del comedor. Ahora dime qué está pasando.

—Primero el bizcocho.

—No, tú primero.

Eira gruñó.

—Vale. Sabes que mi tío me llamó anoche para hablar... —Eira le contó los eventos con Marcus, con su tío e incluso con Cullen en el pasillo después. Cuando terminó, Alyss le pasó un paquete grasiento sin comprender. Eira se puso el bolso en el regazo y apoyó el bizcocho sobre él, lo último que quería era mancharse el vestido de mantequilla.

—Vaya unos memos —dijo finalmente Alyss—. Son todos unos idiotas.

—Relájate con los insultos, siguen siendo mi familia. A excepción de Cullen... puedes meterte con él —dijo Eira entre bocado y bocado.

—Vamos a demostrárselo tú y yo. —Alyss la empujó con el hombro—. Estoy orgullosa de ti por no ceder.

Eira se lamió los dedos y dijo:

—Tengo que contarte una cosa más. —Había estado debatiéndose sobre el momento adecuado para contarle a su amiga lo de la habitación secreta. Pero, como parecía que iba a ser algo más que una fascinación pasajera, ese era un momento tan bueno como cualquier otro.

—¿El qué?

—Bueno, será más fácil enseñártelo.

—Ahora me tienes en ascuas, ¿qué es?

Las interrumpió una risa estridente. Noelle entró en la sala de conferencias con Adam y su pandilla habitual. Parecía que nunca iban a ninguna parte sin sus cómplices y admiradores. Eira volvió a fijar la mirada en su cuaderno y se limpió la boca con los dedos.

—También se han apuntado todos —comentó Alyss en voz baja.

—Bien —respondió Eira en un susurro—. Disfrutaré machacando a Adam en las pruebas. —Aunque Eira no fuera elegida como competidora... demostrarle a su familia que podía cuidar de sí misma *y* poner a Adam en su sitio sería un buen premio de consolación.

—Muy bien —dijo su instructor, el señor Levit, al entrar—. Hoy tenemos mucho que cubrir y, para que no os distraigáis durante la clase, abordaré lo que sin duda es el pensamiento más apremiante en vuestras mentes: las pruebas.

Prácticamente toda la sala de conferencias intercambió murmullos. La mayoría de las miradas se dirigieron al grupo de Noelle y Adam. Pero unas pocas miradas cautelosas se desviaron hacia Eira.

—La primera prueba tendrá lugar la semana que viene. Como todos sabéis, se enviará a un hechicero de cada afinidad al torneo. Así pues, cada participante solo competirá contra aquellos con los que comparte afinidad. Por lo tanto, cada afinidad se pondrá a prueba un día diferente.

Mientras hablaba, el señor Levit escribía con tiza en la pizarra. En cuatro días, daría comienzo la primera prueba con los Portadores de Fuego, luego los Rompedores de Tierra y, el último día, los Corredores de Agua.

—Ahora bien, sé que los candidatos que se encuentran entre nosotros arden de ganas de conocer los detalles de la primera prueba. Y sé que incluso los que no son candidatos están muy comprometidos. —Movió los dedos en el aire y brillaron chispas de fuego entre ellos al pronunciar la palabra «arden»—. Os contaré todo lo que sé y lo dejaremos ahí. Puesto que el Torneo de los Cinco Reinos está destinado a celebrar la unión de culturas y el respeto mutuo, habrá muchos eventos y oportunidades para que las culturas se mezclen. Naturalmente, queremos enviar a los mejores de los nuestros. No solo a los que tengan más talento para la magia, sino también a quienes muestren tacto y elegancia al navegar entre las culturas de Meru.

»Por consiguiente, la primera prueba es en realidad... un examen. Una evaluación escrita para valorar el conocimiento de los competidores sobre Meru, sus culturas y sus costumbres.

—*¡JA!* —soltó Alyss.

—¿Cómo? —chilló Noelle al mismo tiempo.

—Señoritas, por favor —suspiró el señor Levit.

Un examen escrito... sobre Meru. La expresión inescrutable que había esbozado Eira en presencia de Adam y Noelle se rompió en una sonrisa. La primera prueba era *suya*. No había nadie más fascinado con Meru en toda la Torre. No había nadie más que hubiera leído durante años toda la información limitada que había disponible.

No era de extrañar que su tío hubiera intentado convencerla de echarlo todo por la borda. De lo contrario, no había modo de poder descartarla.

—Señor Levit, esto no es justo —replicó Noelle—. Se supone que debemos ser evaluados por nuestras habilidades como hechiceros, ¿no?

—Todavía están por decidirse los detalles del torneo —le recordó—. Como iba diciendo, lo mejor que puede hacer Solaris es enviar a competidores completos que sean excepcionales por su talento, elegancia, conocimiento, coraje, determinación y, por supuesto, que no se pongan los pies en la boca en cuanto lleguen a Meru.

—Te lo dije —susurró Alyss y le dio una palmada en la pierna a Eira—. Estás hecha para esto. —Eira le dirigió una sonrisita a su amiga—. Y ahora vas a ayudarme a estudiar. Solo tengo cinco días para meter todo lo que tienes en tu cabeza en la mía.

Eira contuvo un resoplido divertido.

—Si te preocupan tus puntuaciones, Noelle, te recomiendo que prestes más atención a la clase de hoy. Hablaremos del final de la Guerra de las Cavernas de Cristal, lo que nos conducirá a un buen debate sobre la apertura de Meru...

Eira escuchó atentamente al señor Levit. Pero ya conocía toda esa información. Las Cavernas de Cristal cayeron al final del breve reinado del Rey Loco Victor y la ubicación donde una vez habían estado las Cavernas se convirtió en uno de los primeros lugares que los dignatarios de Meru exigieron visitar.

Las Cavernas de Cristal habían sido un sitio de magia misteriosa y poderosa. Eira opinaba que el mundo estaba mejor sin esa magia. Según las historias, la exposición a los cristales convertía a los hombres en monstruos y desbloqueaba otras magias imposibles y retorcidas. Después de que el Rey Loco Victor fuera derrotado, se dice que los cristales de las cavernas se oscurecieron y se desmoronaron en un fino polvo negro como si fuera ceniza. Era una página de la historia que había tenido lugar mucho antes de su tiempo y una que se leía más como propaganda imperial sobre la grandeza del emperador y la emperatriz al provocar la caída del Rey Loco Victor y de las Cavernas de Cristal.

Cuando terminó la lección dos horas más tarde, la mayoría de los asistentes salieron de la sala como un enjambre que siguió a Noelle con su mala actitud como moscas a los excrementos. Eira y Alyss recogieron lentamente dejando tiempo suficiente para que los demás se marcharan. No les hizo falta discutir el por qué: lo último que querían era encontrarse con Noelle y Adam en los pasillos cuando estos ya estaban de mal humor.

—Eira —la llamó el señor Levit cuando estaba terminando de guardar sus diarios—. ¿Podemos hablar?

—Sí, señor. —Eira bajó unos pocos escalones hasta él.

—En privado, por favor, Alyss.

—Por supuesto. —Alyss le dio un ligero apretón en el hombro—. Te espero fuera.

Eira asintió y su amiga se marchó.

—¿Sí?

—Tengo algo para ti. —El señor Levit se aferró a su bolso de cuero desgastado con ambas manos. Era joven, Eira sospechaba que le sacaba solo unos diez años. Su cabello oscuro todavía no se había vuelto canoso y su piel marrón oscura no mostraba señales de arrugas—. Sin embargo, ahora siento que no debería dártelo.

—¿Qué es? —preguntó Eira intentando que la emoción no se reflejara en su voz. Tenía curiosidad, pero no quería husmear.

Suspiró tomando claramente una decisión y metió la mano en el bolso. El señor Levit le tendió un libro encuadernado en cuero. Tenía un símbolo estampado en dorado en el frente: círculos brillantes interconectados con líneas entrelazadas en un patrón que era mágico simplemente mirándolo.

Eira dejó escapar un grito ahogado y agarró el tomo con reverencia con ambas manos.

—Esto no es favoritismo —insistió él, aunque ella no estaba segura de si lo decía para ella o para sí mismo—, ya que llevo años compartiendo mi colección contigo. —Cada vez que el señor Levit tenía en sus manos un libro sobre Meru, se lo prestaba a ella. Después de haber acabado con él, por supuesto.

—¿Está seguro? Solo tiene este, ¿verdad?

Él asintió.

—Hace dos semanas, cuando volvió el embajador, trajo consigo un pequeño baúl con libros. Hay más, pero siguen circulando entre la Torre, la Biblioteca Imperial y la familia imperial. Este es el único que he logrado tener en mis manos hasta ahora.

—¿Está seguro? —repitió Eira aferrando el libro contra su pecho—. No quiero evitar que consiga otros libros por haberme dado este a mí.

Él negó con la cabeza y le mostró una cálida sonrisa.

—Devuélvemelo cuando termines y no lo harás.

—¡Gracias, gracias! —Eira sintió que podría abrazarlo. No lo hizo. Pero podría.

—Por supuesto. —Él rio entre dientes y se colgó el bolso del hombro—. Si hay información nueva en él, no habrá tiempo para que salga en el examen. Y la información antigua ya la conoces. Pero... aun así te recomiendo que lo mantengas en secreto. De lo contrario podría complicar las cosas durante las pruebas con acusaciones de ventajas injustas.

—Sí, cierto, lo haré. —Eira se apartó el libro del pecho y lo metió en su bolso. Lo miró dos veces de camino a la puerta como si pudiera desaparecer de algún modo.

—Una última cosa. —El señor Levit se detuvo justo delante de la puerta—. Buena suerte, Eira. Estaré animándote. Nadie se lo merece más que tú. —El señor Levit le dio una palmadita en el hombro y se marchó antes de que Eira pudiera decir algo más.

# Ocho

Cinco días después, Eira estaba sentada en las gradas que daban al Escenario Soleado junto a otros aprendices de la Torre, instructores, personal del palacio y Comunes que supuso que habían acudido desde la ciudad para ver la prueba. Ese día, el escenario realmente hacía honor a su nombre. Cada barandilla, columna, asiento y losa de mármol se limpiaban entre cada día de pruebas y relucían con la luz de la mañana.

Abajo, donde habitualmente se reunían las masas, se habían dispuesto las mesas. Los aprendices de la Torre estaban sentados a varios pasos de distancia y tenían tres pergaminos delante de cada uno. Eira y Alyss habían ido el día anterior a ver la prueba, por lo que sabía qué esperar, pero ver a Alyss ahí debajo le puso los nervios de punta.

*Estará bien*, se dijo Eira intentando tranquilizarse. Alyss no se había aficionado al estudio de Meru y de la historia como Eira, pero se había visto obligada a escuchar el entusiasmo de su amiga a lo largo de los años. Seguro que algo, más que algo, se le habría quedado. Además, los últimos cinco días no habían hecho más que estudiar preparándose para el examen.

El señor Levit estaba de pie delante de una mesa en el escenario. Había una gran tablilla tras él y dos Rompedores de Tierra a cada lado. El señor Levit esperó para hablar hasta que todos los asistentes hubieran recibido las hojas de examen.

—Tenéis una hora para terminar el examen. Si acabáis antes, podéis entregármelo. Una vez os levantéis del asiento, no podréis volver a sentaros. Cualquier trampa o juego sucio será penalizado tanto por la Torre como por la guardia de palacio. Se os evaluará por lo que completéis en una hora. Aquellos que se encuentren en el cincuenta por ciento superior de las calificaciones pasarán a la prueba siguiente. ¿Alguna pregunta?

No habló nadie.

—Pido por favor al público que permanezca en silencio ya que cualquier cosa que se diga, incluso los ánimos para algún candidato, podría dar como resultado su descalificación. Si no hay nada más, Rompedores de Tierra, podéis empezar. —El señor Levit le dio una vuelta a un gran reloj de arena y fue a sentarse detrás de la mesa. Podría haber jurado que dirigió la mirada a ella solo un instante.

Eira se agarró al banco sobre el que estaba sentada y tamborileó con los pies, inquieta. Desde su posición, no podía ver ni una palabra del examen, así que solo podía intentar adivinar qué había hecho que Alyss negara con la cabeza e hiciera una pausa. Pero, con más frecuencia, la pluma de Alyss se movía fluidamente sobre la página.

Unos quince minutos después, salió un pequeño grupo de detrás del escenario. Eira reconoció a Cordon, el embajador de Solaris; y a Ferro, el embajador de Meru de orejas puntiagudas. Cada uno iba escoltado por un guardia. Gwen estaba cerca de Cordon con una mano descansando perezosamente en el pomo de su espada. Y detrás de Ferro había una elfina con el cabello negro y la piel oscura.

Caminaron hasta el borde del escenario observando a los competidores. Algunos dejaron de trabajar y se quedaron mirando boquiabiertos a la elfina. Pero la mayoría, Alyss incluida, se mantuvieron firmes, concentrados en el examen. Eira se preguntó si la presencia de la elfina formaría parte del examen para ver quién podía permanecer concentrado cuando aparecía alguna distracción. Tras una breve discusión entre susurros, el grupo se acercó al señor Levit para continuar la conversación.

La primera aprendiza terminó cinco minutos después, casi con la mitad de tiempo de examen. Era joven y Eira supo por sus hombros hundidos que era consciente de que iba a ser descalificada. Eira la admiraba por haberse decidido a intentarlo.

La muchacha se levantó y le entregó el examen al señor Levit, quien lo evaluó con los dos embajadores y sus guardias mirándolo por encima del hombro. El día anterior habían hecho lo mismo con los Portadores de Fuego, sin duda para intentar frenar cualquier trato de favoritismo por parte del supervisor.

El señor Levit se acercó a los Rompedores de Tierra con una tablilla de piedra en blanco. Asintieron hacia él y le dio la vuelta a la tablilla. Con un rápido movimiento de mano, apareció mágicamente un nombre en la parte superior con una puntuación al lado.

Uno a uno, todos fueron terminando y se levantaron para su evaluación. El señor Levit los puntuó en silencio y los Rompedores de Tierra grabaron sus nombres en la piedra para que todos lo vieran. Cuando llevaban unos cuarenta minutos de examen, ya habían evaluado a la mitad. En ese momento, se formó una línea. Los aprendices que pasaban la prueba estaban encima, los que no, debajo.

Los nombres continuaron mezclándose mientras la arena del reloj caía. Eira se mordió el labio observando a Alyss. Su amiga había repasado sus respuestas varias veces. Por fin satisfecha, Alyss se levantó y se acercó al escenario.

Eira contuvo el aliento durante lo que le pareció una eternidad mientras el señor Levit evaluaba sus respuestas. Sin embargo, terminó pronto. El nombre de Alyss apareció en la tablilla.

Estaba entre el mejor veinte por ciento.

Eira se llevó las manos a la boca para evitar gritar de emoción. Solo quedaban un puñado de estudiantes y, aunque todos lo hicieran mejor que Alyss, seguiría estando en la mitad superior.

No esperó a que se entregaran los últimos exámenes. Eira saltó de su asiento y corrió junto a la pared del palacio, deteniéndose en la barricada levantada por la guardia del palacio.

—Y así concluye el examen de hoy, enhorabuena a los que pasan a la siguiente ronda —anunció el señor Levit mientras los aprendices emprendían su camino de regreso a la Torre con aire triunfal o decepcionado.

—¡Lo has conseguido! —siseó Eira emocionada tirando de Alyss hacia ella—. ¡Lo has logrado!

—¡Con tu ayuda! —Alyss envolvió a Eira con fuerza con los brazos mientras saltaban juntas—. Lo *hemos* conseguido.

—Habrías aprobado sin mí.

—Puede ser. Pero seguro que no habría conseguido una puntuación tan alta. Y habría sido mucho más estresante. —Alyss finalmente se liberó de su abrazo aplastante—. Tú eres la siguiente.

—Ya veremos. —Seguía teniendo en mente la carta de sus padres junto con la conversación que había mantenido con Marcus y con sus tíos.

—Nada de falsa modestia. Ambas sabemos que vas a lograr todo lo que se te presente con gran éxito.

Eira se estiró en su cama hojeado el libro que le había dado el señor Levit. Era un libro sobre la extraña magia de Meru, llamada Giraluz. A diferencia de las afinidades del imperio Solaris, que funcionaban por instinto e intención, el Giraluz estaba regido por una serie de palabras. Era un sistema lógico y elegante que asombraba constantemente a Eira.

—Duro... Durroe. —Probó las palabras mágicas como un nuevo vestido. Le parecían incómodas y no encajaban bien con su lengua. Además, no servían de nada con su magia, pero practicó de todos modos. Se sentía bien al decirlas como si una parte de ella pudiera pertenecer a esa tierra lejana.

Un golpe en la puerta la detuvo: cuatro golpes rápidos, una pausa y luego dos lentos.

Frunció el ceño y cerró el libro deslizándolo debajo de la cama y reemplazándolo por otro de sus cuadernos.

—Adelante, Marcus.

Su hermano entró, cerró la puerta tras él y se apoyó en ella. Se pasó una mano por el cabello dorado como si estuviera cuestionándose por qué había ido. Eira estaba a punto de hacer lo mismo.

—¿Qué quieres? —Pasó una página de su cuaderno con indiferencia.

—Quiero hablar. Cara a cara.

—Vale, ya estamos hablando. —Pudo verlo frunciendo el ceño por el rabillo del ojo.

—Grahm, Fritz, mamá y papá... solo intentamos protegerte. No queremos hacerte enfadar.

—Puedo protegerme sola.

—Eira —suspiró—. Sé que puedes... pero estas pruebas, el torneo... requiere algo más que sobrevivir al día a día de la Torre. Es algo más que ayudar a gente en la clínica o que llevar a cabo investigaciones con el señor Levit. Si intentas ser competidora, todo el mundo te estará observando.

—¿Y?

—Creía que no te gustaba llamar la atención.

—No es algo que me encante —admitió y lo miró a los ojos—. Pero Meru sí que me encanta.

—Ni siquiera sabemos si el Torneo de los Cinco Reinos se llevará a cabo en Meru.

—Me dijo la tía Gwen que así sería. —Eira lo miró y Marcus negó lentamente con la cabeza. Las aguas oscuras de su interior se revolvieron violentamente al verlo—. Tú también lo sabías.

—El tío me pidió que no te lo dijera para que...

—¿Para que no me sintiera más motivada a competir? —Eira arqueó las cejas.

—Para que la gente no lo acuse de favoritismo o de darme información especial.

Le dio la sensación de que era mentira, pero Eira volvió a centrarse en su diario y fingió ignorarlo. *Hazte a un lado, deja que Marcus tenga una oportunidad.* Esas palabras acechaban en las profundidades y salieron a la superficie como horribles bestias primordiales.

—Escucha, Eira... sé que lo que más te importa es ir a Meru. —Marcus se apartó de la puerta y se colocó junto a su cama—. Si me eligen como competidor, te llevaré conmigo.

—¿Puedes hacer eso? —Analizó su expresión en busca de otra mentira.

—Estoy seguro de que habrá asistentes de algún tipo para los competidores. Entre el tío y la tía y yo, junto con sus contactos, encontraremos algún modo de llevarte allí.

—¿Y lo único que tengo que hacer es hacerme a un lado y dejarte ganar?

Marcus miró su cuaderno, lo cerró y lo apartó para poder sentarse en el borde de la cama. Eira también se incorporó.

—Piénsalo. En realidad, no te importa la competición, solo quieres saber más de Meru, ¿verdad?

—Eres un tonto —susurró con un movimiento de cabeza—. Esto lo hago por ti. —Eira lo tomó de la mano y suplicó—. El tío, mamá y papá esperan que sigas cuidando de mí. Nunca te sentirás libre para marcharte y vivir tu propia vida. Aunque no sea elegida como la Corredora de Agua ganadora, llegar todo lo lejos que pueda en las pruebas les mostrará que puedo valerme por mí misma sin ti.

Marcus le estrechó la mano con fuerza.

—Entonces ¿es eso? ¿Es lo que quieres? —Se rio y negó con la cabeza—. Vale, haz el examen y pasa la primera prueba con gran éxito como todos sabemos que harás. Siempre puedes tirar la toalla más tarde después de dejar claras tus intenciones.

—Yo… —¿Era eso lo que quería? Si Marcus podía llevarla con él, ¿no sería más fácil permitir que él fuera el Corredor de Agua seleccionado? Así Eira tendría más tiempo para experimentar, estudiar y aprender que si competía en el Torneo.

Pero si no competía… no tenía ninguna garantía de ir a Meru. Él *creía* que podría llevarla. Pero eso podía no significar nada.

—Te quiero, hermanita. —Marcus se inclinó hacia adelante y le dio un beso en la frente. Se marchó antes de que ella pudiera decir nada más.

Eira estuvo inquieta aquella noche. Dio vueltas y más vueltas en la cama con sueños sobre playas en tierras lejanas agitadas por gélidos mares grises. Se despertó cubierta de sudor y presa del pánico más de una vez. Había jaleo en la Torre aquella noche. Su habitación, por lo general silenciosa, estaba llena de susurros que se esforzó por alejar.

A la mañana siguiente, estaba lista para enfrentarse al examen, aunque solo fuera por tener algo en lo que centrarse. Eira podía ser su peor enemiga cuando se quedaba sola.

Fue la primera en llegar casi una hora antes. El señor Levit ya estaba allí y le permitió elegir su asiento. Eira eligió uno que quedaba a un lado y por detrás. Quería ver a todos los demás que acudieran.

Lentamente, otros Corredores de Agua llenaron las mesas. Parecía que se habían inscrito unos treinta en total, el grupo más numeroso en comparación con los Rompedores de Tierra y Portadores de Fuego. Quince serían descalificados ese día. Eira pudo identificar a cinco o seis que no tendrían ninguna oportunidad, solo basándose en sus breves interacciones con ellos en clase.

Marcus entró con el sol reflejándose en su pelo de manera que lo hacía parecer casi tan claro como el de ella. Entró con determinación, con los hombros atrás y la barbilla bien alta... caminando como un príncipe. Sin duda, había estado estudiando a Cullen. Eira casi podía oír los susurros y alabanzas de las chicas de las gradas y se esforzó por no poner los ojos en blanco.

Él movió la mirada hacia ella y le dirigió un pequeño asentimiento que Eira le devolvió. Para él probablemente fuera un guiño a un plan que ambos conocían. Para Eira, decía: «Que empiece el juego».

—Tenéis una hora para terminar el examen. Si acabáis antes, podéis entregármelo. Una vez os levantéis del asiento, no podréis volver a sentaros. Cualquier trampa... —El señor Levit empezó a repasar su explicación mientras los asistentes recibían las hojas. Cada día cambiaba el examen con la ayuda del Maestro de los Tomos de la biblioteca. De ese modo, era imposible que alguien transmitiera las respuestas.

Eira pasó la uña por la esquina de la página con el corazón acelerado.

—Si no hay nada más, Rompedores de Agua, podéis empezar —El señor Levit le dio la vuelta a un gran reloj de arena y Eira le dio la vuelta a las páginas.

Había setenta y cinco preguntas en total. Cada pregunta tenía un espacio en blanco para la respuesta. Algunas solo eran una palabra, otras requerían varias frases. Eira les echó un vistazo pasando las páginas.

¿Esto es todo? Parpadeó. Se esperaba algo más. Esperaba un verdadero desafío.

Se puso manos a la obra.

¿Capital de Meru? Risen. ¿Organización religiosa principal? Fe de Yargen. ¿Otros reinos que alguna vez formaron parte de Meru? El Reino Crepuscular y Reino de los Draconi. ¿Promedio de vida de los elfin? Alrededor de 175 años. ¿Magia? Vaya, casi no le habían dejado espacio suficiente para hablar sobre el Giraluz.

Su pluma voló sobre la página y estuvo a punto de hacer agujeros con su ferocidad. Antes de que Eira se diera cuenta, había respondido a todas las preguntas. Casi sin aliento por la mezcla de nervios y emoción, levantó la mirada esperando que estuviera a punto de acabarse el tiempo y que todos los demás hubieran entregado sus exámenes.

Solo habían pasado unos diez minutos.

Eira volvió a mirar su trabajo e inhaló profundamente. Podría repasar sus respuestas, pero tenía una política muy estricta por lo que respectaba a sus estudios: no cuestionarse nunca a sí misma. Cada vez que dudaba de su instinto, por lo general acababa cambiando respuestas correctas. La primera opción solía ser la correcta. Dejando la pluma, Eira se levantó y recogió su examen.

Notó las miradas de sus compañeros aprendices y de todos los presentes. Marcus tenía razón, odiaba esa sensación. Los papeles se arrugaron levemente en sus dedos cuando su agarre se volvió más fuerte por el peso de los nervios.

Eira estaba casi en el escenario cuando los embajadores y sus guardias salieron de las puertas del palacio. Vaciló y se quedó mirándolos. Ese día habían llegado temprano, de normal no aparecían hasta que había pasado la mitad del examen.

El señor Levit le tendió la mano, expectante. Eso animó a Eira a armarse de valor y a subir al escenario. Le entregó los papeles a su profesor.

—¿Estás segura? —preguntó sin mover apenas los labios. Eira asintió levemente y él tomó su pluma evaluando su examen delante de ella.

Los elfins fueron una distracción bienvenida. Iban vestidos con prendas al estilo de sastrería del imperio Solaris en lugar de los cuellos abiertos y las mangas caídas de Meru. El embajador Ferro se había peinado el cabello verde oscuro hacia atrás, mostrando aún más sus orejas. Entre la ropa y el pelo, o tal vez al verlo de cerca, parecía mucho más joven de lo que Eira se había esperado. Parecía incluso más joven que el señor Levit. Solo unos años mayor que ella, si hubiera tenido que apostar.

Pero era elfin, un pueblo agraciado con una juventud antinatural. Por lo que Eira sabía, podía tener cincuenta años. El peso de un segundo par de ojos atrajo su atención a la derecha de Ferro. Ahí estaba la misma guardia que el día anterior, mirando fijamente a Eira. Rápidamente, la muchacha volvió a centrarse en el señor Levit.

—¿Ya ha terminado alguien? —preguntó Cordon al acercarse—. ¿No hace solo diez minutos que ha empezado el examen?

—Sí, pero Eira es una de mis mejores alumnas —respondió el señor Levit con orgullo. Iba por la última página. Eira no había visto cómo le había ido en las primeras páginas.

El embajador Ferro se hizo a un lado cruzando los brazos detrás de la espalda y mirando por encima del hombro del señor Levit. Su rostro pasivo no reflejaba ninguna emoción. Sus ojos violeta se posaron en ella.

—Eira, ¿verdad? —preguntó con el suave acento de Meru.

Ella estuvo a punto de derretirse en el sitio.

—¿S-sí?

Él asintió, sobre todo para sí mismo y caminó al otro lado del escenario para observar a los aprendices que seguían con su examen. Su guardia lo siguió y los dos entablaron una conversación entre susurros.

—Muy bien, pues. —El señor Levit se levantó con los papeles en la mano. Se los enseñó a Cordon, quien dejó escapar un silbido bajo y le dirigió una mirada evaluadora.

Eira se cruzó de brazos, afligida por una repentina oleada de incomodidad.

El señor Levit entregó el documento a los Rompedores de Tierra que había junto a la tablilla. Intercambiaron unas palabras. Ella contuvo el aliento mientras su nombre aparecía mágicamente, grabado en piedra, en la parte superior de la tablilla.

**Eira Landan – 75**

*Una puntuación perfecta.* Había superado la primera prueba.

# Nueve

—Bien hecho —susurró el señor Levit mientras se sentaba. Eira se dio la vuelta y descendió por la parte trasera de las gradas que daban al Escenario Soleado. Intentó ignorar las miradas fulminantes que le lanzaban el resto de los aprendices. Si las miradas pudieran matar, ya habría sido ensartada varias veces.

Fuera de la luz del sol, Eira pudo respirar con algo más de facilidad. Las sombras eran un lugar conocido para ella. La oscuridad relativa era un abrazo fresco y acogedor. Eira se colocó el pelo detrás de las orejas varias veces y esperó observando mientras terminaban los demás.

Uno a uno, el resto de los aprendices se levantaron. Entregaron sus exámenes y Eira vio cómo sus nombres se iban mezclando en la tablilla como si fueran naipes. Pero había un nombre que no se movía: el suyo.

Sus compañeros Corredores de Agua formaron grupos alrededor de las paredes. Murmuraban con respiraciones entrecortadas mirándola de reojo. Pero ninguno atravesó el espacio que lo separaba de ella. Eira pensó en las bolas que había visto el año anterior en el Festival del Sol llenas de agua y de nieve falsa. Ella tenía una esfera invisible como esa a su alrededor, una barrera que mantenía alejados a los demás... incluso a Marcus.

Cuando su hermano terminó, se acercó a un grupo de amigos suyos que lo recibieron con palmadas en el hombro y elogios. Acabó en cuarto lugar. La persona que más se acercó a la puntuación de Eira había conseguido sesenta y cuatro puntos sobre setenta y cinco.

—Y así concluye el examen de hoy —anunció el señor Levit cuando el último nombre apareció en la tablilla—. Enhorabuena a los competidores que han pasado la prueba. Se celebrará una cena especial esta noche en la Torre para todos vosotros en la que descubriréis los detalles de la segunda prueba.

Los aplausos, vítores y consuelos de los reunidos se desvanecieron. Los ojos de Eira se habían desviado al escenario, donde seguía el embajador Ferro apoyado en una columna con los brazos cruzados. Fijó la mirada en ella y, durante un suspiro, el mundo se detuvo.

Fue como si pudiera sentirlo en el fondo de su mente buscando algo que ella no sabía si quería entregar, como si le susurrara en voz baja para entrar. Las barreras de hielo que tenía justo debajo de la piel se espesaron alejando esa sensación. La boca del hombre se torció formando una sonrisa. Eira inclinó la cabeza y él le devolvió el gesto.

Ferro se apartó de la columna y los ojos de su guardia se movieron dos veces hacia Eira mientras se marchaban.

—¡Madre en lo alto, una puntuación perfecta! —Alyss estuvo a punto de tirar a Eira al suelo con su abrazo. Eira estaba tan centrada en Ferro que ni siquiera se había dado cuenta de que habían empezado a despejar el Escenario Soleado—. Sabía con total seguridad que ibas a pasar, pero esto demuestra que deben tenerte en cuenta.

—Están haciendo más que tenerme en cuenta. —Las miradas todavía no se habían detenido.

—No les hagas caso, están celosos. —Alyss entrelazó el brazo con el de Eira y se encaminó hacia la Torre—. Oye, el otro día mencionaste que querías enseñarme algo.

—Ah, sí.

—Como tenemos el resto del día libre, ¿por qué no ahora?

Volvieron a la Torre. Eira intentó establecer un ritmo más lento que el que requería la emoción de Alyss. Cuando volvieron, los aprendices se estaban preparando para sus sesiones de tarde, tanto lecciones como prácticas. La biblioteca estaba llena cuando pasaron, al igual que el taller de los Corredores de Agua.

Eira se llevó un dedo a los labios cuando se acercaron al arco que daba al taller. La voz de un instructor resonó por el pasillo hacia ellas. Mirando a su alrededor, Eira levantó una mano. Sintió la humedad en el aire acudiendo a su llamada. La luz parpadeó delante de ellas y apareció una delgada línea acuosa entre la entrada al taller y el almacén.

Cualquier aprendiz del taller que pudiera ver el almacén seguiría viendo una puerta bien cerrada y un pasillo vacío. Una ilusión oscurecía la verdad. Eira y Alyss se deslizaron detrás de su fachada mágica abriendo la puerta lo justo para poder pasar. La cerró suavemente tras ellas y relajó sus poderes.

—Vale, has captado mi atención con toda esta discreción —susurró Alyss.

—Esto también lo hará. —Eira fue hacia la esquina trasera. Ya sabía dónde estaba la palanca y había abierto y cerrado la puerta tantas veces que las bisagras ya no hacían ruido.

—En el nombre de la Madre, ¿qué…? —Alyss contempló la habitación secreta.

—Ven, antes de que entre alguien al almacén. —Eira ya había rodeado el barril y había entrado en la habitación tendiéndole la mano a Alyss. Cuando su amiga estuvo dentro, Eira cerró la puerta tras ellas.

—¿Cómo lo has hecho? ¿Por qué? *¿Qué?*

—La encontré por accidente. No sé por qué está aquí esta habitación ni para qué se usaba. —Eira intentó responder las preguntas de su amiga en orden—. Bueno, no sé seguro para qué se utilizaba. Sé que aquí hubo otro Corredor de Agua basándome en lo que dicen estos diarios. —Eira tomó uno de los diarios de la estantería.

—Esto es... Eira, es una magia peligrosa. —Alyss hojeó los diarios y se detuvo en una página—. ¿Los Corredores de Agua pueden hacer esto?

—No estoy segura, no lo he intentado.

—Ni deberías hacerlo. Llenarte la cabeza con formas de magia perversas solo te traerá más problemas. —Alyss cerró el diario y lo dejó de nuevo en la estantería—. No sé quién estuvo aquí, pero... —Calló distraída por la grieta de detrás de la estantería—. ¿Qué hay ahí detrás?

—No lo sé.

—¿Aún no lo has explorado? —jadeó Alyss.

—Parece un pasadizo natural y me preocupaba quedarme atascada. No me atrevía a seguir adelante sin mi Rompedora de Tierra favorita.

—Bien, pues vamos. —Alyss agarró la vela del escritorio y la prendió.

—Y yo que creía que esta habitación te estaba incomodando.

—Es un poco espeluznante, pero es solo por esos diarios con magia que se acerca a la tortura. —Señaló la estantería—. Pero la adulación te llevará a todas partes, Eira. Confía en tu Rompedora de Tierra favorita y vayamos a explorar.

Eira rio y se metió en el pasadizo tras ella. El suelo irregular estaba húmedo y resbaladizo. Las rocas se movían bajo los pies de Alyss, proporcionándole siempre lugares seguros para pisar. Eira la siguió utilizando su magia para permitir que irradiara hielo desde sus zapatos. Dejó huellas congeladas mientras los arcos de hielo le cubrían las botas y se derretían sobre el suelo.

El silencio del túnel era espeso, casi inquietante. Eira no estaba segura de por qué, pero tenía la extraña sensación de que eran las primeras en atravesar ese camino en muchos años. La vela que Alyss sostenía solo les proporcionaba una pequeña aura de luz, así que el vacío hacia el que se dirigían hacía que sus pensamientos se aceleraran con una mezcla de miedo y emoción por lo que podría salir de la oscuridad.

Llegaron a una bifurcación en el túnel.

—¿Por dónde?

—Vayamos hacia abajo.

—¿Adentrándonos en las profundidades? Estás loca. —Alyss negó con la cabeza, pero siguió hacia abajo. Unas gruesas algas cubrían los escalones toscos y resbaladizos que conducían a un gran manantial subterráneo. El aliento de Alyss formaba nubes en el aire. Habló con los dientes castañeteándole—. Ahora debemos estar en el centro de la montaña.

—Puede ser. Venga, volvamos. Por aquí no se puede seguir. —Al menos, Alyss no.

A medida que la luz se retiraba, Eira permaneció concentrada en las aguas perfectamente claras y heladas. Muy por debajo de la superficie cristalina había un túnel submarino. ¿A dónde llevaba? ¿Algún Corredor de Agua se habría atrevido a explorar las oscuras profundidades?

Retrocedieron y subieron por la otra bifurcación del camino. El pasadizo se abrió abruptamente a un salón cubierto de polvo. Una estatua se deslizó a un lado de la abertura gracias a un mecanismo del suelo.

—¿Dónde estamos? —susurró Alyss mientras dejaba la vela en uno de los alféizares que había junto a la abertura.

—En un lugar que lleva mucho tiempo olvidado —murmuró Eira. No había señales de existencia en los últimos años. Aun así, hablaron en voz baja. Como si hablar demasiado alto fuera a asustar a los fantasmas.

—Parece el anterior emperador. —Alyss se detuvo junto a un retrato descolorido y agrietado. El aceite se había desprendido del suelo como pétalos moribundos.

—Más antiguo aún. —Eira señaló una inscripción—. Es el último de los reyes de Solaris.

*... aunque no veo ninguna marca de Adela...* El susurro salió del retrato. Eira inhaló bruscamente.

—¿Qué pasa? —preguntó Alyss.

—Nada, solo me he distraído. —Eira negó con la cabeza.

—¿Voces?

—Sí. —Eira no se atrevió a decir lo que había escuchado. Decir en voz alta el nombre de la reina pirata atraía las desgracias y la mala suerte sobre uno mismo y sus seres queridos. Era la sabiduría que inculcaban los marineros en los muelles y las playas de Oparium.

Alyss pareció captar la necesidad de un cambio de tema.

—¿Crees que serían los aposentos reales?

—Puede ser. —Eira se encogió de hombros. El palacio de Solaris había sido construido en la montaña y luego había sido construido de nuevo. Seguro que se habrían olvidado muchas estancias y pasadizos con los años.

—Me pregunto cuánto tiempo llevará abandonado.

—Puede que en algún libro sobre la historia del palacio aparezca la fecha en la que se terminaron los actuales aposentos reales y su ostentosa puerta.

—Ten cuidado —la regañó Alyss en tono juguetón—. Es de mala educación insultar a la realeza y su obsesión hortera con el oro.

Eira rio suavemente. Pero, demasiado rápido, el silencio y la atmósfera opresivas se tragaron el sonido.

Caminaron entre espectros olvidados pasando por dormitorios y salones. Lo únicos ocupantes durante décadas habían sido ratas y arañas. Aun así, era una cápsula de historia. Una representación más precisa del reino de Solaris y los inicios del imperio de lo que cualquier libro o retrato podría presentar.

Las voces de la gente que había vivido allí le llenaron los oídos. Tenía la mandíbula apretada por los sonidos que salían de los cuadros, cortinas y muebles decrépitos tratando de hablar todos a la vez.

*... Padre, ¿ahora tienes tiempo?...*

*... ven aquí... tú puedes, mi amor...*

*... enséñamelo, Solaris...*

Esa voz gélida. Quienquiera que fuera, ella había estado ahí. Eira hizo una pausa, contempló el pequeño salón que había a su alrededor y esperó a ver si la oradora incorpórea tenía algo más que decir.

—¿Qué pasa? —preguntó Alyss.

—Otra voz. No es nada. —La mujer de hielo había vuelto a desaparecer, pero otras voces llenaron el silencio mientras caminaba. Alyss le lanzó más de una mirada de preocupaciones.

*... ¡No juegues conmigo!...*

*... no habría decoraciones en un pasadizo de huida...*

Eira dobló la esquina del pasillo y se quedó helada. Alyss chocó con ella.

—Pero ¿qué...? —Alyss se interrumpió a mitad frase.

Un par de brillantes ojos azules se volvieron hacia ellas. La mujer estaba de pie en una de las puertas, quieta como una tumba. Tenía el cabello oscuro recogido en un moño alto y una expresión severa e inolvidable. Eira había visto esos ojos apenas una o dos horas antes.

—Eira Landan y otra aprendiza de la Torre —dijo en voz baja la guardia del embajador Ferro—. Ya me había parecido que las ratas estaban haciendo mucho ruido hoy.

—¡Lo sentimos! ¡Ya nos vamos! —Alyss agarró a Eira del brazo.

—¿Qué estás haciendo aquí? —se atrevió a preguntar Eira.

Una sonrisa se dibujó en los labios de la guardia.

—Debería preguntaros lo mismo. Este es un lugar olvidado por el destino, no es para gente como vosotras.

—Por eso nos marchamos ya. Lo sentimos mucho. Vamos, Eira. —Alyss tiró de ella y Eira sintió que la tierra temblaba bajo los pasos decididos de su amiga. Volvieron por el largo pasillo por el que habían llegado.

Los pasos apresurados de Alyss no se detuvieron hasta que estuvieron de nuevo en la habitación de Eira en la Torre. Por una vez, era Eira la que estaba sentada y Alyss paseándose, lanzando miradas por encima del hombro cada pocos segundos. Hacía girar un trozo de madera entre los dedos, ansiosa por tallarlo.

—No me gusta. No. No me gusta nada. —Alyss negó con la cabeza varias veces.

—¿Qué ha sido eso? —preguntó finalmente Eira.

—Algo que no queremos saber.

—¿Qué?

—Eira, piensa y no dejes que tu fascinación por Meru te nuble el juicio. —Alyss se frotó las sienes—. Hay una habitación secreta con una magia muy, muy sombría descrita en diarios que probablemente fueron encerrados bajo llave por una buena razón. Esta habitación secreta tiene un pasadizo secreto que conecta con lo que parecen aposentos reales antiguos. De cualquier modo, todo quedó olvidado y oculto por una *razón*. Y luego resulta que una de los dos elfins que hay en todo el imperio está vagando por esos pasillos abandonados quien sabe *por qué*.

—Tal vez estuviera explorando el palacio y se perdió.

—¿Tenía aspecto de estar perdida? —Alyss levantó las manos en el aire—. Estaba tramando algo.

—Alyss, para. Está aquí como parte de la delegación de Meru. Son amigos de Solaris. No representa un peligro para nadie.

—Te he pedido que no dejaras que tu obsesión con Meru te nublara el juicio. —Alyss la señaló con la madera.

—No lo estoy haciendo. Estoy segura de que hay una explicación perfectamente razonable. —Eira se encogió de hombros.

Alyss se tiró de las trenzas, frustrada.

—¿Cómo encontraste ese sitio en primer lugar?

—Yo... oí una voz —admitió Eira.

—¿Qué decía? —Alyss nunca había dudado de las voces que escuchaba Eira ni de su teoría sobre por qué podía oírlas. Eira frunció los labios—. Eira, ¿qué decía?

—«Mata al emperador».

—Ah, genial. Esto es... Vaya, Eira. Tú... —Alyss raramente se quedaba sin palabras—. Seguiste una voz que hablaba sobre matar al emperador, encontraste una habitación con magia letal conectada con un pasadizo...

—Sí, sé lo que parece —la interrumpió Eira—. Me pudo la curiosidad. —Decidió no hablarle de la mención a Adela en los salones antiguos. Sería echar más leña al odio ardiente de Alyss por ese lugar.

—¿Qué más hay nuevo? —Alyss suspiró y se acercó a la cama, se guardó la madera en el bolso y se sentó pesadamente al lado de Eira—. Quiero que me prometas que no volverás a ese lugar.

—¿Qué?

—Allí no hay nada bueno, Eira. Lo percibo. Es un lugar que está mejor olvidado por el tiempo.

—Solo estás nerviosa...

—Prométemelo. —Alyss agarró ambas mejillas obligando a Eira a mirarla a los ojos—. No vuelvas allí.

—No voy a mentirte, Alyss.

Su amiga gimió y se dejó caer hacia atrás.

—Eres desesperante.

—Creo que eso es parte de mi encanto.

Alyss le dio un puñetazo juguetón en el costado.

—Entonces prométeme que no volverás allí *sola*.

—Vale, trato hecho —cedió Eira—. Pero eso significa que tú tendrás que volver para que pueda hacerlo yo.

—Con un poco de suerte, estaremos demasiado ocupadas con las pruebas para que eso suceda. Y hablando de eso… deberíamos prepararnos para la cena.

La cena para los candidatos tuvo lugar en el comedor habitual después de la hora habitual de la cena. Eira y Alyss fueron de las primeras en llegar y Eira no pasó por alto algunas de las miradas de envidia que los que no seguían en la competición lanzaron en su dirección. Ya se estaba formando una brecha entre los aprendices que eran candidatos a competidores y los que no.

Una brecha que sin duda empeoraría por culpa de los *broches* que estaban repartiendo los instructores. Estaban colocados a ambos lados de la entrada del comedor, entregaban un solo broche a cada candidato e indicaban que debía llevarse en el pecho a la derecha justo por debajo de la clavícula.

El broche mostraba el símbolo de la Torre, cuatro círculos entrelazados en forma de diamante. Había un triángulo en cada uno que se correspondía con la afinidad elemental de cada una de las cuatro regiones del imperio Solaris. En el centro había un quinto círculo normalmente sólido y sin adornos, pero en este pin tenía grabado el número 5, sin duda para representar el Torneo de los Cinco Reinos.

Eira inspeccionó el broche dorado durante la cena. Su brillo llamó su atención varias veces y lo tocó a menudo.

—No va a irse a ninguna parte —bromeó Alyss.

Eira sabía que no, pero aun así le costaba creer que estuviera ahí en primer lugar. Aunque ya no le fuera bien nada más, había llegado hasta ahí. Eso debía contar para algo, ¿verdad?

La cena no la habían preparado otros aprendices, sino el personal del palacio. Como tal, la calidad era mucho mejor de la que estaban acostumbradas a probar. Todos los platos quedaron totalmente limpios, incluso el de Eira, a pesar de que tomó una segunda porción del pastel más grande que había visto nunca.

—La verdad es que tienes un don para atiborrarte a dulces. Es antinatural —comentó Alyss levantando la mirada del libro que estaba leyendo. Había dos cosas que siempre se encontraban cerca de Alyss: alguna novela romántica escandalosa y algún tipo de arcilla o madera para moldear. Era normal que se sumieran en silencios cómodos durante las comidas mientras Eira se perdía en sus propios pensamientos o en algún libro suyo mientras Alyss se dedicaba a hacer algo.

—Tal vez algún día se me acumule en las caderas y me haga parecer una mujer en lugar de un preadolescente.

Alyss resopló.

—Eres preciosa.

—Tú también.

Volvió a resoplar y giró la cabeza. Alyss se fijó en un grupo de gente reunida. Era evidente que los favoritos para el torneo empezaban a unirse. Marcus y Cullen se habían sentado juntos. Noelle y Adam estaban en su mesa con otros a los que Eira reconocía, pero con quienes no había hablado nunca.

—No puedo creer que no se haya sentado contigo —murmuró Alyss.

—No pasa nada.

—Es tu hermano. Debería estar celebrando tus logros.

—Es complicado. —Eira recordó las expresiones de sus tíos y la conversación incómoda que había mantenido con Marcus en su habitación. Tampoco le había hablado todavía a Alyss de la carta de sus padres.

—¿Lo es? A mí me parece bastante sencillo. Los dos sois muy buenos. Los dos tenéis talento. Que gane el mejor hombre o la mejor mujer. Apoyaos el uno al otro a lo largo del camino. —Alyss volvió a mirar a Eira. Con un poco de suerte, nadie del grupo notaría su mirada—. Te alegras por él, ¿verdad?

—Sí, claro —contestó Eira en voz baja. Estaba realmente feliz por su hermano—. Si es él el que me gana al final, me parecerá bien. Solo quiero tener la oportunidad de ofrecer pelea. Mostrarles lo que puedo hacer.

—Bueno, claramente hoy lo has hecho —rio Alyss.

Eira no pudo reprimir la sonrisa que se extendió por sus mejillas.

—Enhorabuena a todos —dijo Fritz al entrar. El eco de su voz en las vigas se mezcló con los aplausos—. Bien hecho, habéis superado la primera prueba. —Fue hasta el frente del comedor, de donde acababan de retirar el bufet—. Sé que tenéis preguntas sobre qué viene a continuación, así que vayamos directo al grano para que podáis iros todos a la cama.

»Ante todo, de ahora en adelante debéis llevar siempre los broches que os hemos dado. Todos los candidatos a competidores habéis recibido uno. Una parte de ser competidor será representar a Solaris, lo que significa que siempre tendréis ojos puestos encima. Vuestras acciones serán juzgadas durante todo el día.

Eira hizo una mueca ante esa idea.

—Considerad que estos broches son solo el principio de esto. Cualquier comportamiento impropio para un representante de

Solaris me será comunicado y se os revocará tanto el broche como la candidatura.

—¿Podemos ser eliminados mientras no estemos haciendo una prueba? —preguntó Noelle.

—En efecto —continuó Fritz—. Y ahora, hablando de pruebas, la siguiente tendrá lugar en tres semanas, puesto que necesitamos mucho tiempo para organizarla y prepararla. Para ayudaros en estas pruebas, las clases, talleres y otras responsabilidades de la Torre dejan de tener carácter obligatorio para aquellos que lleven el broche.

»Para la prueba siguiente evaluaremos vuestra magia en una carrera de obstáculos. Los participantes se reducirán en un tercio después de esta prueba. Aquellos que completen el recorrido con tiempos en los dos tercios superiores, continuarán.

—Ministro…

Fritz levantó la mano para callar la interrupción de un Portador de Fuego.

—Sé lo que vais a preguntar. Hay quince Corredores de Agua y seis Rompedores de Tierra en la competición. Con estos números es fácil reducir un tercio. Pero ¿qué sucede con los Portadores de Fuego, que son once candidatos? Redondearemos a la baja en estos casos, así que en la carrera de la semana que viene se eliminará a tres Portadores de Fuego.

Eira se inclinó hacia Alyss y susurró:

—Después de la próxima semana solo habrá cuatro Rompedores de Tierra. ¡Tienes muchas posibilidades!

Alyss la hizo callar. Tenía una sonrisa nerviosa en la cara, como si no pudiera creer lo cerca que estaba ya de ser seleccionada como competidora.

Eira pasó la mirada rápidamente por la estancia para ver si reconocía a los otros cinco Rompedores de Tierra que seguían en las pruebas. Conocía sus rostros, pero no sabía nada de sus habilidades. ¿Sería uno de ellos el que había elegido Fritz para crear la barrera? Si era así, esa era la persona con la que Alyss debía andarse con cuidado. Aunque también era posible que esa persona no hubiera pasado la primera prueba. Podía haber sido alguien fuerte pero que no tuviera ni idea de Meru.

—Ministro, ¿habrá cinco pruebas en total? —La profunda voz de Cullen era como terciopelo sonoro. No le hacía falta hablar alto para hacer callar a toda la estancia.

—Sí. Las tres primeras pruebas las deciden la Torre y la familia imperial —prosiguió Fritz—. Las dos últimas las decide el embajador elfin de Meru.

Se oyeron murmullos. A Eira se le aceleró el corazón. Incluso Alyss le lanzó una sonrisa cómplice. Si el elfin elegía las dos últimas, ya tenía una ventaja, ¿verdad? Nadie sabía más sobre Meru que ella, como había quedado demostrado en su puntuación ese día. Debía tener una ventaja en lo que fuera que se le ocurriera al elfin.

Alyss no era la única que la miraba. Otros candidatos la observaban por encima del hombro. Eira se vio obligada a preguntarse si el motivo por el que su familia había insistido tanto en que no compitiera era porque sabían que sería el único modo de asegurarse que no fuera elegida.

—Tendréis más información en los próximos días y semanas. Por ahora, disfrutad de vuestra celebración y descansad bien en vuestros laureles.

El comedor quedó vacío poco después. Los aprendices se separaron. Marcus y Cullen se dirigieron hacia la biblioteca. Alyss declaró que tenía que centrarse en acabar el gato que había empezado a esculpir durante la cena porque ese le gustaba realmente y se marchó.

Eira volvió sola a su habitación con el broche todavía reluciendo en su pecho. Estaba tan distraída con él que no notó el sobre sellado que había sobre su cama hasta que fue a tomar el libro sobre el Giraluz que todavía tenía oculto debajo de la cama. Miró alrededor de la habitación como si la persona que le hubiera enviado la nota pudiera estar escondida en un dormitorio de tres pasos de ancho.

El sello de cera de un morado oscuro. Era un símbolo sencillo: tres círculos apilados verticalmente con una línea atravesándolos. Era el símbolo de Yargen y de Meru.

Eira deslizó el dedo por debajo y abrió la carta. Solo había una línea escrita:

*Reúnete conmigo en el Escenario Soleado.*

# Diez

El Escenario Soleado por la noche era precioso de un modo desconcertante. La luna convertía el mármol y el alabastro en hueso y el dorado en plateado. Largas sombras se proyectaban sobre los asientos en los que debería haber gente sentada, en los que habían observado su examen unas horas antes.

Eira se movió en silencio a través de pasillos y escaleras vacíos y salió al espacio de la arena. Dio un paso tímidamente hacia la luz de la luna. Aferraba la carta con la mano y se giró en busca de una señal del remitente.

—Has venido.

Eira estuvo a punto de caer del susto al oír la voz del hombre. Se dio la vuelta. Aunque solo lo había visto cuatro veces, Eira podía reconocer al embajador Ferro solo por su acento, sin necesidad de verle las orejas puntiagudas.

—¿Me la envió usted? —preguntó en voz baja. Aun así, sus palabras resonaron por el espacio vacío.

—Sí.

—¿Cómo entró en la Torre? —Eira dudaba de que un embajador elfin pudiera colarse sin que nadie lo viera. Aunque, si había usado Giraluz… o tal vez la hubiera entregado su guardia a través del pasadizo secreto que Eira había descubierto. Y, en primer lugar, ¿por qué estaba la guardia allí?

—Tengo mis métodos. —Sonrió con superioridad como si le estuviera leyendo la mente—. Vayamos a un lugar más cómodo en el que podamos hablar un poco tú y yo. —Ferro se dio la vuelta caminando bajo las sombras de la columnata de la mitad trasera del escenario. No se volvió para mirarla ni una vez.

Eira se mordió el labio inferior. ¿Debería ir con él? Ya podía oír a Alyss diciéndole que no. Aunque el elfin fuera amigo de Solaris y fuera claramente un noble, definitivamente, Eira no debería escabullirse por la noche para seguir a un desconocido.

Así que, por supuesto, lo hizo.

Corrió bajo la luz de la luna hacia la sombra mientras Ferro abría una de las enormes puertas de la parte trasera del escenario. Él desapareció por el umbral y ella tuvo que correr para alcanzarlo. El embajador ya estaba al fondo de un largo salón del palacio cuando Eira cerró la puerta tras ella.

Eira nunca había estado en esa sección del palacio y ni siquiera sabía si se le *permitía* estar, pero lo siguió de todos modos. Lo siguió hacia las profundidades del palacio, subió un tramo de escaleras, bajó una galería de esculturas y atravesó un salón de juegos. Finalmente, llegaron a una sala de estar donde el fuego crepitaba cálidamente en la chimenea combatiendo el frescor de la noche.

—Eres más valiente de lo que pareces —comentó Ferro mientras cerraba las puertas del salón tras ella—. En realidad, no esperaba que me siguieras hasta aquí.

—¿Debería estar nerviosa? —Eira agradeció que no le temblara la voz.

—No, no te deseo ningún mal. Siéntate, por favor. —Señaló una de las sillas que había situadas junto a la chimenea con una sonrisa.

Eira hizo lo que habían indicado. Apretó los puños primero y luego se obligó a relajarse. La sala estaba llena de sonidos que no había oído nunca y de los que tenía que protegerse. Le resultó más fácil cuando Ferro habló, puesto que su atención estaba centrada únicamente en él.

—¿Por qué me ha enviado esta carta? —preguntó Eira. Él levantó la mano y ella le pasó la carta. Ferro la echó al fuego. A Eira le costó reprimir el impulso de apagar el fuego instantáneamente con su magia.

—Quería guardármela de recuerdo.

—¿De verdad? —Él rio. El sonido hizo que se le enroscaran los dedos de los pies—. ¿Y eso por qué?

—Porque... —Odiaba todos los modos en los que podía expresar la verdad. Quería guardársela porque él, un elfin, la había escrito. Así que, en lugar de eso, mintió—: Porque estoy intentando guardar todo lo que pueda para conmemorar las pruebas.

—¿Ese es el motivo? ¿O es porque la carta es de alguien de Meru? —Ferro se recostó en su silla. Eira frunció los labios y eso hizo que él se riera—. Tu curiosidad por mi tierra natal no es ningún secreto. Si quisieras que lo fuera, habrías fallado al menos una de las preguntas en el examen de hoy.

Eira suspiró y admitió:

—Sí, estoy fascinada con Meru.

—Me halagas.

—¿Qué? —Lo miró a sus ojos de amatista.

—Mucha gente de Solaris adopta una postura de aceptación reticente hacia lo que antiguamente llamabais el Continente de la Medialuna. Saber que hay quienes desean aprender sobre nosotros con verdadero interés me reconforta el corazón.

—Ya veo.

—¿De dónde viene tu fascinación?

Eira se removió, incómoda, en su asiento. No quería seguir mintiéndole a ese hombre, pero también odiaba sentirse desnuda y expuesta. Su curiosidad por Meru no le había valido el favor de sus compañeros. En el mejor de los casos, solo le había valido burlas.

—Creo que siempre me ha parecido fascinante. Crecí en Oparium, el puerto más cercano a Solarin en un valle al este.

Él asintió.

—Lo conozco.

—Crecí viendo el océano y su inmensidad cada día. Parecía llamarme. Me preguntaba qué habría más allá. Entonces, cuando tenía doce años, me enteré de que la princesa heredera estaba hablando con el Continente de la Medialuna, como yo lo conocía por aquel entonces. En los años siguientes hubo una explosión de información en Solarin sobre un amplio mundo del que ni siquiera sabíamos que formáramos parte. ¿Quién no iba a emocionarse? —Ferro sonrió ante ese comentario y Eira le devolvió la expresión—. Y entonces...

—¿Entonces? —la animó él.

—Entonces, cuando tenía quince años, tuve el privilegio de asistir al baile en el que nuestra princesa anunció su compromiso con la Voz de Yargen. —Su voz bajó hasta un susurro—: Lo vi.

Ferro rio.

—Taavin ha tenido un gran impacto en nuestro mundo, al igual que tu princesa. Me parece muy apropiado que hayan terminado juntos.

—¡Es lo que yo dije! Pero tiene razón, la mayoría de la gente de Solaris no parece darse cuenta de lo perfectos que son el uno para el otro. —El compromiso había encontrado resistencia, por decirlo de un modo suave. Eso había llevado a que su matrimonio se pospusiera más de lo que habría sido normal según los estándares reales.

—La fascinación de una joven alimentada por el deseo romántico de conocer a un apuesto elfin ...

—No he dicho nada sobre romanticismo —intervino Eira mientras se le sonrojaba todo el cuello.

Ferro la ignoró.

—... te ha convertido en una de las mayores expertas de Solarin acerca de Meru... si he de hacer caso a tu instructor, el señor Levit. Y tu puntuación en el examen lo corrobora.

Eira se preguntó qué habría dicho el señor Levit. Tal vez ese amable hombre hubiera sido el encargado de organizarle esa reunión. No se atrevía a pensar que Ferro pudiera haberse sentido interesado por ella por voluntad propia.

—Solo intento aprender todo lo que puedo.

—¿Te gustaría aprender más?

—¿Me lo está ofreciendo? —No había modo de que dijera que no.

—Admito que estoy tan fascinado contigo como tú conmigo. —Ferro la recorrió con la mirada. Eira reprimió un escalofrío. Nadie la había mirado nunca con tanta intensidad, con tanta concentración y fascinación, sin juicio ni aspereza. Era algo incómodo, pero no del todo en el mal sentido—. Trabajé duro para ascender al rango de embajador lo más rápido posible para así poder venir y explorar esta tierra previamente cerrada que ahora conozco como Solaris.

—Nunca se me había ocurrido que Meru podría estar tan fascinado por nosotros como nosotros por ellos.

—Tu isla... no, lo llamáis continente, ¿correcto? —Eira asintió y él prosiguió—: Tu continente tiene historia tanto en nuestros registros como en nuestro folclore.

—¿De verdad?

—En efecto. Un lugar fascinante por el que las leyendas dicen que una vez caminaron los dioses y sus campeones. —Rio y Eira hizo lo mismo—. Por supuesto, esas historias son ridículas. Pero me imagino que nacieron basándose en alguna verdad que rodeaba a las ya desaparecidas Cavernas de Cristal.

—Podría ser. —Habían sido un lugar misterioso de poderes aún más misteriosos.

—En cualquier caso, creo que podríamos ayudarnos mutuamente. —La sonrisa de Ferro era desconcertante—. Si estás abierta a ello, me gustaría charlar contigo mientras podamos. Tú puedes hablarme de tu vida aquí y yo compartiré contigo mi vida en Meru.

—Suena fantástico. —Eira no veía ningún motivo para negarse. Hablar no hacía ningún daño, ¿verdad?—. Si no le importa, me gustaría oír más de esas leyendas...

—Una cosa más —la interrumpió Ferro—. Antes de adentrarnos en eso, me gustaría asegurarme de que tú y yo estemos de acuerdo. No tengo ninguna intención de hablarle a nadie de nuestras conversaciones. Si bien no está sucediendo nada inapropiado, no me gustaría que pareciera que tengo favoritismo, ya que yo diseñaré las dos pruebas finales.

—Ah, claro. —Eira se colocó el pelo detrás de las orejas pensando por un momento—. Bueno, como ha dicho, nosotros sabemos que no estamos haciendo nada malo. No veo por qué nuestras conversaciones deberían ser de conocimiento público. —La única persona a la que Eira podría decírselo sería a Alyss. Y sabía que ella lo mantendría en secreto y no la juzgaría con demasiada dureza... o eso esperaba.

—¡Bien! —Ferro dio una palmada—. Ahora quiero saber más sobre tu magia y luego te contaré una leyenda.

—¿Sobre la mía?

—Las afinidades elementales me fascinan. Me han dicho que los hechiceros de una afinidad en particular no pueden ser heridos o, al menos no letalmente, por elementos de su afinidad.

—Es cierto.

—Entonces, me pregunto, ¿un Corredor de Agua puede ahogarse?

—Sí, aunque no fácilmente. —La mente de Eira vagó hasta el manantial subterráneo que había visto antes en las profundidades del palacio. Se imaginó a un Corredor de Agua mucho más audaz que ella y con una voz como el hielo sumergiéndose en esas aguas igual de heladas sin volver a salir—. No es *fácil* ahogar a un Corredor de Agua, ya que nuestra hechicería innata entraría en acción evitando que el agua nos dañara. Nuestra magia forma una burbuja a nuestro alrededor por debajo de la superficie. Pero ese mismo acto, por instintivo que sea, socava nuestro poder. —Eira frunció los labios—. Es difícil de explicar, pero si nos mantenemos bajo el agua el tiempo suficiente, se nos acaba la magia y la fuerza. Cuando eso sucede, sí, podemos ahogarnos.

—¿Y el aire de esa burbuja? —preguntó él.

—Supongo que podría acabarse… —Eira nunca lo había considerado realmente—. Creo que depende de lo preparado que estuviera el Corredor del Agua antes de sumergirse.

—Ah, ya veo. —Rio, aunque a Eira no le hacía ninguna gracia esa conversación—. He visto a tu princesa heredera caminar a través del fuego y salir ilesa, así que pensé que todos los hechiceros de Solaris serían inmunes a sus elementos.

—Completamente inmunes no. Pero, afortunadamente, como ya he dicho, no es fácil ser dañados por un elemento de nuestra afinidad.

—En efecto —sonrió Ferro—. Bueno, te he prometido una leyenda sobre tu continente. Empecemos por cómo Meru y Solaris fueron uno una vez.

Eira se recostó en su silla mientras Ferro le contaba una historia de hacía mucho tiempo, de cuando Meru, Solaris y las Islas Shattered que había entre ellos eran un único continente unificado. Le habló de una gran guerra religiosa entre el bien supremo (Yargen) y el mal supremo (Raspian). En esa batalla, el continente se partió en dos.

Era más ficción que realidad. Pero, con su intensa voz, las palabras cobraron vida. Dibujaron imágenes ante sus ojos como nadie lo había hecho antes. Ferro era un orador hábil y Eira lo escuchó hablar hasta bien entrada la noche. Respondió con entusiasmo a todas sus preguntas sobre su magia solo a cambio de la voz de él.

Cuando se levantaron, el fuego se había extinguido hasta convertirse en brasas humeantes que enrojecían sus contornos.

—Creo que es nuestra señal. —¿Era tristeza lo que Eira oyó en su tono?

Se levantó al mismo tiempo que él.

—Me lo he pasado muy bien esta noche —Se sorprendió por lo mucho que sentía de verdad esa declaración. Tenía la voz ronca. Eira no estaba acostumbrada a hablar tanto con nadie. A esas alturas, ella y Alyss ya se habrían sumido en un silencio cómodo concentradas en un libro y en un taco de arcilla o trozo de madera, respectivamente.

—Yo también, más de lo que esperaba. —Ferro se inclinó y Eira siguió su ejemplo—. Gracias por contarme tanto sobre vuestra magia y sobre la Torre.

—Por supuesto. Ya tengo ganas de nuestro próximo intercambio.

—Yo también. —La atención de Ferro decayó. Antes de que Eira pudiera averiguar qué había llamado su atención, él le tomó la mano con la suya. Con un movimiento fluido, el embajador se llevó los nudillos de Eira a los labios.

Eira agradeció el brillo cálido de la habitación porque el rubor de sus mejillas era peor que si se hubiera pasado una hora bajo el sol.

—Hasta la próxima, dulce Eira. —Ferro la dejó de pie en la oscuridad cada vez más profunda, intentando recuperar el aliento y encontrar sus rodillas.

Durante toda la semana siguiente, le pareció que ese encuentro había sido un sueño.

No podía haber sido real. ¿Una reunión clandestina en mitad de la noche con el embajador Ferro? Esas cosas no le pasaban a Eira.

Pero parecía ser que sí. El último mes había descubierto una habitación y un pasadizo secretos. Había desafiado a su familia y se había convertido en candidata a competidora para el Torneo de los Cinco Reinos. ¿Por qué no podía también reunirse en secreto con un dignatario de Meru? Estaba convirtiéndose en alguien nuevo, tal vez en alguien que siempre había querido ser.

Cada noche, Eira volvía a su habitación esperando otra carta. Pero no llegaba ninguna. Deseó haberse quedado la primera carta que él le había enviado y juró guardarse la siguiente. Sería la única prueba que tuviera de que realmente todo ese encuentro no había sido un sueño.

—Vale, ¿qué sabes? —Alyss levantó la mirada de la arcilla que estaba modelando con los dedos. Tenía su cuenco de gachas a un lado casi vacío.

Eira emitió un gruñido por lo bajo y volvió la atención al mundo real.

—Te has pasado la mayor parte del desayuno soñando despierta y mirando por la ventana. Suéltalo.

—Estoy pensando en la próxima prueba.

Alyss resopló.

—No me lo creo ni por un instante.

—Bueno, es cierto. —Pero no era toda la verdad.

Alyss se inclinó hacia adelante y susurró:

—No habrás vuelto a ese sitio, ¿verdad?

—No, te prometí que no lo haría.

—Bien. —Satisfecha, Alyss se recostó con la clara intención de seguir esculpiendo el zorro con el que estaba ese día, pero sus ojos no lo lograron. En lugar de eso, miraron por encima del hombro de Eira y se entornaron ligeramente—. Vaya, el Príncipe de la Torre honrándonos con su presencia señorial.

—Buenos días, señoritas. —Cullen asintió. Llevaba el cabello suelto y despeinado cayéndole sobre los ojos—. Eira, esperaba poder hablar contigo.

—¿Por qué? —Eira no se molestó en reprimir una mueca. Alyss rio.

—Porque me gustaría.

—Y a mí me gustaría tener un barco para viajar hasta Meru. Consíguemelo y me pensaré lo de hablar contigo.

—¿Podemos hablar, *por favor*? —Cullen pronunció las dos últimas palabras a regañadientes. Claramente, no estaba acostumbrado a que la gente no aprovechara la oportunidad de acercarse a su gloria—. Vengo de parte de tu hermano.

Eso hizo que volviera toda su atención hacia él al instante.

—¿Va todo bien con Marcus?

—Sí, por favor, solo quiero hablar antes de reunirme con la emperatriz. —Como de costumbre, Cullen nunca desaprovechaba la oportunidad de mencionar que él entrenaba con la emperatriz. O que cenaba con ella. O que simplemente disfrutaba de la gloria de la emperatriz porque él era *muy* especial.

Eira puso los ojos en blanco.

—Vale.

Siguió a Cullen fuera del comedor, Torre arriba. Dieron una vuelta, pasaron por la biblioteca y por el taller de los Corredores de Agua y finalmente entraron a una habitación que no estaba muy lejos de la de su hermano, entre el taller y el despacho del ministro. Era una habitación pequeña y extraña. Como si el espacio no se aclarara con lo que quería ser.

Una pequeña estufa de leña con dos sillas al lado. Eira podía ver el humo que salía por delante de la vidriera. Había dos estanterías abarrotadas y un escritorio encajado entre ellas. La mitad derecha de la habitación estaba dominada por una mesa grande con taburetes y tras ella había pequeños gabinetes de curiosidades, casi como una versión en miniatura del taller de los Corredores de Agua.

—¿Qué es este sitio?

—Lo llamamos el estudio de los Caminantes del Viento. —Cullen señaló las sillas que había junto a la estufa—. Ponte cómoda.

—Creo que me quedaré de pie —decidió Eira apoyándose en la mesa en lugar de sentarse.

—Como quieras.

—¿Dónde está mi hermano?

—Ya ha salido para las tareas del día. Creo que lo han enviado a la Clínica Oriental, por si tienes curiosidad.

Aunque se suponía que los competidores no tenían deberes, parecía ser que Marcus los mantenía. Eira no envidiaba el trabajo, pero sí que envidiaba la idea de ser tan importante que la gente no quisiera que se tomara ni un solo día libre.

—Creía que habías dicho…

—Me ha pedido que hablara contigo. —Cullen le dirigió una mirada llena de dureza. Irradiaba incomodidad por cada poro mientras se agarraba al borde de la mesa, claramente debatiéndose sobre qué decir a continuación. Eira permitió que se ahogara en su agonía. Estaba acostumbrada a las situaciones incómodas, llevaba años siendo la heralda de incomodidad, así que las circunstancias no tenían el mismo efecto en ella.

—Voy a invitarte mañana a la corte. Es decir, estoy invitándote a venir a la corte mañana.

Eira parpadeó varias veces, negó con la cabeza y se colocó el pelo detrás de las orejas.

—Lo siento, creo que no he oído...

—Mañana, me gustaría que fueras mi invitada en la corte —reformuló. La elocuencia que normalmente mostraba Cullen había regresado al tercer intento.

—¿Por qué?

—No es porque quiera estar cerca de ti.

—Evidentemente. —Eira puso los ojos en blanco—. Teniendo en cuenta mi asombro, creía que te habrías dado cuenta de eso.

Los labios de Cullen se curvaron formando una sonrisa de superioridad. Había un brillo travieso en sus ojos de color avellana al que Eira no estaba acostumbrada y que no sabía cómo interpretar.

—Tu hermano me pidió que lo hiciera.

—Sigue sin quedarme claro el motivo.

—Se rumorea que la carrera de obstáculos para la próxima prueba se está organizando en los campos de entrenamiento. Llevan toda la semana cerrados, así que parece bastante probable. Los campos de entrenamiento no están lejos de la corte y hay una entrada trasera donde van a veces los nobles a ver a los guardias haciendo ejercicios.

—¿Por qué querrían ver eso? —espetó ella.

—Te sorprendería todo lo que el aburrimiento puede llevar a hacer a la gente rica. —Cullen se encogió de hombros. El modo en el que lo dijo dejó claro que no se consideraba a sí mismo dentro de esa «gente rica», lo que sorprendió a Eira, teniendo en cuenta su estatus—. En cualquier caso, si me escabullera de la Torre para echar un vistazo, se darían cuenta. Pero si te llevo a ti... bueno, se te da bastante bien pasar desapercibida.

—Gracias —contestó Eira secamente.

—No quería ofender, es simplemente un hecho.

—Bueno, es un hecho ofensivo.

—Madre en lo alto, mira que eres desagradable. —Se puso la mano en la cara y suspiró.

—Solo con la gente que es desagradable conmigo.

—Yo no te he mostrado más que amabilidad. —Eira resopló ante esa afirmación—. ¿Cuándo he sido desagradable contigo?

Eira se cruzó de brazos y se volvió hacia las ventanas. Odiaba los recuerdos que le provocó la simple pregunta.

—Lo sabes de sobra.

—Eira. —Su tono se suavizó ligeramente. La miró y ella se sintió vulnerable bajo su escrutinio—. No tenía ni idea de lo que ponía en la carta de Adam. No sabía lo que planeaba hacer, no dispares al mensajero.

—Para.

—Yo no los apoyé.

—Mentira.

—No me llames mentiroso —espetó Cullen.

—¡Pues no me mientas a la cara! Adam y tú erais inseparables. Seguís siéndolo. No es posible que no lo supieras.

—¡Que no tenía ni idea, de verdad! —Se apartó de la mesa y avanzó hacia ella.

—Mentiras —repitió Eira. Levantó la barbilla mientras él cruzaba el umbral de su espacio personal. Tenía el corazón acelerado. Cullen abrió la boca para hablar, pero ella se lo impidió—. Aunque no lo supieras, dejaste que pasara. Fuiste y sigues siendo cómplice suyo para torturarme. Lo apoyaste después y todos en la Torre te admiran, así que les dijiste a *todos* con tus acciones que lo que hizo Adam estuvo bien.

Sus palabras parecieron desestabilizarlo, pero solo por un momento.

—Déjalo estar. Todo será mejor para ti si lo haces. —Parecía casi sincero. ¿Compasivo incluso? Esa idea le agrió el estómago todavía más.

—No lo haré. No hasta que se haya hecho justicia debidamente.

—¿Justicia? —rio—. Y lo dice la mujer que mató a alguien y sigue libre.

Eira dio un paso atrás como si la hubiera golpeado.

Cullen desvió la mirada, culpable.

—No tendría que haber dicho eso. Lo siento.

—¿Y a ti qué te importa? —Eira se agarró los codos, sosteniéndose.

—Eira, yo… —balbuceó. Su mano flotaba en el aire como si hubiera estado a punto de tocarla. Eira pasó la mirada de su mano a su rostro y él la dejó caer—. Puedo entenderlo.

—¿Puedes? El perfecto Príncipe de la Torre.

—Sabes que puedo hacer más que eso.

—Para ya. —Estaba empezando a aumentarle la intensidad con el recuerdo del incidente. No había tenido intención de hacerlo, pero había matado a alguien. Eso siempre la haría sentir fría, húmeda, desequilibrada. Y debería. Ese era su castigo.

Sus barreras mentales habituales se debilitaron y empezaron a colarse las voces.

*… no creo que pueda dominar esta técnica. Es inútil…*

*… ¡Te gusta! Gregor está enamorado…*

*… Sabes que no tengo elección. Haré lo que sea necesario para mantener vivo este juego. Si la verdad saliera a la luz, mi familia estaría arruinada…* La voz de Cullen.

La última voz era suya y resonó desde la repisa de la estufa. ¿Con quién estaba hablando cuando había dicho eso? ¿Cuánto hacía que había sucedido? ¿Qué oscuro secreto ocultaba? ¿Acaso él entendía más de lo que ella sabía? De repente, el ascenso de su familia a la nobleza, y el puesto en el Senado de su padre adquirieron un aspecto algo más perverso.

Se abrió la puerta, ambos se dieron la vuelta y vieron a la emperatriz.

Cuando la expresión de sorpresa desapareció del rostro de Vhalla, sonrió casi con demasiada dulzura.

—Me disculpo por interrumpir, Cullen. Si necesitas aplazar nuestras lecciones de hoy, lo haré con gusto.

—Estábamos terminando. —Cullen se aclaró la garganta y se alejó rápidamente. Eira se dio cuenta en ese momento de lo cerca que habían estado. Se heló la piel por debajo de las mejillas para evitar que le ardieran y empeoraran la situación.

—Mis disculpas, majestad. —Eira le hizo la mejor reverencia que pudo.

—No hay problema —respondió Vhalla con calidez. Atravesó el umbral y dejó un pesado tomo sobre la mesa. Se llamaba *Los Caminantes del Viento del Este*—. ¿Estás seguro, Cullen?

—Sí, estaba invitando a Eira a la corte mañana. Como ha aceptado, ya estábamos terminando —explicó Cullen suavemente.

—Será una delicia tenerte en la corte. —Vhalla sonrió ampliamente—. El emperador y yo esperamos que cada vez haya más hechiceros alrededor de la nobleza.

*Ha involucrado a la emperatriz, el muy bastardo.* Ya no había modo de que Eira pudiera negarse.

—Es un honor —se obligó a decir Eira—. Y ahora, si me disculpáis…

Tenía que irse y usar cada hora para prepararse mentalmente para el foso de víboras que era la corte de Solaris.

# Once

Aquella noche, llegó un mensajero a la Torre con una caja para ella. En el interior había un vestido de terciopelo azul intenso y ribetes de satén del color de la espuma de mar confeccionado impecablemente. Eira se odió a sí misma por admirarlo, sobre todo teniendo en cuenta quién se lo había enviado.

Fue directamente a la habitación de su hermano con la caja y la carta en la mano. En cuanto Marcus abrió la puerta, Eira se lanzó hacia él.

—Una cosa es convencerme para hacer algo con Cullen de entre todas las personas posibles y otra muy diferente es tener que ir con él a la corte. Pero ¿encima tuviste que darle mis *medidas*? —Eira señaló con tono acusador una parte de la nota de Cullen que decía con aire de suficiencia:

*Espero que el color te guste. He intentado encontrar algo que combine con tu personalidad. Basándome en los números que me dieron, debería quedarte bien. Por suerte no será muy complicado de ajustar, ya que no tienes caderas ni pecho.*

Marcus se echó a reír.

—¡Marcus, te lo digo en serio!

—Eira, no pasa nada. Ven, siéntate.

La habitación de Marcus era idéntica a la de Eira y al dormitorio de todos los aprendices. Se sentó en la cama con un resoplido y dejó la caja con la tela a su lado.

—Oye, me está haciendo un favor. Sabía que tú estabas libre mañana, yo estoy ocupado. El tío todavía me hace ir a la clínica a pesar de que soy candidato. Dice que me necesitan allí que eso ayudará a mi prestigio general y a mi imagen como candidato. Habría ido yo si hubiera podido.

Eira decidió ignorar que su hermano era *tan importante* que no tenía tiempo libre como los demás.

—¿Por qué no vas a la corte al día siguiente?

—Porque normalmente la corte solo se reúne una vez al mes. Hemos tenido suerte de que coincida, de lo contrario, no habríamos tenido oportunidad de ver con antemano el campo.

Eira se miró los dedos. Ese era el verdadero motivo por el que había ido.

—Sabes que estás hablando de hacer trampas, ¿verdad?

—No es hacer trampas como tal. —Marcus puso los ojos en blanco.

—Vas a saber cosas sobre los elementos de la carrera antes que todos los demás. ¿Cómo no va a ser eso hacer trampas?

—Pero no sabremos cómo nos harán correr a través de esos elementos. Y solo está parcialmente construido, puede que cambien algo. Así que en realidad tampoco es ninguna ventaja.

—Si no es ninguna ventaja, ¿por qué tengo que hacerlo? —Eira lo miró fijamente—. Y si no es hacer trampas, ¿por qué voy a tener que mirarlo a escondidas?

—Eira… —Marcus la agarró por los hombros—. Por favor. Házmelo como un favor.

—¿Por qué te rebajas a este nivel?

Él la soltó con un suspiro.

—Necesito ganar.

—No necesitas hacer trampas para lograrlo. —Eira se levantó—. Marcus, eres el mejor Corredor de Agua que conozco. Incluso eres mejor que Fritz —agregó haciendo eco de las palabras de Cullen. Tal vez si se lo dijera bastante gente, su hermano acabaría por creérselo—. Estoy segura de que en parte te ha permitido quedarte en la Torre por eso. Podrías aprender mucho más sin las limitaciones de un instructor. —Al menos, esperaba que eso fuera parte de la razón por la que seguía allí. No podía ser todo por ella, ¿verdad?

—No soy tan bueno como tú crees. —La miró con ojos cansados y tristes, unos ojos que Eira no reconoció en su hermano.

—Sí, sí que lo eres. Me he pasado toda la vida admirándote. Si hay alguien que sepa lo fantástico que eres, soy yo.

Marcus tiró de ella para darle un fuerte abrazo y ella se lo devolvió.

—Eres realmente la mejor hermana que cualquier chico podría tener.

—Supongo que tú eres un hermano pasable.

—¿Pasable? ¿Supones? —Se apartó fingiendo sentirse ofendido.

Eira rio.

—Vale, eres genial.

—Eso pensaba. —Marcus compartió su risa—. Así que, ¿lo harás? ¿Por favor? ¿Por mí? —Eira se mordió el labio inferior—. También he pensado… que eso te daría a ti una oportunidad de ver la carrera para que puedas pensar en qué momento fastidiarla y hacer que parezca creíble.

—¿Fastidiarla?

—Para dejar de ser candidata a competidora.

—Ah, claro —murmuró Eira. La ligereza de la habitación se desvaneció y fue reemplazada por un peso de plomo sobre sus hombros.

—Mamá y papá vendrán a ver la segunda prueba, ¿recuerdas? Estarán vigilando que falles, tal y como te pidieron.

*Vigilando que ella falle y él triunfe.* Todavía no había asimilado del todo su carta. Sus palabras se volvían más difíciles de soportar a cada día.

—Sí… claro. —Suspiró pesadamente, pero no había cantidad de exhalación que pudiera aliviar la presión que crecía en ella. Eran como dos pesos separados en las dos mitades de su cuerpo y, si seguía intentando sostenerlos, la partirían por la mitad.

—Está bien, lo haré por ti. Pero piensa si de verdad quieres la información que pueda conseguir. No necesitas hacer trampas.

Eira recogió la caja y lo dejó pensando en lo que le había dicho.

Se paseó por el pasillo en el que Cullen le había indicado que esperara. Se le enredaron los tobillos en la falda hecha a medida del vestido. Normalmente llevaba prendas más holgadas que le dejaban más espacio para moverse. El vestido se aferraba a su cuerpo marcándole unas curvas que ni siquiera se había dado cuenta de que tenía.

Las ilusiones que se pueden forzar con una buena sastrería.

La puerta del lado de la Torre del pasillo se abrió por fin y Cullen entró con todas sus galas de la corte. Se detuvo de repente, como si se hubiera dado con un muro invisible, y se quedó mirándola. Los pies de Eira se detuvieron y ella hizo lo mismo.

Cullen llevaba unos pantalones de un morado intenso que se ajustaban a unas piernas mucho más musculadas de lo que Eira esperaba. Claramente, las horas que pasaba entrenando con la emperatriz no eran solo por pura apariencia. Su largo abrigo gris brillaba de un modo que hacía que pareciera casi metal líquido. Dos hileras de botones bajaban por la parte delantera y terminaban justo encima del dobladillo, a mitad del muslo.

—Yo... Hola.

—Hola, Cullen. —Eira no estaba acostumbrada a ser más elocuente que él. Cullen debía estar más nervioso que ella por lo que estaban a punto de hacer—. He hecho lo que me indicaste. —Se pasó las manos por la falda.

—Ya veo. Y estás... estás... —Se interrumpió, mirándola de nuevo. Negó con la cabeza—. Estás perfectamente aceptable para la corte.

—Me alegro de tener un aspecto «aceptable» para el Príncipe de la Torre. —Habría jurado que había captado el fantasma de una mueca ante la mención de su apodo—. ¿Podemos terminar ya con esto?

—Vamos. —Pasó rápidamente junto a ella. Durante todo el camino hasta la corte, Cullen mantuvo la mirada al frente. No se giró ni una vez en su dirección.

El salón de la corte de Solaris era un edificio majestuoso ubicado entre los campos de entrenamiento y los jardines acuáticos que se extendían desde el gran Salón de Baile de los Espejos. Los lujosos jardines que conducían a él eran una colección de arbustos podados artísticamente en forma de bestias aladas y con pezuñas en jaulas de flora. Eira había visto anteriormente el salón desde lejos, pero nunca había tenido motivos para acercarse: era un lugar para los señores y las damas de Solaris. La gente común como ella no estaba hecha para ese suelo sagrado.

Sin embargo, cuando cruzó el umbral de mármol, nadie corrió a echarla. Eira dejó escapar una risita por lo bajo. Se sorprendió de que Cullen la escuchara.

—¿Qué pasa?

—Nada. —Tal vez hubiera menospreciado el señorío de su tío. Tal vez pudiera navegar en esas aguas.

—Tienes una sonrisa casi preocupante.

—No soy nada preocupante. —Eira lo fulminó con la mirada y se sorprendió al encontrar una sonrisa perezosa en las mejillas de Cullen—. Vale. Admito a regañadientes que estoy agradecida de que Marcus compartiera contigo mis medidas. Ayer me pareció una traición a mi confianza, pero ahora siento que encajo entre las estatuas y las cortinas. —Eira mantuvo la voz en un susurro.

—Así es —respondió él suavemente—. Mientras puedas abstenerte de abrir la boca y mostrar lo maleducada que eres. —Eira le dio un codazo en las costillas algo más fuerte de lo que pretendía. Él gruñó y siseó—. ¿A qué ha venido eso?

—Perdón por mis movimientos maleducados. Soy tan torpe... —murmuró con dulzura.

—¿De verdad...? —empezó a gruñir Cullen, pero lo interrumpió la voz cantarina de una mujer vestida con un conjunto rojo con acabados con auténticos rubíes occidentales.

—Lord Cullen, me alegro de verte. —La mujer inclinó la cabeza—. Veo que hoy has traído a una invitada, qué peculiar.

—Lady Allora, esta es Eira. Es una compañera aprendiza de la Torre de los Hechiceros.

—Encantada de conocerte, Eira.

—Lo mismo digo, Lady Allora. —Eira inclinó la cabeza como había visto hacer a Allora esperando no romper ninguna etiqueta. Por mucho que se metiera con los aires de Cullen y sus lecciones de buenos modales, de repente Eira pudo apreciar que eran necesarios para sobrevivir en ese mundo. Cada movimiento estaba bajo escrutinio. Nunca había sentido tantas miradas de soslayo en su dirección y eso que era una de las personas menos queridas en la Torre de los Hechiceros.

—Veo que tú también eres candidata. —Allora fijó la mirada en su broche—. No pretenderás vencer a nuestro Cullen, ¿verdad?

«Si quisiera, podría», deseó decir Eira. En lugar de eso, contestó:

—Soy Corredora de Agua. No competimos entre nosotros.

—Bien por ti. —Volvió la atención a Cullen—. No trae damas consigo muy a menudo. ¿Qué deberíamos pensar de este cambio? —Allora se acomodó las pieles alrededor de los hombros con una sonrisa viperina. Eira notó que algunas de las conversaciones de su alrededor se detenían para poder escucharlos.

—Piensa lo que quieras. No te negaré el placer que puedas obtener de los rumores para pasar las horas muertas de tu día. —La respuesta de Cullen sonó como un estoque sacado de la vaina. Fuerte, mortífera y elegante—. Eira, si te parece bien, me encantaría compartir contigo algunas de mis obras de arte favoritas del pasillo.

—Será un placer —respondió Eira esperando haber leído correctamente la situación al comprender que él estaba buscando una salida.

—Cuídate, Lady Allora. —Cullen inclinó la cabeza y se alejó con Eira. Ella todavía tenía la mano en el hueco de su codo y lo que al principio le había parecido un contacto reacio, ahora le parecía un salvavidas.

—No será un problema que me hayas traído aquí, ¿verdad? —Eira miró por encima del hombro.

—No mires atrás —siseó Cullen por la bajo y Eira volvió la cabeza hacia adelante—. Le darás la satisfacción de saber que te ha tomado por sorpresa.

—Los rumores son ciertos, realmente este sitio es un nido de víboras —murmuró Eira. Cullen ignoró el comentario.

El pasillo se dividió en tres tramos. El principal, alineado con la gran entrada, tenía un techo abovedado sostenido por columnas cuadradas. En el exterior de las columnas había otros dos tramos alienados por ventanas y obras de arte. Hombres y mujeres se paseaban sin nada mejor que hacer con su tiempo que ser hermosos, admirar cosas bonitas y difundir chismes.

—La puerta que te mencioné en mis instrucciones está ahí delante. —Cullen asintió hacia una pequeña puerta lateral escondida en una esquina—. ¿Tienes alguna pregunta sobre el plan?

—No. —Eira negó con la cabeza. Había sido muy meticuloso con las instrucciones sobre cómo se desarrollaría el día.

—Bien. Mientras tanto, hay algo que creo que te gustará.

La guio hacia un cuadro pequeño de una ciudad dividida por un río. Tras ella había colinas doradas y relucientes bañadas por el sol. A ambos lados del río había dos subidas, en una había un gran castillo y en la otra, un templo.

Eira dejó escapar un suave jadeo acercándose a la pintura. Era como si alguien le hubiera partido el cráneo, hubiera tomado la esencia de sus sueños y la hubiera esparcido por el lienzo en todo su esplendor. Conocía ese sitio, lo conocía tan bien como Solarin u Oparium, aunque solo lo hubiera visitado en sus sueños.

—Es…

—Es Risen, la capital de Meru, o eso me han dicho. El embajador Ferro lo trajo como una ofrenda para la colección imperial.

—¿Por qué no hay nadie más contemplándolo? —Eira miró a su alrededor. El cuadro estaba enmarcado por cortinas de terciopelo. Dos orbes de llamas a ambos lados proporcionaban la luz perfecta para observarlo. Lo habían tratado con respeto. Aun así… nadie parecía interesado por el tesoro que había entre ellos.

—Lleva aquí colgado desde que llegó el embajador Ferro. Incluso se celebró una velada especial para revelarlo.

—Pero... es magnífico.

—Todo envejece cuanto más lo miras.

—Yo nunca me cansaría de contemplarlo —insistió Eira—. Podría mirarlo todas las noches antes de dormirme y aun así estaría ansiosa por despertarme y que fuera lo primero que viera.

Cullen dio un paso hacia ella. En su trance, no se había dado cuenta de que se había apartado de él para contemplar la pintura más de cerca. Él se detuvo a su lado. Pero, en lugar de fijarse en la obra de arte, Cullen se fijó en *ella*.

—¿Qué? —Eira se enderezó. Su nariz había estado a punto de tocar el óleo y el lienzo.

—Lo adoras, ¿verdad?

—¿Esto? ¿Meru? —Eira se colocó el pelo detrás de las orejas. No estaba acostumbrada a ser el único foco de atención de nadie, al menos, no en el buen sentido. Primero Ferro y ahora... lo que significara esa expresión de Cullen. Tal vez algo en ella hubiera cambiado las últimas semanas desde que se había atrevido a presentarse a las pruebas—. Lo adoro más que a nada, excepto mi familia.

—Yo... —Cullen se interrumpió contemplando por fin la obra. Su expresión no mostraba el deleite que ella habría esperado.

—¿Tú qué? —Eira le tocó el codo a la ligera, la única parte de su cuerpo con la que sentía que tenía permiso para entrar en contacto.

—Es admirable —dijo finalmente. Eira se fijó en que no se había apartado ni se había estremecido con su roce—. Sentir tanta pasión por algo y que no te importe lo que los demás opinen de esa pasión.

Eira rio suavemente.

—No es que no me importe lo que piensen, es que *no puede* importarme. Me duele demasiado si me preocupo por ello. Es más fácil encerrarme entre...

—Paredes. Para que no puedan ver nunca a tu yo verdadero. Si no te conocen de verdad, no pueden herirte de verdad.

Ella iba a decir hielo, pero…

—Sí. —El eco de la voz del chico retumbó en su interior—. Tú lo sabes bien, ¿verdad? —susurró Eira—. Lo que supone mantener alejada a la gente a toda costa solo para sobrevivir.

Una mirada de sorpresa teñida de pánico se reflejó en su rostro. Fue una emoción tan cruda y real que ni todas las clases de buenos modales del mundo podrían haberla ocultado. Eira miró al chico como si pudiera verlo (o al menos a una parte de él) por primera vez. Había creído que lo odiaba, pero… ¿qué sabía realmente de él?

Cullen tenía sus secretos.

—¿Qué sabes? —murmuró.

—No sé…

Su conversación terminó abruptamente cuando un conjunto de puertas doradas, adornadas con el sol del imperio, se abrieron de golpe. Estaban frente a la entrada principal y brillaban no solo por el oro, sino también por el aura invisible y palpable de la realeza. Desde las sombras de detrás de las puertas, salió el príncipe Romulin con Ferro. El príncipe hizo una presentación formal del embajador ante la corte. Eira estaba embelesada por el elfin, como si hubiera emergido finalmente de sus sueños. Verlo a la luz del día después de su último encuentro le resultó inesperadamente perturbador.

—Eira, es la hora —le susurró Cullen por debajo de las presentaciones del príncipe Romulin.

Bien. Asintió con la cabeza y se hizo a un lado moviéndose por detrás de la gente que estaba tan embelesada como ella por la presencia de Ferro.

Con un movimiento de la mano, Eira invocó un muro de ilusión en la esquina trasera a tan solo un paso por detrás de los cortesanos ajenos. Al igual que había metido a Alyss a escondidas en el almacén de los Corredores de Agua, Eira se coló por detrás de su ilusión. Cualquiera que apartara la mirada de Ferro vería una esquina vacía y una puerta cerrada mientras Eira se alejaba por un pasillo trasero.

El primer juego de puertas conducía a un lugar para que las damas y los señores hicieran sus necesidades. Más abajo, había una cadena en el pasillo. Eira se agachó y pasó por debajo de la inofensiva barrera y llegó a una intersección en forma de T.

Tal y como le había indicado Cullen, siguió hacia la derecha. Dos puertas más adelante, Eira entró en un pasadizo estrecho que conectaba con una escalera. Él le había dicho que los nobles usaban esas cámaras para observar a la gente entrenando en el campo, pero Eira no podía imaginarse a las damas con sus lujosas faldas colándose por esos pasillos oscuros entre las paredes del palacio.

Finalmente, el pasillo la escupió a una habitación mohosa. Una estrecha ventana se extendía como el horizonte dividiendo la pared opuesta a ella con una línea. Se detuvo justo delante de la ventana y se quedó mirando la cegadora línea de luz solar.

Podría darse la vuelta. No tenía ningún interés en hacer trampas. Eira se mordió el labio inferior. Pero si se marchaba… decepcionaría a Marcus. Se lo había prometido.

Sus pensamientos volvieron a la conversación que había mantenido con Cullen. Deseaba eso más que nada en la Torre y no lo deseaba por la gloria o el prestigio. Lo deseaba por el conocimiento, porque había algo al otro lado del mar que tiraba de su corazón con más fuerza que las mareas.

Eira echó sus dudas a un lado y miró por la ventana.

Los campos habían sido completamente transformados. Habían cavado profundas zanjas en la tierra creando pequeños lagos y valles. Había estructuras de piedra y madera, algunas parecían construidas por artesanos. Para la mayoría tenían esa apariencia «demasiado perfecta» que solo la magia podía lograr.

Pasó la mirada varias veces por el campo memorizando todo lo que pudo. En las profundidades de su mente oía el tictac de un reloj recordándole constantemente que tenía que darse prisa. Cullen le había dejado claro que se fijarían en que había llevado a una dama a la corte, por lo que, al cabo de un tiempo, también se fijarían en su ausencia.

Eira se alejó de la ventana y volvió a meterse por el pasadizo casi sin ver nada hasta que sus ojos se acostumbraron a la luz. Sus faldas la obligaron a bajar las escaleras con una lentitud angustiosa. Eira maldijo cada paso. Acababa de cerrar la puerta del pasadizo cuando la voz de Cullen resonó por el pasillo.

—Ah, sí, estoy esperando a mi invitada —dijo.

—No la hemos visto empolvándose la nariz —contestó una mujer desconocida.

—Tal vez te haya dejado, Lord Cullen. —Esa era Allora—. Has sido demasiado amable al traerla, pero ahora deberías unirte a nosotras.

—Los Corredores de Agua pueden crear ilusiones, señoras. Tal vez simplemente no quería responder a ninguna de vuestras preguntas indiscretas y se ha escondido.

¿Había sido un resoplido lo que había oído como respuesta? Oyó el eco de una puerta cerrándose. Empezó a moverse de nuevo y estuvo a punto de caer de espaldas al toparse de cara con Cullen cuando dobló la esquina.

—¿Por qué has tardado tanto? —siseó.

—No me habías dicho lo lejos que estaba. —Lo fulminó con la mirada por hablarle con ese tono.

—Venga, tenemos que…

Justo cuando Cullen estaba a punto de echar a andar de nuevo, se volvió a oír el ruido de puertas abriéndose y cerrándose.

Eira crispó el rostro por el pánico y Cullen giró, tirando de ella hacia las sombras. Eira abrió la boca y Cullen le tapó los labios con un dedo.

Se sintió ligeramente tentada a morderlo por la ofensa, al menos, hasta que escuchó las voces de aquellos a los que él había visto.

—Aquí están los baños, embajador —dijo el príncipe Romulin.

—Ah, disculpad, en realidad estaba intentando retirarme a mis aposentos. —Ferro iba con él.

—¿Alguien de la corte ha cometido alguna ofensa, señor?

—Para nada. —Ferro rio. A Eira le pareció una risa falsa—. Es solo que tengo que trabajar en la planificación de la cuarta y quinta pruebas. Quiero asegurarme de haberlas diseñado bien.

—Es muy diligente en su trabajo.

Oyó pisadas acercándose. El pánico se reflejó en el rostro de Cullen mientras se apartaba poco a poco de la intersección. Se inclinó hacia adelante. Eira se apartó, se golpeó la espalda con la pared.

—Ese es el pasadizo hacia el ala real —le susurró Cullen al oído. Eira se estremeció al sentir sus labios rozándole la piel. Cullen no se dio cuenta y señaló el tercer pasillo, todavía por explorar—. Si nos descubren aquí despertaremos unas sospechas que no podemos permitirnos.

—Puedo conjurar una ilusión.

—Eso asumiendo que no la atravesarán y chocarán con nosotros. Puede que vengan hacia aquí para inspeccionar el progreso de la prueba.

Eira se mordió el labio.

—Podemos simplemente…

—Podrían quitarnos los broches por esto —la interrumpió bruscamente.

«Haré lo que sea necesario. Si la verdad saliera a la luz, mi familia estaría arruinada». Sus palabras resonaron en la mente de Eira. ¿Cuál era esa misteriosa verdad que hacía que Cullen tuviera tanto miedo de que lo descubrieran donde no debía estar? ¿Qué riesgos seguía ocultando tras sus muros? ¿O es que tenían más motivos para estar asustados que Eira todavía no comprendía?

Le latía el corazón con tanta fuerza contra las costillas que le sorprendió que Ferro no pudiera oírlo con sus grandes orejas.

—Quiero asegurarme de que todo salga bien —dijo Ferro sobre el sonido metálico de la cadena que impedía la entrada.

Cullen maldijo por lo bajini. La miró con los ojos muy abiertos. Eira también lo miró y articuló las palabras «¿Qué hacemos?».

Si intentaban huir por el pasillo, los verían. No podían llegar a la puerta más cercana antes de que Ferro y Romulin doblaran la esquina. Y, aunque lograran llegar hasta la puerta, sin dudas ellos la oirían cerrarse e irían a ver qué había pasado.

—Bésame —susurró Cullen.

—¿Qué? —preguntó en un suave jadeo.

Él le rodeó la cintura con los brazos y la acercó hacia él. La sensación de sus manos deslizándose suavemente sobre la seda de su vestido derritió todos los muros de hielo que había erigido. Las mareas de su magia estaban embravecidas. Iban a hervirla viva.

—Bésame y los dos saldremos ilesos de esta.

Tuvo dos segundos para debatirse. Dos segundos para decidirse. Por el rabillo del ojo vio el movimiento de una bota cruzando la intersección de los pasillos.

Eira pasó los brazos alrededor de los hombros de Cullen y acercó sus labios a los de él.

# Doce

En cuanto sus labios rozaron los del chico, toda precaución se desvaneció. Tenía la espalda inmovilizada contra la pared y Cullen empujaba hacia adelante reclamando su boca con la tenacidad de un amante. Eira abrió los ojos con sorpresa y se obligó a cerrarlos una vez más. Le clavó los dedos en los hombros y se sorprendió al encontrar músculos fuertes debajo de todas las telas que llevaba como armadura para protegerse de los pormenores del mundo.

*Pormenores como tú,* susurró una horrible vocecilla en la mente de Eira.

Tenía la mano de Cullen en el pelo y Eira no sabía en qué momento se había movido de su cintura, pero notaba las uñas del chico contra su cuero cabelludo amenazando con hacerla emitir un sonido que Eira no habría tenido intención de emitir en ninguna circunstancia. Y menos aún con Cullen.

—Ejem... —se aclaró suavemente la garganta el príncipe Romulin.

Cullen se apartó de ella abruptamente con el pánico reflejado en los ojos. Eira pensó que su pánico era real, todavía no estaban fuera de peligro. Sin duda, el leve rubor de sus mejillas era solo fingido. Sin embargo, los colores de ella eran muy, muy reales.

—Yo, eh... Madre en lo alto —gruñó Cullen avergonzado—. Perdonadnos, Alteza. —Hizo una reverencia.

—Son cosas que pasan —respondió el príncipe con una amplia sonrisa como si pudiera identificarse demasiado bien con la situación de escabullirse por pasillos oscuros—. Pero esta zona está técnicamente fuera de los límites.

—Lo sé, yo... nosotros...

—No avisaré a la guardia de que habéis traspasado el ala real. Tomaos vuestro tiempo, recomponeos y volved a la corte. Aunque os recomiendo que busquéis un nuevo rincón oscuro para cualquier impulso que no podáis ignorar.

Mientras los dos hombres hablaban, Eira tenía la atención puesta en Ferro. Sus ojos violetas brillaban intensamente como si le pareciera divertido, pero tenía el ceño fruncido. El rostro del elfin estaba en conflicto como si no pudiera decidir cómo debía reaccionar ante ese descubrimiento.

Eira se mordió el labio para evitar decirle algo a Ferro y arruinar el esfuerzo de Cullen. Todavía notaba el sabor de la boca del muchacho en la suya y, por alguna razón, eso hizo que quisiera hacerle saber a Ferro que no era lo que parecía.

—Sois demasiado generoso, alteza —Cullen se inclinó de nuevo.

Eira murmuró una disculpa e hizo una reverencia. Cuando volvió a levantar la mirada, solo captó un último vistazo de Ferro antes de que desapareciera a través de una puerta.

Cullen suspiró, aliviado.

—Ha estado cerca.

—¿De verdad habría informado a la guardia?

—Técnicamente, podría haberlo hecho. O podría haber seguido investigado, haber descubierto lo que estábamos haciendo realmente y habernos arrebatado nuestros broches.

O habérnoslos quitado directamente porque colarse donde no está permitido es algo impropio para los competidores. —Cullen le puso un dedo sobre el broche que tenía en el pecho—. Y dudo que quisieras arriesgarte a eso.

—No.

—Aun así, perdón por lo del beso. —Cullen dio una zancada y se encaminó de nuevo hacia la corte.

Eira se pasó los dedos por el pelo asegurándose de tenerlo bien. Ese movimiento le hizo recordar el roce de sus uñas en su cuero cabelludo. Se estremeció y casi no pudo resistirse a decirle que no tenía que disculparse. Había pasado mucho tiempo desde la última vez que le habían dado un beso... y nunca la habían besado así.

—No pasa nada, lo entiendo.

Mientras él estaba volviendo a colocar la cadena en el sitio, se detuvo y le preguntó:

—No habrá sido tu primer beso, ¿verdad?

Eira puso los ojos en blanco.

—Pues claro que no.

—Ah, gracias a la Madre, me habría sentido fatal. Sabía que tenías poca experiencia, pero...

—¿Cómo que sabías que «tenía poca experiencia»? —Eira lo agarró por el codo, deteniéndolo.

—Bueno, teniendo en cuenta lo que pasó con Adam... y él dijo... —Sus ojos se movían furtivos, mirando a cualquier parte que no fuera ella.

Eira le dio un tirón atrayendo toda su atención.

—Mira, esto es lo que creo que Adam nunca entendió: él fue el primer hombre al que *amé*. —Esas palabras fueron como cristal, hasta la última de ellas. Le desgarraron la garganta y le dificultaron seguir hablando. Pero a veces airear la verdad sentaba bien. Era algo que tenía que haber hecho antes. Tal vez solo había podido decir esas palabras porque habían cruzado una línea que había puesto a Cullen mucho más cerca de ella que cualquier otro en mucho tiempo, aunque solo la hubieran cruzado por puro teatro, nada más—. No lo deseaba de un modo carnal. Si solo quisiera ese tipo de satisfacción, la encontraría en otra parte o me la proporcionaría yo misma.

Cullen se quedó mirándola con lo que Eira solo podía describir como una fascinación morbosa.

—No soy frágil. No ignoro los caminos del mundo. Aquel día me hirió y no solo porque no conseguí un hombre o porque él quisiera a otra persona, sino que me dolió porque se burló de mí y de mis sentimientos. Unos sentimientos por los que yo sentía aprecio. Se atrevió a hacer que nunca quisiera volver a sentirlos —terminó Eira.

Cullen la miró fijamente. Esperó en silencio a que la juzgara durante un agonizante minuto. Cuando quedó claro que él no tenía nada más que decir, Eira se alegró de dejarlo tanto a él como a la corte atrás.

Se había preparado para que su hermano comentara algo sobre cómo habían acabado las cosas con Cullen, pero no lo hizo. Ni cuando le contó todo lo que había visto sobre la carrera ni en los días siguientes.

O bien Cullen se lo había contado a Marcus y le había hecho jurar discreción o Cullen había mantenido en secreto su encuentro y todo lo que ella había dicho. Eira no sabía cuál de las dos opciones le gustaba menos, si la idea de que Marcus eligiera el bando de Cullen sobre el de ella y mantuviera el secreto comprobando si su hermana estaba bien, o la idea de que Cullen pudiera tener la capacidad de respetarla, de que fuera un hombre mejor de lo que ella había pensado. Y, si ese era el caso, abría la posibilidad de que se hubiera equivocado con él en otros sentidos.

Seguramente, esas ideas de que Cullen pudiera ser alguien decente habían nacido de la neblina persistente del beso. Había sido un *buen* beso. El mejor que había tenido. Las experiencias más sensuales de Eira se limitaban a unos pocos veranos de exploraciones con uno de los apuestos jóvenes marineros que entraban y salían del puerto. Nada serio... pero unas buenas noches en las que valía la pena pensar de vez en cuando.

Así que Eira se esforzó por sacar todo ese día de su mente. Se centró en su trabajo y en sus estudios, pasó tiempo con Alyss compartiendo el espacio tranquilamente, cada una en su rincón. Y, demasiado pronto, llegó la noche previa a la segunda prueba y encontró una carta en su almohada después de la cena.

Había llegado de un modo tan misterioso como la anterior. Sin señal de su emisor. Y, al igual que la otra vez, iba sin firmar, pero el sello le reveló su identidad casi tanto como la elegante caligrafía en la que había escrito:

*Reúnete conmigo en nuestro salón.*

*Nuestro salón.* Por algún motivo, sus ojos seguían fijos en esas palabras mientras Eira esperaba el momento adecuado para escabullirse de la Torre y atravesar el palacio. No era realmente «suyo». Era un salón aleatorio que Ferro había encontrado o que le habían prestado para su tiempo en el palacio.

Pero tenía que admitir que, tras su primera noche allí, se había convertido en un lugar especial en su mente. En ese momento le había parecido más mágico que la Torre y ahora Eira estaba ante el umbral, mirando el cogote de Ferro.

—Adelante —murmuró él con ese suave acento suyo.

—¿Cómo ha sabido que era yo? —preguntó Eira cerrando la puerta tras ella.

—Por el latido de tu corazón. —Ferro levantó la mirada del libro que estaba leyendo mientras ella rodeaba las sillas.

—¿Por... el latido de mi corazón?

—Sí, tiene un aleteo único. Creo que lo reconocería en cualquier parte. —Le señaló el asiento que había ocupado la última vez y Eira se sentó.

—Si puede oírlo desde el otro lado de la habitación, entonces...

—Me di cuenta cuando te escabulliste de la corte... y te oí antes de que el príncipe Romulin y yo llegáramos al final del pasillo. —Ferro no se anduvo con rodeos. Era lo que ella esperaba de un dignatario, pero eso no impidió que Eira se encogiera. Rápidamente, prometió abordar la situación de frente.

—Sobre eso...

—No juzgaría a nadie por un beso en las sombras —rio Ferro. Sus ojos brillaban intensamente bajo la luz del fuego, acentuados por el naranja como una puesta de sol púrpura justo antes del anochecer—. Sin embargo, he estado dándole vueltas toda la semana. Parece que no puedo olvidar esa imagen.

—¿Por qué? —Eira notaba un nudo en la garganta. Ferro había estado pensando en ella toda la semana... específicamente, en ella besando a Cullen. ¿Qué significaba eso?

—Porque no me pareces el tipo de mujer que se esconde en las sombras para robar besos.

—¿Y qué tipo de mujer le parezco? —se atrevió a preguntar.

—Una mujer con propósitos y objetivos. Una mujer a la que no le daría miedo besar a quien quisiera delante de todos. —Ferro dejó el libro en la mesa que había entre los dos y se recostó en su silla. Eira se fijó en el título del manuscrito: *Historia de las Cavernas de Cristal*. Ferro continuó antes de que ella pudiera tomar nota del tema elegido—. Eso me llevó a investigar y creo que encontré la respuesta a mi pregunta de por qué Eira se había escabullido justo cuando la corte estaba distraída por mi llegada.

—¿Y cuál es?

—Estabas buscando una ventaja para la próxima prueba. —La boca de Ferro se curvó en una sonrisa mientras Eira sentía que el pánico se apoderaba de ella—. Y creo que encontraste tu ventaja en un antiguo salón de observación de la corte que da a los campos de entrenamiento.

La cena que había tomado le dio vueltas en el estómago y se convirtió en una bilis que amenazaba con escapar. Había sido consciente de que hacer trampas era una idea horrible y lo había hecho de todos modos. Pero él no tenía por qué saber que ya le había hablado a Marcus de sus descubrimientos. Podía asumir ella la caída y que Marcus todavía disfrutara de la ventaja que había deseado. Él se la llevaría como una especie de paje o asistente a Meru. Podía salvar la situación.

Eira se levantó y se quitó el broche del pecho. Se lo tendió a Ferro. Él pasó la mirada del objeto a su rostro.

—¿Qué esperas que haga con esto? —preguntó arqueando las cejas.

—Tiene razón —admitió Eira—. Fui y vi la carrera. Sé parte de lo que me espera mañana y gracias a eso, tengo una ventaja injusta. Me comporté…

—Como esperaba que se comportara cualquier candidato —interrumpió Ferro con firmeza. Una brillo travieso había pasado de su sonrisa a sus ojos—. Vuelve a ponerte el broche, no voy a descalificarte.

—Pero…

—Deja que te asegure que no le he hablado a nadie más de este descubrimiento. —Rio mientras Eira volvía a colocarse el broche y se sentaba. Ferro se recostó en su asiento, apoyó el codo en el reposabrazos y la barbilla en los nudillos—. Me haces gracia, querida Eira.

*Querida Eira.* Las palabras revolotearon a su alrededor. Quería agachar la cabeza y quedarse eternamente en las corrientes de ese sentimiento. Estaba empezando un juego de fingir, Eira lo sabía. Fingiría que Ferro tenía un interés genuino en ella. Disfrutaría de esa fantasía siempre que él se lo permitiera, a sabiendas o no. Si así no lastimaba a nadie, ¿por qué no?

—Supongo que podría decir que el sentimiento es mutuo —respondió—. Yo esperaría que cualquier otro me quitara el broche.

—Parte de mi papel aquí es asegurarme de que el Torneo de los Cinco Reinos sea una demostración impresionante de poder y que sea entretenido de ver para el público que se reúna. Con ese fin, no quiero ver que se eligen competidores que no estén dispuestos a luchar. Quiero competidores ingeniosos, astutos y *hambrientos.* Competidores que desean la victoria o nada y que harán cualquier cosa para conseguirla.

Eira dio vueltas a esas palabras mentalmente. ¿Buscaría la victoria a toda costa? Suponía que ya tenía su respuesta. Había tomado esa decisión en la corte.

—Así pues, quiero ayudarte. —Ferro se pasó las yemas de los dedos por los labios, pensando. Eira se fijó en ese movimiento inintencionadamente sensual—. ¿Y si hacemos otro intercambio esta noche? ¿Qué sabes de los bosques y las montañas que rodean Solarin?

—Muchas cosas. Mis abuelos viven en el bosque a las afueras de Rivend.

—Por lo que recuerdo, Rivend no está lejos de donde una vez estuvieron las Cavernas de Cristal.

—En efecto. —Eira miró hacia el fuego, distraída por un recuerdo en el que no había pensado en mucho tiempo.

—¿Qué pasa? —Por supuesto, Ferro captó el movimiento. Se preguntó si sus orejas puntiagudas podrían oír sus pensamientos tan bien como el latido de su corazón.

—Es una historia familiar... La mención a las Cavernas de Cristal me ha hecho recordar algo que me contó mi madre una vez. Tras el ascenso del Rey Loco y el saqueo de Solarin, la emperatriz Vhalla, quien entonces todavía era plebeya, y el emperador Aldrik se refugiaron en casa de mis abuelos.

—Una página impresionante que atesorar en el tomo de tu historia familiar.

—Eso pensé la primera vez que lo oí, pero ahora me parece de lo más normal.

Ferro rio.

—Es curioso lo rápido que las cosas pueden convertirse en normalidad. Yo ya me he acostumbrado al fresco de la montaña y a la cocina de Solaris.

Eira asintió.

—En cualquier caso... Sí, sé lo de la reconstrucción. Mis abuelos siguen en esa casa. Una de mis tías está en Rivend y yo crecí en Oparium, que está en el...

—Sudoeste —terminó él—. La última vez mencionaste que eras de Oparium. —Eira no recordaba si lo había hecho o no, pero debió ser así. ¿Cómo si no iba a saberlo él?—. Me tomé la libertad de leer sobre el puerto de Solarin y eso fue lo que despertó mi fascinación por el tiempo posterior a la caída de las Cavernas de Cristal y la reconstrucción. Así que, si me hablas de tus experiencias y las historias de tu familia, yo te proporcionaré información adicional que te ayudará mañana.

—¿Me ayudará a hacer trampas? —Aunque eran los únicos presentes en esa estancia, Eira bajó la voz a un susurro. Le parecía que cada sombra estaba escuchando.

—Técnicamente, soy un organizador. No creo que pueda considerarse hacer trampas darle información a quien yo considere adecuado.

Eira reflexionó sobre eso. Tal vez tuviera razón. Ferro no tenía ningún motivo para mostrarle favoritismo. Marcus ya había conseguido sus propias ventajas de Fritz. En realidad, solo estaba nivelando el campo de juego, ya que su hermano era su única amenaza real. La lógica de Eira se estiró y se contorsionó para justificar sus acciones.

—No obstante —continuó Ferro—, debo insistir nuevamente en que nadie puede saber lo de estos encuentros.

—Dudo que alguien piense que usted me ayudaría a hacer trampa.

—No quiero que nadie piense mal de ti, en absoluto —dijo suavemente—. En cualquier caso, me gustaría protegerte.

—¿Protegerme? —repitió ella con el corazón acelerado.

—Sí. —Ferro se removió en su asiento apartando la mirada de ella mientras sus rasgos entraban en conflicto—. Ya sabes lo que podría parecer que una jovencita se vea con un hombre en mitad de la noche.

Lo sabía. Eso era exactamente lo que estaba dando pie a algunas de sus nuevas fantasías. Su imaginación se desbocó cuando él volvió sus ojos violeta hacia Eira y le dirigió una mirada casi anhelante por debajo de las pestañas.

—Quiero ver que se conserva tu honor como competidora y como mujer.

—Gracias —logró decir de algún modo. Notaba la garganta gomosa.

—Así que ¿seguiremos manteniendo estas reuniones en secreto? ¿Se diga lo que se diga?

—Por supuesto —contestó Eira rápidamente. Tal vez *demasiado* rápidamente—. El trato está hecho, embajador. No quiero que estos encuentros se terminen.

—Bien, sabía que no me decepcionarías. Al igual que sé que tampoco me decepcionarás mañana en la carrera. —Ferro se recostó en el asiento y el alivio se reflejó en su rostro. Eira se hinchó de orgullo—. Una última cosa.

—Sí.

—Llámame Ferro. «Embajador» me parece demasiado serio para una conversación entre amigos.

—¿Somos amigos? —Era posible que su corazón no pudiera lidiar con la respuesta.

—A mí me gustaría serlo, sí, si te parece bien.

—Más que eso. —Eira no pudo evitar sonreír y lo hizo todavía más ampliamente cuando Ferro le devolvió la sonrisa.

—En cuanto a la carrera de obstáculos, hay ciertos segmentos complicados que deberás pensar cómo abordar antes de salir ahí...

Eira trató de memorizar cada una de sus palabras. Le repitió varios de los elementos clave para asegurarse de haberlo entendido. Ferro fue paciente todo el tiempo permitiéndole expresar las mismas ideas de diferentes modos y preguntar por las partes más particulares de la carrera. Sobre todo, por las partes que parecían... sorprendentemente peligrosas.

Pero esa competición era una exhibición amistosa para celebrar la unidad. Eira confiaba en que no dejaran que sucediera nada demasiado peligroso.

Después, respondió a las preguntas de Ferro sobre las consecuencias de los actos del Rey Loco Victor y de lo que había sucedido en las Cavernas de Cristal. Solarin se había visto en una situación complicada, al igual que la mayor parte del extremo sur del imperio. Oparium había permanecido bastante aislada, lo que había ayudado a que la capital se recuperara más rápidamente, ya que Oparium podía respaldar el comercio marítimo con Norin, la antigua capital del Oeste.

Al segundo bostezo de Eira, Ferro se levantó y dijo:

—Debería dejar que te acuestes. No te irá bien si estás demasiado agotada para competir mañana.

Eira se levantó y desperezó.

—Ojalá pudiéramos hablar toda la noche. —Suspiró con pesar y, cuando la expresión de Ferro adquirió un aire más reflexivo, recapacitó sobre sus palabras—. No quería... lo que quería decir es que...

—Siento lo mismo —respondió Ferro amablemente. Esas palabras mostraban un dolor tierno que vació algo en sus entrañas. Algo que necesitaba llenar desesperadamente—. Aquí estoy muy solo. Eres una de las pocas que habla conmigo. Y el resto de la gente con la que hablo no lo hace con tanta franqueza como tú.

—Me disculpo por cómo te está tratando Solaris.

Él negó con la cabeza.

—Es comprensible, todavía me consideran un extraño. —Ferro se obligó a sonreír. Eira reconoció que era una sonrisa forzada porque ella misma había practicado esas sonrisas muchas veces ante el espejo—. Todo irá a mejor. Con un poco de suerte, el torneo ayudará a aligerar las tensiones entre nuestras naciones. Me estremezco solo de pensar lo que habría podido pasar si Meru y Solaris hubieran tomado las espadas en lugar de las plumas.

—Yo también. —Eira se dirigió hacia la puerta, pero se detuvo. Ferro se unió a ella—. Tu guardia. Tú y ella... podríais...

—¿Deneya? —Ferro soltó una carcajada—. Deneya no es alguien con quien mantendría una conversación. Es demasiado fría para eso.

Eira rio suavemente.

—Normalmente, yo soy la fría.

Ferro tarareó y le agarró la mano. Eira no lo detuvo cuando cerró los dedos alrededor de los suyos. Una vez más, se llevó sus nudillos a los labios y los mantuvo ahí más segundos de lo normal. A continuación, negó con la cabeza.

—Cálidos, como la última vez. Nunca pensaría en ti como alguien frío. —En efecto, eso la hizo sentir mucho calor.

—¿Y cómo piensas en mí? —preguntó en un susurro.

—Como mi luz en esta tierra oscura de Solaris.

Eira tragó saliva con un nudo en la garganta.

—Espero… —Se aclaró la garganta—. Espero que puedas volver pronto a casa para que no te sientas tan solo. Buenas noches, Ferro. —Se obligó a moverse y salió por la puerta con la cabeza gacha. Jugar a fingir estaba bien siempre y cuando cuidara su corazón y no se entrometiera demasiado.

—Espero que, cuando me vaya a casa, vengas conmigo.

Esas palabras la hicieron detenerse en seco. Eira se volvió para ver por última vez sus ojos deslumbrantes, pero Ferro ya se había desvanecido entre las sombras.

Sin embargo, él permaneció en sus pensamientos todo el camino de regreso a la Torre como los restos de un sueño delicioso.

Eira estaba demasiado despierta para pensar en irse a dormir. Tenía las palabras de Ferro en su cabeza, animándola. Era una competidora y había gente en buenas posiciones cuidando de ella, al igual que pasaba con Marcus y Cullen. Ellos tenían a la emperatriz y al ministro de Hechicería, pero ella tenía al embajador de Meru, al instructor Levit y una serie de cuadernos que podían ayudarla a sobrevivir el día siguiente.

No recordaba haber salido de la cama, pero debió haberlo hecho, porque ahora Eira estaba en la entrada de la habitación secreta debatiéndose consigo misma. Le había prometido a Alyss que «no volvería sola». Alyss se refería solo a los túneles, ¿verdad? Claramente, no hablaba de la habitación. Había estado allí bastantes veces como para considerarla segura. Aun así, al estar allí se sentía como si estuviera rompiendo una promesa y creando un nuevo secreto.

Alyss tampoco sabía lo del día que había ido a la corte. Bueno, sabía que Eira se había ido con Cullen, pero había logrado esquivar todas las preguntas de seguimiento de la última semana hasta que Alyss se había aburrido del tema.

Ya estaba ocultándole secretos a su amiga, ¿qué más daba uno más? Había cruzado más líneas de las que podía contar. Eira empujó la puerta.

En la habitación en penumbra, Eira rebuscó en la estantería hojeando los diarios. Ahí había técnicas que podían ayudarla con la prueba ahora que sabía lo que estaba buscando. Se pasó el resto de la noche leyendo y solo se apartó del texto en el último momento.

Cuando salió, tuvo que apresurarse a bañarse y vestirse para el día. En lugar de llevar el pelo suelto, como de costumbre, se lo trenzó por la espalda y luego enrolló la trenza formando un disco en la parte de detrás de su cabeza. Acababa de terminar cuando Marcus llamó a su puerta. Cuatro golpes rápidos, una pausa, dos golpes lentos.

—¿Estás preparada? —preguntó Marcus desde el pasillo.

—Eso creo. —Eira se levantó ajustándose la chaqueta de aprendiza sobre una camiseta sin mangas que llevaba debajo. Ese día llevaba mallas y sus resistentes botas—. ¿Qué? —preguntó al ver que Marcus inclinaba la cabeza a ambos lados.

—Tienes aspecto de una competidora de verdad.

—Pues claro que lo tengo. —Eira pasó junto a él—. Vamos a por Alyss.

—Buena decisión. Así parecerá más realista que estás esforzándote antes de fracasar a propósito.

Eira resopló ignorando el resto de su charla nerviosa.

Fueron con el resto de los candidatos a una sala de espera no muy lejos del campo de entrenamiento. Allí, los treinta y dos Corredores de Agua, Rompedores de Tierra y Portadores de Fuego pasarían el día aislados para no poder ver las carreras de los demás antes de completar las suyas. La atmósfera estaba cargada y era espesa, como antes de una tormenta eléctrica de verano. Eira se sentó en uno de los asientos junto a las ventanas con Alyss y se pasaron horas leyendo dos libros que habían descubierto olvidados en una de las estanterías del estudio.

Sobre la hora del almuerzo, les llevaron comida, pero la mayoría de los candidatos la ignoraron. Nadie tenía estómago para comer.

Eran casi las dos cuando se llevaron al primer Rompedor de Tierra. Gwen llegó con su armadura formal de guardia de palacio, pronunció un nombre y escoltó al individuo sin decir una palabra. La habitación se volvió más silenciosa después de eso. En parte porque la prueba se había vuelto real. Pero también porque el número fue disminuyendo rápidamente.

Eira se despidió de Alyss con un fuerte abrazo y le susurró unos consejos vagos al oído. Fue la quinta de los seis Rompedores de Tierra en marcharse. Después, se llevaron a los once Portadores de Fuego uno a uno. Pronto quedaron solo los quince Corredores de Agua. Para entonces, Marcus se había acercado a ella.

—¿Estás nervioso? —Eira se atrevió a intentar charlar con él.

—Un poco. —Rio—. Pero no dejo de recordarme que solo tengo que ser mejor que cinco concursantes. Cuatro, en realidad, puesto que tú no cuentas. —Eira miró por la ventana evitando su mirada inquisitiva—. Porque vas a fallar a propósito, ¿verdad?

Ella no contestó.

—Eira, dime que vas a fallar —exigió Marcus.

Eira apretó los labios en una fina línea. Debería decírselo. Seguramente lo aceptaría. Eira volvió a mirarlo justo cuando la puerta se abría una vez más.

—Marcus Landan. —La voz de su tía cortó la tensión.

—Buena suerte. —Le agarró ambas manos y se las estrechó—. Sé que lo harás genial.

Marcus le dirigió una mirada cautelosa y apartó los dedos.

—Estoy impaciente por ver cómo va tu carrera. Mamá y papá también estarán mirándote.

Eira pensó en sus palabras mientras se iban llevando al resto de los Corredores de Agua. Eira fue la última a la que llamaron. Estaba esperando cuando Gwen abrió la puerta.

—¿Estás preparada? —preguntó Gwen.

Eira asintió.

—¿Cómo le ha ido a Marcus?

—Está en tercer lugar. Irá mejorando —informó Gwen con una sonrisa que se borró rápidamente—. Pero no parecía muy contento.

Estaba preocupado por lo que haría ella. Eira se mordió el labio inferior.

Gwen deslizó la mano en la de su sobrina y se la estrechó con fuerza.

—No te preocupes por él.

—Pero…

—Esta es *tu* carrera, es tu oportunidad. No la eches por la borda. Hazlo por ti y por nadie más. Haz lo que estés llamada a hacer.

Eira asintió suavemente y Gwen la soltó. No hubo tiempo para más palabras tranquilizantes mientras salían por el largo y oscuro pasillo. Eira emergió a la cegadora luz del sol que iluminaba su próxima prueba.

# Trece

Los campos de entrenamiento habían sufrido aún más transformaciones desde la última vez que los había visto. La carrera de obstáculos corría por cuatro columnas con tres curvas entre ellas. Eira se encontraba en una plataforma elevada en el punto de salida.

Frente a ella, en una plataforma aún más alta, estaba la familia imperial, los ministros de los Tomos y de Hechicería, el jefe de la guardia de palacio y Ferro. Debajo de su palco había una tablilla de piedra parecida a la que habían usado en la primera prueba. Había catorce nombres grabados y una raya en el tercio inferior: la línea de corte. Cuatro de los nombres de la parte inferior tenían rayas en lugar de tiempos. Había cuatro personas que ni siquiera habían logrado terminar. Eira tragó saliva y se armó de valor. Solo tenía que hacerlo mejor que la única persona que había por debajo de la línea de corte con marca de tiempo y lograría pasar.

Eira miró a la multitud que estaba formada por sus compañeros de la Torre, cortesanos y desconocidos. Hombres y mujeres se apiñaban en las murallas que rodeaban el campo de entrenamiento. Pero, incluso entre las masas, el destino le jugó una mala pasada.

De algún modo, entre toda esa gente, encontró a sus padres.

El sol resaltó el tono miel del cabello de su madre, que llevaba corto alrededor de las orejas. Su padre llevaba la barba muy corta de un tono más oscuro, casi castaño. Era la única muestra del color de su cabello, puesto que llevaba la cabeza totalmente rapada. Su madre la saludó entusiasmada y su padre aplaudió.

Por un momento, Eira fingió que estaban ahí para animarla. Que estaban apoyándola. Que no estaban ahí para asegurarse de que fracasara a propósito tal y como le habían pedido. Ese pensamiento fue como un puñetazo en el estómago que la dejó sin aliento. Eira dirigió la mirada a Fritz cuando él empezó a hablar.

—Eira Landan —proyectó Fritz sobre el campo—. Hoy participarás en tu próxima prueba como candidata a competidora en el Torneo de los Cinco Reinos. Tu objetivo es terminar la carrera en el menor tiempo posible. Para avanzar debes hacerlo siempre pisando, agarrándote o usando los elementos de la carrera marcados en color blanco.

Debajo de sus pies la plataforma estaba cubierta por una pintura espesa y calcárea. La pintura cubría varios pilares, agarraderas y pasarelas.

—Si en algún momento no estás en contacto con las partes blancas de la carrera, quedarás descalificada.

Se le hundió el corazón. Había planeado cruzar el foso que había cerca del final con hielo. Eira miró hacia el sexto obstáculo de siete y desvió la mirada rápidamente a Fritz. Se preocuparía por eso cuando tuviera que hacerlo. Primero tenía que superar cinco obstáculos.

—Puedes usar la magia que quieras mientras obedezcas las reglas anteriormente mencionadas y lleves el broche todo el tiempo. Si en cualquier momento deseas parar, puedes hacerlo saliendo del recorrido o quitándote el broche. En ese momento, se considerará que has abandonado la carrera. ¿Alguna pregunta?

Eira negó con la cabeza y luego, al darse cuenta de que tal vez no la hubieran visto bien desde la distancia, gritó:

—No.

—¿Todavía deseas participar como candidata en esta prueba?

Desvió la mirada a sus padres. Su madre negó lentamente con la cabeza. Su padre la miró fijamente con expresión severa. Incluso Fritz, por lo que podía ver Eira desde la distancia, parecía estar conteniendo el aliento.

Todos querían que dijera que no. Querían que se retirara como una cobarde, que hiciera lo que le habían dicho sin cuestionar. Ya no podía echarse atrás... si lo hacía, no conseguiría nada. La verían como alguien que se había acobardado en el último momento incapaz de hacerles frente. Seguiría siendo alguien a quien controlar y vigilar.

—¡Sí! —gritó Eira y su voz resonó en el silencio que habían creado los espectadores ansiosos.

—Entonces, a la marca del emperador. —Fritz frunció el ceño, pero se hizo a un lado cuando el emperador se adelantó.

Aldrik acunaba algo en la mano conectado por una cadena a su abrigo. Probablemente, un reloj de bolsillo. Eira se preparó mirando los obstáculos que tenía por delante. Sabía que no era la más fuerte ni la más rápida. Nunca había pasado mucho tiempo en los campos de entrenamiento, a diferencia de otros aprendices. Unos pocos días de salir a correr con Alyss cuando habían anunciado las pruebas no podrían compensar años de flexiones sobre libros.

Pero era ligera de pies. Era inteligente. Y se había preparado para eso como nadie más lo había hecho. De un modo mucho más valioso que dando vueltas corriendo alrededor del palacio. Ella tenía a Ferro. Además, solo tenía que superar el tiempo de una persona. No podía perder. Eira se repitió lo mismo una y otra vez, autoconvenciéndose. Les mostraría a todos de qué era capaz.

—¡Adelante! —gritó el emperador. Eira se puso en marcha y la multitud estalló en vítores. ¿Estaban vitoreando a su favor? ¿O en su contra? No lo sabía y permitió que su corazón acelerado los ahogara.

El primer obstáculo era un muro ligeramente más alto que ella. El lateral y la parte superior estaban pintados de blanco. Una simple prueba de fuerza. Se imaginó a su hermano corriendo y saltando por encima del muro con facilidad. Pero la suerte que tenía al ser la última era saber que había cuatro personas que ni siquiera habían logrado terminar la carrera. Solo tenía que vencer a una y su tiempo era abismal. Podía moverse lenta y deliberadamente.

Eira colocó un pie en la pintura suave de la pared. Creció hielo por sus dedos de los pies por debajo de su zapato extendiéndose hasta sus talones y creando una repisa en la que apoyarse. Cambió el peso y llevó el otro pie más arriba. Todo el tiempo, se mantuvo agarrada a la parte superior del muro.

Tenía que mantener en todo momento las manos o los pies en el blanco.

Tras tres pasos, estuvo a la altura suficiente para pasar el muro e impulsarse por encima. Cayó con fuerza al otro lado y se levantó con un gemido. Inmediatamente, cuando se puso de pie, un estallido de llamas la hizo pegarse contra la pared.

Tenía ante ella la profunda zanja que había visto aquel día en la corte. Columnas de roca se elevaban desde la profunda grieta. Estaban pintadas de blanco en la parte superior y formaban peldaños de un lado a otro. Sin embargo, el foso no estaba vacío. Las llamas se arremolinaban alrededor de las columnas como una marea furiosa. Un río de fuego la separaba del primer zigzag y solo podía cruzar saltando entre las columnas.

Eira se apartó de la pared y se deslizó hasta el borde de la plataforma en la que se encontraba. Efectivamente, en cuanto se acercó a la primera brecha, se elevó una columna de fuego. Eira retrocedió de un salto, observando y esperando.

—¡Vamos! ¡Vamos! —entonaron las masas que la observaban. No estaba proporcionándoles un buen entretenimiento tomándose su tiempo. A Eira no le importó.

Observó todos los géiseres de fuego en erupción y contó el tiempo que pasaba entre ellos. En efecto, había un patrón. Eira respiró hondo y contuvo el aliento hasta que las llamas se elevaron justo ante ella.

Corrió.

Mientras saltaba, torció la muñeca. El vapor la rodeó asfixiándola cuando el hielo se encontró con el fuego. Eira se tambaleó, mareada. Había pasado de un fresco día de primavera a una sauna. Tendría que refrescarse o se desmayaría.

Más hielo.

Más vapor.

Eira empujó su poder hacia la columna en la que se encontraba en ese momento todo lo que hizo falta para sofocar completamente las llamas. Podía sentir al Portador de Fuego que manipulaba las llamaradas que luchaban contra ella. Eira cerró los ojos y siguió empujando contra ese poder furioso. Los Portadores de Fuego siempre se tambaleaban al borde del control. Deslizaría su magia por debajo de las ataduras cortando la fuente de las llamas. Si fuera posible, le habría cortado incluso la magia.

No había uno, sino tres Portadores de Fuego. *Vale, no pasa nada*. Que hubiera uno, dos o tres no suponía una gran diferencia. Su hielo se agrietó contra las llamas, ganando tracción finalmente. Empujó hasta que todo el foso se llenó de un azul brillante y una ráfaga de frío le golpeó la cara.

Se levantó con la cabeza dándole vueltas. No sabía si era porque estaba usando demasiado poder o por los rugidos ensordecedores de la multitud. Por el modo en el que seguían, podría pensar que ningún otro Corredor de Agua había intentado extinguir las llamas.

«Envuelve tu magia alrededor de tus dedos», había leído en uno de los diarios de la habitación secreta. «Mantenla en su sitio con un agarre implacable». Eira hizo lo que indicaba y había estado semanas practicando. El hielo se quedó en su sitio mientras saltaba a la segunda columna y luego a la tercera. Cuando llegó a la cuarta, su agarre del hielo empezó a debilitarse. Los Portadores de Fuego no habían terminado su asalto. Los bordes del hielo se estaban evaporando.

Pero Eira logró cruzar a la siguiente plataforma. Liberó su magia y el hielo se evaporó mientras escrutaba a la multitud. Su padre la miró con ojos sombríos. No soportó ver a su madre con las manos apretadas por la preocupación.

Cuanto mejor lo hacía, más infelices parecían ellos. Eira se centró de nuevo en la carrera en lugar de perder demasiado tiempo distraída con sus padres.

Ahora estaba en otro saliente. Una grieta gigantesca la separaba de la siguiente plataforma. No había nada en medio, tan solo una gran caída. Ni siquiera habían colocado una red de seguridad.

Ferro le había dicho durante sus conversaciones que habían tomado precauciones colocando medidas de seguridad ocultas. La ilusión de peligro era parte de la prueba. Estaban poniendo a prueba la valentía y la voluntad de acero de los candidatos, no intentando matarlos.

Ese obstáculo era la encarnación de esa idea. Había blanco en su plataforma y en la pendiente empinada en la que se esperaba que aterrizara y luego trepara. No podía usar magia en medio ya que eso haría que estuviera en contacto con algo que no era la pintura blanca. De algún modo, la caída libre no rompía esas reglas.

Eira retrocedió todo lo que pudo. Tenía encima la sombra del palco en el que estaba sentada la realeza, en el que estaba Ferro. *Está observando*, se recordó Eira a sí misma. Sus padres minaban su voluntad, pero Ferro la restauraba, proporcionándole el coraje que necesitaba.

Antes de que pudiera pensárselo dos veces, antes de que pudiera vacilar, Eira corrió hacia adelante. Cargó hacia el saliente y puso toda la fuerza que pudo reunir en sus largas piernas mientras saltaba. Durante un instante, se le paró el corazón, se le hundió el estómago en la caza torácica al inhalar de terror. Se sintió ingrávida, vulnerable. Fue aterrador.

Fue emocionante.

El tiempo se estrelló a su alrededor, tirando de ella hacia abajo con la gravedad. Eira agitó las piernas como si pudiera mover el aire a su alrededor como una Caminante del Aire. Como si pudiera acercarse así a la lejana plataforma. Se inclinó hacia adelante estirando los brazos.

Cayó *pesadamente*. Se golpeó la barbilla contra la madera de la pendiente y le rechinaron los dientes. Una mujer, probablemente su madre, dejó escapar un grito. El sabor de la sangre explotó en su boca y Eira se pasó la lengua por la parte posterior de los dientes para asegurarse de no habérsela mordido.

Pero la gravedad no había acabado con ella. Estaba deslizándose por la pendiente. Eira trepó clavando las uñas en la madera en la parte superior de la plataforma en forma de triángulo. El pánico hizo que se hiciera rasguños. Tenía astillas incrustadas en la piel.

No podía encontrar ningún agarre. Iba a deslizarse hasta las rocas escarpadas de abajo. Eira se revolvió agitando los brazos en agonía mientras luchaba por sostenerse.

*¡No entres en pánico y piensa!*, gritó una voz solitaria en las profundidades de su mente, su sentido común. *¡Usa la magia!*

Eira se dio un último y potente impulso y levantó un pie. Golpeó la madera con los dedos ganando el mayor agarre posible. El hielo explotó por debajo. Eira cambió el peso y rápidamente hizo lo mismo con el otro pie. Repitiendo el proceso del primer obstáculo, superó el tercero y rodó por el otro lado de la rampa triangular.

Una flecha pasó zumbando junto a su rostro.

Eira se apartó por instinto. La flecha rebotó inofensivamente en una de las rocas entre las filas de obstáculos. Tenía la punta redondeada y recubierta por una sustancia pegajosa e inofensiva.

*Ilusión de peligro, eso es todo*, se recordó a sí misma. Ese era el obstáculo sobre el que la había advertido específicamente Ferro la noche anterior. Los travesaños se alternaban en el camino que tenía por delante con paredes bajas. Tendría que saltar sobre las paredes y agacharse por debajo de los travesaños. Mientras tanto, los arqueros le arrojarían flechas intentando desviarla de su curso o quitarle el broche. Y sabía que tenían a los mejores arqueros de Solaris ocultos.

Eira había buscado en los diarios de la habitación oculta algo que pudiera ayudarla a pasar ese obstáculo. Había encontrado un modo de cubrir su cuerpo con hielo creando una armadura sobre su piel, pero no había podido perfeccionarla lo suficiente en una noche como para moverse ágilmente. Un paso en falso y un tambaleo y se saldría a un lado, fuera de los límites.

Tapándose el broche del pecho con una mano, Eira lo cubrió con una capa de hielo. Sintió que su magia se filtraba a través de la tela hacia su piel. Se imaginó sus raíces alrededor de su corazón. No podía cubrirse todo el cuerpo, pero al menos podía hacer eso.

—Tendría que haberlo hecho desde el principio —murmuró cambiando el peso en la pendiente. En cuanto empezara a correr, dispararían. Al menos de ese modo no podrían quitarle el broche.

Las flechas redondeadas también dolían. Tal vez fuera solo por la ilusión de peligro, pero... *Un momento, una ilusión*. No podrían golpearla si no podían verla.

Eira sostuvo una palma en paralelo al suelo, empujó la otra contra ella y las separó lentamente. Una fina neblina se extendió desde sus pies cuando separó las yemas de los dedos. El vapor de agua en el aire se condensó a su voluntad y la luz se movió para crear la ilusión que ella deseaba. Su propio hielo que se había evaporado le proporcionó mucha humedad con la que trabajar.

Levantando las manos, Eira empujó la humedad hacia arriba observando cómo la luz del sol cambiaba con ella. Mientras extendía las palmas como una ofrenda, un mapa se desplegó sobre toda la arena. Eira frunció el ceño asegurándose de tener cada rincón y cada grieta de Solaris y de Meru detallados en él. El mapa se condensó, dejando una neblina crepuscular debajo.

A juzgar por los gritos y exclamaciones de la multitud, su plan había funcionado: nadie podía verla. Una flecha silbó inofensivamente a través de su ilusión. La neblina se enroscó a su alrededor creando un rayo de sol momentáneo.

Eira empujó hacia adelante. Más flechas perforaron su velo mientras ella saltaba y se agachaba. Una flecha afortunada le dio en el muslo y se le escapó un grito de dolor. Le escocía la pierna, el dolor le abrasó toda la columna y le recordó que todavía le dolían los dientes y que tenía las manos ensangrentadas por su anterior salto de fe.

Arriba y abajo. Arriba y abajo. No iba a dejar que el dolor la detuviera. Ya había superado más de la mitad.

Saliendo por la segunda curva, Eira liberó la ilusión con una oleada. La multitud vitoreó al verla al otro lado. Las flechas silbaron inofensivas.

—Eira —gritó Fritz por encima del ruido—, con nuestra vista nublada es imposible saber si te has salido de los límites. —Intentaba descalificarla.

—¡Tiene mi palabra de que no lo he hecho! —respondió ella.

La muchedumbre empezó a abuchear y a canturrear para que continuara.

La emperatriz dio un paso hacia adelante con una sonrisa de aprobación, una sonrisa que Eira habría deseado ver en su propia madre.

—Teniendo en cuenta la naturaleza del obstáculo, asumimos que no te has salido de los límites. Continúa, Eira, pero no vuelvas a usar una ilusión como esa.

Fritz se quedó al borde del palco observándola con ojos cautelosos. Eira desvió la atención de él. Fuera lo que fuera lo que estaba intentando, podía pensar lo que quisiera. Pasara lo que pasara, no volverían a considerar que estaba indefensa y desesperada sin la protección de su hermano a partir de ese día.

Los dos obstáculos siguientes estaban unidos por el agua. El sexto era un foso en la cima de una montaña en miniatura. Para llegar hasta él, tenía que subir el quinto obstáculo, una cascada, usando solo las agarraderas marcadas.

En realidad, el quinto fue un descanso.

Tenía los músculos agotados y se lo recordaban con cada tirón y empujón. Pero el agua se curvaba alrededor de sus manos, la inundaba y Eira disfrutaba de su fuerza. Volvió la cara al cielo y se imaginó las corrientes rugientes pelándole la piel y revelando algo más duro y fuerte. Revelando a alguien que nunca había tenido la oportunidad de descubrir.

Cuando llegó a la parte superior de la cascada, estaba sin aliento. Pero se sentía mejor que nunca desde que había empezado la prueba. Casi se sintió renacer al emerger empapada y jadeando.

Había cuerdas blancas suspendidas sobre el foso dejando claro que pretendían que se agarrara a la primera y cruzara balanceándose. Pero estaba demasiado cansada, las posibilidades de resbalar y caer al agua eran demasiadas.

Tomó la primera cuerda con la mano izquierda y retrocedió para tensarla. La multitud vitoreó esperando que corriera y se balanceara a la siguiente. En lugar de eso, con un destello de magia, Eira invocó una daga afilada en la mano derecha y la pasó por la cuerda con un solo movimiento, cortando un pedazo.

El público calló.

—Eira, si deseas abandonar, debes quitarte el broche —comentó rápidamente su tío.

Ella lo ignoró y se acercó al borde del agua. El hielo se esparció desde sus pies formando un puente que ella atravesó andando. El caos estalló entre la multitud.

—¿Puede hacer eso?

—¿Está permitido?

—Pero las reglas…

Lanzaban preguntas al palco de la realeza al que Eira se estaba acercando cada vez más doblando la tercera y última curva. Retrocedió hasta la marca blanca de la plataforma y soltó la cuerda. Miró hacia el palco, expectante.

El emperador y la emperatriz la observaban, ambos con el atisbo de una sonrisa y Eira se atrevería a decir que parecían… ¿encantados? Romulin parecía estar conteniendo la risa. Fritz le lanzó una mirada llena de chispas que habría sido más propia de un Portador de Fuego.

Ferro sonrió ampliamente. La sonrisa de superioridad de sus labios hizo que se le acelerara el corazón una vez más. Le daría fuerzas para continuar. Él estaba de su lado, aunque fuera el único.

Nadie dijo nada y Eira interpretó su silencio como un permiso. Había seguido las reglas. Su intención había sido que se agarrara a las cuerdas para cruzar, no habían especificado que no se pudieran cortar las cuerdas. Y había estado en contacto con algo blanco en todo momento.

Eira se encaró hacia el último obstáculo: una serie de cintas suspendidas sobre otro vacío. Se entrelazaban las unas sobre las otras sin dejar claro un camino disponible. Caminó de un lado a otro del borde seleccionando cuidadosamente su trayecto. Antes de continuar, Eira se agachó y se desató las botas.

—¿Qué está haciendo ahora? —preguntó alguien por encima de ella.

Eira no pudo oír la respuesta. Se preguntó si alguien habría respondido que estaba buscando mejorar su equilibrio. Quería tener un movimiento completo de sus pies sobre las cintas.

Un pie tras otro, Eira se movió por la delgada cinta que había seleccionado, manteniéndola en los arcos de sus pies. Colocó cautelosamente el pie y cambió el peso. Su progreso era angustiosamente lento, pero podía usar otras dos cintas para mantener el equilibrio hasta aproximadamente la mitad.

Una ráfaga de viento salió de la nada y Eira dejó escapar un grito de sorpresa inclinándose sobre la cuerda que había estado usando como apoyo. Notó que perdía el equilibrio y giró.

La muchedumbre vitoreó cuando otra ráfaga de viento intentó derribarla de las cintas. Por supuesto, no iba a ser tan fácil como caminar sobre una cuerda. A los Caminantes del Viento les encantaba jugar sobre cintas. Eso era cosa suya.

No, eso no era obra de cualquier hombre. Apostaría cualquier cosa a que Cullen estaba detrás. De algún modo, ya le resultaba familiar que su magia la golpeara. Se había visto obligada a ver a su hermano admirándolo durante años. Tenía sentido que pudiera detectarlo en una multitud. Además, no podía ser obra de la emperatriz y no había ningún otro Caminante del Viento lo bastante fuerte para crear esas ráfagas. Nadie más jugaría así con ella.

Eira maldijo a Cullen por lo bajo y se esforzó por agarrarse. Se balanceó como una túnica en el tendedero. Moviendo los pies, Eira se esforzó por colocarlos en la primera cinta. Por mucho que se esforzara, no lograba ninguna estabilidad.

No tardarían en cederle los brazos. El sudor le goteaba por el rostro. Las cintas blancas estaban manchadas de rojo por sus manos ensangrentadas.

Iba a enviarle otra ráfaga. Eira intentó parecer lo más vulnerable posible, tenía un último y alocado intento. En cuanto Cullen actuó, Eira usó sus vientos contra él. Usando una cantidad monumental de su energía casi agotada, utilizó el viento para ayudarse a impulsarse. Clavó los talones sobre la cinta, colgando boca abajo.

Mano sobre mano, se arrastró a lo largo de la cinta. La sangre se le subió a la cabeza y rugió en sus oídos tan fuerte como el viento. Pero Eira solo se centró en la plataforma que se acercaba cada vez más.

Ya casi estaba. Un poco más...

Una ráfaga de viento, más fuerte que todas las anteriores, le arrancó la mano de la cinta. Era como si él hubiera apuntado a su agarre. Eira soltó un grito. Sus piernas no eran lo bastante fuertes, iba a caer.

Presionando un pie contra el otro, con la cinta entre ellos, hizo una torpe estocada hacia la plataforma. Una ráfaga la empujó a un lado. Se golpeó el hombro contra la madera. Intentó agarrarse a algo, a cualquier cosa, pero no había nada.

Con un grito de determinación, levantó el puño en el aire como si maldijera hasta la última persona que alguna vez le había dicho que no, a todo aquel que se había atrevido a retenerla, y lo estrelló hacia la plataforma. El hielo se extendió desde su mano hacia abajo en una lanza de tres puntas. Se hundió en la madera con un ruido satisfactorio. Agarrando la lanza (o más bien el *tridente*) con ambas manos, Eira se subió a la última plataforma.

Rodó sobre su espalda con un gemido que quedó ahogado por los gritos de la multitud.

# Catorce

Dos manos la levantaron. Eira parpadeó e intentó enfocar la cara sombreada contra la luz del sol.

—¿Tía? —graznó. ¿Por qué su voz sonaba tan cansada? ¿Había gritado más de lo que pensaba? De repente, su imagen gritando y chillando por toda la carrera la mortificó.

—¡Has estado *impresionante*! —alabó Gwen pasándose el brazo de Eira por los hombros. Si su tía hubiera sido hechicera, Eira siempre se la había imaginado como Rompedora de Tierra. Era fornida, cabezota y fiable. Todo lo que Eira necesitaba en ese momento—. Ven, vamos a la sala de recuperación.

—No quiero nada más —murmuró Eira arrastrando los pies fuera de la plataforma de vuelta al palacio. Hasta que la luz del sol no abandonó sus hombros, no intentó volver la vista hacia atrás para ver la expresión de Ferro. Pero entonces ya era demasiado tarde, lo único que vio fue un destello de su nombre en la tablilla. Había pasado.

Gwen la ayudó durante el corto camino hasta una oficina majestuosa que habían preparado para que los clérigos atendieran a los candidatos. Colocaron una sábana en el sofá de cuero en el que hicieron tumbarse a Eira. Un anciano amable y de aspecto sabio inspeccionó sus heridas mostrando alivio porque no fueran demasiado graves. Intentó entablar una conversación comentándole que la había visto trabajar en la Clínica Occidental y que estaba impresionado porque fuera una candidata tan feroz mientras preparaba una poción y le extendía un ungüento por las manos, pero Eira no estaba para hablar.

Tenía la mente acelerada. Lo había logrado. Había reunido cada pizca de fuerza de un pozo que ni siquiera sabía que tuviera. Y había sido el último nombre justo por encima de la línea. Pero, aun así, estaba por encima de la línea. Lo había logrado.

Una discusión ahogada al otro lado de la puerta la devolvió al presente. Parpadeó varias veces y volvió a enfocar la habitación. En algún momento, el clérigo debió salir. Recordó vagamente que le había murmurado algo sobre tomarse el caldo y descansar. Tenía una taza caliente de caldo reconfortante entre las manos y tomó un largo sorbo absorbiendo su fuerza.

—... no puede saberlo en ninguna circunstancia.

*Es mi padre,* comprendió Eira.

—Estáis siendo ridículos. —Como de costumbre, el susurro de Gwen no era muy silencioso. Eira podía oír cada palabra a través de la puerta. Pero la suave respuesta de su padre hizo que se levantara, se acercara en silencio a la entrada de la habitación y presionara la oreja contra la madera para oír mejor.

—No te corresponde a ti decidir —dijo su madre.

—Déjalo, Gwen. —Fritz también estaba ahí.

—Estáis comportándoos como unos estúpidos. —Gwen gruñó algo que no sonó muy agradable—. ¿Para qué queréis una cabeza tan grande si tenéis el cerebro de un caracol?

Su madre suspiró.

—Veo que nunca has superado tus burlas infantiles.

—Dejad de pelearos las dos—las regañó Fritz ejerciendo de hermano mayor—. No importa lo que pienses de la decisión de Reona, le corresponde a ella tomarla.

—Lo descubrirá —insistió Gwen.

*¿Descubrir qué?*, se preguntó Eira y se apretó todavía más contra la puerta.

—No lo hará —repuso firmemente su padre—. Y menos aun cuando acabemos con todo esto. Ya la has visto hoy.

—No podéis decirlo en serio. —Eira oyó un pisotón que supuso que sería de Gwen—. ¿Vais a intentar descalificarla después de todo? ¿Vais a castigarla por algo que no puede controlar?

—¡Ya has visto lo que ha pasado! —A su madre se le quebró la voz y aumentó el volumen de repente. Eira se sobresaltó. El corazón la latía con más fuerza que durante la prueba. Pero no podía apartarse. Una terrible curiosidad la aferraba a la puerta. Cuando su madre volvió a hablar, le flaqueó la voz—. Su… su magia. Ha hecho un tridente.

—Fritz ha llenado los huecos entre los dientes con hielo antes de que nadie se diera cuenta —replicó Gwen.

—*Creemos* que nadie se ha dado cuenta —siseó su padre.

—Y yo no estaré ahí siempre —suspiró Fritz.

—¿Qué pasará si lo ha visto alguien? —susurró su madre.

—No es ningún crimen que un Corredor de Agua cree un tridente —dijo Gwen.

—Tú y yo sabemos que hay más implicaciones. De dónde viene… también está su pelo y sus ojos. Su poder. Ya lo has visto hoy. La gente la estará vigilando y, si sigue por este camino, alguien averiguará la verdad. —¿A qué se refería su madre? Por cómo hablaba, parecía que Eira fuera una desconocida.

—Por eso deberíais decírselo, para que esté preparada —insistió Gwen.

Eira no soportó seguir escuchando. Abrió la puerta de golpe.

—¿Decirme qué?

Su familia estaba en el pasillo como si fueran niños pequeños a los que acabaran de descubrir robando galletas recién hechas. Fritz dio un paso atrás. Gwen se cruzó de brazos y fulminó a sus hermanos con los ojos. Sus padres intercambiaron una mirada.

—¿Y bien? —Gwen hizo un gesto entre Eira y sus padres.

—Sea lo que sea, quiero saberlo. —Eira tomó otro sorbo de su taza esperando que el caldo le proporcionara fuerza y coraje en igual medida. Desafortunadamente, no era una poción de coraje. Solo tenía agua caliente con un ligero sabor a pollo que le suavizó el dolor de los músculos.

—Estábamos debatiendo quién te diría que abandonaras la competición. —Las palabras de su padre fueron como un golpe traicionero. ¿Por qué le mentía?

—No estabais hablando de eso y lo sé. —Eira clavó ligeramente las uñas en la taza—. Sé que no porque no habéis tenido ningún problema al decirme que lo deje anteriormente. Excepto por Gwen. —Su tía le dirigió una débil sonrisa—. ¿De qué estabais hablando?

—No es algo de lo que tengas que preocuparte —dijo su padre.

—¡Decídmelo!

—Si no se lo decís ninguno, lo haré yo. —Gwen se volvió hacia ella. Abrió la boca y tomó aire.

—Para, Gwen —espetó su madre con un tono que normalmente se reservaba para cuando Eira rompía algo—. Fritz y tú os marcháis ya. Ahora nos encargamos nosotros.

—Pero…

—Son asuntos familiares. —Su madre cortó la protesta de Gwen con una mirada fulminante.

Gwen puso los ojos en blanco, se acercó a Eira, le rodeó los hombros con los brazos y la estrechó con fuerza.

—Eira, te queremos muchísimo.

—Y siempre lo haremos. —La expresión de Fritz decayó.

—No... no me lo he cuestionado nunca. —Eira miró su taza mientras su tía la soltaba.

—Bien. —Gwen y Fritz se dispusieron a marcharse. Gwen se detuvo junto a Reona—. Díselo. Merece saberlo. No os alejéis de la verdad.

Su madre suspiró y se retiraron a la sala de recuperación, cerrando la puerta al mundo tras ellos. Sus padres intercambiaron una mirada antes de centrar la atención en Eira. Había una tristeza extraña e inexplicable en ellos.

—Decídmelo y ya —volvió a pedir Eira, esta vez con más suavidad—. Sea lo que sea, puedo soportarlo.

—No sabes lo que estás pidiendo —dijo su madre con los ojos brillantes.

—¡Dejad de tratarme como si fuera algo frágil! Si digo que puedo hacer algo, significa que puedo hacerlo. —Si la prueba de ese día no lo había demostrado, Eira no sabía qué lo haría.

—Muy bien —dijo su padre. Sabía que le había agotado la paciencia. Pero Eira no se arrepentía. Fuera cual fuera ese secreto. Estaba claro que tendrían que habérselo dicho mucho tiempo atrás—. Si crees que eres lo bastante madura para manejar la verdad, te la diremos.

—Herron...

—No, Reona, claramente cree que está preparada. —Las palabras de su padre dejaban ver su agitación.

—Eira, te queremos muchísimo. —Su madre le quitó ligeramente la taza de las manos. Eira no protestó cuando la dejó en un escritorio cercano—. Siempre lo haremos, lo único que queremos es lo mejor para ti.

—Lo sé —respondió Eira en voz más baja. Las primeras chispas de arrepentimiento por haber hecho la pregunta asomaron—. No me gustan algunas de las cosas que me habéis pedido. No me gusta que Marcus y vosotros me miméis... ni el resto de la familia. No me gustan los secretos. Pero nunca he dudado de que me queráis.

Su padre dio un paso hacia adelante con los brazos cruzados. Era la imponente montaña que Eira recordaba desde niña. Alguien con quien solo Marcus había tenido la oportunidad de medirse alguna vez.

—No somos tus padres biológicos.

Parpadeó y volvió a parpadear como si el repentino problema de audición pudiera arreglarse enfocando mejor la mirada.

—Yo… ¿qué? —Notaba la voz distante, desapegada, no parecía su propia voz—. Creo que no…

—Eira, escucha. —Su madre le acarició el pelo con aire pensativo—. Siempre nos hemos visto como tus padres, como tus *verdaderos* padres. Somos tu familia. Te queremos.

Eira giró la cabeza para mirar a la mujer que la estaba tocando. Los ojos de su madre… *de Reona* estaban llenos de un dolor distante que amenazaba con derramarse. Eira parpadeó varias veces intentando ver a su madre como la había visto una vez. Pero el rostro que tenía a su lado de repente le pareció extraño.

Se volvió hacia su padre… hacia Herron.

—Estáis mintiendo.

—Eira… —empezó Reona.

—¡Es mentira! —Eira empujó a la mujer. Se tambaleó hacia atrás, el cuerpo le dolía a cada paso. Pero no era por la prueba. Era por una herida que había tenido durante toda la vida, pero nunca lo había sabido.

—No nos resulta nada fácil decirte esto. Eira, por favor… —Reona intentó calmarla.

—Dijiste que estabas preparada, compórtate como tal —espetó Herron. Siempre se mostraba borde cuando estaba dolido. Como la vez que habían ido a la playa y Eira se había quedado atrapada por la corriente. Creían que se había ahogado. Su padre le había gritado tras las lágrimas de preocupación. Eira lo miró a los ojos buscando calidez, pero no la encontró. Quería gritarle que mostrara algún tipo de sentimiento mientras ella se rompía y se hacía añicos ante ambos.

—¿Cómo…? Si no sois vosotros… ¿Quién? —logró decir.

—Te dejaron en nuestra puerta una noche de invierno —respondió Herron. Su tono práctico ya le estaba irritando los oídos a Eira—. No te encontramos hasta la mañana siguiente. Estabas tan quieta que creíamos que habías muerto congelada. Pero tu madre insistió en que te entráramos. Te calentaste y empezaste a llorar.

—Puede que no te haya parido yo —agregó Reona amablemente—, pero eres mi hija tanto como Marcus es mi hijo.

Mientras escuchaba, Eira buscó en su memoria más profunda y temprana algún recuerdo de lo que estaban diciendo sus padres, alguna prueba de que ese retrato de sus orígenes era cierto. Pero no pudo encontrar nada. Sus primeros recuerdos eran jugando con Marcus en invierno.

Su hermano.

*¿No es mi hermano?*

Eira se agarró la cabeza con ambas manos. Se la sacudió de un lado a otro como si pudiera sacudirse esa verdad como la nieve de los hombros. Y era cierto. Sabía que lo era. Una parte de ella siempre lo había sabido porque ahora le parecía horriblemente obvio.

Su madre tenía el pelo del mismo dorado intenso que Fritz, que Marcus y que el resto de la familia Charem. El pelo de su padre era más oscuro, rubio ceniza. No platino como el de Eira. Su madre tenía pecas por toda la nariz y las mejillas y Marcus también había heredado unas débiles pecas. La tez de Eira no tenía ninguna de esas marcas.

*Deja de llamarlos madre y padre,* le dijo una voz en su mente. No lo son.

*Sí que lo son*, replicó su corazón.

Una discusión que empezó a partirla en dos.

—Eira. —Dos manos aterrizaron en sus hombros. Levantó la mirada y se encontró con los ojos de Reona—. Sé que esto es duro para ti.

—¿Duro? —Se sentía como si estuviera en una broma pesada. Como si le hubieran dado un puñetazo. Por eso no podía respirar. Alguien le había golpeado justo en las entrañas. Una risa hueca salió de sus labios temblorosos. Todos lo sabían. Lo habían visto todos menos ella. El universo entero se reía de ella. Siempre había sido así, pero nunca se había dado cuenta del verdadero motivo. «Ni siquiera tu madre pudo amarte». Se lo había dicho Noelle tres años antes, la noche del incidente. Incluso Noelle sabía la verdad de algún modo. Por eso le dolió tanto. Había sido la única ignorante—. No tenéis ni idea de lo que siento.

—No, pero estamos aquí para ayudarte. Te queremos —la tranquilizó su madre.

—¡No me queréis! —Eira se apartó. Las mareas rugieron en su interior. El hielo se agrietó bajo sus dedos entumecidos. Evitaría que volvieran a tocarla por la fuerza si fuera necesario. Apenas podía pensar con ellos mirándola—. Si... si me quisierais me lo habríais dicho. *Alguien* me lo habría dicho. ¿Por qué no me lo dijo nadie?

La espalda de Eira chocó con la pared del fondo. Ni siquiera había sido consciente de que se estaba moviendo. Había una gran brecha entre ella y sus padres. La nieve caía mágicamente entre ellos creando una línea helada.

—Queríamos hacerlo —contestó Reona suplicante. Tenía las mejillas empapadas de lágrimas—. A medida que crecías se volvía más y más duro. Nosotros...

—¿Duro para vosotros? —Eira estaba casi gritando—. ¿Y qué hay de mí? ¿Pensasteis en *mí* en algún momento?

—Claro que sí. —Herron dio un paso hacia adelante, pero no cruzó la línea mágica—. Era lo único en lo que pensábamos. Por eso estábamos esperando.

—¿Esperando a qué? —¿Qué podría haber hecho que le ocultaran ese secreto?

—A que fueras lo bastante mayor para asimilar la verdad y comprender su importancia. —Herron la miró a los ojos— Hay un detalle más sobre esa noche en la que te encontramos. Había una nota escondida entre tus sábanas, pero solo había el símbolo de un tridente en ella.

—¿Qué significa eso? —susurró Eira.

—Ya sabes lo que significa —contestó Herron. Él había crecido en Oparium. Había sido él el que la había hecho jurar que no repetiría nunca el nombre de la reina pirata. De repente sus promesas adquirían un nuevo significado.

—No, no, eso es imposible. Es un mito. —Eira negó con la cabeza frenéticamente. *Basta,* quería suplicar. No podría soportar más revelaciones.

—Adela fue vista en Oparium hace treinta años —informó Herron. La sola mención del nombre de Adela hizo que Eira se estremeciera. Ese nombre traía mala suerte. Siempre lo había detestado, pero tal vez ahora estaba descubriendo el motivo.

—Mi hermana, Gwen, encontró información acerca del incidente escrita por el príncipe Baldair en el palacio de verano en los registros de la guardia—dijo Reona con tristeza.

—¿Hace treinta años? Pero yo solo tengo dieciocho.

—Tal vez volviera. Tuvimos que mantenerte en secreto y a salvo.

—¡Adela sería una anciana en esa época! —Eira negó con la cabeza—. No puede ser.

—Tal vez otra pirata haya adoptado su nombre y siga atemorizando los mares. Tal vez el odio la haya vuelto inmortal. O tal vez tengas razón —admitió Herron—. Tal vez el tridente era el modo desesperado de alguna madre de asegurarse de que te adoptarían ofreciendo una amenaza.

—Podría haberme quedado afuera en el frío con la misma facilidad —comprendió Eira—. Adela trae mala suerte... Vosotros... no teníais motivos para acogerme.

—Pero lo hicimos —respondió Herron firmemente pasando el brazo por los hombros de su esposa.

Tenía razón. Lo habían hecho. ¿Y de qué les había servido ella como hija? Había creado toda una vida en la que sus padres miraban por encima del hombro, temerosos de que tal vez fuera la hija de la legendaria reina pirata. Toda una vida en la que habían tratado de esconderla y mantenerla en secreto y a salvo. Una vida de preocupaciones.

—Y te queremos. —Reona se secó las mejillas.

—No he sido más que una carga para vosotros. —Eira se miró las manos. Las tenía cubiertas de escarcha, la nieve goteaba hasta el suelo, al igual que las lágrimas heladas que le caían por el rostro. Había dicho que podía soportar la verdad, pero estaba demostrando por segundos que no podía—. Os he causado dolor y preocupación. He retenido a vuestro verdadero hijo.

—No vuelvas a decir eso —retumbó Herron.

—Tú eres nuestra verdadera hija —espetó Reona en tono sensato—. Tanto como lo es Marcus.

Pero no lo era. Esa sensación de estar siempre a la sombra de su hermano. El impulso innato de competir, de demostrar que era digna de amor, de un momento bajo el sol, como si no recibiera afecto suficiente de todos, cobró sentido de repente.

Eira siguió mirándose las manos. La escarcha le cubría los brazos. Era como si su magia estuviera intentando crear un capullo a su alrededor, protegerla de la horrible verdad.

—Ahora escúchame —le pidió Herron. Eira no soportaba mirarlo a los ojos—. Si existe la menor sospecha de que puedas estar emparentada de algún modo con Adela, en el mejor de los casos, serás marginada.

—Ya estoy marginada —murmuró Eira. Otra explicación para todo lo que había soportado. Tenía el odio y la mala suerte en la sangre. No parecían escucharla.

—En el peor de los casos, serás perseguida —continuó él—. Te enseñé desde muy temprana edad que el odio hacia Adela está tan arraigado como el odio a los hechiceros que aún se aferra en los rincones de Solaris. Tienes que guardar este secreto por tu propio bien. Y eso puede significar restringir todavía más tu magia para que no haya razones para que la gente sospeche. Que no haya más incidentes como el tridente de hoy. Cualquier cosa que pueda conectarte con Adela es un lastre.

Eira llevó su mirada hasta él.

—Por eso Fritz siempre le da más tareas a Marcus en las clínicas. Por eso nunca me han seleccionado para un entrenamiento o proyecto especial. Les dijisteis al tío que nunca me dejara ser elegible. No queríais arriesgaros a que mi magia tomara forma. No querías que tuviera demasiado poder.

—Sé que es duro, pero piénsalo racionalmente —le suplicó Reona.

Eira estaba yendo más allá de la racionalidad.

—Por eso Marcus ha estado... cargando conmigo, controlándome. Él es mi guardián. Y por eso no queríais dejarme competir en las pruebas.

—Solo porque te queremos. —Al menos, Reona tuvo la decencia de fingir estar dolida. Honestamente, Eira ya no sabía qué era sincero y qué no—. Hacemos y queremos lo mejor para ti.

—Lo mejor para mí es un momento a solas. —Habló con voz de acero.

—Y ahora que lo sabes, debes comprender que lo mejor para ti es abandonar la competición inmediatamente —agregó Herron.

—Marchaos —gruñó Eira.

—Eira...

—¡Fuera! —Alzó la voz y su magia se apresuró a buscarla. Brotaron puntas de hielo afiladas de su línea de nieve deteniéndose justo antes de perforar la ropa de sus padres. Eira jadeó.

—Dejémosle un poco de espacio —dijo Reona con tristeza.

—Ahora que conoces la verdad, sabes lo que debes hacer. —Herron la miró una última vez antes de permitir que su esposa se lo llevara—. Y esperamos una disculpa por tu parte antes de marcharnos.

Eira ni siquiera sabía si sería capaz de volver a hablarles alguna vez.

Quería que el eco de la puerta cerrándose tras ellos fuera la última palabra de todo ese horrible asunto. No quería volver a pensar nunca en lo que le habían dicho. Quería que fuera una mentira.

Lo deseaba tanto que le dolía. Tanto que no habría nada en el mundo que pudiera llenar ese vacío de deseo.

Eira se deslizó por la pared acurrucándose y formando una bola. No quería pensar en ello. *Adormécete. Congélate. Rodéate de un hielo alto y apretado, tan grueso que no puedas sentir nada. Si eres la hija de la reina pirata, que así sea. Sé tan despiadada como ella.*

Las lágrimas se congelaron en sus mejillas mientras la escarcha le cubría los brazos y le trepaba por el cuello. Se agarró las rodillas y enterró la cara en los antebrazos. Tal vez así se sintiera la noche que fue abandonada: fría y vacía.

Una voz resonó desde la distancia. Se golpeó sordamente contra sus barreras mentales y físicas. También hubo movimiento. Algo le revolvió el pelo. Eira se sorprendió al ver que su pelo seguía expuesto. Todas sus otras partes estaban cubiertas de hielo.

—... toma... —dijo débilmente la voz—. ... qué... está bien...

Notó un aullido en los oídos. Eira levantó lentamente la cara y vio un torbellino rodeándola. Arrancó las cortinas y le desprendió trozos de hielo del cuerpo esparciéndolos por toda la habitación.

En el centro de la tormenta estaba Cullen. Tiró del hielo que la cubría con dedos rojos. La magia gélida de Eira le mordisqueó la piel y él maldijo cada vez que un trozo de escarcha reemplazó a uno de los que había retirado.

—¿Qué estás haciendo? —murmuró Eira.

—No vas a poder respirar si sigues cubriéndote de hielo. —Le puso las manos en las mejillas rascando la escarcha hasta que sus dedos ampollados por el frío llegaron a su piel—. Loca, ¿estás intentando suicidarte? —le gritó a la cara sobre el aullido del viento que los azotaba.

—No... el frío no me matará. —No la había reclamado de bebé y ciertamente tampoco iba a hacerlo en ese momento. Había formado parte de ella toda la vida. Era lo único en lo que podía confiar que fuera verdad.

—¡Pues deja de comportarte como si estuvieras intentando probar esa teoría!

Eira suspiró suavemente y se esforzó por controlar su magia. El hielo se desvaneció lentamente en forma de vapor. Cullen apartó las manos de su rostro. Todo a su alrededor era un desastre lleno de agua, escarcha y viento.

—Por la Madre, sí que eres problemática —murmuró.

—Lo sé —susurró ella.

—No me extraña que Marcus siempre esté preocupado por ti.

Ella se estremeció.

—Lo sé.

—Eres demasiado poderosa para tu propio bien.

—Lo sé.

Cullen volvió a colocarle las manos en la cara, le agarró las mejillas y llevó su cara hacia la de él con fuerza.

—*¿Qué?* —espetó Eira.

—Quería asegurarme de que realmente fueras tú. Porque, más que cualquier otra cosa, la Eira que conozco es cabezota y decidida y no le da miedo replicar para poner a alguien en su sitio. Ahora mismo eres poco más que un trapo mojado.

—Déjame sola. —Miró a un lado. El aliento de Cullen en sus mejillas era demasiado cálido. Estaba poniéndola en riesgo de volver a sentir. Y si podía sentir, empezaría a llorar de nuevo. Todo el ciclo volvería a sacudir su cuerpo.

—No. Marcus me ha dicho que viniera a ver cómo estabas y aquí estoy. Te has esforzado mucho en la carrera y está preocupado. No voy a volver con las manos vacías.

—¿Dónde está? —se atrevió a preguntar Eira.

—Con Fritz, supongo. Venía a verte él mismo, pero el ministro nos ha interceptado al venir hacia aquí.

Eira rio suavemente. Si estaba con Fritz, pronto los seguirían también Reona y Herron. Marcus descubriría la verdad de su relación y sin duda se sentiría aliviado. La misión de Eira de hacer que él sintiera que no tenía que volver a cuidarla de nuevo por su desempeño en las pruebas había triunfado espectacularmente. Pero no del modo que ella esperaba.

Y todo por un estúpido tridente que ni siquiera había tenido intención de crear. Era culpa de esos diarios. De repente, un escalofrío la recorrió.

*¿Quién escribió esos diarios?*

—Puedes irte. Pronto dejaré de importarle —murmuró Eira.

—¿Qué?

—A Marcus pronto dejará de importarle lo que me pase.

—Para —respondió Cullen con firmeza atrayendo su atención de nuevo hacia él con un tirón de sus manos. Seguían en su rostro. ¿Por qué continuaba aferrándose a ella? ¿Acaso no se daba cuenta de que era la personificación de la mala suerte?—.

No dejaré que hables mal de ti ni de Marcus. Te quiere más que a nada. Y tú... tú eres... —Cullen se interrumpió y su falta de palabras fue más reveladora que cualquier cosa que pudiera haber dicho.

—Estás celoso —susurró Eira. Cullen abrió mucho los ojos—. ¿Amas a mi hermano?

—No —espetó—. Estoy celoso porque os tenéis el uno al otro. Porque tenéis una familia que os cuida en lugar de veros como ramas del árbol genealógico que puedan servir como combustible para el fuego de su ambición. —La soltó, disgustado, y se levantó.

—A mí no me quieren de verdad —susurró ella cuando él le dio la espalda. Cullen se dio la vuelta, pero Eira habló antes de que pudiera hacerlo él—. Mi familia es una mentira. No pueden quererme porque no soy una de ellos, nunca lo he sido. —Eira negó con la cabeza y las lágrimas volvieron a caerle a raudales—. Mis padres... no son los mismos que los padres de Marcus. Nunca lo han sido. Y me lo ocultaron.

—¿Qué estás diciendo? —preguntó Cullen en un susurro.

—Fui abandonada. Me dejaron morir. Y los padres de Marcus me acogieron porque les daba demasiado miedo quién pudiera ser mi madre. —Eira enterró el rostro entre las manos y volvió a encogerse en una pelota.

Pero antes de que el hielo pudiera consumirla, Cullen la rodeó con los brazos y de golpe su mundo helado se llenó con el calor agonizante del chico.

# Quince

—Shhh —le susurró al oído. Cullen apoyó la cara de Eira en su hombro como si la estuviera protegiendo de cualquier cosa que pudiera herirla—. Tú solo llora.

—Pero…

—Calla. Déjalo salir.

Era todo el permiso que necesitaba. Se apretó contra su hombro y sollozó. El músculo cubierto de terciopelo de Cullen ahogó sus lamentos. Cuando intentó apartarse, él tiró de ella una vez más y el llanto continuó.

Eira nunca había derramado tantas lágrimas en toda su vida. Era como si estuviera intentando ahogar el mundo en su agonía. Ni siquiera sabía que alguien pudiera llorar tanto. Tal vez fuera solo su magia manifestando su dolor de un modo desconocido. Si no podía ser hielo, serían ríos interminables de lágrimas.

Después de lo que podrían haber sido minutos u horas, Eira se enderezó. Esta vez, Cullen no volvió a tirar de ella. De algún modo, el chico había notado que ella había llegado a su límite.

Eira se frotó la cara resoplando. Cullen se levantó y atravesó la habitación en silencio. Sin duda, estaría avergonzado por haber consolado a alguien como ella. Estaba poniendo toda la distancia posible entre los dos. Iba a marcharse.

Se inventó una serie de fantasías horribles y autocríticas mientras Cullen rebuscaba por el escritorio sin importarle de quién podría ser. Volvió con un pañuelo y se arrodilló una vez más ante ella presentándole su humilde ofrenda.

—Gracias —murmuró Eira sonándose la nariz.

—No hay de qué. —Por cómo dijo esas palabras, parecía saber que ella se refería a algo más que el pañuelo—. Yo... lo siento. —Eira soltó una risa amarga. Un sonido que provocó una mirada de confusión en Cullen.

—El Príncipe de la Torre, siempre tan seguro de sí mismo. Nunca te había visto tan...

—¿Desesperanzado? —Se pasó una mano por el pelo—. Si alguna vez llegas a conocerme, descubrirás que puedo estar increíblemente desesperanzado. —Cullen se sentó y se llevó las rodillas al pecho, colocándolas entre sus codos. Cuando habló, lo hizo sin mirarla—. Y ese apodo... ¿podrías dejar de llamarme así?

—¿Príncipe de la Torre?

—Sí. Lo odio.

—¿Por qué?

Cullen se volvió hacia ella con una mirada cansada. Fue como si finalmente Eira pudiera ver algo *real* a través de esa imagen de perfección que él siempre proyectaba. Había puro dolor y una determinación feroz ardiendo en su interior. Tenía un aspecto desaliñado. Por fin era imperfecto, desordenado y todo lo que Eira sabía que sus compañeros de la Torre encontrarían impropio porque arruinaría la imagen de señor perfecto que habían sacado de la miseria en la que todos vivían.

Sin embargo, esa fue la primera vez que sintió algo auténtico por él. En su cansancio por el mundo, nunca lo había visto tan trágicamente hermoso.

—Sinceramente, no tengo ningún interés en ser un príncipe, un lord ni cualquier otro título que tenga que ver con el despertar de mis poderes y la ambición de mi padre. —Ese era el mismo Cullen que Eira había oído en el eco del estudio de los Caminantes del Viento—. No eres la única con una familia retorcida enterrada en secretos, Eira. Pero al menos, tu familia te quiere.

—Estoy segura de que...

—No asumas nada sobre mi familia —la interrumpió de golpe—. No tienes ni idea de lo que sucede a puerta cerrada.

—Supongo que no. —Eira había aprendido ese día que era imposible hacerse una idea clara de una familia, aunque esa familia fuera la propia.

Cullen le dio una palmadita en la rodilla.

—Tienes permitido sentir todo esto. No intentes no hacerlo. Claramente, no estaba funcionando bien. —Señaló la habitación hecha un desastre—. Pero no dejes que esos sentimientos oculten el hecho de que te aman. Puede que ahora te cueste creerlo, pero su amor por ti no ha cambiado.

—Yo... lo intentaré. —No quería discutir. Estaba demasiado cansada para intentarlo. Cullen tenía razón: en realidad, no había cambiado nada. Y, sin embargo, todo le parecía irrevocablemente diferente. Necesitaba encontrar un modo de disculparse con sus padres, pero no podía soportar la idea de mirarlos a los ojos.

—Bien. —Cullen se levantó.

—¿Adónde vas?

—Desafortunadamente, tengo una cena con la emperatriz para hablar de la próxima prueba.

Ella rio suavemente.

—Cullen, eres el único hombre vivo capaz de hacer que cenar con la emperatriz suene como una obligación. —Eso le valió una pequeña sonrisa y un brillo juguetón en la mirada del chico.

—Evidentemente, no es una obligación. Pero a veces preferiría hacer otras cosas que mi posición actual no me permite... En cualquier caso, buscaré a Alyss y le diré que venga. —Cullen se pasó una mano por la camisa alisando las arrugas que había dejado el cuerpo de Eira cuando la había abrazado.

—Cullen... —Lo hizo detenerse cuando casi había llegado a la puerta.

—¿Sí? —Él se dio la vuelta de un modo que pareció casi... ¿ansioso?

—Yo... gracias por quedarte conmigo. Por lo de antes.

La expresión de Cullen se suavizó y recuperó la mirada triste.

—De nada. Ah, y no te preocupes por el desastre de habitación. Hablaré con Su Majestad y lo arreglaré todo.

Cullen se marchó. Eira se mordió el labio. «Gracias» no era lo único que había querido decirle... En realidad, quería haberle pedido que se quedara. Porque, durante un momento, entre sus brazos, había vuelto a haber algo estable en su mundo. Él le había parecido cálido y seguro y todo aquello que anhelaba tan desesperadamente.

Cuando llegó Alyss, todo el hielo que había cubierto a Eira y a todo el suelo a su alrededor se había desvanecido por completo. No sabía de dónde había sacado la fuerza para deshacerlo. Pero, en algún punto, debió hacerlo porque normalmente el agua no se evaporaba tan rápido en los fríos pasillos del palacio.

—¿Eira? —preguntó Alyss suavemente asomando la nariz en la habitación—. ¿Estás ahí?

—Aquí.

—¿Estás bien? —Alyss entró en la estancia y en ese momento Eira notó que tenía el brazo en cabestrillo.

—Eso tendría que preguntártelo yo. —Eira se levantó. Le resultaba más fácil moverse cuando estaba enfocada en otra persona—. ¿Qué ha pasado?

—Ah, ¿esto? —Alyss señaló su lesión—. Me he caído en la prueba y me he roto algunas cosas. Me han dado una poción para la regeneración de los huesos, sinceramente, me ha dolido más la poción que toda la prueba, y no quieren que lo mueva en una o dos horas para que todo se coloque correctamente. Lamento no haber visto tu carrera.

Eira negó con la cabeza.

—No te disculpes. No te has perdido nada especial.

—Por lo que he oído, me parece que eso no es cierto. Todos hablan de lo impresionados que están.

—Estás mintiendo.

—Bueno... no... a ver, dicen que están impresionados por el hecho de que pudieras saltar por encima de una pared, por lo fuerte que caíste o... Esta es buena: ¡por los modos tan creativos de usar tu magia!

—Lo capto. —Eira levantó una mano. En comparación con las otras revelaciones emocionales, que la gente hiciera comentarios sarcásticos sobre sus ineptitudes físicas le pareció bastante inofensivo. Pero tampoco es que le gustara particularmente.

—Aun así, están impresionados contigo. —Alyss se acercó y le pasó el brazo alrededor de los hombros—. Y Fritz ha anunciado otra cena especial esta noche para los competidores, así que volvamos a la Torre y limpiémonos.

—Yo no creo que vaya —murmuró Eira arrastrando los pies por los tirones de Alyss.

—¿Por qué no? No puedo esperar a ver la expresión de Noelle en la cena. Seguro que está amargada porque tú todavía sigues en la competición. He oído que Adam no ha pasado.

—¿No? —Eira se quedó boquiabierta. Tendría que haberse fijado que era su nombre el que estaba por debajo de la línea, que era la única persona contra la que estaba compitiendo, pero tenía muchas más cosas en las que fijarse al inicio de la prueba.

—Creía que eso te animaría. —Alyss rio mientras salían al pasillo.

Eira lanzó una mirada cautelosa a su alrededor por si había alguien de su familia. Solo pensar en ellos hizo que se sintiera como si tuviera una piedra en el estómago. Su cerebro ni siquiera parecía poder evocar la imagen de sus rostros. Se habían transformado por completo en su mente a algo desconocido. ¿Es que ya no los conocía?

*Claro que sí, siguen siendo tu familia,* quiso decir una parte de ella. La otra parte simplemente se sentía vacía.

—¿Y por qué esa cara tan larga? Incluso Cullen parecía preocupado por ti. Y ahora veo por qué, no pareces una mujer que acabe de pasar a la próxima prueba.

—Yo... —Cuando Eira miró hacia adelante, los pasillos parecieron alargarse hasta el infinito. Eran interminables, un laberinto en el que estaría atrapada para siempre. Tenía que salir. No podía volver a la Torre. Todavía no—. ¿Podemos ir a Margery?

—¿La pastelería?

—¿Conocemos a otra Margery?

—Cierto. Claro, podemos ir.

Alyss se dio la vuelta. Con cada paso que daba Eira alejándose de la Torre se sentía más ligera. Cuando salieron a la calle, inhaló todo lo que pudo intentando exhalar hasta la última pizca de aire tortuoso atrapada en su interior. Ahora el palacio era un lugar tóxico. Cada momento en su interior sería como veneno.

La pastelería Margery estaba entre la entrada de la Torre y la Clínica Occidental, si se tomaba el camino más largo. Era un establecimiento pintoresco en el que solo cabían tres taburetes junto al mostrador. La dueña, Margery, instalaba dos mesas de madera fuera para acomodar las aglomeraciones ocasionales. Afortunadamente, ese día estaba vacío.

Charlaron con Margery mientras pedían. La propietaria de mejillas sonrojadas se mostró alegremente sorprendida al ver los broches de candidatura en sus pechos. Tanto que los bollos de ese día corrieron a cuenta de la casa. El intercambio hizo que Eira se diera cuenta de que no había salido en el mes que había transcurrido desde el inicio de las pruebas. También le hizo darse cuenta de que la última vez que había pensado en la pastelería había sido cuando le había hecho a Marcus prometerle dos bollos antes de que las pruebas fueran siquiera una idea.

Ese recuerdo la llenó de una pena indescriptible.

—¿Tiene algo malo tu bollo? —preguntó Alyss desde el otro lado de la mesa. La calle estaba en silencio y el único otro ruido era el débil rasgueo de un laúd que salía de una de las altas ventanas de una casa cercana.

—No, nada —murmuró Eira rasgando un pedazo del panecillo y llevándoselo a la boca. El centro de queso dulce se le derritió en la lengua. Pero Eira parecía haber perdido el sentido del gusto.

—¿Vas a contarme ya qué está pasando? Porque es evidente que hay algo y no me insultes negándolo.

Eira negó con la cabeza.

—Sí, lo siento. No podía decírtelo en el palacio. Tenía que salir de allí.

—Me he dado cuenta.

—Me conoces demasiado bien. —Eira le dedicó una débil sonrisa a Alyss.

—Soy tu mejor amiga, conocerte bien es mi trabajo.

—Yo... he descubierto una cosa después de la prueba... —Eira procedió a contarle todo lo que había sucedido con sus padres. Herron le había pedido que no se lo contara a nadie y Eira ya se lo había confesado a dos personas. Por otra parte, si su familia supiera algo sobre ella, contaría con Alyss de todos modos, ya que debería ser evidente que Eira iba a compartir sus más profundos secretos con su mejor amiga.

Cuando Eira terminó, Alyss se recostó en su silla con una expresión inescrutable. Procedió a comerse su propio panecillo mientras reflexionaba sobre todo. Eira le dio espacio a su amiga y se tomó el suyo. Las dos se terminaron el bollo al mismo tiempo.

—Tengo ciertos pensamientos —declaró Alyss—. Pero, primero, para esto hace falta un segundo bollo.

Después de asegurar la segunda ronda de dulces, Eira preguntó finalmente.

—¿Y bien? ¿Qué piensas?

—Que han cometido un horrible error a la hora de manejar todo esto. Y me refiero a todos los familiares tuyos que sabían la verdad: tus padres, Fritz, Gwen y Marcus, si es que él lo sabía. ¿Estaba al tanto?

Eira negó con la cabeza.

—Creo que no.

—Tienes que hablar con él en cuanto terminemos aquí —declaró Alyss—. Primero tienes que disculparte con tus padres y después buscarlo a él.

Eira gimió y hundió el rostro entre las manos.

—No puedo.

—Sí que puedes.

—No quiero.

—Debes hacerlo.

Eira se llenó la boca con un trozo de panecillo. Masticar lentamente le concedió un minuto o dos de tiempo.

—No sé qué haré si me entero de que él sí que lo sabía.

—Masticar no te ayudará —suspiró Alyss—. Y, si no lo sabía, estaba tan cegado como tú. No digo que vaya a sentir *exactamente* el mismo sentimiento de traición que tú, pero tal vez podáis ayudaros mutuamente en esto.

—Probablemente, Marcus siga molesto porque no haya perdido a propósito en la prueba de hoy.

—¡Olvida las pruebas! Esto va de tu familia. —Alyss pronunció esas palabras con tal convicción que, durante un instante, Eira casi se las creyó por completo. Ese era el motivo por el que Cullen había sabido que tenía que buscar a Alyss y por el que Eira se había escabullido con su amiga. Solo Alyss podía dispersar tan bien sus nubes interiores.

—De acuerdo. —Eira se terminó lo que le quedaba de dulce. Al igual que aceptar su próximo plan de ataque, no le resultó nada fácil—. Tienes razón. Hablaré con ellos en un día o dos.

—Esta noche.

—Mañana.

—*Esta noche* —insistió Alyss.

—Bien —suspiró Eira hundiéndose en su silla.

—Vamos a volver y vamos a cambiarnos. Vas a buscar a tus padres y luego irás a cenar con la cabeza bien alta como la futura participante del Torneo de los Cinco Reinos que eres. Vas a sentarte y a saborear una comida de una calidad que rara vez recibimos, no importa lo mucho que te hayas llenado con estos bollos, vas a comer. Luego escucharás los detalles de la próxima prueba con el resto. Y entonces, vas a hablar con Marcus.

—No tengo elección en esto, ¿verdad?

—No —contestó Alyss alegremente. Era una dictadora adorable.

—Estoy en tus manos —murmuró Eira, resignada. Estaba cansada, agotada emocionalmente y exhausta en cuerpo y alma. Lo último que quería hacer en ese mismo momento era *pensar*. Así que se rendiría a las exigencias de Alyss.

El resto de la tarde progresó tal y como había decretado Alyss. A pesar de no sentirse en absoluto preparada, volvieron a la Torre. Todo el trayecto hasta sus habitaciones, Eira sintió miradas fantasma sobre ella. Los susurros mágicos eran más fuertes y complicados de controlar.

Era como si todo el mundo y todas las *cosas* supieran su secreto.

Alyss siguió a Eira hasta su habitación, recogieron sus cosas y luego fueron a la de Alyss. La poción había terminado de reparar el brazo de Alyss y se quitó las vendas y el cabestrillo. Después, fueron a los baños de la Torre. Eira se frotó como si le fuera la vida en ello. Se frotó hasta que se le puso la piel roja, hasta que Alyss tuvo que ordenarle que parara.

Cuando salió del baño se miró en el espejo peinándose lentamente y no pudo ubicar a la mujer que veía. El mismo reflejo de siempre le devolvió la mirada, pero Eira ya no se sentía como ella.

Le habían robado su rostro, su cuerpo. Se los había llevado una verdad y estaba empezando a darse cuenta de que habría preferido vivir para siempre en la ignorancia. ¿De quién eran esos ojos que le devolvían la mirada? ¿Eran únicamente suyos? ¿O pertenecían a una madre biológica que la había abandonado en mitad de la noche? ¿Pertenecían a Adela, la reina pirata?

—¿Preparada? —preguntó Alyss sacándola de su trance.

Eira se apartó del espejo.

—Casi.

La sensación de no encajar en su propia piel persistió mientras se vestía. Se colocó cada pedazo de tela justo en su sitio, pero nada parecía estar bien.

Se miró. Se movía como si fuera ella misma. Pero la imagen de quién había sido estaba manchada en el lienzo de su mente.

Los colores estaban emborronados y distorsionados. Habría dado cualquier cosa para deshacerse de la desconcertante sensación de sentirse una ladrona que había robado su cuerpo.

Eira estaba en el pasillo de la Torre mirando el despacho de su tío.

—Buena suerte. —Alyss le dio un apretón—. Te esperaré en tu habitación e iremos a cenar juntas.

—¿Es necesario? —murmuró Eira.

—Acaba con esto ya. —Alyss le dio un ligero empujón—. Te sentirás mejor en cuanto lo hagas.

—Odio que siempre tengas razón —farfulló.

—Es una carga que siempre llevaré. —Alyss se alejó y volvió a la habitación de Eira.

Eira se quedó quieta en silencio hasta que notó un calor intolerable. Su océano interno estaba hirviendo, a punto de desbordarse. Tenía que mantener el juicio. No importaba lo que sintiera, disculparse por cómo había recibido la noticia era el camino correcto. Al menos, eso suavizaría las cosas durante un tiempo hasta que pudiera procesarlo todo, según Alyss.

Llamó a la puerta del despacho de su tío.

—Adelante.

Eira entró y vio cómo la expresión de su tío se contraía y se tensaba al verla. Cerró la puerta tras ella y se miró los pies. Había practicado mentalmente todo lo que quería decir, pero en ese momento no encontró las palabras.

—¿Y bien? —Fritz se cruzó de brazos sobre el escritorio y suspiró. Tenía el rostro contraído, probablemente por ella—. ¿Qué pasa?

—Yo... —Se encontró con su mirada fría y cerrada—. ¿Sabes dónde están mis padres?

Él miró por la ventana como si fuera incapaz de mirarla a los ojos.

—Se han ido.

Las aguas de su interior se calmaron y Eira sintió que se deslizaba por debajo de la superficie hacia las frías y amargas profundidades.

—¿Qué? —exclamó.

—Lo siento, Eira. —¿Parecía lamentarlo de verdad? No lo sabía—. Tu padre tiene trabajo que hacer mañana, así que han tenido que volver rápidamente a Oparium.

—Creía que se quedarían al menos un poco…

—Eira… —Fritz negó con la cabeza ocultando la cara entre las manos durante un instante. La decepción que irradiaba era como dagas—. Tal y como ellos lo han visto… los has atacado con tu magia.

—No quería hacerlo. Es decir, no realmente. —¿Eso habían dicho? ¿Así habían visto su línea helada? Había creado espinas de hielo que se habían lanzado hacia ellos. ¿Era realmente un ataque?

—He supuesto que ese sería el caso, pero no me han escuchado.

—Pero… —«Pero». Eso fue todo lo que logró decir. Una débil protesta. ¿Cuánto se había esforzado su tío por defenderla?

—La última vez que tus emociones se apoderaron de ti, mataste a alguien. Y eso fue por un chico. —Cada palabra le dolió más que la anterior. Fue como un desfile de sus fracasos—. Por lo que me han contado, no has logrado mejorar el control de la magia y las emociones. No tenía nada en lo que apoyarme.

—Solo me he congelado a mí misma. —Fue una defensa débil y pequeña—. No les he hecho daño a ellos.

—Estoy segura de que no querías hacerlo.

—No se lo he hecho —insistió. Y punto.

—¿No lo ves? Tienes que empezar a pensar en las consecuencias de tus acciones. No estaré aquí siempre para explicarlo todo. Debido a tu historial, nadie sabe si estás a punto de desatar su magia sobre él —espetó Fritz como si llevara mucho tiempo conteniendo esas palabras.

Eira se golpeó la espalda contra la puerta. Quería huir de esa verdad incómoda.

El rostro de su tío se suavizó de inmediato, lleno de remordimiento.

—Eira, lo siento. Esto ha sido una carga para todos nosotros.

—¿Una carga para todos *vosotros*? —susurró.

—Tú no eres la única que tiene que lidiar con esto. ¿Sabes lo duro que ha sido tenerte a mi cuidado? ¿Saberlo y no poder decírtelo? Te he querido como si fueras mi hija, pero no he tenido voz en todo esto porque me he visto obligado a respetar los deseos de tus padres.

—Yo... Tengo que acabar de prepararme para la cena —mintió Eira y se escapó antes de que Fritz pudiera decir nada más. No quería sus excusas poco entusiastas.

Sus padres se habían marchado sin darle la oportunidad de despedirse. Fritz pensaba que había estado a un pelo de matar a cualquiera que hubiera tenido la mala suerte de estar cerca de ella. ¿Cómo reaccionaría Marcus cuando hablara finalmente con él?

Pronto lo averiguaría.

# Dieciséis

—¿Cómo ha ido? —preguntó Alyss guardándose en la mochila la pequeña escultura de madera en la que había estado trabajando y sacudiéndose el serrín del regazo.

—Mal.

—Ah. —La expresión de su amiga decayó—. Estoy segura de que...

—No quiero hablar de ello —respondió Eira con firmeza.

—Pues no lo haremos. —Esa era una de las razones por las que Eira quería tanto a Alyss. Siempre sabía cuándo insistir y cuando retroceder—. Vamos a disfrutar de la cena y a no pensar en ello durante un rato.

—De acuerdo. —Eira dudaba de la distracción que pudiera proporcionarle la cena, pero una pelea justo en la puerta del comedor fue todo un alivio para sus pensamientos.

—Noelle, por favor. —Adam persiguió a su amante Portadora de Fuego como un cachorro con la cola entre las piernas—. Deja que me explique.

—No.

—Pero... —Adam la agarró del brazo.

—¡No tengo motivos para dejar que te expliques! —Noelle se liberó del brazo de un tirón y mandó chispas volando por el aire justo delante de la cara de Adam. Él retrocedió—. Deja de seguirme.

Alyss y Eira se detuvieron al otro lado del pasillo observando cómo se desarrollaba la situación.

—¿Pelea de amantes? —le murmuró Alyss a Eira.

—Eso parece —contestó susurrando.

Todavía no las habían visto, estaban demasiado enfadados el uno con el otro para fijarse en un gato noru gigante corriendo por el pasillo.

—No estás siendo racional —gruñó Adam.

—Y tú estás siendo un imbécil. —Noelle echó la cabeza atrás y rio con un sonido horrible y chirriante—. Me has tenido engañada durante mucho tiempo, pero ya estoy harta de ti y de tus jueguecitos. Ahora aléjate de mí.

—Tú eres *mi* chica. —Adam dio un paso hacia adelante y agarró a Noelle por los hombros. En ese justo movimiento, Eira se dio cuenta de que Adam no llevaba el broche de candidato. Alyss lo había mencionado, pero ver su pecho desprovisto de metal le provocó una fea sensación de satisfacción. Tal vez fuera esa sensación de triunfo lo que la animara finalmente.

Noelle se inclinó hacia adelante y se rio en su cara.

—No soy *tuya* ni de nadie más. Ahora suéltame o te calcinaré la piel hasta los huesos.

—Tú no me harías daño.

—Ponme a prueba.

—Noelle —la llamó Eira. Los dos levantaron la cabeza hacia ella y hacia Alyss—. Lamento haberte hecho esperar.

—Por el amor de la Madre, ¿qué estás haciendo? —siseó Alyss por la comisura de la boca.

Eira la ignoró y fue hasta Noelle fulminando a Adam con la mirada.

—¿Vamos a cenar?

—¿Ibas... ibas a reunirte con estás *pringadas*? —balbuceó Adam.

—Pues sí, bruto. Por fin estoy dándome cuenta de quién es la gente de calidad en la Torre. —Noelle le dio una palmada en las manos y, por suerte, los brazos de Adam cayeron a sus costados—. Y ahora apártate. No pienso llegar tarde a la cena de candidatos por tu culpa. —Noelle se colocó atentamente los largos mechones de cabello negro que se le habían salido de las trenzas en su sitio. Cuando se alejó por el pasillo de la Torre casi parecía que estuviera flotando como si fuera de la realeza.

Adam fulminó a Alyss y a Eira con la mirada cuando pasaron junto con Noelle. Ella miró por encima del hombro animando a Eira a hacer lo mismo. Adam se había ido. Los ojos oscuros de Noelle se encontraron con los de Eira.

—No tenías por qué hacer eso. Lo tenía todo bajo control.

—¿Ves? No tendríamos que haberla ayudado. Está claro que no nos quiere —comentó Alyss con sarcasmo.

Eira ignoró a su amiga.

—Si lo hubieras quemado te habrían quitado el broche. Así que, de nada.

Noelle resopló.

—Vale. Gracias, supongo.

—¿Así que Noelle y Adam, la «pareja poderosa» de la Torre, se ha separado?

—¿Qué te ha hecho pensar eso? —murmuró Noelle.

—¿Lo has rechazado porque no ha pasado la prueba? —Alyss no desaprovechó la oportunidad de interrogar a Noelle—. ¿Prometió pasarla para demostrarte su amor o algo así y no has podido soportar la vergüenza?

Eira se mordió la lengua para evitar decirle a Alyss que leía demasiadas novelas románticas.

—¿De qué estás hablando? —Noelle puso los ojos en blanco, suspiró y hundió ligeramente los hombros, un movimiento que se apresuró a corregir—. Supongo que podría decíroslo. Sin duda, esparcirá rumores y debería adelantarme. No, no ha tenido nada que ver con la prueba, sino con el hecho de que es un imbécil. He pasado mucho tiempo inventándome excusas por él, pero me di cuenta de la verdad cuando descubrí que había estado coqueteando con una chica de los establos.

—Sí, no puedo creerlo —murmuró Eira—. Yo podría haberte dicho hace tiempo que era un imbécil.

Noelle se detuvo de repente y Eira también lo hizo. Se miraron a los ojos. Durante un instante, Eira se preparó para que Noelle se pusiera a defender a Adam. Como ella misma había dicho, siempre lo había hecho.

Pero Noelle la sorprendió al decir:

—Ahora ya lo sé. Y lamento no haberlo visto antes cuando debería... cuando darme cuenta me habría puesto en posición de detenerlo.

Eira frunció ligeramente los labios. Ese movimiento hizo que Noelle continuara.

—Lo que te hizo fue extremadamente cruel y lo lamento. —Dando el asunto por terminado, Noelle siguió hacia adelante.

«Ni siquiera tu madre pudo amarte». Esas eran las palabras que le había dicho Noelle tres años antes aquella horrible noche. Unas palabras que ahora le dolían más que nunca. Eira apretó los puños, pero mantuvo su magia bajo control.

—¿Qué es lo que lamentas? —preguntó Eira en un impulso.

Noelle se detuvo y miró hacia atrás. Entornó los ojos ligeramente.

—Lo que él te hizo.

—No te disculpes por él. Si vas a disculparte, hazlo por la parte que te corresponde. —Eira se irguió, decidida a no retroceder.

—Lamento lo que te dije aquella noche. Yo ayudé a organizarlo todo. Fui tan cruel como él. Y tendría que haberme disculpado mucho antes.

Eira apretó los labios. Quería regodearse, disfrutar ese momento de hacer que Noelle cumpliera. Quería gritar, decirle que sus palabras nunca bastarían. En lugar de eso, se limitó a suspirar.

—Vale, te perdono.

Noelle abrió mucho los ojos durante un instante, impactada. Asintió y desapareció rápidamente por la esquina hacia el comedor, como si no quisiera arriesgarse a que Eira revocara su perdón. Una parte de ella se sentía tentada a hacerlo.

—¿La... la perdonas? —Alyss miró boquiabierta a Eira—. Ni hablar. No me lo creo. Estás intentando engañarla, ¿verdad? Hacer que sienta una falsa sensación de seguridad y luego golpearla justo antes de la última prueba para desbaratar su intento.

Eira negó con la cabeza.

—Siempre he sabido que el cabecilla de lo que sucedió aquella noche fue Adam y... —Dejó escapar un suspiro que sintió que llevaba años reteniendo. En esa exhalación, toda la tensión que tenía acumulada en el cuello por Adam y por su crueldad se desvaneció. Las palabras que habían dicho podían permanecer, pero Eira haría todo lo que estuviera en su poder para dejar de llevarlas con ella—. Ya no importa.

—¿Cómo no va a importar? Lo que Adam hizo fue... lo que Noelle dijo fue...

—Terrible, lo sé. No estoy diciendo que vaya a perdonarlo a *él*. Pero tal vez manipulara a Noelle al igual que hizo conmigo.

—Y tal vez no.

—Si no fue así, está claro que ha aprendido la lección. —Eira se encogió de hombros—. Supongo que después de lo de hoy ya no me parece tan importante. No puedo seguir soportando ese peso. —Alyss continuó mirándola de un modo extraño. Con su risa nerviosa, hizo que Eira le preguntara—: ¿Qué?

—Me siento como si estuviera viendo crecer a mi hermanita. —Alyss se limpió las lágrimas imaginarias de los ojos.

Eira la miró boquiabierta.

—¡Soy mayor que tú!

—Por un mes.

—Sigo siendo mayor.

Alyss puso los ojos en blanco.

—Bueno, pero yo soy la más madura. —Eira soltó una carcajada—. Eso es lo que quería, hacerte reír.

—Eres imposible —dijo Eira en voz baja.

—Hace falta lo imposible para conocerte. —Alyss le sonrió. Esa mujer era lo único que todavía parecía real en el mundo cambiante de Eira.

Con Noelle, los colores de su mundo habían vuelto a entremezclarse.

Cullen se mostraba sincero, auténtico y real con ella. Noelle no estaba siendo cruel ni altiva. Seguía sin saber nada de Marcus. Y Eira… no era quien pensaba que era.

Pero Alyss estaba ahí, al igual que siempre. Eira la rodeó con el brazo y tiró de ella con el codo para acercársela.

—Gracias.

—¿Qué he hecho ahora?

—Puedo confiar en ti. Siempre estarás ahí cuando te espere. Y ahora necesito eso más que a nada.

—Lo sé —respondió Alyss en voz baja estrechándole el brazo y apretándose contra Eira—. Nada me alejará nunca de ti.

—Bien, mataré a cualquier cosa que lo intente —declaró Eira mientras entraban en el comedor. Alyss rio, pero Eira no había dicho nada con tanta convicción en toda su vida.

La cena había vuelto a ser preparada por los cocineros del palacio. Era evidente que llevaban todo el día trabajando en esa comida. Les presentaron un cerdo asado entero, arroz con mantequilla, verduras de primavera y platos humeantes de budín.

Eira llegó antes que Marcus, algo que agradeció. Estaba concentrada en su comida con la cabeza gacha cuando lo vio llegar finalmente con Cullen por el rabillo del ojo. No se atrevía a mirarlo directamente, pero le echaba vistazos cuando él estaba concentrado en otra parte.

Tenía los hombros ligeramente encorvados. Su mirada parecía distante. Eira detestaba ver a su hermano tan triste, pero su expresión angustiada le dio algo de esperanza. Si estaba tan conmocionado como ella era porque no lo sabía. Esa herida podría unirlos. Sería un vínculo entre ellos cuando todo lo demás fuera puesto en duda... o al menos, eso esperaba.

Fritz entró en el comedor con el emperador y la emperatriz siguiéndolo de cerca. Todo el salón se levantó de golpe (los veintidós candidatos que quedaban y Cullen) e inclinaron la cabeza en señal de respeto.

—Por favor, sentaos todos. Habéis tenido un día muy largo —dijo Vhalla con elegancia.

Todos los aprendices levantaron la cabeza mirando a su alrededor. Nadie quería ser el primero en sentarse. Estaban atrapados entre lo que veían como el decoro esperable hacia la realeza y una orden directa que entraba en conflicto con ese decoro.

Como era de esperar, Cullen fue el primero en tomar asiento. Si había alguien que conociera el protocolo adecuado para tratar con la realeza, era él. Lo siguieron Marcus y Noelle y después, el resto. Mientras todos se sentaban en los bancos, Fritz, Aldrik y Vhalla se colocaron delante del salón.

—El emperador y yo queríamos venir a daros la enhorabuena en persona —prosiguió Vhalla—. Habéis estado hoy todos impresionantes en la carrera. Sabemos que muchos habéis sufrido fuertes caídas, pero habéis resistido y habéis continuado. Hoy todos os habéis ganado vuestros broches. Podéis sentiros orgullosos. —Juntó las manos aplaudiendo y toda la sala la siguió.

—Como sabéis, uno de los objetivos de nuestro reinado ha sido velar por la mejor integración de los hechiceros entre los Comunes. —El emperador dio un paso hacia adelante con las manos cruzadas en la espalda. Su nariz ligeramente torcida, su cabello oscuro y sus rasgos afilados lo convertían en un hombre duro e imponente. El emperador Aldrik irradiaba tal presencia que hizo que todo el comedor se calmara y un ligero terror se abrió paso en la mente de Eira—. Debido a esto, estamos muy interesados en encontrar a los mejores hechiceros para representar a nuestro imperio. Queremos personas honorables, fuertes de corazón y de voluntad. Hechiceros con un poder y habilidad impresionantes. Hechiceros a los que animarán incluso los Comunes más resueltos.

—Con ese objetivo —continuó Vhalla desde donde lo había dejado su marido—, la tercera prueba la hemos diseñado nosotros mismos. Mi marido y yo deseábamos crear una prueba que os permitiera a vosotros y a vuestra magia brillar como solo vosotros sabéis. —Le indicó a Fritz que continuara.

El ministro dio un paso hacia adelante y Eira miró más su hombro que sus ojos. No se atrevía a ser la única que no lo mirara. No quería ser tan descaradamente grosera. Pero no podía mirarlo a la cara después de su última interacción, después de que hubiera quedado claro que pensaba que había estado a punto de matar a sus propios padres.

—La tercera prueba tendrá lugar en algo menos de dos semanas. La llamamos «la creación» —dijo Fritz—. Debéis crear algo con vuestra magia que nos impresione.

—¿Crear algo? —repitió Alyss en voz baja.

Un aprendiz levantó la mano y Fritz asintió hacia el joven. Él se levantó con una rápida reverencia.

—Señor, majestades, ¿qué les gustaría que creáramos?

—Esa es la belleza de esta prueba —dijo Vhalla con una sonrisa—. Vuestra creación depende totalmente de vosotros. Vosotros decidís la forma, la presentación…

El aprendiz se sentó lentamente. Parecía tan confundido como el resto.

—Tendréis diez minutos cada uno para presentar vuestra creación —continuó Fritz—. El emperador, la emperatriz, el príncipe Romulin y los embajadores Cordon y Ferro serán los jueces de esta prueba. Al igual que las demás, estará abierta a los espectadores. Tendrá lugar en el Escenario Soleado. Tendréis toda el área inferior, donde se realizó el examen, para presentar vuestra creación. Las reglas son que la creación debe estar totalmente alojada en esta área, que no debe representar un peligro para ninguno de los presentes ni dañar el Escenario Soleado y debéis crearla, presentarla y destruirla en el tiempo que se os ha dado.

Todos reflexionaron sobre sus palabras en silencio.

—Somos conscientes de que es una prueba muy abierta —agregó Vhalla en tono tranquilizador—, pero queremos ver vuestra creatividad. Queremos ver qué podéis hacer sin restricciones y sin un objetivo en mente. Liberad vuestra mente y vuestra magia, asombradnos.

—Si tenéis más preguntas podéis acudir a mí o a vuestros instructores. En esta prueba se eliminará a una cuarta parte de cada grupo. Aseguraos de hacer todo lo posible por obtener una puntuación que os coloque en los tres cuartos superiores —terminó Fritz.

Tras eso, el ministro, el emperador y la emperatriz se marcharon. Aunque Eira quería sentarse y seguir pensando en lo que habían dicho, no podía. Había llegado el momento de conquistar algo más inmediato y aterrador que cualquier prueba.

Se levantó, se despidió de Alyss y se acercó a su hermano antes de que él pudiera escapar. Marcus la miró a los ojos y pareció que se lo tragaba el puro terror. Se encogió en su asiento. Tenía los ojos muy abiertos y asustados.

—Yo… hola, Marcus.

—Eira. —Pronunció su nombre de un modo ahogado, trago saliva y, con más suavidad, añadió—: Hola.

—¿Podemos hablar?

Marcus miró a Cullen quien ya se estaba apartando para acercarse a Noelle.

—Dejémosles algo de espacio a los hermanos de hielo —murmuró Cullen con aire casual. Noelle le dirigió una mirada interrogante a Eira, pero no dijo nada y se marchó. Eira se preguntó si Marcus se lo habría contado a ambos.

—¿Dónde quieres hablar? —Marcus se levantó, aunque, por el modo en el que se movió, el peso que había estado amenazando con aplastarla todo el día también caía sobre los hombros de su hermano.

—No lo sé… —Eira cruzó y descruzó las manos—. Vamos a la azotea.

—No hemos estado allí desde que éramos niños y nuevos en la Torre.

—Pues es el momento perfecto para volver.

Accedieron a la azotea por un pasillo que llevaba de vuelta al palacio propiamente dicho y una escalera de caracol. Debajo del terraplén había una escalera vieja bastante oxidada y fría al tacto. Cuando Eira se agarró al primer peldaño, una firme capa de hielo cubrió la escalera y los pernos que la conectaban a la pared. De ese modo sería lo bastante resistente para que pudieran subir al techo plano de un chapitel del palacio.

Eira caminó hasta el otro extremo inhalando el vigorizante aire frío de la noche.

—Siempre había pensado que desde aquí se podía ver el mundo entero.

—La vista es espectacular —confirmó Marcus. No se alejó mucho de la escalera, como si siguiera pensando en una huida rápida.

Eira se mordió el labio inferior contemplando la ciudad brillando y desafiando al cosmos. En la parte más alejada de la ciudad estaban las curvas que bajaban de la montaña hacia el oscuro bosque de abajo. Esa era la ruta que tomaban para atravesar las montañas al ir a casa.

*Casa*. Esa palabra fue como una daga penetrando lentamente en la armadura que creía que la estaba protegiendo.

—Aunque no te he traído hasta aquí para hablar de las vistas —murmuró Eira—. Pero eso ya lo sabes. —Miró por encima del hombro. Marcus permaneció en silencio, observándola. Había un muro invisible entre ellos. Uno que no podía ser visto pero que Eira podía sentir—. Ya no sé si conozco esta ciudad o si sé cuál es mi lugar en ella... No sé si sé quién eres, quiénes somos... quién soy.

Marcus apretó los labios en una fina línea. Eira se lo tomó como una invitación para seguir hablando. Como si pudiera alejar con palabras el infranqueable muro de incomodidad que había entre ellos.

—No lo sé —susurró—. No tengo ni idea. Si lo hubiera sabido, yo... te lo habría dicho. —Marcus siguió callado—. Di algo —suplicó.

Silencio.

—¿Lo sabías? —preguntó directamente.

Marcus apartó la mirada y Eira casi pudo oír cómo se le partía el corazón. Lo había sabido. No importaba lo que dijera a continuación, sus movimientos le habían revelado la horrible verdad.

—No… directamente. No. No lo sabía. Nunca me lo dijeron, quiero decir. —Marcus frunció el ceño, pero ¿para sí mismo o para ella?—. Aunque creo que una parte de mí sí que lo sabía.

—Una parte de mí también lo sabía —contestó Eira rápidamente intentando encontrar una conexión con él. No podía estar sola ahora, no cuando el resto de su familia estaba tan lejos de su alcance. Lo necesitaba.

—Tengo… un recuerdo —continuó Marcus—. Aunque nunca lo había entendido. Creía que lo había soñado. —Rio amargamente—. Supongo que así son los recuerdos de un niño de tres años, borrosos y como si fueran sueños.

—¿Qué hay en tu recuerdo? —No sabía por qué se lo había preguntado. No quería oír la respuesta.

—Recuerdo que viniste de la nada. Recuerdo despertarme y que estuvieras allí. Que mamá y papá me dijeran que tenía una hermana. Recuerdo pensar que yo no había pedido una hermana. Pero ahí estabas, en mi casa.

*En mi casa.* Eira parpadeó varias veces reproduciendo sus palabras. La casa de Marcus. La familia de Marcus. Ella había sido una invasora. Se la habían impuesto. Sin duda, Marcus había estado pensando en lo buena que habría sido su vida sin ella desde la revelación de Fritz.

Marcus se cruzó de brazos balanceándose ligeramente mientras movía los pies. Tal vez tuviera frío, tal vez fuera más susceptible al frío que ella. O tal vez estuviera debatiéndose si salir corriendo y reclamar la vida sin hermana en la que había nacido, la vida que tendría que haber tenido.

—No quería… —Eira negó con la cabeza.

—Sé que no querías. Tú no querías nada. Eras un bebé. Al igual que yo, no tuviste voz en todo este asunto. —Marcus la miró fijamente—. Pero hoy sí que tenías elección en la prueba.

—Esto va más allá de la prueba... va sobre nuestra familia —repuso Eira débilmente intentando reunir la fuerza que tenía antes Alyss. Pero las palabras eran un débil eco de las de su amiga, vacías de toda sustancia.

—Exacto, familia. ¿Y sabes qué no hace la familia, Eira? La familia no miente. —Dio un paso hacia adelante—. La familia no se desafía. —Otro paso. Su mirada ardía de nuevo. Eira deseaba desesperadamente ceder al viento helado que le rozaba la piel, dejar que la cubriera una vez más—. La familia no se ataca entre sí.

—Yo no he atacado nunca a nuestros padres —susurró.

Él no la oyó o no le importó. Marcus continuó implacablemente:

—La familia se ayuda mutuamente a triunfar en lugar de intentar derribarse unos a otros.

—Yo solo quería...

—Has sido egoísta —espetó. Marcus se inclinó sobre ella—. No has pensado en mí ni en lo que yo quería. No has pensado en lo importantes que estas pruebas podrían ser para *mí.*

—¿Y qué hay de mí? —Eira alzó la voz—. ¿Qué hay de lo que quiero yo? Ni siquiera te importa Meru, viajar ni ver el mundo. Tal vez eres *tú* quién debería hacerse a un lado. Al fin y al cabo, te desharías de mí. Todos os desharíais de mí y piensan en lo felices que os haría eso a todos. —Tal vez debería irse y no volver nunca.

—¡He sacrificado mucho para cuidarte! —gritó él ignorando sus comentarios autocríticos.

—¡Yo no te lo pedí! —respondió ella de igual modo—. Lo hiciste por voluntad propia.

—¡Porque *creía* que eras mi hermana!

Creía.

Que.

Eras.

Mi.

Hermana.

*... Creía.*

Esas palabras la destrozaron. Le robaron cualquier fuerza que pudiera haber tenido. Eira retrocedió. Le había abierto las costillas y tenía el corazón expuesto. Se desangraría delante de él.

—Vete, Marcus —susurró agarrándose el pecho. Si no hubiera sentido los latidos de su corazón, habría sospechado que se le había parado en ese preciso momento.

La expresión del chico se suavizó.

—Eira, yo no quería... Mira, yo...

—¡Vete! —le gritó con todas sus fuerzas. A Eira no le importaba quién pudiera escucharla. No le importaba si amenazar al candidato más apreciado de todos le costaba su broche.

—Estás siendo irracional.

—Para. —Eira negó con la cabeza, irguiéndose. El mundo le daba vueltas. Se sentía como si estuviera en una marea de tinta negra girando alrededor de un desagüe. Pero si tenía que caer, lo haría con la cabeza bien alta—. Tú... márchate.

—Tal vez debería hacerlo antes de que me ataques a mí también. —Marcus gruñó y fue hacia la escalera. Eira lo observó desde la azotea. Cuando él se detuvo, sintió un aleteo de esperanza, tal vez podría arreglarlo. Pero la esperanza duró poco porque a continuación él dijo—: Si alguna vez te he importado, renunciarás. Si quieres demostrar que nos quieres a mí, a mamá, a papá y al resto de la familia, no competirás en la próxima prueba.

Tras decir eso, la dejó a solas.

Eira se encogió, se hizo un ovillo y se agarró las rodillas. *Marcus no quería decir eso. No realmente. Él también está dolido. Está siendo un estúpido.* Intentó calmarse a sí misma una y otra y otra vez. Pero las palabras estaban vacías de significado y no le llegaban.

El crujido del hielo desvió su atención. Estaba cubriéndola de nuevo.

Sacudiéndose rápidamente la escarcha de los hombros, Eira bajó y tomó el camino largo de vuelta a la Torre. Primero fue a su habitación, pero se detuvo al observar la placa que decía:

EIRA LANDAN

—Bueno, no esa no soy yo, ¿verdad? —murmuró y se alejó.

Eira se sentía como un fantasma, una criatura no deseada, vacía de sustancia. No había lugar para ella ahí. ¿Lo había?

Sus pensamientos vagaron al igual que ella tan oscuros como las habitaciones por las que pasaba. La Torre estaba en silencio a esas horas, excepto por unos pocos aprendices encorvados sobre libros de texto en la biblioteca. Eira los evitó a toda costa. Si la veían, sería real. Si era real, podría sentir.

No quería existir.

Así que fue a un lugar que se suponía que no existía.

Eira empujó la puerta secreta del almacén de los Corredores de Agua. Rodeó el barril en la habitación oscura y cerró la puerta tras ella. Con un suspiro de alivio, como si hubiera escapado de verdad de todos los problemas que la atormentaban, Eira se tumbó en la cama y cerró los ojos.

Tal vez se desvanecería allí. No tendría que preocuparse por tratar de ordenar sus desastrosos sentimientos. Y... el mundo estaría bien sin ella... ¿verdad? Serían más felices sin ella, sería más fácil para ellos.

Algo frío y afilado le presionó el cuello justo por debajo de la mandíbula. Eira abrió los ojos de golpe. Delante de ella había una de los dos elfins que había en todo Solaris: la guardia de Ferro, Deneya. Llevaba el cabello oscuro retirado en un moño.

Le brillaban los ojos con la luz de la luna. Y sostenía una daga contra la garganta de Eira.

—Tú y yo tenemos que hablar —ronroneó Deneya muy cerca. Eira abrió la boca, pero fue interrumpida—. Dime... ¿cuál es tu relación con la reina pirata, Adela Lagmir?

# Diecisiete

Adela Lagmir, la infame reina pirata. Eira había crecido entre rumores e historias susurradas sobre ella. Pero nunca había oído ese nombre más que en último día.

Entornando los ojos, Eira empujó su magia hacia afuera. Una capa de hielo creció debajo de la punta de la daga cubriéndole el cuello y el pecho, alejando el filo. Deneya dio un paso atrás con indiferencia, dejando que Eira deslizara la piernas por el lado de la cama y se sentara. La escarcha nubló el aire de su cuerpo.

—No me mires con ese brillo asesino, si quisiera matarte, ya estarías muerta. —Deneya arrojó la daga a un lado. Sin embargo, no rebotó contra el suelo como lo habría hecho una daga normal. Cayó deslizándose por el aire y deshaciéndose en hebras de luz. No obstante, Eira la había sentido en la garganta, sólida y afilada.

—Mysst.

—¿Cómo? —Deneya inclinó la cabeza.

—Eso era mysst, Giraluz para fabricar armas y escudos, ¿verdad? —La atención de Eira pasó del lugar en el que había desaparecido la daga a la mujer que la había empuñado.

Deneya inclinó la cabeza al otro lado como si Eira fuera un libro muy complicado que leer. Cuando terminó su evaluación, se puso las manos en las caderas y emitió un zumbido grave.

—Entonces, ¿no eres de los suyos?

—¿De Adela Lagmir? —Era extraño pronunciar el nombre en voz alta. Durante toda su vida, Eira había visto que la gente lo evitaba. Decían que hacerlo era invocar la mala suerte. Pero tal vez fuera el nombre de su madre biológica. O de la empleadora de su madre biológica—. Sinceramente, no sé si lo soy o no. —Eira suspiró e intentó relajar el hielo que le cubría el cuerpo. No podía permitirse que se le volviera a ir de las manos. Ese pensamiento evocó el recuerdo de los brazos de Cullen rodeándole y la escarcha desvaneciéndose.

—¿Qué significa eso?

—Nada —murmuró Eira.

—¿Por qué conoces este sitio? —preguntó Deneya señalando a su alrededor.

—Lo encontré por accidente. ¿Cómo encontraste tú esos pasillos olvidados de Solaris? —preguntó Eira a su vez.

Deneya sonrió.

—Los encontré por accidente.

—Mientes.

La elfina rio abiertamente con un sonido fuerte y audaz.

—Eres graciosa, ¿eh? No sientes nada de miedo hacia mí ni hacia mi magia a pesar de ser de Solaris. Me recuerdas a una buena amiga mía. —Deneya se dirigió al pasillo que había detrás de la estantería—. Tienes razón. Miento. Pero parece que tú no. Lo que hace que no seas de mi incumbencia. Disfruta acostándote en la cama de Adela, Eira.

Deneya volvió a marcharse por el pasillo toscamente tallado. Eira se levantó al instante y la siguió de cerca. Escuchó el eco de un susurro cuando Deneya invocó un orbe brillante sobre sus hombros que proyectó una pálida luz en el pasillo.

—¿Entonces esa habitación era de Adela?

—En efecto. —Deneya siguió caminando.

—¿Cómo lo sabes?

—Sé mucho más de la historia de Solaris que tú. —Deneya no se dio la vuelta para hablarle ni aminoró el paso. Eira tuvo que usar la magia para enraizar sus pies en el hielo y seguirle el ritmo, o habría resbalado intentando seguirla.

—Parece que todo el mundo sabe más de mi historia que yo —comentó Eira con una nota amarga.

Eso le valió una mirada inquisitiva, pero Deneya no contestó. En lugar de eso, le preguntó:

—¿Por qué me sigues, aprendiza?

Eira no se conocía a sí misma. Había algo en esa interacción, en todo el día, en realidad, que le parecía un sueño. ¿Y acaso en los sueños la gente no recorre pasadizos secretos con hechiceras de orejas puntiagudas?

—¿Por qué me has preguntado por Adela?

—Es mejor no preocuparse por ello. —Deneya salió al vestíbulo olvidado al que llevaba el pasadizo. Eira la seguía de cerca.— No saldrá nada bueno de involucrar a Adela. En eso aciertan las supersticiones.

—¿Adela es... es *real*? —se atrevió a preguntar Eira.

—¿Qué tipo de pregunta es esa? —Deneya se detuvo en un cuadrado de luz de luna que entraba por los cristales rotos de los ventanales que había a su derecha—. Por supuesto que es real. Estabas en su habitación, ¿no es así?

—Cierto. Pero ¿sigue siendo alguien por quien preocuparse? —reformuló Eira.

Los labios de Deneya se torcieron en una mueca solo por un instante.

—Muchísimo.

—Pero las historias sobre ella... Son de hace mucho tiempo. Dicen que robó el tesoro real del último rey de Solaris justo antes de su muerte y que huyó a Oparium. —*Y probablemente usara este pasadizo para escapar,* comprendió Eira mirando tras ella.

—Sí, ¿y?

—Y de eso hará casi setenta años. —Eira dio un paso hacia adelante y se colocó también bajo la luz de la luna—. ¿De verdad una anciana de setenta años está aterrorizando los mares?

Deneya levantó lentamente un solo dedo.

—Uno: no supongas lo que puedes o no puedes hacer por la edad. Incluso para los humanos como tú, os limita mucho antes la mente que el cuerpo o la habilidad. —Levantó un segundo dedo—. Dos: puedo asegurarte que Adela está viva y aterrorizando. Lleva un tiempo sin venir por aquí, agradéceselo a tu princesa almirante.

—¿Dónde está? —preguntó Eira cuando Deneya se dispuso a marcharse.

—Lo último que oí es que estaba por el oeste, por la costa sudoeste de Meru causando problemas al imperio Carasovia. —La mujer arqueó una ceja—. ¿Por qué te interesa tanto?

—Yo… —Eira se mordió el labio masticando sus palabras—. ¿Por qué has preguntado si tenía alguna relación con Adela? —Se preparó mentalmente para la respuesta porque ya sabía cuál sería.

—Por lo que has hecho hoy en la prueba. Te has movido como ella. Tu magia se parece a la suya. —Deneya la recorrió con la mirada de arriba abajo—. Bendita sea Yargen, realmente te *pareces* a ella.

—¿Sí? —Eira dio un paso apresurado hacia adelante como si estuviera corriendo hacia la verdad. Sacó el pie de la luz de la luna volviendo a sumirse en la oscuridad.

—Ya te he dado bastantes respuestas. Es hora de que me des tú alguna a mí. —Deneya continuó examinando a Eira—.

¿A qué te referías cuando has dicho que no sabías si eras de los de Adela o no?

Eira bajó la mirada y la fijó en los dedos de sus pies. Sus padres le habían pedido que no contara la verdad por su propia seguridad. Se había demostrado que tenían razón, ¿no? Deneya le había colocado una daga en la garganta al sospechar de su relación con Adela. ¿Qué haría si descubriera que Eira podría tener... la misma sangre que Adela?

Negó lentamente con la cabeza y levantó la mirada.

—No sé por qué he dicho eso. Ha sido un día muy largo. No pienso lo que digo.

Deneya sonrió tímidamente.

—Ahora eres tú la que miente. —Eira quiso replicar, pero no encontró las palabras—. No pasa nada, Eira. Ve a descansar, deja que se te aclare la cabeza.

La elfina se volvió, cruzó las manos en la espalda y se adentró en la oscuridad. Eira se sintió atraída hacia ella, como si alguien le hubiera pasado una cuerda invisible alrededor de su cintura atándola a la mujer. Los Portadores de Fuego que tenían el don de ver el futuro hablaban de líneas rojas de destino otorgadas a todos los mortales por la Madre. ¿Era así como funcionaba la atracción del destino?

Eira retrocedió lentamente. Estaba a punto de darle la espalda a la mujer y dejarla a ella y a sus pensamientos atrás cuando la voz de Deneya atravesó el silencio.

—Sin embargo... si te aclaras y deseas volver a hablar... —Deneya miró por encima del hombro. Bajo la luz de la luna, sus ojos azules adquirieron un tono púrpura sobrenatural—. Podemos vernos aquí en dos días.

Eira se quedó mirándola atónita en silencio mientras observaba a la elfin desaparecer en una oscuridad tan espesa como el misterio que la rodeaba.

A la mañana siguiente, Eira se despertó en la cama de Adela. Miró por la misma ventana pequeña por la que imaginaba que lo había hecho Adela. Visualizó a la mujer, una mujer que se parecía mucho a la propia Eira, inclinada sobre el escritorio que ella llevaba semanas usando.

La Adela de la mente de Eira era cruel, astuta, y tan malvada como… deslumbrante. En las creaciones de Eira, Adela era como la magia que detallaba en sus diarios. Había algo prohibido pero atractivo en ella y en su conocimiento.

—De ningún modo. —Eira negó con la cabeza y miró hacia el techo. La Adela de la mente de Eira no podía ser su madre biológica. No podían compartir la misma sangre.

Esa mujer era valiente. Una mujer para ser vista y temida. Eira se miró las manos. En comparación con Adela, ella no era nadie.

Eira se pasó el día en su habitación. Dejó que su estómago se devorara solo mientras ella buscaba en los diarios algo que no hubiera visto antes. Buscó algún tipo de información que encajara en el agujero que ahora existía en la imagen que tenía de sí misma.

Desafortunadamente, las palabras «Esta eres realmente, Eira» no estaban escritas en ningún sitio.

Salió a la hora de cenar cuando el estómago empezó a rugirle tan fuerte que ya no pudo concentrarse. Consumirse no le haría ningún bien. Todavía le quedaban pruebas a las que enfrentarse.

*Si* es que se enfrentaba a ellas.

Su mundo se había torcido y escarpado. Ningún paso le parecía seguro ni completamente suyo. Eira se veía empujada en direcciones opuestas y oscilantes entre «totalmente» y «para nada».

Por suerte, Eira no vio a Alyss en el comedor. No quería revivir lo horriblemente mal que le había ido con Marcus, ni siquiera con su mejor amiga. No estaba preparada. Eira comió con rapidez, sola, y se marchó antes de encontrarse con nadie. Mientras volvía a subir por la torre, se dirigió inicialmente a la habitación secreta de Adela, pero rápidamente cambió el rumbo a su propio dormitorio.

Había una persona a la que estaba dispuesta a ver. Por suerte para ella, el sentimiento era mutuo. Un pequeño sobre la esperaba en la almohada.

Eira esperó que no lo hubiera dejado la noche anterior.

Aseada y con ropa limpia, se abrió paso por la torre y el palacio. El cálido resplandor del estudio de Ferro le pareció lo más atractivo que había visto en días. Estaba demasiado ansiosa por entrar.

—Hoy sí que has venido. —Se atrevió a pensar que parecía... ¿ansioso?—. Me preocupaba que no hubieras recibido mi mensaje cuando no viniste anoche.

—Lo siento. —Eira suspiró suavemente mientras se sentaba—. Yo... lo de ayer fue...

—Fue mucho. —Ferro se levantó de su asiento y rodeó la mesa baja que había en medio para colocarse ante ella. Eira levantó la mirada a sus brillantes ojos violetas y tragó saliva. Ferro se arrodilló ante ella y tomó las manos de Eira entre las suyas. Les dio la vuelta contemplando la palma y el dorso, como si buscara restos de sus heridas—. Estaba preocupado por ti —murmuró.

—¿Por qué? —preguntó ella en un susurro.

—Te invité a venir y a visitarme y no apareciste. Tal vez estoy siendo demasiado atrevido... pero temía que lo único que te mantuviera alejada de mí fuera una herida grave.

Eira torció la boca en una sonrisa. Notó que se le sonrojaban las mejillas, pero no hizo nada por ocultarlo.

—Creo que es una suposición, en general. Pero no tengo ninguna herida grave. Estoy bien. —*Al menos, físicamente.*

—Bien. —No hizo ningún movimiento para apartarse de ella. Eira movió ligeramente el pulgar y lo pasó sobre nudillos de Ferro. Sus manos eran las de un diplomático, suaves y sin callos. Si él notó el movimiento, no hizo ningún comentario al respecto. Algo audaz la obligó a hacerlo de nuevo.

Esta vez, él le acarició suavemente el dorso de la mano en respuesta enviándole escalofríos por la columna vertebral.

—¿Por qué estabas preocupado por mí? —se atrevió a preguntar.

—Sufriste unas caídas brutales. Cualquiera se habría preocupado. —Negó con la cabeza mirando hacia un rincón oscuro—. No... estaba preocupado porque no quería verte herida. Sobre todo, cuando yo estaba observando y sin hacer nada para ayudarte.

—No podías. Si hubieras intervenido me habrían descalificado.

—Lo sé, por eso me guardé mi magia. Pero... —Rio en voz baja—. Me dolió físicamente no poder ayudarte.

Se le tensó el pecho. No sabía si podía creer lo que estaba oyendo, si debería creerlo. Si hubiera sido otra persona se habría permitido pensar que... ¿la estaba persiguiendo románticamente?

—Estaba bien. —Esas palabras le resultaron espesas y difíciles de pronunciar.

—Sí, porque eres fuerte. —Volvió a mirarla con una sonrisa tierna.

—Últimamente no me siento muy fuerte —admitió Eira tanto para sí misma como para él.

—¿Qué te ha hecho sentir que no eres fuerte?

—No debería decirlo —susurró.

—Puedes contarme cualquier cosa —le aseguró él—. Cuéntamelo y haré que te sientas mejor. Haré cualquier cosa por ti.

Eira se mordió el labio inferior. Todavía tenían las manos ligeramente entrelazadas apoyadas en las rodillas. La luz del fuego se reflejaba en el pelo de Ferro proporcionándole mechones dorados.

Quería creerlo con todas sus fuerzas.

—Yo... he descubierto que mis padres biológicos no son quienes yo pensaba que eran.

—¿Qué? —jadeó él conmocionado.

—No importa cuántas veces las pronuncie, esas palabras siguen sin parecerme reales. —Eira bajó la cabeza y cerró los ojos. No soportaba verlo. Tampoco podía negar lo bien que se sentía al hablar con otra persona que no tenía relación, intereses ni opiniones sobre los involucrados—. Tengo emociones y sentimientos encontrados. Estoy triste y enfadada. Aun así, también me siento extrañamente... ¿aliviada? Como si algo que nunca hubiera entendido, pero sin ser del todo consciente cobrara sentido finalmente.

—¿Sabes quién es tu madre biológica? —preguntó él con delicadeza.

—No... me abandonaron en la puerta de mis padres.

—¿Tienen alguna idea de quién pudo ser?

Eira se estremeció.

Ferro estrechó los dedos alrededor de los suyos.

—No tienes por qué decírmelo si no quieres.

—Me odiarás si lo hago. —Eira volvió a pensar en su conversación con Deneya. Tal vez la guardia le hubiera hablado de su interacción y Ferro simplemente estuviera fingiendo ignorancia por su bien. O tal vez él tuviera sus propias sospechas. Si Deneya había pensado en la posibilidad de que estuviera relacionada con la magia de Adela, entonces Ferro, un delegado de Meru, seguro que también podía hacerlo.

Le soltó las manos y Eira casi las retiró frenéticamente. El embajador le pasó los dedos por las mejillas hasta que las ahuecó entre sus manos. Lentamente, le levantó la cara para que lo mirara.

—No creo que pudiera odiarte nunca —susurró—. Eres un punto de luz en un mundo oscuro. Cuando te lo he dicho antes, lo he dicho de verdad. No *permitiré* que nada lo cambie.

—Fui abandonada con la marca de Adela en mi manta.

Sus ojos se agrandaron muy ligeramente durante un solo instante.

—Entonces ¿tu familia cree que tu madre biológica es Adela?

Eira asintió.

—Lo que es ridículo porque hace décadas que nadie ha visto a Adela.

—Puede que no sea tan ridículo —murmuró él. Sorprendentemente, Eira detestó que se la estuviera tomando en serio. Quería que la descartara.

—No, sí que lo es. —Eira se obligó a reír intentando deshacerse de su mirada intensa—. Porque me habría tenido a los... ¿sesenta? ¿Sesenta y cinco? Sé que nuestras mentes nos limitan antes que nuestros cuerpos. Pero sería un embarazo bastante increíble.

—Para una humana, sí.

—Para... ¿una humana?

Ferro se levantó. La calidez de sus manos abandonó su rostro y Eira dejó que el frío despertara sus sentidos para que volvieran a estar alertas mientras lo observaba a él que se acercaba con lentitud a la chimenea. Su silueta proyectaba una sombra larga e imponente.

Como él permaneció en silencio durante lo que le pareció una eternidad, Eira se levantó. Estaba intentando retener la pregunta, pero tiraba de ella exigiendo ser planteada.

—¿Adela no es humana?

—No —contestó él finalmente—. Al menos, no del todo. No sé cuál es su linaje. Pero, por lo que he oído de la Corte de Sombras de Meru, es medio humana y medio elfin. —Ferro se volvió hacia ella como si quisiera ver cómo le sentaba esa revelación. Eira tenía la cara entumecida por la conmoción, así que él lo comprendió antes que ella—. Lo cual podría explicar por qué tu magia es tan única y poderosa.

Eira negó con la cabeza violentamente.

—No, no es posible.

—¿No lo es o no quieres que lo sea?

Volvió a negar con la cabeza sin saber a qué estaba respondiendo. Eira apretó los puños luchando contra el frío que la recorría. Últimamente, su magia estaba fuera de control. Tenía que controlarla. Tenía que encontrar algo en esos diarios que pudiera ayudarla.

*Los diarios de Adela.*

Eira se movió. Estaba entre caminar y correr hacia la puerta. Un borrón de movimiento se solidificó en Ferro ante ella. Eira levantó las manos preparándose para chocar con él. El hombre entrelazó los dedos con los de ella y la sostuvo en el sitio.

—Eira…

—No.

—Eira, escucha… —La acercó más hacia él.

—No, no quiero. —Negó con la cabeza.

—Estoy podría explicarlo todo: tu fascinación por Meru, tu magia, lo mucho que anhelas formar parte de un mundo diferente porque ese mundo está en tu sangre. —Liberó una mano y se la puso en la nuca.

Eira abrió los ojos de golpe y permitió que el mundo volviera a enfocarse lentamente… un mundo que empezaba y acababa con él.

—Pero mi familia…

—Siempre será tu familia —le dijo suavemente—. Lo sabes, ¿verdad?

Eira asintió débilmente. Creía que sí.

*Creía.*

Al igual que Marcus había *creído* (en pasado) que era su hermana.

Eira negó. Ferro soltó la otra mano y le colocó de nuevo la palma en la mejilla. Eira no pudo evitar apoyarse en ella. La acarició como solo se había permitido sentir en sueños. La tocó como lo haría un amante y fue lo primero que hizo que se sintiera bien en lo que le pareció una eternidad.

—Si no quieres descubrir la verdad, no es necesario que lo hagas —le susurró en voz baja—. Pero si quieres... Tal vez Yargen me enviara para ayudarte a hacer esto. Tal vez sea esto lo que veo en ti, veo la sangre de mi pueblo y una hija de Meru.

Eira fijó la mirada en sus brillantes ojos. A ella le habían dicho de pequeña sus compañeros de clase que los suyos eran «antinaturales» y «raros». Ese tono azul brillante, tan intenso que se parecía más al de él y al de Deneya que al de cualquier otra persona que hubiera conocido en Solaris. Tal vez eso fuera parte de lo que la había atraído y fascinado de Taavin la primera vez que lo había visto.

El elfin era lo que había estado buscando y extrañando todo el tiempo.

—No sé si puedo buscar esa verdad —admitió Eira.

—Sé exactamente lo duro que es.

—Tú...

—Yo también fui abandonado. —La silenció con su confesión.

—¿Cómo?

—Soy huérfano. Me convertí en embajador para intentar acercarme a la Corte de Sombras y averiguar quiénes eran mis padres. Si hay alguien que pueda averiguarlo, son ellos.

—Ferro, no sabía…

—Pero esto no va de mí —agregó él rápidamente—. ¿Qué quieres *tú*? —susurró. Cuando su aliento le calentó la cara, Eira se dio cuenta de lo cerca que estaban. Se resistió para no pasarle los brazos por la cintura.

—Todavía no lo sé —murmuró—. Pero, más allá de eso, no quiero dejar de verte.

—Querida, el sentimiento es mutuo.

Quería besarlo. *Madre en lo alto*. Quería besarlo. Y había besado recientemente, así que eso era algo más que un anhelo lujurioso por algo que no había experimentado en mucho tiempo.

Quería besarlo porque de repente tenía sentido. *Ellos* tenían sentido. Era lo único en el mundo que lo tenía.

Se había convertido en su luz en la oscuridad.

—No puedo seguir hablando de esto esta noche. Ofréceme una escapada durante un rato —le suplicó en voz baja.

—¿Qué tipo de escapada te gustaría?

—La que me des.

Él bajó la mirada hasta sus labios. Ferro se humedeció los labios y, durante un instante glorioso, pareció acercarse. Pero se alejó lentamente. ¿Era posible que se hubiera imaginado la tensión que había entre ellos? ¿Se había equivocado?

Tal vez él tuviera el sentido común del que ella carecía para saber que no era el momento adecuado para perseguir algo posiblemente escandaloso entre ellos.

—Ven. Esta noche hablaremos de cualquier cosa menos de reinas piratas y familias. —Con los dedos entrelazados con los suyos, Ferro la guio hasta las sillas. Esta vez, Eira se sentó a su lado—. Te contaré todo lo que quieras sobre Meru. Después, si te apetece y te parece una distracción agradable, puedes hablarme más sobre esas excursiones por la montaña con Alyss. O sobre lo que te plazca.

—Gracias.

—Es mi mayor placer. —Una sonrisa se dibujó en su hermoso rostro—. Y bien, ¿qué te gustaría saber?

—Antes has hablado de una Corte de Sombras… nunca he leído sobre nada parecido.

—Ni creo que lo hagas. Su trabajo es saber y que no se sepa sobre ellos. La Corte de Sombras es la mano oscura de la reina de Meru. Son los espías y susurradores de la Reina Lumera.

Ferro cumplió su palabra. Durante el resto de la noche, solo pensó en Risen y en su antiguo subsuelo lleno de pasadizos secretos de ciudades olvidadas que apuntalaban edificios modernos donde los espías acechaban en cada esquina.

# Dieciocho

—Has venido. —La noche siguiente, Deneya estaba esperándola en el pasillo oscuro, tal y como había dicho. Se apoyó contra la pared entre las ventanas rotas y mugrientas, enmarcada por la luz de la luna.

—En efecto —contestó Eira cruzándose de brazos y se quedó justo a la entrada del pasadizo. Quería tener una salida rápida por si la conversación se torcía—. Pareces sorprendida.

—Lancé una moneda para adivinar si vendrías. La moneda me dijo que no. Parece ser que la moneda es una mentirosa.

—Como yo.

Deneya tarareó:

—¿Eres una *mentirosa*? ¿O estabas *mintiendo*? Ya sabes, cambia bastante.

—Supongo que lo segundo.

—Yo también. —Deneya sonrió.

—¿Te ha enviado Ferro a reunirte conmigo?

—No. —Una mirada de confusión cruzó su rostro—. ¿Por qué iba a hacerlo?

Eira no pensaba que Ferro hubiera enviado a Deneya. Su encuentro de la otra noche parecía haber sido orquestado únicamente por Deneya. Ferro no dejaría de ningún modo que alguien sostuviera un filo junto a su cuello.

Deneya tampoco parecía saber que Ferro y ella se habían estado viendo, de lo contrario, habría dicho algo, y eso sorprendió a Eira. Ferro le había dicho que no le contaba muchas cosas a su guardia... pero Eira había asumido que, al menos, ella estaría siempre al tanto de su paradero.

Eso hizo que Eira apreciara aún sus interacciones con el hombre, puesto que le parecieron doblemente especiales. Había algo en el hecho de que sus encuentros fueran secretos que lo hacía aún más emocionantes. Y eso hizo que las posibles implicaciones le aceleraran los latidos. ¿Y si quería mantenerlo todo en privado por *otros motivos*? Eira no se permitió darle muchas vueltas a esa idea.

—Eres su guardia. Había asumido que todo lo que hacías era por orden suya —comentó Eira en tono casual.

Deneya rio ásperamente. Fue más un ladrido que una carcajada.

—No. Si hay alguien vigilando aquí, soy yo la que lo vigila a él.

—¿Para protegerlo?

—Sí, podría decirse de ese modo.

La conversación estaba poniéndola nerviosa. Empezaba a lamentar su decisión de acudir. Eira no podía evitar pensar que había una especie de juego o competición entre los dos elfins. Un impulso protector se apoderó de ella al pensar en Deneya haciéndole algo siniestro a Ferro.

—Tengo una pregunta para ti.

—No me sorprende, estás llena de ellas.

—Responde a mi pregunta y yo responderé a las tuyas... a lo que quería decir con lo de que no sabía si era o no de los de Adela. —Si las sospechas de Eira estaban en lo cierto, tal vez Deneya ya lo supiera.

—Vale, de acuerdo.

—¿Eres miembro de la Corte de Sombras?

Deneya se tensó. Una sonrisa astuta se dibujó en su rostro. Arqueó una ceja e inclinó ligeramente la cabeza mientras preguntaba:

—¿Qué sabes de la Corte de Sombras?

—Sé que es la organización de susurradores y espías de la reina Lumeria. —Eira no se atrevió a decir demasiado. No quería traicionar la confianza de Ferro. Sobre todo, si él no le había hablado a Deneya de sus encuentros—. Pero es comprensible, tampoco es que haya mucho más acerca de ellos.

—Si sabes eso, entonces, *comprensiblemente,* también sabrás que, si fuera miembro de esa organización, no te lo diría.

—Creo que lo eres —afirmó Eira valientemente.

—De acuerdo. ¿Por qué lo crees? —Deneya cruzó los brazos detrás de la espalda todavía con esa sonrisa divertida.

—Porque pareces estar al acecho entre las sombras. Te callas cuando hay grupos de gente, pero tienes mucho que decir en privado. Has encontrado estos pasadizos secretos. Y... porque sabes cosas de Adela. —Ferro había dicho que era la Corte de Sombras la que vigilaba a Adela—. ¿Te enviaron aquí para atraparme?

—Supongo que la respuesta a esa pregunta radica en lo que querías decir cuando afirmaste que «no sabías» si eras de las gentes de Adela.

—Mis padres sospechan que es mi madre biológica.

—¿Sí? —Deneya pareció ansiosa al oírlo. Lo suficiente como para que Eira sintiera un deleite inesperado. No había nada divertido en sus circunstancias. Sin embargo, empujó hacia abajo ese sentimiento. En ese momento, necesitaba tener la cabeza nivelada—. Eso, claramente, explicaría ciertas cosas.

—¿Crees que es cierto?

—Adela es tanto mito como carne y hueso. Es complicado decir qué es cierto en cuanto a ella. ¿Cuántos años tienes?

—Dieciocho.

Deneya tarareó, pensando.

—Entonces naciste unos años después de que yo la viera por última vez.

—¿Tú... tú la viste?

Deneya rio ante la sorpresa de Eira.

—Monté en la mismísima Tormenta Escarchada.

—¿La Tormenta Escarchada?

—El barco de Adela. Siéntete agradecida por no haberla visto nunca. Lo sabrías si lo hubieras hecho.

Eira se despegó de la realidad durante un momento. Recorrió su memoria buscando un recuerdo de un barco mágico. Casi pudo imaginárselo, pero... ¿era real esa imagen fantasmal que flotaba en el velo del tiempo? ¿O era solo su mente intentando fabricar algo que nunca encajaría en esa historia desconocida que era parte de ella?

—¿Vas a matarme? —preguntó Eira volviendo al presente.

—¿Matarte? ¿Por qué iba a matarte? —Deneya se acercó lentamente.

—Porque podría ser hija de Adela.

—Y gracias a la diosa ni en Solaris ni en Meru se castiga a los niños por los crímenes de sus padres, aunque ese fuera el caso. Me disculpo por haberte amenazado. No tiene nada que ver con tu posible linaje, simplemente pensé que podías ser de su tripulación. Y la tripulación de Adela tiende a luchar primero y preguntar después.

—No lo soy.

—Sí, es evidente. Tu magia se parece a la suya, de ahí mis sospechas iniciales, pero ahora creo que es porque has estado leyendo sus diarios.

El alivio se apoderó de Eira, seguido rápidamente por el temor. El no ser hija de Adela le permitió respirar con el pecho menos tenso de lo que lo había tenido en días. Pero una sensación enfermiza de miedo y pavor siguió al alivio.

Si Adela no era su madre biológica y Reona tampoco, todo un componente de su historia era un vacío oscuro que de repente quería tragársela entera. También significaba que su magia, cada aspecto extraño y maravilloso, era también de origen desconocido. Y... eso significaba que probablemente, no tuviera una parte de elfina. No había conexión real entre ella y Meru, al fin y al cabo. Lo que significaba que no tenía un extraño vínculo del destino con Ferro.

—No pareces muy contenta. —Deneya se detuvo ante Eira, inspeccionándola. La mayoría se alegrarían de no ser hijos de la Reina Pirata.

—Me alegraría más si tuviera todas las piezas de mi identidad.

—¿Sabías quién eras antes de todo esto?

—Creía que sí —murmuró Eira. No sabía cómo había llegado a ese punto la conversación. No se había esperado abrirse con Deneya.

Excluyendo a su familia, ya había cuatro personas que conocían su posible linaje. La decepción incorpórea de sus padres se apoderó de ella, regañándola por haberlo compartido tan rápido con tanta gente. Pero Eira luchó contra esa idea. Era su secreto. Al menos, contárselo a la gente que ella quisiera por la razón que quisiera le daba algo de control.

—Si sabías quién eras antes, sigues sabiendo quién eres ahora.

—Pero... esto... me miro al espejo y ya no veo mi cara. No sé de quién es el rostro que veo. Hay un *agujero* en mí que no puedo describir. Como si me faltara una pieza de mi identidad.

Deneya suspiró suavemente. Una amable sonrisa se dibujó en sus labios. La mujer pasó de ser una guerrera a ser una tía sabia en un instante.

—Escucha, Eira, si nunca había habido un agujero en ti, tampoco lo hay ahora. Puede que te resulte duro verlo, pero al final lo harás. Todo lo que necesitas para ser completamente tú ya lo tienes en tu posesión.

—¿Y tú qué sabes de ser abandonada?

—La mayoría de la Corte de Sombras son huérfanos. La mayoría nunca encuentran una familia que los quiera y los críe como tú.

Eira ignoró la culpa que ese comentario sembró en ella. En lugar de eso, agregó:

—¿Entonces es cierto? ¿Eres parte de la Corte de Sombras?

Deneya sonrió con superioridad.

—Eso te ha animado.

—Aún no me has respondido.

—A ver qué te parece esto… —Deneya fingió pensar, pero Eira sospechaba que era una mujer que tenía bien claro lo que quería decir antes de abrir la boca—. Te lo diré si pues romper mi escudo.

—¿Romper tu escudo?

Deneya levantó la palma de la mano y pronunció:

—*Mysst xieh.*

*Así es como se supone que suenan esas palabras*, pensó Eira.

Un punto de luz dorada apareció en la palma de Deneya y giró hacia afuera en forma de disco. A diferencia de la daga, el glifo no se endureció hasta convertirse en algo sólido. Siguió siendo una luz débil girando lentamente en el aire.

—Giraluz —susurró Eira asombrada.

—Conoces esas palabras. Ahora rómpelas.

—Pero…

—Como creas conveniente. Rompe mi escudo. —Deneya sonrió de oreja a oreja.

Eira extendió una mano tentativamente. Deneya no se movió. Sus dedos rozaron ligeramente la superficie del glifo. Era suave, casi como cristal debajo de su palma. Los dedos de Eira se extendieron hacia la luz a centímetros de los de Deneya, contra la barrera.

—¿Por qué?

—¿Quieres aprender sobre la Corte de Sombras? Rómpelo.

Eira retiró la mano y cerró el puño. Una espesa capa de hielo le cubrió la mano casi hasta el codo. Dio un puñetazo y el impacto le atravesó el brazo condensando cada articulación hasta el hombro, el cuello y directamente a los dientes. Habría sido más suave darle un puñetazo a una de las paredes de piedra del palacio.

Retrocedió frotándose el hombro y rotándolo.

—Madre en lo alto —murmuró Eira—. Sí que es... sólido.

—Sí, lo es —se carcajeó Deneya—. Ahora que sabemos que el puñetazo no va a funcionar, probemos algo un poco más... elegante, ¿de acuerdo?

Eira retrocedió y cerró la mano alrededor de una daga de hielo que se le formó en la mano. Golpeó la superficie con un movimiento cortante. Los hilos de luz parecieron retorcerse alrededor del corte poco profundo, pero rápidamente, volvieron a unirse.

—Puedes hacerlo mejor. —Deneya la desafió al tiempo que la animaba.

Retorció la daga en la mano y la convirtió en una espada corta. Volvió a cargar.

Ataque tras ataque, el escudo se mantuvo en su sitio. Eira probó todo lo que se le ocurrió con el disco, desde lanzas de hielo hasta chorros de agua. Pero, cuando el amanecer se desvaneció en el horizonte, no estaba más cerca de destruirlo.

Deneya bajó las manos y el glifo se deshizo. Maldito trasto. Había sido la ruina de su existencia toda la tarde, resistente a todos los ataques y se había desvanecido como si no hubiera existido nunca.

—Tendrías que volver a la cama. No querrás que te encuentren aquí.

—No tengo nada que hacer —replicó Eira sin aliento—. Puedo seguir intentándolo.

—Por divertido que me resulte atacarme con toda la fuerza bruta que puedes reunir, yo sí que tengo cosas que hacer. —Deneya dio un paso atrás—. Pero volveré esta noche.

—¿Por qué? —preguntó Eira.

—Porque me diviertes —respondió Deneya marchándose—. Así que puedes volver a intentarlo, Eira.

La semana siguiente fue una mezcla de emociones.

Eira estaba más tranquila cuando estaba con Alyss en la biblioteca por las tardes, debatiendo qué iban a hacer para demostrar su creatividad. Evidentemente, Alyss crearía algún tipo de escultura mágica e impresionante a partir de una mezcla de arcilla, piedra y madera. Pero Eira no lograba decidir qué hacer. Al menos, pensarlo la distraía. No tenía que pensar en nada más allá de en qué tendría más posibilidades de impresionar a los jueces, sobre todo a Ferro.

Y Ferro… era un conjunto de emociones totalmente diferente, el tipo de emociones que la hacía sonrojarse durante horas acostada en su cama mucho después de que él le hubiera besado los nudillos y le hubiera dado las buenas noches. Esa semana se reunió tres veces más con él. Él no mencionó ni una vez a Deneya y Eira tampoco.

Pero también siguió reuniéndose con ella. Los dos elfins no podían ser más opuestos. Ferro era suave como la seda y Deneya era más como una daga. Era elegante a su manera, pero también aguda y en cualquier momento podría ser lo último que vieras.

Aun así, a pesar de que Eira conocía los riesgos, nunca se sintió en peligro estando con Deneya. Aparte de unos tensos segundos durante su primer encuentro, Deneya nunca le había hecho pensar que pudiera tener algo que temer.

En general, Eira se sentía más cómoda escabulléndose para ver a sus amigos elfin (¿«amigos» era un término adecuado para ellos?) que paseando por la Torre. Era justo como se había sentido las primeras horas tras la revelación, como Alyss y ella lo habían expresado: ya no encajaba en la Torre. Los pasillos y las habitaciones eran demasiado estrechos. Todos los rincones se cernían sobre ella.

Cuando Eira no estaba con Alyss, se dedicaba a deambular por la ciudad. A menudo caminaba hasta la clínica en la que había ayudado antes de las pruebas, pasaba por la pastelería de Margery y luego iba hasta las puertas de la ciudad antes de volver finalmente a la Torre.

En uno de esos paseos vio a Marcus saliendo de la clínica. Eira intentó ocultarse tras un edificio, pero la había visto. No era la primera vez que se cruzaban, pero sí la primera que sucedía fuera de la Torre.

—Eira —dijo él.

Ella se dio la vuelta fingiendo que no lo había escuchado.

—¡Eira, espera!

Se detuvo mientras él corría hasta ella. Eira tenía todos los músculos del cuello en tensión, tirándole de los hombros hacia las orejas.

—¿Qué estás haciendo aquí?

—Dando un paseo —respondió sin mirarlo.

—Alyss me ha dicho que paseas mucho últimamente.

—¿De qué has estado hablando tú con Alyss?

—De ti. Yo... estaba preocupado por ti.

Eira lo miró por el rabillo del ojo, escéptica.

—¿No lo entiendes? Ya no tienes que preocuparte por mí.

—Eira, no quería decir aquello.

Ella se giró. No quería escucharlo. No quería tener que enfrentarse a él. No cuando faltaba un día para la prueba.

Él la agarró del hombro impidiéndole marcharse.

—Lo siento, lo digo en serio. Pero no todo lo que dije la otra vez. Salió todo mal. Estaba confundido, mis emociones estaban hechas un lío. Aquel día... yo... —Marcus maldijo por lo bajo—. Oye, ¿podemos volver juntos a la Torre?

Eira miró a su nervioso hermano. Una parte de ella quería retorcerle un cuchillo proverbial. Quería ser rastrera y echarle sus palabras en cara. Pero no pudo reunir la miseria suficiente para hacerlo. Había anhelado tanto la *normalidad* que no pudo rechazar su pacífico encanto.

—Vale.

Se marcharon juntos. Al principio, en un silencio incómodo. Pero se fue volviendo menos incómodo a cada paso. Que Marcus estuviera a su lado era normal, aunque a menudo acabara con ella siendo su sombra.

—Lo siento de verdad —insistió él con más suavidad. Esta vez las palabras tenían más peso.

—Te perdono.

—¿En serio? —Parecía sorprendido.

—Eso creo. —Eira se encogió de hombros—. No... —Suspiró. Tenía en mente las palabras de Deneya. Si antes lo tenía todo, ahora no le faltaba nada. Por supuesto, algunas piezas tendrían que ser reorganizadas, pero todas las piezas estaban ahí. Siempre lo habían estado. Aunque algunos colores fueran demasiado borrosos para distinguirlos. Tal vez siempre lo serían—. Quiero intentar perdonarte. Sé que puedo. Y, lo más importante, no quiero luchar contra ti. Nunca lo he querido.

—Lo sé, fui un idiota.

—Qué maduro por tu parte admitirlo.

—Qué maduro por tu parte perdonarme.

—Puede que hayas hablado demasiado pronto. Tal vez solo tenga un buen día. Tal vez mañana me vuelva a enfadar y me pase horas resentida contigo. —Se metió las manos en los bolsillos de la falda y le sonrió. Marcus se rio.

Qué adorable, creía que Eira estaba bromeando. Aun así, su risa provocó el mismo efecto en ella.

—Quería disculparme antes, pero...

Eira levantó la mano y negó con la cabeza.

—Está bien. Dejemos de hablar de la *revelación* ahora antes de arruinarlo, ¿de acuerdo?

—De acuerdo.

Otro incómodo silencio durante unos veinte pasos. Se habían reconciliado. ¿Por qué seguía sintiéndose tan incómoda?

La Torre que se acercaba desde la distancia hizo que Eira ralentizara hasta detenerse por completo. Marcus no se dio cuenta hasta que estuvo varios pasos por delante y se volvió con una mirada inquisitiva.

—¿Marcus?

—¿Eira?

—¿Sigo siendo tu hermana como pensabas? —preguntó en voz tan baja que el viento casi le robó las palabras.

El dolor se reflejó en los ojos de Marcus. Caminó lentamente hasta ella. Sin decir una palabra, la rodeó con los brazos y la atrajo hacia sí.

—Sí —susurró—. Nunca tendría que haber hecho eso, nunca tendría que haberte hecho sentir así. —Eira cerró los ojos con fuerza y abrazó a su hermano a un lado de la calle, permitiendo que el mundo girara a su alrededor. Sin preocuparse por los transeúntes a los que pudieran molestar—. Tú *siempre* serás mi hermana. Aunque seas cabezota, molesta, demasiado inteligente para tu propio bien o más dotada que yo en la magia.

—No soy más dotada que tú en la magia —murmuró Eira.

—Sí que lo eres y lo sabes. —La estrechó—. Todavía estás descubriéndote a ti misma y a tu magia, eso es todo. Pero cuando lo logres… —Marcus se apartó con un silbido—. Dejarás al mundo impresionado.

—¿En las pruebas? —se atrevió a preguntar.

—Puede que impresiones al mundo mañana en la prueba. —Sonrió ampliamente. Seguía habiendo dolor y frustración en su mirada, pero Marcus claramente estaba esforzándose por esbozar una expresión de valentía.

—¿No quieres que me rinda?

—Quiero que hagas lo que tú quieras. Supongo que eso es otra cosa por la que debería disculparme. —Marcus le pasó un brazo por los hombros—. Madre en lo alto, últimamente he sido un hermano horrible, ¿verdad?

—Puedes hacerlo mejor, sí. —Eira le sonrió. Se dio cuenta de que, por primera vez, estaba viendo a su hermano menos que perfecto. En cierto sentido, eso la entristeció—. Aunque me alegro de que estemos bien.

—Yo también.

Eira no volvió a mencionar las pruebas mientras volvían a la Torre. La verdad seguía siendo que solo uno de ellos podía llegar hasta el final para quedarse con el puesto de Corredor de Agua. A menos que los echaran a los dos. ¿Tal vez sería esa la mejor opción?

Aun así, Eira no se atrevió a albergar esperanzas. Independientemente de su posible linaje, Meru la llamaba e iba a hacer todo lo necesario para llegar hasta ahí.

# Diecinueve

En la biblioteca de la Torre había un reloj colgado sobre la repisa de la chimenea. Era un trasto grande de hierro, un prototipo temprano de Norin, probablemente de más de cien años de antigüedad. Los engranajes expuestos chirriaban y se oía fuerte su tictac marcando el lento y agonizante paso del tiempo.

Eira caminaba de un lado a otro, sola.

La Torre estaba en silencio. Todo el mundo (instructores, aprendices y candidatos) había ido bien pronto esa mañana al Escenario Soleado para observar la prueba. Los turnos se habían publicado la noche anterior, pero, al igual que en la última prueba, Eira era la última de todos los Corredores de Agua.

—Sé que intentas fastidiarme —murmuró Eira pensando en su tío. Podía visualizarlo mientras la programaba la última del día para intentar que los nervios jugaran en su contra. Eira no permitiría que ganara él. Mantendría la cabeza despejada y centrada.

—¿Quién es? —La voz de Cullen la sacó de los pensamientos.

—Casi me matas del susto. —Eira se llevó una mano al pecho—. ¿Qué estás haciendo aquí?

—Es la Torre, tengo permitido estar aquí. —Sonrió de oreja a oreja apoyándose en una de las estanterías y proyectando un aire arrogante como si todo el palacio le perteneciera.

—No era eso lo que te estaba preguntando y lo sabes.

—¿Quieres saber por qué no estoy con todos los demás en el Escenario Soleado? Tenía asuntos de los que ocuparme con mi padre. —Señaló su atuendo formal—. Iba a cambiarme y a ver a quien pudiera. ¿La has hecho ya?

—No… soy la última.

—Bien, entonces podré ver lo que hayas decidido presentar.

—Pareces alegrarte. —Eira se había mantenido bastante discreta con todos sobre qué sería su creación. No quería que nadie la convenciera para que no lo hiciera, no haría falta mucho.

—¿Acaso no debería?

—Creía que querías que mi hermano ganara el puesto de Corredor de Agua.

Cullen reflexionó sobre sus próximas palabras manteniéndola en suspense.

—Quiero que gane el puesto el mejor Corredor de Agua. Creía que ese era tu hermano.

—¿Y ya no lo crees? —preguntó Eira, vacilante. Estaba inesperadamente nerviosa sobre cuál iba a ser su respuesta.

—Voy a dejar que las pruebas se desarrollen como debe ser. —Cullen se apartó de la estantería y se acercó a ella. Adquirió una mirada seria, intensa—. ¿Cómo estás, Eira?

—Estoy bien. —Apartó la mirada.

Él le tocó suavemente el antebrazo expuesto. Ese roce le provocó escalofríos por la columna. Por algún motivo, no pudo evitar recordar aquel día en la corte… sus dedos en su pelo… su boca sobre la de ella. El recuerdo cambió y de repente era Ferro el que la estaba besando.

Eira negó con la cabeza ahuyentando esos pensamientos. No podía permitirse perder la concentración.

—¿De verdad? —preguntó él claramente malinterpretando su expresión—. Teniendo en cuenta el shock que tuviste, no pasa nada si no lo estás.

—Estoy todo lo bien que puedo estar.

—Ah, así que no estás nada bien.

—No impongas tus percepciones sobre mí —le advirtió.

—Tienes razón. No debería superponer mis problemas y tensiones familiares sobre los tuyos. —Se apartó con una sonrisa. Cullen había pronunciado esas palabras como una broma, pero había auténtico dolor en su mirada. Revoloteó a mitad camino entre la entrada de la biblioteca y ella.

—¿Sí? —preguntó finalmente Eira.

—Hablando de mi familia… —farfulló pensativo—. Tengo que pedirte un favor.

—¿Qué es? —Eira se resistió a comentar que el poderoso Cullen pudiera necesitarla a *ella* para algo. El chico había dejado claro cuánto le disgustaba ese tipo de conversación. Eira respetaría sus deseos.

—¿Volverías conmigo a la corte la semana que viene?

Era lo último que quería hacer. Aun así…

—Creo que podría. Supongo que te lo debo.

—¿Sabes qué? Da igual. —Retrocedió rápidamente ante su vacilación—. Nadie quiere ir a ese horrible lugar.

—Cullen, para. —Eira corrió hacia él. Como Cullen siguió moviéndose, le agarró la mano. Él se dio la vuelta para mirarla a los ojos—. Iré. Al menos, será una excusa para volver a ponerme ese vestido tan bonito que me regalaste.

—Necesitarás un vestido bonito nuevo. No podemos permitir que las damas de la corte te vean llevando lo mismo dos veces. —Rio suavemente y le colocó un mechón detrás de la oreja. Fue un movimiento tan natural que ambos parecieron darse cuenta de que había sucedido demasiado tarde. Se miraron el uno al otro durante un segundo de asombroso silencio porque él la hubiera tocado voluntariamente casi con afecto.

—No hace falta que me consigas otro vestido —murmuró Eira.

—Quiero hacerlo. —Cullen se apartó y ella lo soltó—. Además, estás haciéndome un favor, ¿recuerdas?

—Supongo... —Se dio cuenta de que todavía no le había dicho *por qué* quería que fuera a la corte, pero no tuvo la posibilidad de preguntarlo.

—Excelente. Buena suerte ahí fuera. Estoy impaciente por ver tu creación. —Cullen se retiró rápidamente. Casi... demasiado rápidamente. ¿Estaba *nervioso*?

Eira negó con la cabeza y se sacó la idea de la mente. Tenía que estar concentrada. Ahora más que nunca necesitaba controlar sus pensamientos y emociones.

Cuando el reloj marcó que faltaban quince minutos para su turno, Eira salió de la Torre. Tomó los pasadizos traseros del palacio evitando a los demás en la medida de lo posible. No quería ver ni oír nada.

Salió de las paredes del Escenario Soleado por una de las entradas de abajo ante los aplausos del candidato anterior a ella.

—Ahí estás. —Un guardia al que no reconoció corrió hacia ella—. ¿Eres Eira Landan?

—Sí.

—Ah, gracias a la Madre, creíamos que no te presentarías. —El guardia la apremió hacia la entrada.

—¿Qué no me presentaría? —preguntó.

—El ministro dijo que tal vez no lo hicieras.

—Claro que lo dijo —mascullló Eira.

—No importa, ya estás aquí.

Con un empujoncito, Eira se encontró en el Escenario Soleado, sola y con alrededor de mil ojos que la observaban desde las gradas.

La noticia de las pruebas parecía haberse difundido rápidamente, reuniendo público de todos los ámbitos de vida. Había personas de todas las formas, colores y tamaños en las gradas. Eira se giró parpadeando y observándolos a todos. No supo si sintió alivio o dolor al ver a sus padres esta vez. Cada par de ojos la observaba fijamente, juzgándola en silencio.

Pero los verdaderos jueces eran los cuatro individuos que había sentados detrás de una mesa en una parte del Escenario Soleado. El emperador y la emperatriz estaban sentados flanqueados por Ferro y Cordon respectivamente. El embajador Cordon hojeaba unos papeles mirándola y anotando algo. Vhalla y Aldrik la miraron desde lo que le parecía la cima de una montaña.

Los ojos de Ferro le resultaron familiares, pero no su mirada. Lucía una expresión propia de un embajador: fría y distanciada. Había guardias de palacio colocados en la parte trasera del escenario y varios hechiceros entre ellos, incluyendo a Fritz y a Deneya. Ambos observaron de cerca a Eira mientras ella se acercaba al centro de la arena.

Se retorció las manos, pero detuvo enseguida ese movimiento nervioso. Lo reemplazó mordiéndose el labio. Pero al menos, se irguió más.

Se sentía sola, desnuda, *vulnerable*. Eira respiró hondo y luchó contra el impulso de cubrirse de hielo. Por supuesto, eso sería una creación, pero todos los Corredores de Agua eran capaces de hacer algo similar.

La magia que había en su interior la diferenciaba del resto. Solo tenía que encontrar el coraje para exhibirla.

—Eira Landan —empezó el emperador—, tendrás diez minutos para presentar una creación de tu elección. Debe caber por completo en el área y no puede suponer un peligro para ninguno de los aquí presentes. ¿Tienes alguna pregunta?

—No —respondió Aira suavemente deseando que su voz retumbara tanto como la del emperador.

—Pues tu tiempo empieza ya. —El emperador tomó un reloj de arena que había sobre la mesa y le dio la vuelta. La arena empezó a caer de la parte de arriba a la de abajo, sin duda, marcando diez minutos exactos.

Eira tomó aire, lo retuvo y cerró los ojos. Había llegado. Era hora de hacer lo que probablemente fuera la elección más tonta de su vida.

Se le tensaron los músculos de las orejas al esforzarse por escuchar. Quería oír cada crujido de las gradas cuando se movía la multitud emocionada. Quería oír la respiración de Ferro. Quería oír como si sus orejas fueran largas y puntiagudas y no cortas y redondas.

No... no quería escuchar con sus orejas. Quería escuchar con su magia.

La arena era un lago seco, su lago. Tenía sed y esperaba a ser llenado. Eira dejó que su poder brotara de ella. Se imaginó agua manando de sus pies, llenando rápidamente todo el espacio hasta el borde.

Cuando Eira abrió los ojos, el escenario seguía tan seco como un hueso. Pero sintió cada rincón. Su poder se estiró moldeándose y fluyendo, buscando.

—¿Qué va a hacer? —preguntó alguien en voz alta desde arriba.

Otra persona bostezó.

Más murmullos.

Cordon inclinó la cabeza entornando los ojos. Garabateó audiblemente algo en sus notas. El emperador y la emperatriz esperaban, perfectos como estatuas. Ferro mantuvo su rostro impasible.

Le había preguntado qué pretendía hacer... pero Eira no se lo había contado. Quería que fuera una sorpresa. Quería impresionarlo.

Eira cerró los ojos de nuevo y frunció el ceño. Lo oyó todo, pero nada de lo que intentaba escuchar. La inquietud de la multitud aumentó. Más murmullos. Algunas risas. Creían que no estaba haciendo nada cuando en realidad estaba intentado hacer algo por lo que todo el mundo la había evitado durante su vida entera. Todos le habían dicho que era imposible.

Iba a demostrarles los límites de lo posible en ese mismo instante.

—Silencio —murmuró Eira. Estaban haciendo demasiado ruido. Había tanta gente que las paredes estaban calladas—. Dejad de hablar, por favor —dijo en voz más alta. Nadie pareció escucharla—. ¡Silencio! —gritó Eira. Su voz fue como un eco por toda la ciudad.

Todos callaron, sorprendidos. Y, en ese momento de paz, Eira oyó un susurro.

Abrió los ojos de repente. Inmediatamente, encontraron la corona de la emperatriz. Era diferente de la del emperador, de la que se esperaría que llevara una emperatriz de Solaris. El imperio era dorado. Todo lo que brillaba era realmente de oro bajo el sol de Solaris.

Pero la corona de Vhalla era plateada, ornamentada y adornada con rubíes occidentales.

Eira enfocó su magia hacia la corona. Desde esa distancia, le fue complicado. Normalmente, cuando trabajaba con recipientes podía colocarlos en el agua y manipular directamente la magia que contenían con la suya.

Estaba intentando aplicar el mismo concepto sin tocar realmente el artículo, algo que había estado haciendo de manera inconsciente desde que había nacido pero que solo había intentado controlar activamente en lugar de reprimir las últimas semanas. Eira se imaginó su magia acumulándose alrededor de la corona, empapándola. Tuvo cuidado para no convocar agua de verdad y mojar a la emperatriz.

—Han pasado cinco minutos, candidata —informó Cordon aburrido—. ¿Qué pretendes presentar?

—Los ecos de la verdad —contestó Eira. Vhalla niveló ligeramente los ojos con los de Eira, notando su intensa mirada.

Finalmente, la magia funcionó. Era estable y fuerte. Las palabras eran débiles, pero la multitud seguía esperando presa del silencio.

*Ella habría querido que la tuvieras tú,* dijo una suave voz a través del tiempo. Eira no sabía cuándo ni dónde había tenido lugar el momento con el que había establecido un vínculo, pero la conexión era inquebrantable.

—Ella habría querido que la tuvieras tú —repitió Eira rezando porque esas palabras significaran algo para la emperatriz. *Fiera no fue la que cambió quién era.* —Fiera no fue la que cambió quién era. *—Aunque se casara con un emperador del Sur, quería una corona de plata—.* Aunque se casara con un emperador del Sur, quería una corona de plata.

La emperatriz inhaló llevándose una mano al pecho, agarrándolo. Miró a Eira boquiabierta. El jurado pasó la mirada de Eira a la soberana.

*Así que, en realidad esta corona es…* Eira exhaló un suspiro de alivio. La nueva voz era más joven que la de la emperatriz actual, pero, sin duda, era Vhalla.

—Así que, en realidad esta corona es… —Eira hizo una pausa y su magia vaciló. Nunca había repetido las palabras que oía y necesitó más concentración de lo que esperaba—. Vos lo dijisteis en respuesta a esta mujer, majestad. —Eira hizo una pausa—. No, dos mujeres… hay otra voz.

Volvió a mirar fijamente la corona y permitió que la conversación siguiera mientras pudiera oírla.

—Nuestra hermana, la madre de Aldrik. Ella habría sido la emperatriz que este reino necesitaba si hubiera vivido lo suficiente para cumplir su papel —pronunció Eira al mismo tiempo que la segunda voz.

Entonces, le llegó de nuevo la primera voz.

—Pero ella nos dio a Aldrik. Y espero que él nos haya traído a una emperatriz digna de lucir la corona de mi hermana.

Eira parpadeó. Las voces se estaban debilitando. Iba a perder la conexión.

—«Lo seré» dijisteis vos, majestad.

Vhalla se levantó con determinación. La emperatriz colocó ambas manos sobre la mesa inclinándose hacia adelante. Tenía la respiración irregular, los ojos muy abiertos y parecía... vulnerable. Eira conocía esa expresión porque ella misma la mostraba incontables veces. Pero no se había esperado verla en su soberana. Y, menos aún, por culpa suya.

—¿Cómo... cómo sabes eso? —susurró Vhalla.

—Me lo ha dicho vuestra corona.

—¿Qué? —preguntó Cordon.

El emperador se inclinó hacia adelante. Ferro sonrió y se acomodó en su asiento. Sus ojos brillaban con una aprobación que hizo que Eira se enderezara todavía más.

—Me lo ha dicho la corona —repitió en voz más alta—. Cambiamos todo aquello que tocamos. Marcamos este mundo con nuestra mera existencia. Sobre todo, los hechiceros. —Se dio la vuelta dirigiéndose a la multitud. El emperador y la emperatriz conocían este principio mejor que nadie, a juzgar por las historias que le había contado Fritz de niña—. Se llaman recipientes accidentales, fragmentos de magia de hechiceros atrapados en objetos.

—Se necesita una gran cantidad de magia para crear un recipiente accidental —replicó el emperador con escepticismo.

—Con todo el respeto, majestad, he descubierto que no. Cualquier fragmento de magia puede marcar un objeto, una pared o un tapiz... cualquier cosa. Y si se dijo algo al dejar esa marca, un *eco* de esas palabras perdura.

—Este anillo. —Cordon alargó la mano. En su dedo corazón había un gran anillo de sello que casi le tapaba dos nudillos—. ¿Qué oyes en él?

Eira miró el reloj de arena. Solo quedaba alrededor de un minuto. Cambió el enfoque de la corona al anillo e intentó condensar su magia alrededor.

Se oyeron murmullos desde lo alto. Abundaron los susurros. Pero los sentidos y la magia de Eira ahora estaban más afilados. Oyó las voces con más facilidad que la vez anterior.

*... encargado por los Le'Dans,* dijo una voz femenina. *Llévalo incluso cuando estemos separados. Jura que volverás.*

—Fue un regalo encargado por los Le'Dans. La mujer que se lo dio le dijo que lo llevara incluso cuando estuvieran separados y que jurara que volvería.

—Una suposición razonable —murmuró Cordon, aunque el pánico se reflejó en su voz.

Eira esperó. Las palabras siguieron reproduciéndose en su mente. Les permitió fluir como la arena del reloj. Claramente, era una conversación entre dos amantes, pero, teniendo en cuenta las escandalosas implicaciones... uno de los amantes ya había sido revelado.

—Embajador, no creo que quiera que repita el resto, no aquí delante. —Eira se mordió el labio mientras la conversación terminaba.

—No me da miedo. Seguro que...

—¿Quién es Lucelle? —preguntó Eira.

Entonces fue Cordon el que saltó de su asiento. Se tambaleó hacia atrás negando lentamente con la cabeza.

—No —susurró varias veces—. ¿Qué tipo de hechicería es esta?

—Mi hechicería —respondió Eira mientras el tiempo se acababa.

La emperatriz se recostó en su asiento. El emperador tocó el reloj de arena. Todo el Escenario Soleado seguía observándola con asombro y horror.

Eira tragó saliva intentando mantenerse erguida bajo el peso aplastante de su juicio. No importaba lo que hubiera sucedido ahí, no importaba cómo recibieran o respondieran a su magia, por fin les había demostrado a todos que las voces que oía eran reales. Que sus teorías sobre los recipientes eran reales.

Que alguien intentara negarlo ahora. No esperaba que fuera su tío el que se prestara a ello.

Fritz dio un paso hacia adelante desde la línea de hechiceros y guardias de la parte trasera del escenario.

—Majestades, no sé si esta presentación cumple con los requisitos establecidos.

—¿Qué? —Vhalla miró por encima del hombro al ministro de Hechicería.

—La tarea, tal y como la formulasteis, era *crear* algo con la magia, no *hacer* algo. —Fritz desvió la atención hacia Eira. Tenía la mirada impregnada de desaprobación mezclada con lo que Eira pensó que podía ser resentimiento. No pensaba que su familia pudiera encontrar todavía más modos de herirla—. En aras de la legitimidad con los otros competidores que han seguido al pie de la letra las instrucciones de la prueba, propongo una moción para descalificar a Eira y quitarle el broche.

—¡No puede decirlo en serio! ¡Lo que ha hecho ha sido increíble! —La defensa de Ferro fue lo único que rompió el zumbido de los oídos de Eira. El sonido volvió lentamente a ella y se dio cuenta de que el público de las gradas también empezaba a murmurar protestas.

—Tiene razón. —El embajador Cordon la miró con cautela como si estuviera observando a una persona completamente nueva—. Tal vez sería más justo.

*No le ha gustado lo que he oído.* Eira se tragó sus palabras de enojo.

—Lo digo en serio —insistió Fritz—. Además, en la última prueba ya se saltó las reglas con su ilusión. Ya se le ha dado una segunda oportunidad.

—No dijiste que eso fuera en contra de las reglas antes de que empezara la prueba. ¡No lo sabía! Seguí las normas tal y como las dictaste. —Eira no pudo mantenerse callada y se ganó una mirada fulminante de Fritz.

El emperador y la emperatriz intercambiaron una mirada, una conversación tácita se desarrolló entre ellos como solo puede suceder entre parejas profundamente unidas. Pero, mientras se debatían en silencio, la muchedumbre empezó a congregarse.

—¡No podéis descalificarla! —gritó alguien—. ¡No por un tecnicismo!

—¡Dejad que la califiquen! —*Esa ha sido Alyss.* Eira levantó la mirada buscando a su amiga.

—¡Dejad que compita, dejad que compita! —Un canto se elevó desde las masas. Estaban de su lado, apoyándola. Eira miró hacia arriba con asombro.

—Dadle una oportunidad justa. —*Marcus.* De algún modo, lo encontró entre los cientos de personas. Oyó su voz entre los vítores—. ¡Merece que la puntúen como a todos los demás!

Fritz parecía que lo acabaran de herir. Sin duda, él también había oído la defensa de Marcus. Algo se rompió dentro de Eira y las lágrimas amenazaron con asomarse. Pero, por primera vez en días, no eran lágrimas de desesperación. La situación no era perfecta, pero Marcus seguía de su lado. Marcus estaba luchando porque ella siguiera en las pruebas, aunque eso significara enfrentarse el uno al otro.

Nada podría haber cimentado más rápido su perdón por cómo había actuado ante la revelación.

—Basta. —Vhalla se levantó y la multitud se quedó en silencio—. El emperador y yo hemos decidido que Eira Landan no será descalificada. Aunque no ha seguido al pie de la letra las indicaciones de la prueba, ha seguido el espíritu. Nos ha mostrado algo verdaderamente especial que solo su magia podría hacer. Me ha devuelto un recuerdo en el que no he pensado en años y por eso más que nada, tiene mi gratitud. —La amable mirada de la emperatriz se posó en Eira.

—Gracias, majestad —se obligó a decir Eira. No sabía cómo gestionar que hubiera gente desconocida defendiéndola, aprobándola. Que la emperatriz también diera la cara por ella era más de lo que podía procesar.

Tal vez así se sintiera Cullen todo el tiempo. Tal vez por eso actuaba como lo hacía.

La multitud estalló en aplausos cuando Eira hizo una reverencia. Su júbilo por su victoria le dio la fuerza que necesitaba para darle la espalda a su tío y salir del Escenario Soleado con la cabeza bien alta. Ni sus padres, ni su tío, ni Marcus la controlaban ya.

Ella era la única responsable de su propio destino y, ahora que conocía esa sensación, no dejaría que nadie se la arrebatara de nuevo.

# Veinte

Las puntuaciones las publicaron esa noche en la base de la torre. Una vez más, los Rompedores de Tierra erigieron una tablilla de piedra y estamparon los nombres uno a uno. Una vez más... el nombre de Eira estaba en la parte superior.

Se quedó mirándolo, atónita. Todos le habían dejado espacio. Nadie le había hablado después de su exhibición en la prueba.

Nadie excepto...

—¡Eres una hechicera asombrosa! —Alyss le rodeó el cuello con los brazos—. ¡Lo has logrado!

—Y tú también. —Eira estrechó a Alyss y se retiraron rápidamente a la Torre. Había otra cena esa noche para los candidatos y no podía soportar las miradas de reojo de los otros aprendices. Algunos claramente lamentaban haber vitoreado para que no la descalificaran.

—He quedado en tercer lugar.

—Pero sigues en la competición.

—Solo hemos participado cuatro Rompedores de Tierra y tres seguimos. Básicamente, he conseguido el último puesto. —Alyss puso los ojos en blanco—. Tendría que haber hecho algo más creativo, como tú.

—Da lo mismo. Yo quedé última en la segunda prueba. Y lo único que importa es que seguimos.

—¡Tú y yo de camino a Meru! —Alyss saltó arriba y abajo y dejó escapar un chillido.

—No te adelantes —la regañó Eira con una risita.

—Solo nos quedan dos pruebas. No puedo esperar a descubrir…

—Disculpad, lamento interrumpir, Alyss. —Fritz pareció materializarse de la nada y las detuvo a ambas—. Eira, ¿puedo hablar un momento contigo?

—Yo… —El rostro de su tío se había convertido en el rostro de la traición y le dolía incluso estar en su presencia.

—Os dejo —contestó Alyss rápidamente apartándose. Eira la miró, pero Alyss insistió—: Deberías hablar. —Debía ser fácil insistir en esas cosas cuando ella podía retirarse a la Torre.

Eira se cruzó de brazos.

—¿Sí, ministro?

—Eira, por favor, soy tu tío y lo sabes. —Suspiró—. Ven, tenemos algo de tiempo antes de la cena. Hablemos en mi despacho.

—No tengo nada que decirte.

La mirada herida que atravesó el rostro de Fritz casi la hizo estallar. ¿Cómo se atrevía a mostrarse dolido *él* después de todo lo que le había hecho?

—Por favor.

—Vas a seguir acosándome hasta que acepte, ¿verdad?

—Sí.

—Vale, pues acabemos con esto —gruñó Eira.

El camino hasta la Torre acabó demasiado rápido. Eira se acomodó en la sillón que había frente al escritorio de su tío y pasó las manos por los familiares reposabrazos desgastados de cuero. Cualquier consuelo que le hubieran proporcionado en otro momento había desaparecido.

Fritz se sentó pesadamente. Hundió los hombros y cruzó y separó las manos varias veces.

—Te debo una disculpa —dijo finalmente.

—Creo que me debes varias —espetó ella.

Fritz se frotó las sienes.

—Solo intento ayudarte. Todos lo hacemos.

—Deja de usar esa excusa.

—No es ninguna excusa.

—¡No me estáis ayudando, me estáis lastimando! —Eira se agarró a los reposabrazos del sillón con manos temblorosas—. Todos en esta familia decís que me queréis, pero lo único que hacéis es retenerme, cortarme las alas siempre que podéis y no tener fe en mí. Afirmáis que es para ayudarme… pero creo que solo intentáis sentiros mejor.

—Eira. —Fritz alzó la voz una fracción de segundo invocando a su niña interior y haciéndola callar—. Lo que has hecho hoy ha sido muy imprudente y podría ponerte en peligro el resto de tu vida.

*Ahora* sí que creía que oyera las voces.

—No todo lo que hago me pone en peligro.

—Piensa en lo que acabas de mostrarle al mundo. —Estampó las palmas de las manos en el escritorio—. Has demostrado que prácticamente ningún secreto está a salvo a tu alrededor. Que ni los secretos que se han llevado a la tumba mueren con esas voces que tu oyes.

Eira presionó la espalda contra el sillón sobresaltada por sus palabras.

—Yo… eso no…

—Así es como cada senador, cada ministro, cada hombre o mujer con aspiraciones ve tu poder de oír ecos. —Fritz golpeó el escritorio con los dedos con cada palabra—. Y ahora querrán aprovecharse de ti, verte erradicada o algo peor.

—Estás exagerando. —Eira se hundió en el sillón buscando estabilidad.

—No. Ninguno lo estamos haciendo. Estamos intentando mantenerte a salvo. Eres un peligro y...

—¿Soy un peligro? —susurró.

—Yo... no quería decir... tu magia... *Estás* en peligro.

—*Soy* un peligro —repitió Eira negando con la cabeza—. Has dicho exactamente lo que pretendías, tío.

—Ha sido un desliz.

Eira se levantó.

—No creo que lo fuera.

—No hemos acabado con esta conversación. —Fritz rodeó la puerta mientras ella se acercaba hasta allí.

—Estaba acabada antes de empezar. —Eira lo fulminó con la mirada—. Ten cuidado, tío, o acabaré contigo a continuación.

Eira dio un portazo cuando él crispó el rostro y empezó a bajar por la torre. Por suerte, por el bien de su tío, no la siguió. Tal y como se sentía, no tendría ningún problema en gritarle delante de toda la Torre.

Al abrir la puerta de su habitación, Eira vio una silueta en la cama por el rabillo del ojo. Asumiendo que sería Alyss, empezó directamente con su diatriba:

—No puedo creerlo, acaba de... —Eira se quedó paralizada. Su mirada se encontró con la de Ferro—. ¿Qué estás haciendo aquí? —susurró.

—He venido a darte la enhorabuena. —Sus palabras fueron tan fluidas como sus movimientos al levantarse. Eira nunca se había dado cuenta de lo pequeña que era su habitación ni de lo cerca que él estaba—. No podía esperar hasta esta noche, tenía que verte —susurró sin aliento.

—¿Y si alguien te ve entrando o saliendo de mi habitación? —murmuró. Estaba agonizantemente cerca.

—No lo harán. Tendremos cuidado para que no nos descubran, al igual que hemos hecho hasta ahora.

—La cena empezará pronto... se preguntarán dónde estoy.

Ferro levantó la mano lentamente y le pasó los dedos por la mandíbula hasta detrás de la oreja. La tenía en éxtasis con el más ligero roce. La sensación de su aliento cálido sobre sus labios hizo que se le enroscaran los dedos de los pies.

—Lo sé, no tenemos mucho tiempo. Pero ¿vendrás la próxima vez que te convoque?

—Lo haré —murmuró demasiado consciente de lo solos que estaban. ¿Qué haría él si lo besaba? ¿Serían bien recibidas sus muestras de cariño? ¿El corazón de Ferro latía con tanta fuerza bajo sus costillas como el suyo?

—Bien. Intentaré que sea lo más pronto posible. —Ferro se alejó y un gemido grave se elevó desde la parte trasera de la garganta de Eira, aunque pudo ahogarlo antes de que él lo oyera. Pero, teniendo en cuenta la sonrisa que se dibujó en el rostro del embajador, no lo logró. Ferro se metió la mano en el bolsillo del abrigo—. Hasta entonces, tengo algo para ti.

Eira aceptó los papeles doblados que le tendía con sus largos y elegantes dedos.

—¿Qué es?

—Los planes aproximados para la próxima prueba.

—¿Se me permite tener esto? —susurró.

—La prueba la estoy diseñando yo, puede verlo quien yo crea conveniente.

Eira sospechó que eso no sería cierto.

—Gracias —dijo de todos modos.

—Gracias a ti por tu exhibición de hoy. Ha sido un espectáculo digno de ver. Y por todo lo que has hecho por mí desde que estoy aquí. No podría haber diseñado esto sin ti. —Señaló suavemente los papeles.

—Ha sido un placer.

—Te aseguro que el placer es todo mío.

Se miraron el uno al otro durante un largo momento. El estómago le burbujeaba. Se sentía como si quisiera decir algo, como si él quisiera decirle algo, o como si ella *debiera* decirle algo. Tal vez todo eso a la vez.

—Debería...

—Debo irme. —Le agarró la mano—. Pero no puedo esperar a volver a estar solos los dos, mi delicioso secretito.

—Yo tampoco —susurró estremeciéndose.

Ferro se llevó sus nudillos a los labios y salió de su habitación dejándola sola y anhelante.

Unos golpes en la puerta la despertaron la mañana siguiente. Entre sus encuentros con Deneya y Ferro por las noches y sus prácticas durante el día, llevaba una semana prácticamente sin descanso y al final eso le estaba pasando factura. Había dormido mucho más profundamente de lo normal los últimos días. Parpadeando para salir de los agradables sueños que había tenido tras la conversación de la noche anterior con Ferro en su estudio, Eira se levantó.

—¿Qué? —gruñó abriendo la puerta.

—¿En serio? ¿Así es como recibes a alguien que te trae regalos?

—Es demasiado temprano, Cullen. —Bostezó.

—Son casi las diez. No es nada temprano. —Entró—. Y si no empiezas a vestirte ya lograrás que lleguemos tarde a la corte.

*Ah, era hoy.* Eira maldijo por lo bajo.

—Bien, pues sal para que pueda prepararme.

—¿No quieres que te ayude con los lazos? —Sonrió.

—No quiero que me ayudes con nada que tenga que ver con mi ropa, muchas gracias. Vete. —Lo empujó y cerró la puerta con una sonrisa. ¿Desde cuándo era Cullen alguien con quien podía reír y bromear?

Tal vez solo estuviera de buen humor en general esos días. Cualquier cosa era mejor que los complicados y desagradables sentimientos que le había provocado la revelación y se aferraba a cualquier distracción para evitar pensar en su familia. El vestido que le había comprado Cullen ciertamente ayudó todavía más a mejorar su estado de ánimo.

Las mangas largas se estrechaban en punta sobre el dorso de las manos y unas cintas alrededor del dedo corazón las mantenían en el sitio. Esta vez, la falda era algo más holgada, lo que permitía mayor movilidad, aunque la parte superior era más estrecha...

—¿De verdad hacía falta tanto escote? —preguntó Eira al abrir la puerta. Pasó los dedos por el cuello del vestido más escandaloso de lo que le habría gustado.

Cullen estaba apoyado en la pared opuesta con su ropa formal y se irguió al verla.

—Es, eh... —Se aclaró la garganta—. Me han dicho que es la próxima moda.

—No tengo pecho suficiente para este atuendo. —Eira se ajustó de nuevo los hombros del vestido.

—Lo cierto es que tienes... —Calló de golpe. Un rubor escarlata apareció en sus mejillas. Eira sonrió. No había tenido intención de avergonzarlo, pero ver a Cullen retorcerse era demasiado placentero para no disfrutarlo. Tal vez la tensión con Ferro estaba desbordando una combinación de confianza y coquetería que Eira nunca había poseído—. Estas genial hoy también. ¿Vamos?

—No tengo otro sitio en el que estar. —Eira entrelazó el brazo con el de Cullen—. Soy tuya durante las próximas horas.

Él la miró por el rabillo del ojo con una mirada indescifrable en contraste con la sonrisa que arqueaba sus labios.

—Gracias de nuevo por hacer esto. Hoy no podría ir solo.

—¿Por qué no? —Eira lo siguió por el mismo pasadizo que la otra vez en dirección a la parte principal del palacio.

—Por quién estará allí.

—¿Y quién estará allí? —Como él no respondió, Eira se paró reteniéndolo en el sitio—. Me parece bien hacer esto, Cullen, pero tienes que ser sincero conmigo. ¿Es alguien de quien debería preocuparme? —Porque si esa persona ponía nervioso a Cullen, Eira sentía que podría hacerlo también con ella.

—No, no. Tú estarás bien... —Se interrumpió incapaz de mirarla a los ojos al continuar—. Mi padre estará hoy allí con su esposa. —*Con su esposa, no con «mi madre»*—. Odio que venga. Y más aún si es con ella.

—Pues te mantendremos distraído. —Eira le estrechó ligeramente el brazo y Cullen le dedicó una sonrisa claramente escéptica.

Al entrar a la corte por segunda vez invirtieron los roles respecto a la anterior. A pesar de que Eira no tenía nada de experiencia en ese mundo, estaba bastante tranquila. Al menos ese día no tendría que escabullirse. Y en cuanto a asuntos familiares, bueno... estaba empezando a convertirse en una experta en ese tipo de enredos.

Sin embargo, Cullen se mostró tenso desde que atravesaron el umbral. Tenía los músculos de la mandíbula apretados, movía mucho los ojos examinando cada rincón como si estuviera entrando en un campo de batalla y no en un salón elegante.

—Todavía no está aquí —murmuró Cullen—. Bendita sea la Madre, con un poco de suerte habrá surgido algo con el Senado.

—Tu padre es senador, ¿verdad? —preguntó Eira. Desde el incidente, el Senado siempre la ponía nerviosa. Todavía podía sentir sus ojos sobre ella, *juzgándola*, esperando su veredicto...

—Sí. Antes de eso servía en el Consejo Oriental. —Los orígenes del Senado procedían del Este, anteriormente conocido como Cyven. Cuando el primer emperador Solaris tomó el Este, adoptó el Senado. Su función era ser un puente entre el emperador y la gente, así como gestionar asuntos de estado menores siempre con el emperador teniendo la última palabra. En realidad, a Eira le parecía simplemente un tópico con muy poco poder real.

Una opinión que normalmente se guardaba para sí misma.

—¿Podemos ir a ver otra vez el cuadro de Risen? —sugirió Eira.

—Me encantaría.

Cuando se encaminaron hacia allí, una mujer conocida y todavía cubierta de rubíes occidentales los interrumpió.

—Lord Cullen, veo que hoy has vuelto a traer a tu amiga. ¿Te llamabas Airra?

—Eira —la corrigió—. EI-RA.

—Sí, claro. —Lady Allora arrugó ligeramente la nariz. A Eira le dio la impresión de que no estaba acostumbrada a que la corrigieran tan descaradamente. Allora volvió la atención hacia Cullen—. ¿Así que *Eira* y tú tenéis algo oficialmente?

—Eira es una buena amiga y una de los ocho Corredores de Agua restantes que quedan como candidatos a competidores en el Torneo de los Cinco Reinos —contestó Cullen con lo que a Eira le pareció que era una intención defensiva.

—Ya veo. —Allora se fijó en el broche del pecho de Eira—. Si te eligen, espero que hagas todo lo posible para apoyar a Cullen en su gloria.

—Haré lo que pueda. —Eira sonrió ligeramente. Como si la gloria de Cullen fuera lo único en lo que tenían que centrarse Eira y los otros candidatos.

—Por favor, disculpadnos —repuso Cullen bruscamente llevándose a Eira. Ese día carecía de su elegancia habitual. Sin duda, debido al estrés.

—Todo irá bien. —Eira le dio un ligero apretón en el brazo.

—Lo sé. Es que hay veces que no la soporto —murmuró—. Y hoy no tengo paciencia para hacerlo.

Eira rio suavemente.

—¿Qué?

—Me sorprendes, Cullen, eso es todo. No eres el hombre que creía que eras.

—El sentimiento es mutuo —respondió él en voz baja—. Me has sorprendido incontables veces.

Se pararon delante del cuadro. Una vez más, el resto de la corte se contentó con ignorar la obra y los dejaron solos. Eira se concentró en el lienzo, pero los ojos de Cullen estaban fijos en ella. Fingió no darse cuenta, pero no estaba segura de si él pretendía que lo notara o no.

Al cabo de un rato, la tensión fue demasiado para ella.

—¿Sabes? Le gustas.

—¿Qué? —Cullen pareció sorprendido.

—A Allora. Quiere cortejarte.

Él hizo una mueca.

—Lo sé.

—¿Lo habías notado? Sorprendente para ser un hombre.

Cullen rio de verdad.

—Supongo que es un comentario justo.

—¿No...?, ¿el afecto no es recíproco? —Eira lo miró a los ojos.

—Una vez creí que sí, pero...

—¿Pero?

—Es el tipo de mujer con el que a mi padre le gustaría que me casara, tanto que intentó *obligarme* a casarme. —Una sombra oscura se reflejó en la expresión de Cullen—. Afirmó que eso aseguraría nuestra posición en la sociedad. Que tenía que hacerlo porque...

—¿Porque? —presionó Eira. Tenía la costumbre de callarse justo cuando iba a decir lo más importante.

—No es nada. —Cullen negó con la cabeza dejando el tema. Eira reprimió un suspiro, pero no insistió. Sus secretos eran solo suyos y el eco de su voz preocupada seguía resonando en sus oídos.

—Tu padre parece un hombre ambicioso.

—Ambicioso es quedarse corto. Él... —Cullen se interrumpió observando un escándalo por encima del hombro.

Un grupo de gente se había reunido en la puerta. Había un hombre en el centro que era la viva imagen de cómo se imaginaba Eira que sería Cullen en veinte o treinta años. Tenía el cabello oscuro canoso y peinado hacia atrás justo como lo llevaba el emperador. En el pecho llevaba un ceñidor de senador.

A su lado había una mujer con el pelo corto y rubio. Lo llevaba medio recogido con una horquilla enjoyada y con plumas. Tenía cuerpo de bailarina y ojos de erudita.

—Está aquí —terminó Cullen con una mueca—. Sigamos mirando el cuadro.

—¿No deberíamos acercarnos a saludar? —preguntó Eira. Cullen le dio un ligero tirón al brazo desviando su atención hacia adelante.

—Preferiría que mi padre viniera hasta aquí y se reuniera conmigo bajo mis términos.

—Te seguiré la corriente —lo tranquilizó Eira.

Por supuesto, solo tuvieron que esperar unos minutos a que se acercara el senador. Eira se sorprendió al ver sus ojos marrón oscuro, nada similares al ámbar brillante de Cullen. Debían ser un rasgo heredado de su madre biológica.

—Hijo mío, me alegro de verte.

—Y yo a ti, padre. —Cullen inclinó la cabeza. Parecía que estuviera saludando a un desconocido y no a su familia. Se giró y saludó a la mujer con un simple—: Lady Patrice.

—Hola, Cullen —saludó cálidamente Patrice—. ¿Quién es tu acompañante? Otra candidata, por lo que veo.

—Soy Eira Landan. —Eira inclinó la cabeza como le había visto hacer a Cullen.

—Ah, la señorita Landan... —Su padre entornó los ojos ligeramente mientras su voz se desvanecía—. Ya me había parecido que me sonaba tu nombre durante la tercera prueba.

Eira abrió los ojos ligeramente. Aquel día en la corte tras el incidente de tres años atrás seguía fresco en su mente, agudizándose a pesar del tiempo pasado. El rostro de ese hombre hizo que se pusiera de nuevo en la piel de aquella chica asustada esperando el veredicto.

—Eres tú, ¿verdad? La muchacha que asesinó a su compañera.

—Yo... yo no...

—Padre —espetó Cullen bruscamente—. Esta no es una conversación adecuada para la corte.

—Por supuesto que no —se carcajeó él con una nota siniestra en la voz—. Puede que tú no me recuerdes, pero yo dirigí la investigación del Senado acerca del asesinato de aquella aprendiza de la Torre.

Quería gritar que ella no había asesinado a nadie. La había matado por accidente. Era diferente. Tenía que serlo.

—¡Padre! —Los bíceps de Cullen se tensaron y atrajo a Eira hacia sí—. Creo que lo que mi padre intenta decir es que se llama Yemir Drowel.

Yemir. Sí... conocía ese nombre. Se había obligado a olvidarlo. Al igual que muchas otras cosas que había intentado borrar. Eira sintió frío en el peor de los sentidos.

—Me alegro de que no te encerráramos. Tras la exhibición de tu talento, sería una lástima que el mundo se lo perdiera.

—Gracias por el cumplido —murmuró Eira sobre todo porque sentía que tenía que hacerlo e inmediatamente se odió a sí misma por expresarle gratitud a un hombre que estaba haciéndola sentir tremendamente incómoda.

—¿Has pensado alguna vez en convertirte en ayudante de un senador? Se me ocurren varios usos para una jovencita con tus habilidades. Tal vez podrías considerarlo gratitud por lo que hice por ti en aquel momento.

*Intentaste encerrarme,* quiso decir Eira. Si Fritz no hubiera intervenido...

—Ahora Eira está centrada en las pruebas —contestó Cullen enérgicamente—. No tiene tiempo para ser tu ayudante ni la de nadie.

—Solo te pido que te lo plantees. —Yemir desvió la atención hacia su hijo y Eira reprimió un suspiro de alivio—. He pensado que podríamos dar un paseo los dos por los jardines. Hace mucho que no nos ponemos al día.

—No pienso dejar a Eira sola, es nueva en la corte.

—Estaré encantada de hacerle compañía. —Patrice se colocó al otro lado de Eira, la tomó de la mano y le dio una palmadita en la espalda—. Te presentaré a mis amigas.

—Bien, ya está arreglado —declaró Yemir—. Ven conmigo, Cullen.

Eira pensó que a Cullen estaban a punto de rompérsele los músculos de la mandíbula de lo tensos que los tenía. Pero al final no objetó, la dejó atrás y se marchó con su padre. Extrañamente, Eira estaba más preocupada por Cullen que por sí misma. Ahora que se había dado cuenta de quién era Yemir, no quería dejarlo a solas con él.

—Bien, Eira. —Patrice le colocó una mano en el codo y empezó a caminar—. Cuéntame qué intenciones tienes con mi hijo.

—¿Disculpa?

—Cullen es un joven atractivo y uno de los solteros más codiciados de Solarin. —Habló con una sonrisa fácil, como si fuera un hecho conocido en todas partes. De hecho, Eira no lo sabía. Pero nunca se había preocupado por los juegos de poder de los nobles. Esa aspiración siempre había sido más propia de Marcus—. Lo ha entrenado la emperatriz y está dentro de su círculo íntimo. Es un lord, el hijo de un senador y es probable que él también llegue a ser senador algún día, o incluso presidente del Senado. Por no mencionar que también es un candidato viable a ser ministro de Hechicería.

—Mi tío es el ministro de Hechicería —replicó Eira llanamente.

—¡Ah, qué encanto! Entonces conoces el prestigio del puesto de ministro.

—Supongo.

—Pareces una muchacha muy inteligente, estoy segura de que comprendes que Cullen debe centrarse en su futuro. Y eso se extiende a las personas de las que se rodea, no sé si me entiendes.

Eira recordó lo que le había comentado Cullen sobre Allora.

—Estás hablando de a quién corteja, o de con quién se casará.

—Eres muy audaz, algo refrescante para la corte. —Patrice soltó una risita al doblar la esquina—. Sí, tienes razón, de eso hablo. Así que, querida, debes entender que no puedes hacerte ninguna idea. Yemir y yo velamos por los intereses de Cullen y debe casarse con alguien de una posición particular. —«Cosa que tú no eres», quedó implícito en el aire.

—Cullen es mi amigo —contestó Eira rotundamente—. No me interesa de ningún otro modo.

—Bien. Entonces nos entendemos.

Pasaron por las puertas abiertas de la corte y, por el rabillo del ojo, Eira vio a Cullen marchándose furioso hacia el castillo y se paró.

—Tengo que irme.

—¿Perdón?

—Discúlpame. Ah, ha sido agradable hablar contigo. —Eira inclinó la cabeza y se agarró las faldas para atravesar los caminos de grava de los jardines. De camino a Cullen, pasó junto a Yemir. Él le lanzó una mirada cautelosa y Eira se la devolvió.

Nunca habría amistad entre ellos, estaba segura.

Un susurro de una voz familiar la hizo detenerse. Pasó la mirada entre un banco cercano y el lugar por el que se había marchado Cullen. No debería chismorrear después de lo que hubiera ocurrido, pero...

Eira miró el banco buscándolo con su magia. Si no captaba nada, se marcharía, pero si lo hacía...

*Estás siendo irracional*, resonó la voz de Cullen a través del vínculo.

*Esa chica es una carga política en el mejor de los casos y un auténtico peligro en el peor.* Yemir estaba hablando de ella.

*No es nada de eso.*

*Puede averiguar cosas de ti, de nosotros, de nuestro pasado.*

*Tal vez deberíamos dejar de tratar de ocultarlo.*

*Lo que sugieres va en contra de los deseos de la emperatriz y del bien de los Caminantes del Viento de todas partes*, espetó Yemir. *Deja de insistir en lo contrario y haz lo que te digo. Te encontraremos una esposa adecuada y te casarás con ella cuando vuelvas como vencedor del torneo. La ciudad estará tan embelesada contigo que será el momento perfecto para presentar tu candidatura al Senado. Tu vida tiene un plan.*

*Yo no quiero tu plan, padre.*

*Solo busco lo mejor para ti.*

*¿Y si quiero decidir por una vez lo que es mejor para mí?* Había mucho dolor en la pregunta de Cullen. Un dolor que Eira compartía intensamente.

*Eres un crío. No puedo confiar en que sepas qué es lo mejor. Corta tus lazos con ella y procede según lo planeado, su hermano será tu contraparte como Corredor de Agua. Yo me encargaré de ella. Es más útil de lo que crees.*

*¿Y si no hago lo que me pides?*, se atrevió a preguntar Cullen.

*No me pongas a prueba, hijo.*

La sensación de unos ojos mirándola devolvió a Eira al presente. Miró por encima del hombro hacia la corte y vio a Yemir y a Patrice observándola. Sabía qué aspecto debía tener totalmente concentrada en el banco. Se tragó su incomodidad y continuó por donde se había marchado Cullen con la cabeza bien alta, aunque se sintiera como si estuvieran intentado atacarla a cada paso.

Una vez dentro, no tuvo que buscar mucho para encontrar a Cullen. Estaba sentado, encorvado, en un banco rodeado por dos armaduras. El chico ni siquiera levantó la mirada para confirmar que era Eira quien se había sentado a su lado.

—Lo sé —dijo él en voz baja. Eira nunca lo había escuchado tan vulnerable—. Lo sé, vas a decirme lo afortunado que soy por saber quiénes son mis padres. Porque no me hayan ocultado un gran secreto. Que lo que estoy viviendo no es para tanto.

—No iba a decir nada por el estilo —respondió Eira con la misma suavidad—. ¿Qué me dijiste aquel día? ¿Que no soy la única con problemas familiares?

Él soltó una risa ronca.

—No tendría que haberte arrastrado a esto. Temo que pueda haber empeorado tu situación. Mi padre no es un *mal* hombre… pero puede equivocarse a la hora de determinar el camino a seguir, sobre todo por lo que respecta a mí.

—Puedo cuidar de mí misma.

—Eso estás demostrando. —Cullen la miró finalmente—. Gracias, Eira. Tenerte hoy aquí… —Colocó la mano sobre la de ella y enroscó los dedos alrededor de su palma—. Encuentro tu presencia muy tranquilizadora. Como si hubiera encontrado por fin a la única persona en la que puedo confiar. La única que puede entenderme.

Eira contempló sus manos unidas. Tuvo que resistir el impulso de tomarle los dedos.

—Quiero que confíes en mí —admitió tanto para él como para sí misma en ese momento—. Pero no puedes hacerlo si no soy completamente sincera contigo.

—¿De qué hablas?

—He estado escuchando. —Eira levantó lentamente la mirada desde su mano y su brazo hasta su cara—. He escuchado fragmentos de tu conversación con tu padre. —Cullen abrió mucho los ojos—. Y antes de eso, oí un susurro tuyo en el estudio de los Caminantes del Viento.

—¿Estabas… espiándome? —susurró.

—¡No, en absoluto!

—¿Alguien te dijo que lo hicieras? —apretó el agarre de su mano chasqueando sus nudillos—. ¿Fue para derribarme? ¿O fue mi padre?

—La primera vez fue un accidente. Ahora… bueno, he prestado atención, pero solo un poco. —Cullen se levantó como si lo hubiera quemado—. Cullen, por favor, estaba preocupada por ti, eso es todo. Teniendo en cuenta tu aspecto y el de tu padre…

—¿Qué sabes? —Se negó a mirarla mientras le hacía la pregunta.

—Que tienes un secreto. Ya está. Eso es todo lo que sé —agregó en tono tranquilizador.

—Solo es cuestión de tiempo que lo descubras —murmuró—. Mi padre tenía razón. —Nada podría haber preparado a Eira para lo mucho que le hirieron esas palabras—. Con ese don… con esa *maldición* tuya, no hay nadie a salvo. —Cullen miró por encima del hombro con cautela. En una expresión abarcó la voz de todos los que la habían molestado, menospreciado o lastimado a lo largo de los años.

Su tío estaba en lo cierto respecto a cómo los demás verían su magia. Y lo odiaba todavía más por eso. En ese momento, odiaba al mundo entero.

—A veces simplemente oigo cosas. —Eira se levantó y se acercó hacia Cullen mientras él se alejaba—. No tengo intención de hacerlo. Normalmente intento detenerlo, pero...

—No me sigas. —La voz de Cullen fue como la de un desconocido. No, sí que la conocía. Era la voz de un aprendiz indiferente, del Príncipe de la Torre, reinando sobre ella una vez más. Distante e inalcanzable—. He acabado contigo. Tus poderes... tú eres demasiado peligrosa. —Cullen se alejó por el pasillo.

—¡Cullen, espera!

Pero ya estaba demasiado lejos. No había modo de que pudiera darse la vuelta ahora, por mucho que ella lo deseara. Eira miró su espalda fijamente con un doloroso nudo en el pecho. Quería decirse a sí misma que no importaba. Que Cullen no importaba. Pero tal vez él no fuera el único que había encontrado algo de confianza...

Antes Eira nunca se había preocupado por Cullen. Pero ahora, de algún modo, la idea de perderlo, de que otra persona la abandonara, era más de lo que podía soportar.

# Veintiuno

Alyss estaba sentada en la silla del diminuto escritorio que había pegado al armario en la habitación de Eira. Tenía los pies apoyados en el escritorio, cruzados, y se balanceaba sobre las dos patas traseras de su silla. Teniendo en cuenta lo fascinada que estaba con la última novela romántica de su autora favorita, era un milagro que no se cayera. Tenía el libro apoyado sobre las rodillas y aplastaba y moldeaba arcilla furiosamente, demasiado distraída para crear formas concretas.

Eira hojeaba las páginas del libro de Giraluz que le había prestado el señor Levit. Había leído esas páginas varias veces, pero ahora estaba buscando un modo de contrarrestar a Deneya. Todavía no había roto ese estúpido escudo.

Al menos, eso es lo que se decía a sí misma que estaba haciendo.

Su atención oscilaba entre la escritura y el oscuro mundo del exterior. Parecía que una ventisca se estaba acercando a la ladera de la montaña. Pero los pensamientos de Eira se extendían más allá del horizonte.

Primero se posaron en Cullen. No lo había visto en los tres días que habían pasado desde lo de la corte. Sin embargo, su mirada seguía en ella. La había perseguido hasta sus sueños.

Lo único que podía sacarla de sus pensamientos era Ferro. Lo había visto casi cada noche, pero él le había advertido que, con la fecha de la prueba acercándose rápidamente, no tendría tanto tiempo para pasar con ella.

Eira se sentía dividida como nunca entre dos emociones. Los dos eran hombres en los que no debería pensar, a los que no debería haber conocido. Aun así, el destino se las había arreglado para ponerlos a los dos al mismo tiempo en su vida.

—No puedo concentrarme ni en el libro ni en la arcilla, estás haciendo demasiado ruido —murmuró Alyss.

—¿Qué? —Eira volvió de repente a su habitación gris en la Torre—. No estoy haciendo nada.

—Tus pensamientos hacen demasiado ruido.

—Los pensamientos no hacen ruido.

—Los tuyos sí cuando alguien te conoce tan bien como yo. —Alyss deslizó suavemente su marcapáginas entre el libro y dejó la novela en el escritorio. Giró la silla para quedarse de cara a Eira, pero su atención ahora estaba en hacer que la bola de arcilla se pareciera a algo—. Cuéntame.

—¿Que te cuente qué?

—Lo que te pasa por la mente, ya que no vas a decirme por qué me has llamado hasta que llegue Marcus.

—No es nada —murmuró Eira.

—Ay, por la Madre, ¿por qué intentas mentirme? —Alyss puso los ojos en blanco—. No será por esa habitación, ¿verdad?

—No, no. —La culpa la azotó como una marea. Odiaba mentirle a Alyss, pero había algo en sus encuentros con Deneya que parecía aún más secreto que sus encuentros con Ferro—. Yo… he estado viendo a alguien.

—*Evidentemente.* —Alyss levantó las manos—. Estaba esperando que me contaras los detalles.

—¿Cómo que «evidentemente»?

—No has pasado tanto tiempo conmigo. Te acuestas tarde. Pareces distraída. Tienes todas las características de una heroína que suspira por su amante secreto durante el día.

—No soy una heroína y no tengo ningún amante secreto.

—Entonces ¿con quién has estado «viéndote»? —Alyss cruzó los brazos sobre el pecho.

—No me creerías si te lo dijera.

—Pruébame.

—Con el embajador Ferro. —La confesión salió como una ráfaga de aire.

Alyss parpadeó varias veces y luego una sonrisa lenta y entusiasmada se dibujó en sus mejillas. La noticia hizo que Alyss dejara la arcilla.

—No —jadeó—. Cuéntamelo *todo.*

Eira lo hizo. Le habló a Alyss de la primera carta misteriosa. Del estudio que pronto se había convertido en el «suyo». Le habló del ardiente licor occidental que Ferro había compartido con ella en su último encuentro y del consuelo que le había brindado después de la revelación.

—Tienes un amante elfin. —Alyss se quedó boquiabierta. Luego aplaudió rápidamente rebotando en su silla—. ¡Tienes un amante elfin!

—¡No lo digas tan fuerte! Y no, no lo tengo.

—Te reúnes con él por las noches. Te deja misteriosamente cartas clandestinas. Es increíblemente guapo. Es obvio que estás irremediablemente enamorada de él. —Alyss contó los dedos—. Admítelo, tienes un amante elfin.

—¡Ni siquiera nos hemos besado! Creo que los amantes lo harían.

—Pero habéis mantenido charlas románticas junto al fuego. Los besos tendrían que haber llegado fácilmente. ¡Ponte a ello!

Eira gimió y se tumbó boca abajo en la cama.

—No he podido. Ni siquiera sé cuántos años tiene. Es elfin. Por lo que sé, podría tener ochenta años.

—A mí me parece joven.

—Su raza parece joven hasta que tienen unos cien años. Y luego solo parecen ligeramente *menos* jóvenes.

Alyss lo consideró durante un momento.

—Vale, es justo. Tienes razón. Es mucho más sexy en los libros que cuando realmente tu amiga está siendo cortejada por una criatura atemporal. Así que, averigua su edad y bésalo si no es una diferencia demasiado escandalosa.

—¡No me estás ayudando!

Un golpe en la puerta salvó a Eira. Se levantó de un salto, la abrió y entró Marcus.

—Lamento llegar tarde. —Entró. La habitación estaba abarrotada con tres personas, así que Eira volvió rápidamente a la cama—. ¿Qué es todo este secretismo?

—Quiero compartir algo con vosotros dos. —Eira buscó por la parte trasera del libro, donde había estado escondiendo los papeles de Ferro.

—¿Vas a contárselo? —jadeó Alyss.

—¿Contarme qué? —Marcus pasó la mirada de una a la otra.

—Para. —Eira fulminó a su amiga con la mirada—. Esto es serio.

—¡Lo sé! —Alyss miró a Marcus—. Ha estado viéndose con alguien.

—¡Alyss!

—Me lo ha dicho Cullen —contestó Marcus midiendo sus palabras.

A Eira se le heló la sangre. ¿Qué había dicho Cullen? ¿Seguía pensando en ella tanto como ella en él?

—Un momento. No me has dicho nada de *Cullen*. —Alyss estaba entre horrorizada y encantada—. ¿Dos? ¡Cuéntame más!

—¿Podemos centrarnos, por favor? —gruñó Eira. Antes de que su hermano o Alyss pudieran decir otra palabra, Eira les entregó una hoja a cada uno. Sus expresiones se volvieron más serias.

—Esto es… —murmuró Marcus dando un paso para leer sobre el hombro de Eira. Los dos compararon sus papeles y Eira les tendió el tercero. Marcus levantó la mirada hacia ella—. ¿Cómo es que tienes esto?

—No puedo decirlo. —Eira miró de soslayo, aunque agregó rápidamente—: Pero no he hecho nada que pueda meterme en problemas.

—¿Te ha dado él…?

—*Chst*. —Eira hizo un ruido con el dedo contra sus labios y fulminó a Alyss con la mirada.

Su amiga tuvo la audacia de reírse.

—¿Quién es *él*?

—Nadie —le dijo rápidamente Eira a Marcus antes de que Alyss pudiera decir algo más—. ¿Podemos centrarnos, por favor? Esto son notas sobre la próxima prueba. Van a cegarnos y a llenarnos las orejas de algodón. Nos soltarán en medio de la naturaleza alrededor de Solarin y tenemos que usar la magia y el instinto para encontrar el camino de vuelta.

—Pero ¿qué es esto? —Alyss señaló varios marcadores en el mapa.

—Habrá desafíos que se interpondrán en nuestro camino. Trampas que hayan tendido o hechiceros reales que intenten impedir nuestro avance.

—Así que con esto podemos prepararnos para los desafíos. —Marcus se acarició la barbilla y volvió a intercambiar las páginas con Alyss.

—De algún modo… No se nos permite llevar nada. Ya sabéis lo cautelosos que están siendo con esta prueba. Si llevamos algo, sabrán que íbamos con ventaja.

—Entonces cada uno podemos entrenar un área de supervivencia diferente durante los próximos días.

—No, van a dejarnos a todos en lugares diferentes —dijo Eira—. No iremos como grupo.

—Cuanto más explicas esta prueba, más... peligrosa me parece. —Marcus frunció el ceño.

—Es solo una ilusión de peligro, como en la segunda prueba. —Eira no pudo evitar el tono defensivo de su voz. Ferro había diseñado las dos últimas pruebas.

—Van a soltar a quinceañeros a solas en la naturaleza.

—Si hay hechiceros que puedan ponernos desafíos por todo el camino, estoy segura de que estaremos vigilados a cada paso —replicó Eira.

Marcus se encogió de hombros. Alyss le dirigió una tímida sonrisa. Su amiga había descubierto por qué estaba a la defensiva.

—Al menos, de este modo podemos ver los caminos de vuelta con menos resistencia. —Alyss se acercó una página a la cara y entornó los ojos—. Ojalá mi sentido de la orientación no fuera tan horrible.

Los tres se pasaron el resto la noche repasando las páginas. Hicieron una breve excursión a la biblioteca a por unos libros de cartografía y poco después cenaron. Los relojes habían dado las once cuando finalmente Alyss y Marcus se despidieron. Eira no les permitió llevarse los papeles, así que prometieron repasarlo todo la noche siguiente.

Eira estaba exhausta, pero salió de la cama y subió por la Torre. Entrar y salir de las habitaciones secretas de Adela era para ella ya algo natural. Pero cada vez que lo hacía, se detenía siempre junto a la estantería mirando los diarios y preguntándose qué otros secretos contenían que Eira todavía no hubiera visto.

Era casi medianoche cuando llegó a los pasillos reales olvidados.

—Llegas tarde. —Deneya estaba apoyada contra una pared, esperándola—. Estaba a punto de marcharme.

—Me alegro de que no lo hayas hecho. He pensado que esta noche podríamos hacer algo diferente.

—¿Te has cansado del escudo? —preguntó Deneya sonriente—. ¿Qué tienes en mente?

—Pareces capaz de hacer más que un escudo, como la daga de la primera noche que nos vimos.

—*Mysst soto larrk.* —Deneya levantó la mano y unos hilos de luz formaron una daga en su mano.

—Enséñame a usarlo. —Eira también levantó la mano y convocó un fragmento de hielo.

Deneya inclinó la cabeza y arqueó las cejas.

—¿Estás pidiéndome que te enseñe a luchar?

—Sabes hacerlo, ¿verdad?

—Sí. —Deneya rio—. La verdadera pregunta es *por qué* quieres aprender.

—Enséñame algo que pueda usar para defenderme contra un atacante. —Ferro le había dejado caer que la prueba final podía enfrentar a los candidatos entre sí. Ella no tenía ni idea de duelos.

—No vas a defenderte de nada con una postura así. —Deneya miró a Eira de los pies a la cabeza. Se acercó lentamente—. Si quieres aprender a combatir, te enseñaré. Pero será mucho más complicado que romper un escudo.

—Estoy preparada.

—¿De verdad? —Deneya rio—. Lo dudo.

—Tengo que hacerlo.

—¿Por qué?

—Porque debo ir a Meru. —Eira no iba a dejar que nada la detuviera—. Allí hay respuestas para mí, lo presiento.

—Un consejo. —Deneya se detuvo a un paso de Eira. De cerca, la mujer parecía diez veces más fuerte. La luz de la luna le delineaba los músculos de los hombros y de los brazos. Podía empuñar armas mucho más pesadas que una daga—. Ten cuidado cuando busques la verdad, rara vez es lo que uno espera.

—Lo sé mejor que nadie.

—Pues deberías hacer más caso que nadie a mi advertencia. —Deneya asintió—. Y ahora, golpéame.

—¿Qué?

—Golpéame. Aunque te advierto que será solo ligeramente menos imposible que romper el escudo.

Eira siempre había sabido que lo del escudo era imposible. Pero lo había intentado de todos modos. Se había arrojado contra el escudo noche tras noche y no se había dado cuenta de por qué Deneya le había hecho realizar ese ejercicio hasta ese momento.

Su magia se había perfeccionado con cada intento. Cada vez que atacaba el escudo, lo hacía con más fuerza. Durante el día, pensaba nuevas técnicas. Aunque Deneya le hubiera dado una tarea insuperable, Eira se esforzaba por llegar a nuevos límites solo intentando conseguirla.

Determinada y envalentonada, Eira lanzó su peso con un golpe. Deneya ni siquiera levantó la daga para pararla. Se inclinó hacia atrás, dio un paso al lado, se giró y, sin siquiera un susurro de aire, estaba detrás de Eira. Tenía la hoja afilada del arma de Deneya en el cuello.

—Otra vez —susurró Deneya.

Así que Eira se movió una vez más.

Le dolía todo. Había pasado la última semana combatiendo contra Deneya cada noche. Esa noche había sido su última actuación y Deneya la había enviado de vuelta a su habitación temprano indicándole que no volviera la noche siguiente.

Le había dicho que necesitaba una noche para curarse. De lo contrario, no tendría ninguna esperanza de superar la prueba que tendría lugar en dos días.

Eira se vio obligada a aceptarlo. Pero odiaba hacerlo. Sentía que tenía años de entrenamiento que compensar, que le faltaban años de conocimiento. Había sido una estudiante aplicada, pero tal vez no tanto como pensaba. Cuanto más aprendía, más se hacían evidentes sus lagunas de conocimiento.

Abrió la puerta de su habitación y entró. Captó un movimiento por el rabillo del ojo. Tal vez fuera solo por los entrenamientos de Deneya o tal vez estuviera realmente desarrollando nuevos instintos. Eira actuó sin pensar.

Tenía una daga de hielo en la mano con empuñadura de picahielo. Se retorció tomando impulso hacia atrás.

—*Mysst xieh.* —Brotó luz de la oscuridad e iluminó el rostro de Ferro.

Eira dejó escapar un jadeo intentando detener su impulso, pero era demasiado tarde. La daga rebotó inofensivamente contra el escudo de Ferro.

Por suerte, no había aprendido a romperlos.

—¿Sueles atacar a la gente de primeras? —preguntó él divertido.

—Yo... lo siento mucho —se disculpó apresuradamente—. No me había dado cuenta de que eras tú, es tarde y...

—Sí que es tarde —murmuró Ferro—. ¿Dónde estabas?

—Estaba leyendo un poco.

Ferro soltó el glifo y los sumió a ambos en la oscuridad. Eira parpadeó varias veces intentando que se le adaptaran los ojos. El hombre era una sombra rodeada de luz de luna plateada.

—Te estaba esperando —susurró Ferro. La noche le confería cierto peso. Su forma se había convertido en algo instintivo, en una fuerza más sentida que vista.

—¿Cómo has llegado hasta aquí? —susurró ella como respuesta. Tenía la espalda presionada contra la puerta. Él le puso una mano en la mejilla inclinándose sobre ella.

—He seguido los pasadizos de los que me hablaste.

Ah, claro, le había hablado de los pasadizos secretos de la Torre, ¿verdad? Era complicado formar pensamientos coherentes con él tan cerca.

—¿Por qué estás aquí?

—Quería desearte suerte antes de que te fueras mañana.

—Gracias —dijo con poco más que un chirrido. Le retumbaba el corazón. Los labios de Ferro se veían plateados bajo la luna y podía imaginarse a Alyss gritándole «¡Bésalo!» en las profundidades de su mente.

—De nada. —Sus ojos eran casi luminiscentes en la oscuridad y sintió que la atravesaban—. Estaré vigilándole. Te estaré buscando.

—Ferro…

—¿Eira?

—¿Cuántos años tienes? —espetó.

Él rio.

—Veinticuatro.

Seis años más que ella. No veintiséis. Ni sesenta. *Seis. Una diferencia de edad perfectamente nada «escandalosa»*, decidió Eira.

—Eres muy joven.

—Tuve la motivación para ascender desde mis humildes orígenes lo más rápido que pude. —Recordó que le había contado que era huérfano—. En eso nos parecemos mucho. El Torneo de los Cinco Reinos significa tanto para mí como para ti.

—¿Por qué? —susurró Eira.

Fue como si lo sacara de un trance. Ferro parpadeó varias veces, mirándola. El asombro se desvaneció en ternura. Le tomó la mejilla.

—Porque me ha traído hasta ti.

Ferro se inclinó hacia adelante y presionó suavemente los labios sobre los de Eira. Le hormigueó todo el cuerpo, de arriba abajo. Se estremeció y se acercó a él deseando más. Pero, demasiado pronto, él se apartó dejándola tan solo con un casto beso.

—Ferro...

—Considéralo tu amuleto de la buena suerte. —Le sonrió perezosamente—. Mantén esto, todas nuestras interacciones, en secreto un poco más y estarás conmigo de camino a Meru como competidora.

Antes de que Eira pudiera pensar una respuesta, él se había marchado. Desapareció en la noche más rápido que un sueño placentero. La única prueba de que Eira no se había inventado todo ese encuentro era la energía reprimida que amenazaba con explotar desde todos sus poros y el hormigueo que sentía en los labios.

# Veintidós

Había diecisiete hechiceros en un lugar normalmente reservado para la realeza. Se habían alineado en el Escenario Soleado en tres grupos: ocho Corredores de Agua, tres Rompedores de Tierra y seis Portadores de Fuego. La multitud reunida aplaudió y vitoreó. Agitaban estandartes con los símbolos del agua, la tierra y el fuego. La fiebre por las pruebas se había expandido y estaba llegando a su clímax.

Eira miró parpadeando bajo la luz de la mañana y escaneando frenéticamente la muchedumbre en busca de sus padres. Por suerte, no habían ido. Los otros candidatos sonreían y saludaban. Hacían proclamaciones de victoria al público.

El emperador y la emperatriz hicieron una serie de anuncios, les desearon suerte a todos y hablaron más sobre el torneo. Ferro estaba junto a ellos y él también se dirigió a los presentes.

La gente de Solaris calló cuando él habló. Eira podía oír sus susurros y ver sus miradas cambiantes. A Solaris podía haberle encantado la noción de que las pruebas tuvieran lugar en sus propias tierras, ya que la idea de enviar competidores a través del mar hasta Meru todavía les hacía dudar.

Cuando se terminaron los anuncios, los candidatos fueron escoltados en grupos de seis, seis y cinco a los vagones que esperaban en el centro del área de abajo. En cada vagón iba un Rompedor de Tierra, dos Portadores de fuego y dos o tres Corredores de Agua.

Un guardia del palacio les entregó algodón y les indicó que se lo pusieran en las orejas. Eira se alegró de obedecer y ahogar el ruido ensordecedor de la multitud, pero los demás candidatos parecían escépticos por lo que fuera a suceder. No les habían proporcionado el mismo nivel de detalle sobre qué esperar, una ventaja que la beneficiaría.

El siguiente guardia que apareció les ató tiras de tela alrededor de la cabeza que sostenían el algodón en el sitio y les cubrían los ojos. Les dieron vueltas y vueltas a los ojos hasta que el mundo quedo completamente en silencio excepto por los destellos de luz que veía Eira en el interior de los ojos por la presión.

Se puso las manos debajo de los muslos para evitar tocarse la venda de los ojos. Podría quitársela en cualquier momento, no estaba atada con un nudo que no pudiera deshacer. Pero quitársela supondría la descalificación.

Justo antes de que el carro avanzara, se oyó un escándalo. Eira distinguió un ruido amortiguado, pero no supo qué había sucedido. Su hombro rozó con los de las personas que tenía al lado cuando el carro avanzó a trompicones por el camino. Ni siquiera sabía con quién estaba chocando. No había prestado atención a quién estaba en el vagón con ella, podrían ser Alyss y Marcus o cualquiera.

«Esta prueba va de ti contra ti misma, es una prueba de supervivencia. Os sacaremos a todos fuera y debéis encontrar el camino de vuelta. Los más rápidos pasarán la prueba», le había dicho Ferro.

A medida que el carro continuaba balanceándose por la ladera de la montaña, Eira movió las manos y se las colocó sobre el regazo. No se tocaría la venda por mucho que le doliera la cabeza. En lugar de eso, se concentró en Ferro y en su encuentro de la noche anterior. Lucharía para volver con él.

*Y cuando vuelva, seré yo quien lo bese*, se prometió Eira a sí misma.

El carro hizo la primera parada. Las tablas crujieron bajo sus pies y se hundieron cuando sacaron a uno de los candidatos. Silencio. El carro siguió avanzando una vez más.

Eira fue la quinta persona en salir de un total de seis. El guardia le tocó los hombros y le dio las manos para ayudarla a bajar del carro. Le tocó el hombro dos veces y oyó el débil gruñido del carro a través del algodón de sus orejas.

«Tras los dos golpecitos, contad hasta cien» les habían indicado. Eira no estaba segura de cómo sabrían si había contado hasta cien o hasta sesenta, pero llegó hasta cien de todos modos antes de quitarse la venda de los ojos.

El mundo era cegador. Una gruesa sábana blanca cubría la tundra de la montaña proveniente de la ventisca que había tenido lugar dos días antes. El viento aullaba desde las cimas que la rodeaban.

Eira giró en el sitio tratando de orientarse. Las marcas del carro daban unas cuantas vueltas sobre sí mismas, sin duda para tratar de engañarla. El sol ya estaba en lo alto del cielo. Demasiado alto para poder decir con seguridad dónde quedaban el este y el oeste.

Por suerte, los árboles eran delgados. Eira conjuró un pequeño charco de hielo sobre la nieve y marcó dónde caía su sombra. Mientras esperaba, se paseaba de un lado a otro intentando evaluar sus opciones. Estaba en un pequeño valle en lo alto de una colina. El bosque se espesaba por encima y por debajo de ella. Teniendo en cuenta la altitud, podía estar al este o al oeste de Solarin, cerca de Oparium o de Rivend. Conocía esos sitios... pero no le sonó de nada el lugar en el que se encontraba.

Tras quince minutos, Eira hizo una segunda línea evaluando la diferencia respecto a la primera. La sombra se había movido en el sentido de las agujas del reloj y dos líneas la ayudaron a crear su rosa de los vientos. Al menos… debería, según el libro de tácticas de supervivencia que había encontrado Alyss en la Biblioteca Imperial.

Eira se quedó mirando las huellas que había dejado el carro. Había una pila de nieve destacable junto a un surco más profundo, probablemente donde el carro se había detenido. Eso significaba que el carro había entrado por el este. Así que supuso que estaba más cerca de Rivend y que Solarin debería quedar…

—En esa dirección, ¿verdad? ¿Qué piensas? —murmuró Eira para el viento aullante. Le empujó la espalda como si la animara a ir al oeste, al sudoeste—. ¿Sí? ¿Por ahí? Asegurémonos.

Eira levantó las manos lentamente sintiendo cómo se hinchaba su magia. Las pasó por su cuerpo y su poder aumentó. Una marea de agua apareció en el aire ante su orden congelándose contra la cresta que se elevaba donde ella pensaba que quedaba el sur. Se formaron escaleras en el hielo y Eira subió.

Mientras caminaba, se frotaba las manos. Eira se imaginó a sí misma como Giradora de Luz desenredando hebras invisibles de poder que se condensaron a sus pies a medida que ella se elevaba más y más sobre los árboles. En la cima de su escalera a la nada, Eira se detuvo y se cubrió los pies con hielo hasta la pantorrilla para evitar caer.

Llevándose una mano a la frente, entornó los ojos hacia el horizonte. Pero la nieve y el hielo de la ventisca reflejaban y la cegaban. No obstante, en la distancia… *¿Eso es humo o una nube?* Tenía que ser humo.

Dándose la vuelta, Eira se liberó del hielo y corrió escaleras abajo. La magia crujió a su alrededor siguiéndola a cada paso. El frío y el silencio eran compañeros bienvenidos. Los susurros de los árboles eran el único sonido que podía oír. Los bosques rara vez tenían recipientes accidentales que le susurraran.

Eira inhaló profundamente. El aire sabía a libertad. Allí, su magia estaba viva. *Ella* estaba viva. Estaba desatada del mundo. Estaba sola y ese hecho la emocionó más que asustarla. Ese paisaje congelado no podría herirla, aunque lo intentara.

Al cabo de dos horas de agradable caminata, lo intentó.

El mundo se había quedado callado, el aire contenía el aliento. Se oía un sonido bajo, como si la tierra estuviera emitiendo un suave gemido. Lo siguió un estruendo, casi como un trueno en el horizonte, pero era demasiado pronto para las tormentas eléctricas que asolaban el Sur en verano.

No... ese era un sonido diferente y terrible que Eira conocía tan bien como el terror que lo siguió en sus huesos.

Se dio la vuelta mirando las crestas y las cimas de las montañas que la rodeaban. Una fracción de movimiento captó su atención. Una capa de nieve se había separado y se deslizaba montaña abajo. ¿Sería un elemento de la prueba o una desafortunada casualidad? Fuera como fuera, tenía que actuar *ya*.

La nieve y el hielo ya se acercaban hacia ella a toda prisa barriendo la ladera de la montaña. No podía escapar de ningún modo. Tendría que prepararse para recibirla.

Eira plantó los dos pies de cara al alud inminente. Con los brazos extendidos, hizo girar su poder a su alrededor. Un capullo de hielo empezó a envolverse en arcos sostenidos por gruesas vigas. Lo ancló a los árboles cercanos más resistes. Si el alud iba a derribarla, tendría que derribar también a esos tres grandes pinos.

El hielo era de un azul intenso, del color de los antiguos glaciares e igual de fuerte. Resistiría porque esa técnica de supervivencia era una de las primeras cosas que les había enseñado su tío a ella y a Marcus cuando había descubierto sus habilidades.

Por eso Eira se fijó en el destello de magia en la montaña. El hielo se disparó como pétalos formando un capullo con una punta en la parte superior. Ese era el armazón de Marcus. Lo supo con certeza a pesar de que no pudo verlo bien antes de que la avalancha de nieve cubriera el capullo distante y su propio hielo se cerrara a su alrededor.

Eira cerró los ojos y respiró profundamente. O bien había sido Marcus y estaba bien o bien había sido otro candidato que no había tenido la capacidad de defenderse a tiempo y Fritz o Grahm lo habían protegido en el último momento. Lo averiguaría más adelante. De momento, tenía que seguir concentrada en sí misma.

Los muros de su fortaleza de hielo eran tan espesos que cuando la avalancha llegó hasta ella notó poco más que un ruido sordo. Podía oír el rugido de la nieve, el hielo y los escombros a su alrededor. Pero Eira permaneció aislada y a salvo, esperando hasta que el ruido se desvaneció y el mundo quedó en silencio.

Subió por una escalera de caracol de su creación saliendo tras una pequeña claraboya que abrió en la parte superior de su búnker. La ladera había sido arrastrada por una capa de nieve. Eira entornó los ojos hacia donde había visto el destello de magia.

Quienquiera que fuera, estaría bien. Ya había hecho cálculos mentalmente. En las pruebas solo existía la ilusión del peligro, nada real.

Tenía que preocuparse por sí misma y seguir adelante.

Eira se volvió encaminándose hacia Solarin con la magia apuntalando sus pasos. Pero sus pies se detuvieron negándose a dar otro paso. Su mirada volvió a aquel punto distante, al menos, donde creía que recordaba haber visto la magia.

—Vamos —murmuró Eira. Tenía que seguir adelante. Todavía quedaban ocho Corredores de Agua en la competición y dos iban a ser eliminados. Tenía que ser una de las seis primeras en volver.

Aunque… daba lo mismo que fuera la primera o la sexta.

—Vamos —repitió en voz más alta.

Aun así, no hubo movimiento en la nieve.

La preocupación se apoderó de ella. Subió la ladera de la montaña corriendo con la nieve y la escarcha en sus pies para apoyarla. Estaba a un tercio del camino cuando vio una chispa de magia brotar de la nieve como un volcán helado.

Eira siguió adelante de todos modos. No se iría hasta asegurarse de que la otra persona estuviera bien. Tal vez el alud no fuera parte de la prueba y hubiera sido simplemente un extraño accidente. Si ese era el caso, alguien podría haber acabado herido de verdad. Tal vez los supervisores escondidos en el bosque podrían no haber estado mirándola a ella y a quienquiera que fuera esa persona.

Ya estaba a mitad camino cuando por fin vio a alguien salir de la nieve. Eira corrió más rápido y forzó la vista para enfocar al individuo. Reconocería esa silueta en cualquier parte.

—¡Marcus, imbécil! —gritó Eira y su voz resonó por la nieve. Él se dio la vuelta, aturdido, antes de fijar la mirada en ella.

—¿Eira? —la llamó—. Espera ahí. —Marcus saltó en el aire. Cuando aterrizó, tenía dos tiras de hielo delgadas y fuertes bajo los pies, había esquiado montaña abajo hasta ella—. ¿Qué estás haciendo aquí? ¿A ti también te ha llegado?

—Sí, más abajo… he visto tu magia, pero has tardado un montón en salir a la superficie. Estaba preocupada.

—Me he quedado muy abajo. He abierto un túnel lentamente para asegurarme de no quedar enterrado al abrir el capullo.

—Examinó el rastro de la avalancha—. ¿Crees que hay alguien más atrapado?

—No que yo haya visto. —Eira siguió su mirada—. Pero no puedo estar segura de que no hubiera nadie más debajo de donde estaba yo.

—Seguro que están bien. Al fin y al cabo, solo es una ilusión de peligro, ¿no?

—Sí… suponiendo que formara parte de la prueba.

Marcus rio.

—Me imagino al tío Fritz encaramado en la cima de una montaña disfrutando de meterse con todos nosotros. Seguro que no pasa nada. —Le colocó una mano en el hombro—. Deberíamos irnos.

—Se supone que tenemos que hacer esto solos. La idea es poder sobrevivir en solitario —dijo Eira mientras se ponían en marcha una vez más.

—Nadie debería tener que sobrevivir solo. El primer paso para la supervivencia es encontrar a alguien con quien hacerlo. De otro modo, es insoportable.

—Ya se lo explicarás a ellos cuando intenten descalificarnos —murmuró Eira. Todavía estaba dolida por el anterior intento de Fritz.

—Tú has sido la primera que me ha ayudado. —Su mano le pesaba en el hombro—. ¿Por qué lo has hecho?

—Estaba preocupada por si te habías quedado atrapado bajo la nieve.

—Es que… Ayudaste a Cullen a averiguar detalles sobre la segunda prueba cuando yo no pude.

—Tú me pediste que lo hiciera. —Eira apartó la mirada sabiendo a dónde iba esa conversación. No se esperaba tener que mantenerla en ese momento.

—Podrías haber dicho que no. Básicamente, te pedí que hicieras trampas.

—No me pediste *básicamente* que hiciera trampas, me pediste directamente que hiciera trampas. —Eira puso los ojos en blanco y Marcus le dirigió una sonrisa tímida—. Además, también hice trampas por mí sola más adelante.

—Aun así, compartiste tu ventaja conmigo. Entiendo que le cuentes la información que consigas a Alyss porque es tu mejor amiga *y* porque ella no puede quitarte el puesto como competidora final. Pero yo sí. Quieres ganar, ¿verdad?

—Más que nada. —Eira lo miró con ferocidad—. Al principio solo quería demostraros que puedo cuidar de mí misma. Pero después... empecé a desearlo para mí. Lo deseé porque pensé que podía ganar y que lo merecía. Entonces, cuando descubrí... cuando mamá y papá me contaron... bueno, ya sabes, creo que puede haber indicios de quiénes son mis padres biológicos en Meru.

—¿Y quieres averiguarlo? —preguntó Marcus.

—Eso creo. —Eira negó con la cabeza—. Todavía me resulta confuso. Aún no sé si puedo vivir sin saberlo... pero, aunque descubra que puedo, Meru me llama como nada me ha llamado nunca. Ya quería ir antes de enterarme de todo y sigo queriendo ir ahora. Sé que el deseo es mío.

—Pero si lo deseas tanto, ¿por qué me ayudas?

—Porque, tal y como lo veo, has sido mi única competencia desde el principio. Tú y yo debemos enfrentarnos en igualdad de condiciones. De lo contrario, no sentiría que me he ganado el puesto. Quiero vencerte justamente.

Él rio y la atrajo hacia sí. Eira le dio un fuerte apretón a su hermano.

—No merezco una hermana como tú.

—La verdad es que no —bromeó ella.

Él rio suavemente sin soltarla.

—Debería decirte algo. Tendría que habértelo dicho hace tiempo, pero no lo hice... porque parece ser que no soy tan fuerte como tú.

—¿Qué es?

—Por qué no me he graduado en la Torre. —Se enderezó y la miró a los ojos—. Fue porque Fritz sabía que iba a tener lugar el torneo. Quería mantenerme cerca para poder entrenarme y prepararme para la competición. También pensó que sería un candidato más convincente si todavía era aprendiz. Así que, sí, también estaba vigilándote a ti, pero no fue solo por ti, Eira.

La sonrisa de la muchacha fue amarga. La confesión otorgaba una nueva luz a lo que había escuchado en la biblioteca meses atrás cuando lo había visto hablando con Cullen.

—Gracias por contármelo —dijo ella suavemente—. Supongo que siempre has sido el predestinado para ganar la competición.

—Ya lo veremos. El destino no se escribe por manos mortales.

—¿Acaso no es cierto? —Eira miró las laderas nevadas y los bosques hacia Solarin—. Sabes que aun así voy a seguir luchando por conseguirlo, ¿verdad?

—Cuento con ello.

—Bien. —Le dirigió una tímida sonrisa.

—Entonces luchemos juntos, asegurémonos de quedar los dos al final. —Le dio una palmadita en el hombro—. Yo he sentido lo mismo. Has sido mi única rival desde el principio.

—¿De verdad? —El viento estuvo a punto de llevarse sus palabras. ¿*Él* la había visto a *ella* como su única rival? ¿Eso significaba que Marcus la había visto como a alguien igual o mejor? Su hermano perfecto al que había tenido en un pedestal durante años pensando que nunca lograría alcanzarlo... todo el tiempo habían estado juntos.

—Sí, de verdad. —Asintió él—. Así que, volvamos los dos. Superaremos esta cuarta prueba e iremos a Solarin juntos. Luego, lucharemos hasta el final. Que gane el mejor de los hermanos Landan.

Eira sonrió ampliamente.

—No dejaría que fuera de otro modo.

# Veintitrés

Llevaban un mes o dos sin esquiar. Con la primavera llegaban las mejores nevadas a las montañas, pero llegar hasta las pistas era tedioso y ese año habían estado ocupados con las clínicas. Eira no se había dado cuenta de cuánto lo había echado de menos hasta ese momento.

Bajando a toda prisa por la montaña y girando de un lado a otro, Eira no podía dejar de sonreír. El viento se le enredaba en el pelo como un amante amenazando con soltarle las cintas y llenárselo de nudos. Su ropa de viaje, elegida cuidadosamente para poder moverse durante la prueba, se le pegaba a la piel por la nieve y la velocidad.

Se sentía como si estuviera corriendo hacia su destino, hacia una tierra de infinitas posibilidades que de repente estaba a su alcance. Intercambiaba sonrisas con Marcus a medida que avanzaban. Pronto pararían. Se acercaba la línea de árboles, pero, de momento, iba todo lo rápido que podía. Podría volar.

Pasó junto al primer árbol y giró hacia un lado clavando los lados de los esquís y su magia a un lado hasta que se detuvo. Cuando Eira se enderezó, el hielo había desaparecido y Marcus también había parado. Se miraron jadeantes y sonriendo antes de estallar en carcajadas.

—¡Te has estado escapando a las montañas sin mí!

—¡No!

—Nunca has sido tan rápida.

Eira se encogió de hombros atravesando la nieve hasta el bosque.

—Aun así, siempre he sido más rápida que tú.

—Pero no *tan* rápida. ¿Cuál es tu secreto? —Se acercó a ella agitando los dedos.

—Si intentas hacerme cosquillas, te juro que te congelaré hasta la médula. —Eira lo fulminó con la mirada y él soltó una carcajada.

—La última vez que te hice cosquillas fue incluso antes de que fueras aprendiza de la Torre.

—Pues dejémoslo así, ¿vale? —Eira le miró las manos con cautela antes de continuar—. Y el truco es usar la magia para suavizar la nieve que tienes delante. Menos resistencia, más velocidad.

—¿Lo ves? Eres brillante. —Marcus se pasó una mano por el pelo sacudiéndose la escarcha.

—Siempre he sabido que eras tú el que tenía que alcanzarme a mí. —Era mentira. No lo había sabido siempre. Tal vez una parte de ella sí, pero a la otra parte se le daba tan bien dudar de sí misma que llevaba años siendo la que más fuerte hablaba en su mente.

—Me alegro de que lo supieras… de que lo sepas. —Marcus le pasó un brazo por los hombros.

—No te pongas sensiblero conmigo. —Lo apartó—. Y pesas mucho, así no puedo caminar.

—Vale, vale.

Continuaron conversando durante el resto del día mientras atravesaban el bosque. Finalmente, llegaron a un pequeño sendero de caza que Marcus juró reconocer por uno de sus mapas como el camino de un cazador de Solarin a Rivend. Tras una breve discusión, Eira accedió a que él la dirigiera insistiendo en que era un atajo.

El sol ya colgaba cerca del horizonte occidental, así que podían estar seguros de que se dirigían al este. Si Eira estaba en lo cierto, iban de camino a Solarin. Si se había equivocado acerca de su ubicación inicial acabarían en Oparium y el hecho de que ese sendero no fuera el correcto carecería de importancia. Ya habría perdido la prueba *y* tendría que enfrentarse a sus padres. Más les valía que sus deducciones fueran acertadas, porque Eira no estaba preparada para ninguna de las dos cosas.

Cuando los últimos rayos de sol estaban desvaneciéndose, Eira hizo una pausa golpeándose los muslos cansados con los nudillos.

—¿Crees que deberíamos acampar durante la noche?

—Quieres llegar antes que todos los demás, ¿verdad?

—Sí, pero… ¿nos habrían dejado tan lejos si no hubieran tenido la intención de que nos refugiáramos aquí? —Eira miró por encima del hombro hacia el cielo fundido. Si pretendían acampar, tenían que hacerlo ya, cuando todavía tenían una cantidad decente de luz.

—Si era así, mejor que mejor. Probablemente, los Rompedores de Tierra se refugien del frío, pero los Portadores de Fuego continuarán. Pueden crear luz en la oscuridad y mantener el calor con sus llamas.

—Pero no competimos contra ellos —le recordó innecesariamente. Sin embargo, sus pensamientos vagaron a Alyss pasando la noche sola y helada.

*Solo es una ilusión de peligro*, se recordó a sí misma. Alyss podía pasar frío, pero los estaba siguiendo todo el rato gente escondida, ¿verdad? Incluso a ella y a Marcus… a menos que hubieran despistado a sus rastreadores al salirse del camino marcado.

—Los demás Corredores de Agua o bien descansarán durante la noche porque no tienen luz o bien continuarán porque son inmunes al frío. ¿Quieres arriesgarte?

Eira levantó la mirada hacia el cielo. Esa noche había luna llena. Eso les proporcionaría luz más que suficiente para ver. Quedaban ocho Corredores de Agua, pero dos serían eliminados. Eso significaba que no podían arriesgarse a llegar últimos. Y no había nada que le pareciera más horrible que llegar juntos a Solarin y descubrir que solo quedaba un puesto.

—Tienes razón, deberíamos seguir —decidió Eira.

—Eso es lo que he pensado —coincidió él mientras seguían adelante—. Si tengo razón con el atajo que hemos tomado, deberíamos estar bien lejos de cualquier otra pruebecita que puedan lanzarnos. Deberíamos llegar a Solarin antes del amanecer si caminamos toda la noche.

—Si caminamos toda la noche —repitió ella añadiendo un gemido al final.

—Siempre puedes parar aquí.

—No voy a parar aquí.

—Yo solo lo comento. —Marcus se encogió de hombros con una sonrisa.

—Tú y yo, juntos hasta el final. —Eira miró el bosque oscuro que tenían por delante. Cada árbol era idéntico al anterior. Se sintió agradecida porque su hermano se orientara—. Debería decirte... advertirte... de que sé que la última prueba será un duelo. Tendremos que luchar unos contra otros.

—¿Y cómo es eso diferente de lo que hacíamos de niños?

Se rio ante su tono impávido.

—Destrozamos la cocina de mamá y papá una vez después de que se manifestaran mis poderes.

—Quedó echa polvo.

—No puedes ponérmelo fácil, ¿de acuerdo? —dijo Eira mirándolo.

—Solo si tú juras no ponérmelo fácil a mí. —Le sacudió el pelo—. Creía que habíamos establecido antes… que queríamos ganarle el puesto al otro. —Eira asintió—. Por cierto, ¿cómo has conseguido toda esta información?

—Yo… —Eira se mordió el labio—. Conozco más o menos a alguien que está ayudando a organizar las pruebas.

—¿Aparte del tío Fritz?

—Alguien superior a él.

—¿Quién? —susurró Marcus como si de repente hubiera alguien escuchando su escandalosa conversación—. ¿Fue alguien de la corte con Cullen? Me dijo que os topasteis con el príncipe Romulin.

—No es el príncipe. Es el embajador Ferro. He estado reuniéndome con él en secreto.

—*¿Qué?* —Había una nota protectora en la voz de Marcus. Pero, a diferencia de en el pasado, no hizo que Eira quisiera gritar de inmediato asegurando que podía defenderse. Su tono la hizo sentir cálida, a salvo—. ¿Qué habéis estado haciendo exactamente? ¿Ha hecho algo inapropiado?

—¡No! Claro que no… —Lo puso al corriente tal y como había hecho con Alyss. Marcus la escuchó atentamente, pero le hizo muchas menos preguntas que Alyss. Eira terminó justo antes de su último encuentro con Ferro, guardándose lo del beso.

—Entonces, ¿te gusta?

—Sí, creo que sí —respondió Eira con más suavidad que los tonos pastel que se estaban dibujando rápidamente con un pincel estrellado en el cielo sobre ellos.

—¿Lo amas?

Se pensó un momento la pregunta intentando no dejar que sus muros helados y defensivos la aislaran de sus sentimientos. Esos muros, alzados alrededor de su corazón tras haber tenido que sobrevivir a la crueldad de Adam y su vida posterior como la marginada de la Torre, se habían desmoronado lentamente durante las últimas semanas. Parecía que ya no era necesario que fueran tan gruesos. El incidente que había sucedido tres años antes ya no tenía poder sobre ella. Tal vez su tía Gwen tuviera razón.

La vida continuaba. Podía dejar que los errores que cometiera durante el camino, por graves que fueran, la definieran o la ayudaran a aprender.

—Creo que sí —admitió Eira tanto para sí misma como para su hermano—. Sé que puede parecer una estupidez, pero...

—No es ninguna estupidez —dijo él amablemente pasándole de nuevo el brazo por los hombros y atrayéndola a un abrazo—. Mi hermana cortejando al embajador elfin de Meru. Bueno, supongo que no debería sorprenderme *tanto*.

—Para. —Un rubor escarlata le tiñó las mejillas.

—No hay nada de lo que avergonzarse. —Rio—. Solo prométeme que cuando te mudes a Meru para estar con tu nuevo amante elfin volverás a visitarme de vez en cuanto.

—No voy a mudarme a Meru. —Intentó reírse de la sensación incómoda y retorcida que ese pensamiento le provocó en el estómago. Una parte de ella estaba ahí, nacida y criada con la brisa salada del mar en Oparium y la escarcha de la montaña de Solarin. Otra parte de ella... estaba en otro sitio, en el mundo vasto y desconocido que había más allá.

—Eso ya lo veremos.

Antes de que Eira pudiera volver a objetar, el bosque se abrió rodeando un lago enorme. La superficie estaba completamente congelada, pero en el centro la capa de hielo era fina. Marcus se acercó y puso el pie en el borde del hielo. La magia brotó de él y Eira observó cómo el hielo se espesaba hasta adquirir una consistencia uniforme. Cuando levantó el pie, se formó una cuchilla de hielo debajo de él. Se metió en el lago deslizándose por la superficie sobre dos patines congelados.

—¿Esquí y ahora patinaje sobre hielo?

—Lo sé, casi parece un crimen que nos estemos divirtiendo tanto en esta prueba. —Hizo un bucle perezosamente—. Ven.

Eira rio negando con la cabeza y pisó ella también el hielo. Los patines de hielo eran una de las primeras cosas que le había enseñado a hacer su hermano. Aquella noche también habían escapado. Era el primer invierno que había manifestado completamente su magia y Marcus no podía esperar a enseñarle cómo usarla. Se la llevó a un estanque cercano y giraron y giraron sobre cuchillas torpemente talladas hasta que se marearon.

Ahora, dieron vueltas y más vueltas avanzando perezosamente hacia adelante. Eira inclinó la cabeza hacia atrás y contempló las estrellas que nadaban a través del cielo ante su mirada brumosa y mareada. El cielo con toda su inmensidad sobre ella. La risa de su hermano llenándole los oídos mientras enganchaba el brazo al de Eira. La sonrisa que compartieron... fue lo último que vio antes del destello.

La luz brilló bajo la superficie del lago. Caliente y reluciente solo durante un instante. La oscuridad fue doblemente espesa después de que se desvaneciera.

El hielo se agrietó debajo de sus pies sacudiéndose con una violenta explosión. Eira se tambaleó, su brazo se soltó del de Marcus y se hundieron en las oscuras profundidades.

El agua se precipitó a su alrededor. Su ropa empapada intentó hundirla. Eira inhaló, sorprendida, y su magia se activó desde un instinto básico de supervivencia.

El agua no lastimaría a los Corredores de Agua siempre que tuvieran fuerza mágica.

Una bolsa de aire le rodeó la nariz y la boca. El agua hizo presión luchando contra sus poderes. Eira jadeó y farfulló intentando orientarse bajo el agua. Marcus estaba en una posición similar, ya pateando hacia la superficie. Eira lo siguió.

Tal vez no se hubieran desviado tanto como pensaban y eso fuera una prueba. O tal vez quien los estuviera rastreando hubiera decidido que se lo estaban pasando demasiado bien y hubiera visto una oportunidad para complicarles la vida incluso en el campo de juego. De cualquier modo, pronto llegarían a la superficie.

O eso pensaba.

La luz cobró vida entretejiéndose entre las sombras. Encontró su lugar justo debajo de la superficie del agua extendiéndose de orilla a orilla a través del lago. Marcus se estrelló primero contra la barrera.

Eira ni siquiera lo intentó. Reconoció ese glifo. Lo había visto noche tras noche a una escala mucho menor.

Marcus conjuró un arpón de hielo y lo golpeó con todas sus fuerzas contra la barrera. El agua lo ralentizó, pero, aunque no lo hubiera hecho, el resultado habría sido el mismo. Eira observó mientras el arpón se hacía añicos contra el escudo.

Se sintió alejada de su cuerpo, separada del horror que sentía como colmillos y afilados y dientes rechinantes subiéndole por la columna vertebral.

*¿Qué tipo de prueba es esta?* Eira le dio vueltas frenéticamente a la pregunta mientras veía a su hermano presionando, golpeando y atacando mágicamente el escudo que los mantenía por debajo del agua.

Ese escudo no podía romperse. Deneya lo había admitido. ¿Qué hacía ahí?

Nadó hasta Marcus agarrándole el codo antes de que él volviera a estrellar los nudillos sangrantes contra el escudo.

*Para,* articuló. Era imposible comunicarse bien debajo del agua. Tenía una cantidad de aire reducida en las pequeñas burbujas que les rodeaban la nariz y la boca y él estaba agotando el suyo rápidamente con todo el esfuerzo. *Espera.*

*¿Por qué?*, contestó él pasando la mirada desesperadamente de ella al escudo.

Ella juntó los puños e hizo un gesto de ruptura al mismo tiempo que negaba con la cabeza. *No puede romperse.* Esperaba que lo entendiera.

Su hermano continuó pasando la mirada de ella al escudo y viceversa. Esperó unos segundos antes de intentar romperlo una vez más.

*¡Para!* Eira intentó agarrarlo, pero él la ignoró.

Iba a agotarse. Eso tenía que ser una prueba de resistencia. Si se le acababa la magia, su burbuja se partiría.

Se ahogaría.

Eira presionó la nariz contra el escudo, pero no vio nada del mundo oscuro más allá de las líneas brillantes y giratorias. *Vamos,* pensó. *Ya es suficiente, dejadnos salir.*

Las reverberaciones de los ataques de Marcus a través del agua fueron una tortura. Eira escuchó sus repiqueteos mientras el entumecimiento se apoderaba de ella, más fría que el agua que la rodeaba, más fría que el hielo de las cumbres. El escudo permanecía intacto.

La magia de Marcus vaciló mientras intentaba conjurar otro garrote de hielo. Se derritió en el agua. Eira vio el momento exacto en el que su poder flaqueó y la burbuja se explotó. Volvió al instante y Marcus tosió y escupió.

*No, esto ha llegado demasiado lejos.*

Eira se giró hacia el escudo y finalmente arrojó su magia contra él. En cuanto lo intentó, pudo sentir lo escaso que era ya su poder por intentar mantenerla con vida. Luchar contra las leyes de la naturaleza pasaba factura a cada hechicero, solo podían aguantar un tiempo determinado. Y aunque su magia fuera lo bastante fuerte, se le acabaría el aire de la pequeña burbuja, se quedaría inconsciente y se ahogaría.

Empezó a atacar con el mismo frenesí que había mostrado Marcus. Colocó las manos contra el escudo formando su propio disco de hielo por debajo, el cual intentó empujar. No se movió.

Envió su magia al otro lado del escudo observando cómo el hielo se elevaba en la parte superior del lago frenéticamente. *Ayuda*, se imaginó que deletreaba el hielo. *¡Ayuda!*

Marcus la agarró del hombro con los ojos muy abiertos. *Ayuda*. Su boca articuló la palabra que ella había estado pensado y observó cómo la burbuja estallaba.

Sin pensarlo, Eira se llevó las manos a la cara separando una parte de su burbuja y colocándosela a él. La sostuvo con su propia magia. Marcus tosió y escupió y Eira notó que a su hermano se le nublaba la vista.

Tenían que salir ya. Si no lo lograban, estaban condenados.

Eira se enfrentó al escudo y presionó las palmas de las manos contra él. Empujó con tanta fuerza con los dedos que las uñas se le astillaron y se le doblaron hacia atrás. La sangre se mezcló con las aguas oscuras. Eira visualizó su magia extendiéndose a través del Giraluz, debilitándolo, fracturándolo.

*Basta. Basta. ¡Basta!*, gritó mentalmente.

Se imaginó sus zarcillos de hielo extendiéndose hasta la persona que había creado el escudo. La mataría. La congelaría en vida. Deneya, Ferro, otra persona, le daba igual. Mataría para salvar a su hermano si era necesario, lo congelaría todo, lo encerraría todo.

*¡Basta!*

Su magia se disparó y el mundo se oscureció. La burbuja que tenía alrededor de la boca explotó e inhaló una bocanada de agua. Pero el escudo había desaparecido.

Salió a la superficie jadeando y tosiendo violentamente, había fragmentos de hielo flotando a su alrededor. Eira salpicó.

—¿Marcus? —llamó débilmente entre ataques de tos. Le ardía la garganta—. ¡Marcus!

Él no había salido.

Su instinto de supervivencia le gritó que no volviera a hundir la cabeza en esas aguas oscuras una vez más volviendo a donde acababa de ser atrapada. Pero Eira lo hizo de todos modos. Reunió las últimas fuerzas que le quedaban y esta vez se rodeó de mucho aire.

Nadó hacia abajo, hacia las profundidades, hacia el vacío de los mismísimos reinos del Padre. Abandonaría ese mundo si era lo que hacía falta para recuperarlo. Vio a Marcus pálido como un fantasma bajo la luz de la luna filtrada por el agua.

Eira lo llevó de vuelta a la superficie. Con su magia, lo empujó hacia la orilla. El agua los dejó en el suelo helado con una mano incorpórea que rápidamente se metió de nuevo en el lago.

—¿Ma-Marcus? —La castañeaban los dientes, pero no era por el frío. La escarcha ya le estaba congelado la ropa sobre la piel, el cabello sobre el cuello, pero no era esa la razón de sus temblores—. ¿Marcus?

Eira le colocó las manos en el pecho e intentó sentir el agua de sus pulmones. Con cuidado y torpemente presionó. Un horrible géiser brotó de su garganta.

—Respira —susurró—. Respira, por favor. —Le apretó el pecho continuamente como les habían enseñado los marineros aquel día que habían estado jugando en la playa. Pero Eira sabía que su técnica no era la adecuada.

Tal vez podría hacer algo más si su tío le hubiera enseñado tanto como le había enseñado a Marcus. Si tal vez hubiera sido fuerte desde el principio. O si directamente no se hubiera presentado a las pruebas, de modo que Marcus se hubiera quedado en el camino marcado porque no habría buscado esa ruta alternativa.

—Vamos, Marcus. Es… es solo la ilusión de peligro. No es real. Esto no es real. —Eira le agarró el rostro con ambas manos—. Marcus, por favor —gimió—. Por favor.

Dejando escapar un grito, volvió a bombearle el pecho. Al principio contó, pero entonces sus empujones perdieron todo el ritmo, se volvieron frenéticos y desesperados.

—No me hagas esto, Marcus. No puedes. No puedes… —*Morir*.

Eira echó la cabeza hacia atrás y emitió el sonido más horrible que había oído nunca. Las estrellas se estremecieron con su grito. Los árboles temblaron.

Y cuando terminó…

Gritó de nuevo.

# Veinticuatro

Eira soltó un gemido largo que se desvaneció hasta que finalmente su voz rota se cortó. Gritaría hasta que no quedaran sonidos en ella... hasta que fuera una caverna vacía y hueca. *Adormecida.*

—¡Ayuda! —gritó a los cielos. Su hermano se había ido. Lo sabía. Aun así, siguió llamando—. Por favor, ¡que alguien me ayude! *¡Socorro!*

Gritó por instinto... sin considerar que quien pudiera responder tal vez fuera la persona que los había atrapado bajo el hielo. Que podía ser alguien a quien Eira no deseaba atraer hacia ella.

—¡Socorro! Es... mi hermano... está... —Se le rompió la voz.

*¿Esto ha pasado porque hemos roto las reglas?*, se preguntó Eira llorando por su hermano. *Se suponía que teníamos que sobrevivir solos... y nos hemos atrevido a sobrevivir juntos. Hemos hecho trampa en la segunda y en la cuarta prueba.*

Y habían sido castigados.

*No.*

Las pruebas eran duras... pero se suponía que no tenían que ser peligrosas. Miró a su hermano gris bajo la última luz de la luna, hipó y sollozó. Se suponía que no tenía que morir nadie. Y mucho menos él.

Tenía que ser un elfin corrupto. Alguien que hubiera por allí que... Sus pensamientos vacilaron.

Había una sombra moviéndose entre los árboles que rodeaban el lago. Eira miró a través de la oscuridad respirando entrecortadamente. Ferro entró en la pálida luz de la luna.

—Gracias a la Madre —suspiró Eira—. Fe...

—Yargen —espetó él acercándose.

—¿Qué...?

—La Diosa se llama Yargen, pagana. *Mysst soto larrk.* —Levantó la mano y sus palabras de odio se convirtieron en una espada hecha de luz—. La gente de Solaris es tan molesta como la mala hierba y tan malvada como la sombra del dios bajo el que nacieron. Aquel al que han desatado de nuevo en el mundo.

Eira abrió y cerró la boca varias veces intentando encontrar sentido a sus palabras. Su mente solo podía enfocarse en una cosa.

—Por favor, Ferro, por favor, tu Giraluz. Ayuda a Marcus.

La nieve crujió bajo las botas de Ferro cuando se paró ante ella. Sus ojos violeta brillaban con malicia. Tenía el pelo mojado por la nieve y se le adhería a la cabeza, apelmazado. Agarraba la espada con fuerza.

Eira apenas procesó sus acciones. ¿Cómo podía encajar al hombre que había ahora ante ella con el hombre que la había cautivado, que la había besado, al que ella había...? Al que había amado.

—Tendrías que haber muerto con él —farfulló destrozando la ilusión de ese hombre—. Tendríais que estar los dos en el fondo de ese lago.

—¿De qué estás hablando? Ayuda a mi hermano, por favor. Te lo suplico. Haré lo que quieras. Sálvalo.

—Criaturilla patética. —Ferro se inclinó hacia adelante y la agarró por el cuello. Eira cerró las manos alrededor de sus muñecas y pateó luchando por encontrar el equilibrio sobre la nieve y el barro mientras él la levantaba. La mano de Ferro era como el acero—. Fuiste útil cuando tenías información que yo necesitaba. Pero ahora no eres más que un cabo suelto que sabe demasiado.

Ferro echó la espada hacia atrás, todavía sosteniéndola. Empezó a ver estrellas por los bordes de su visión mientras jadeaba intentando tomar aire. La oscuridad lo invadió todo hacia su alrededor. Él cargó.

Eira cerró los ojos con fuerza, preparándose. Pronto volvería a estar con Marcus. Tendría que haber muerto ella, no él. Ahora se corregiría un error del destino.

Pero la espada no le hizo nada. Su magia se había alzado para protegerla creando una gruesa capa de hielo sobre su piel. Había sucedido justo como había leído tantas veces en los diarios de aquella habitación escondida, aunque no habría podido convocarla conscientemente.

Desequilibrado, Ferro dejó caer la espada y la soltó. Eira aterrizó rodando hacia atrás. Se golpeó el costado con una roca junto al lecho del lago. Jadeó y resolló. Pero el hielo continuó protegiéndola. La barrera se mantuvo cuando se levantó una vez más tambaleándose mientras Ferro se aproximaba.

—Tú… tú has creado ese escudo en el lago —susurró Eira intentando ordenar sus pensamientos.

—Habéis sido los dos últimos en morir esta noche y he estado torpe. —Tomó aire y abrió la boca de nuevo, pero Eira no le dejó oportunidad de pronunciar otra palabra de poder.

Con un aullido, se le abalanzó. El hielo se desprendió de ella. Apareció un arma en su mano más por instinto que por una orden consciente. Se arrojó hacia adelante, lista para atravesarlo.

—*¡Mysst soto xieh!* —Ferro apenas tuvo tiempo de reaccionar. El tridente de Eira se hizo añicos sobre su escudo.

Giró sin desplazarse sintiendo el aire condensarse a su alrededor. La luz de la luna se movió a través de su distorsión. Una copia de ella, una ilusión, saltó hacia atrás mientras giraba alrededor de Ferro, invisible en la oscuridad.

—*Juth calt* —gruñó él y Eira observó cómo su ilusión se hacía añicos.

Conjuró una daga e intentó hundírsela en el costado, pero Ferro era demasiado rápido y estaba demasiado bien entrenado. La esquivó en el último instante y el hielo tan solo le hizo un corte al lujoso abrigo sin causarle daños.

—*Kot sorre.* —Un glifo apareció entre ellos. Cargó contra ella empujándola hacia atrás. Ella se tambaleó sobre la nieve intentando luchar contra él, pero el círculo de luz se movía con la velocidad de un carruaje tirado por una docena de caballos invisibles y estaba totalmente indefensa contra él.

Su espalda chocó con un tronco cuando el glifo la hizo acercarse al árbol. Eira dejó escapar una bocanada de aire y el hielo restante se desvaneció de su piel. Le dolía todo el cuerpo. Estaba todo en llamas sufriendo una agonía que nunca había conocido.

Lo único que la mantenía moviéndose era un impulso profundamente arraigado en ella: la supervivencia. Haría cualquier cosa por sobrevivir. Seguiría moviéndose a toda costa. No iba a dejar que él ni nadie le robara el aliento de los pulmones.

Y menos aún antes de vengar a su hermano.

Eira gruñó hundiendo los dedos en la nieve. Cavó más profundo que nunca buscando magia. El hielo se elevó corriendo desde ella hasta Ferro.

—*Juth calt.* —Ferro destrozó su magia con dos palabras enviando fragmentos de hielo en todas direcciones—. No puedes vencerme. Lo sabes, ¿verdad? —Rio—. Eres más fuerte de lo que pareces, eso te lo concedo. Pero yo soy el hijo del Campeón. ¡Estoy destinado a la gloria!

Eira gimió, movió la mano sobre la nieve intentado absorber su frío, su fuerza. Pero estaba cansada, muy cansada. No le quedaba energía suficiente para luchar contra él. Ferro tenía razón. No tenía ni idea de combates.

Ferro se detuvo cerniéndose sobre ella.

—Ahora es hora de morir.

Eira cerró los ojos con fuerza. *Que pare,* le suplicó a la magia, a la diosa, a cualquiera. *No acabar así, no puedo morir aquí.*

—*Loft dorh* —espetó él.

Notó un peso sobre ella tratando de inmovilizarla.

*¡No!* El instinto de supervivencia había vuelto, aun con su cuerpo roto, persistió. Eira resistió contra esa fuerza invisible. Se puso de rodillas.

—*Loft dorh* —repitió Ferro con determinación. Eira vio parpadear los glifos que flotaban en sus manos como si fueran inestables, como si su propia fuerza se estuviera desvaneciendo—. ¿Cómo... cómo has...?

No le dio oportunidad de terminar. Con su magia menguando, a Eira no le quedó otra opción. Le dio un puñetazo en la mandíbula. Se le partieron los nudillos con su hueso, pero le dio otro puñetazo. Y un tercero.

Ferro se tambaleó hacia detrás poniendo distancia entre ellos. Él se pasó el dorso de la mano por el rostro ensangrentado. Eira sabía que no debía ralentizar sus ataques, pero estaba demasiado agotada para seguir. Cada movimiento era una tortura.

—*Maph* —masculló Ferro. Un glifo chisporroteó como un yesquero alrededor de su muñeca. Era frágil. Ferro lo miró con disgusto y se volvió hacia ella. Abrió la boca para hablar, pero Eira no pensaba darle la oportunidad.

Usando sus últimos poderes, le congeló la boca. Él gruñó y gimió en agonía, se pasó los dedos por la cara y arañó el hielo. Pero la magia de Eira no se movió y Ferro ya no podía mover los labios.

El Giraluz era poderoso e increíblemente versátil, pero tenía una debilidad que Eira acababa de descubrir: el hechicero tenía que ser capaz de pronunciar las palabras para conjurar los glifos y usar la magia.

Eira cayó hacia atrás, pero mantuvo un control firme de su magia. Moriría antes que dejarlo hablar de nuevo.

Ferro cargó hacia adelante con los puños.

Lanzando una mirada a sus pies, Eira se los ancló al suelo. Ferro cayó hacia adelante incapaz de moverse. Tres puntos de magia, tenía que sostener tres puntos de magia: la boca y los dos pies.

Mientras Ferro tiraba de sus agarres, Eira lo miró sin fuerzas. Por su culpa su hermano estaba muerto. Había intentado matarlos a ambos.

Los restos de lo que había sentido en el corazón se estaban volviendo fríos y oscuros. Una parte de ella estaba muriendo al lado de donde yacía su hermano. La bondad que Eira había poseído estaba abandonándola.

*Mátalo*, espetó una horrible voz en su interior. Se volvía más fuerte a cada instante. *Sangre por sangre.*

Eira miró a Ferro. Había dejado de luchar y ahora la observaba con una mirada casi contenida. Iba a esperar. Sabía que la magia de Eira ya era débil y que, en cuanto él estuviera libre, ella ya no sería capaz de hacerle frente.

Eira volvió la mirada hacia Marcus.

Levantándose por la que parecía ser la última vez, Eira fue hasta su hermano ignorando a Ferro. Se arrodilló acunándolo, o al menos intentándolo.

Marcus… el niño de oro. Marcus… el mejor. Marcus… el verdadero hijo de sus padres.

Sus manos estaban tan manchadas de sangre como las de Ferro.

No había sido lo bastante rápida. Le había dicho que dejara de intentar romper el escudo. Había salido del lago sin él en primer lugar y se había puesto a patinar en estúpidos círculos cuando tendría que haber insistido en seguir avanzando.

Su mente pasaba de un pensamiento oscuro a otro. Descendió en espiral hasta que fue ella la que se hundió en un oscuro abismo. Sin embargo, cuando abrió los ojos, también era ella la que seguía respirando.

Eira inclinó la cabeza y la presionó contra el centro del pecho de Marcus. Estaba congelado. El agua le había arrebatado el calor del cuerpo antes incluso de llegar a la orilla.

—Lo prometimos... te lo prometí —dijo con voz áspera—. Volveremos juntos. Vamos, hermano. Una última vez.

No le quedaba mucha magia y corría el riesgo de agotarla toda con lo que estaba a punto de hacer. Estaba arriesgándose a que Ferro se liberara para llevarse a su hermano con ella. Pero no podía hacerlo de otro modo.

Levantó una mano y su hermano se elevó del suelo sostenido por un lecho de agua y nieve. Gorgoteó y se movió a su alrededor. Marcus fue transportado por las mareas de su magia cuando Eira emprendió el camino de regreso a Solarin.

Parecía que Ferro estuviera riéndose tras ella. Sus roncas carcajadas y resoplidos resonaron por todo el bosque atormentándola con la promesa de que pronto llegaría él. Eira ignoró el ruido y se centró en su magia. Una mano guiaba a Marcus. La otra la mantenía en un puño reteniendo a Ferro en su lugar. Mantendría el puño cerrado todo el camino hasta Solarin. Lo retendría hasta que Ferro fuera capturado por algo más fuerte que él.

No había pasado ni una hora cuando Eira resbaló por primera vez. Marcus cayó al suelo y ella se agarró a un árbol. Volvieron a resbalarle lágrimas por la cara.

—Lo siento —murmuró Eira levantando rápidamente la mano colocándolo de nuevo sobre su lecho de agua y nieve—. No quería que pasara nada de eso.

Eira habló mientras caminaba. Le contó a su hermano todo lo que debería haberle dicho cuando él todavía podía oírla. Le habló de sus temores, de sus deseos y de sus preocupaciones.

Pero pronto le cedió la voz. La tenía tan cansada como el resto del cuerpo.

Muy cansada.

Un paso.

Y otro.

Era lo único en lo que podía pensar. En dar un paso tras otro. Una marcha implacable hacia Solarin.

—Te conseguiré los Ritos del Ocaso —prometió Eira en voz alta mientras salía el sol—. Me encargaré de que tu alma llegue como es debido a los reinos del más allá. Te lo prometo, Marcus. —Volvían a caerle las lágrimas—. No he podido salvarte, pero haré esto.

El silencio fue su única respuesta.

Un paso.

Y otro.

Le sudaban los dedos de la mano izquierda. Temblaban por el esfuerzo de mantener el puño sosteniendo la magia. Eira se negaba a soltarlos. *Moriría antes que dejar libre a ese hombre.* Si se lo repetía las veces suficientes, se volvería realidad.

Los árboles se volvieron borrosos a su alrededor dando paso finalmente a un camino que apareció de la nada. Eira avanzó a trompicones por el terreno nevado. Tropezó, cayó. Se le clavaron los adoquines. Rojo salpicado de gris y blanco.

Marcus cayó a su lado. Eira se irguió murmurando mil disculpas. Lágrimas cálidas y húmedas descongelaron el hielo de los adoquines mientras caían de sus mejillas.

Estaban cerca.

Solo un poco más de ella, de su magia. Y entonces... No sabía que pasaría. Tal vez dormiría durante mil años. Dormiría hasta que dejara de dolerle.

Con la mano izquierda en un puño, Eira intentó levantarse. Pero se le resbaló el pie con su propia sangre. Cayó de nuevo y se golpeó la barbilla. Todo su cuerpo era un cúmulo de magulladuras y agotamiento.

Eira yacía en la carretera junto a su hermano. Observó su rostro sin vida.

—No puedo —mascullló—. No puedo, Marcus. No puedo hacer esto sola. No puedo volver sin ti. —El siguió igual, sin vida—. *Por favor, despierta.*

No lo hizo.

Eira se tumbó boca arriba y observó los árboles por encima de ella. Cada segundo le costaba más que el anterior mantener el puño cerrado. Hacía rato que se le habían acalambrado y entumecido los músculos.

Parpadeando lentamente, observó el amanecer de un mundo silencioso. Se imaginó a la gente despertando, ocupándose de sus propios asuntos y los odió a todos y cada uno por ignorar su sufrimiento. Lo congelaría todo si no estuviera tan cansada.

Cada vez que se le cerraban los ojos duraba más que la anterior. Aun así, mantuvo la mano cerrada. Tal vez sí que fuera descendiente de Adela, al fin y al cabo. Tal vez Ferro tuviera razón y había algo de poder elfin en ella. ¿Cómo si no iba a aguantar tanto?

Eira esperó que él tuviera razón. Por primera vez deseó haber sido engendrada por esa reina pirata cruel y despiadada. Eso haría que su vida y su sangre estuvieran malditas. Y así podría infligir esa maldición sobre la existencia que tuviera Ferro después de ella.

Justo cuando los ojos de Eira iban a cerrarse por lo que parecía la última vez, resonó un estruendo por la tierra hasta ella.

Se fue acercando cada vez más hasta que no pudo ser ignorado. Eira se retorció, apenas incapaz de levantar la cabeza.

Había un jinete a lo lejos moviéndose más rápido que el viento, como si el caballo volara más que galopar. Solo un hombre podía lograr algo así.

Eira abrió la boca y graznó:

—Cullen. —Tragó saliva. Sabía a sangre—. ¡Cullen!

# Veinticinco

Eira se sintió como si la estuvieran levantando de la tumba. Los brazos de Cullen eran fuertes cuando la levantó apoyándola sobre su rodilla doblada y acunándole la cabeza con la mano.

—Madre en lo alto, Eira, qué…

Por su expresión, Eira supo qué le había hecho interrumpirse. Su mirada se posó en Marcus, quien yacía innaturalmente quieto. Eira agarró la camisa de Cullen con la mano que tenía libre.

—Ferro, él…

—¿El embajador de Meru? —Cullen negó con la cabeza y se le pusieron los ojos rojos por las lágrimas que intentaba contener—. ¿Qué os ha pasado?

—Ferro nos atacó.

Cullen la miró, conmocionado. A continuación, su rostro se crispó con una rabia que Eira nunca había creído posible en él. Destrozó su imagen del hombre remilgado y correcto que siempre lo tenía todo bajo control. Parecía estar a punto de arrasar el bosque con un tornado.

—Sé que no me crees, pero te juro…

—Te creo. —Cullen volvió a mirar a Marcus. Estrechó ligeramente a Eira con los brazos—. Tenemos que llevarte de vuelta. Necesitas atención médica.

—Sí, y necesito que me ayudes a llevar a Marcus. No tengo fuerzas suficiente para llevarlo a él y para retener a Ferro cautivo.

—¿*Tú* estás reteniendo a Ferro? —Cullen soltó una palabrota, aunque parecía más impresionado que enfadado.

—Eso creo. —Eira levantó el puño—. Lo inmovilicé y lo amordacé con hielo. Sigo sintiendo que se me drena la magia, así que creo que sigue en su sitio… —A menos que se hubiera liberado y Eira simplemente estuviera enviando magia a un trozo de hielo en el bosque.

—Eres increíble —murmuró Cullen.

Eira llevaba años esperando a que alguien como Cullen le dijera eso. A que alguien en la Torre (aparte de Alyss) la viera como algo valioso. Que viera su magia tan poderosa como ella siempre había sabido que era. Y ahora que tenía esos elogios y esa atención…

Le daban igual.

Lo único que le importaba en ese momento era Marcus y llevar a Ferro ante la justicia. No necesitaba la validación de Cullen ni la de nadie. Necesitaba su ayuda y su fuerza.

—Tengo a Ferro junto al lago en el que nos atrapó. No sé cuánto tiempo más voy a poder aguantar. Lo siento luchando contra mis ataduras. Tengo que volver y luego enviar a la guardia. Así podrán detenerlo. —Si es que lograba retenerlo hasta entonces.

—Suéltalo, ahórrate las fuerzas.

—*No*. Debe ser llevado ante la justicia. ¡Ha matado a Marcus! —Se agarró a Cullen con la mano libre. Cullen vaciló mirando a Marcus y de nuevo a ella.

—Estoy de acuerdo. De verdad. Pero tenemos que centrarnos en llevarte de vuelta. Y no podemos llevar a Ferro ante la justicia solos.

—Por eso quiero llegar hasta la guardia. Mi tía…

—Piensa en lo que va a parecer esto —respondió Cullen con firmeza—. Tú y yo conocemos tu historia. Si vuelves con un cadáver, reteniendo cautivo al *embajador de Meru* y exigiendo que lo detengan, todos los dedos te apuntarán a ti.

—Pero yo no…

—Sé cómo funciona esto, Eira. Confía en mí, lo sé mejor que nadie. Suelta a Ferro. Estará libre, sí, pero entonces la guardia podrá darle caza. Dejaremos aquí a Marcus y…

—¿Quieres dejar a mi hermano aquí? —Eira casi gritó. Se soltó de los brazos de Cullen. Él no se resistió y Eira cayó al suelo. Sacudió la cabeza empujando contra los adoquines helados. Volvería a Solarin con Marcus ella sola si era necesario.

—Tienes que hacerme caso o serás sospechosa de su muerte.

—Yo nunca le haría daño a mi hermano. —Agachó la cabeza. El incidente que había tenido lugar tres años antes la perseguiría por siempre. Nunca escaparía de sus repercusiones.

Había matado a alguien. Había quedado marcada para siempre como una asesina.

—¡Lo sé, pero no es el único competidor que ha muerto esta noche!

—¿Qué? —Volvió a mirar a Cullen.

—Por eso he venido a buscaros… Los supervisores han encontrado muertos a los demás Corredores de Agua. Las trampas han saltado pronto y mal. A los demás… les han rebanado la garganta.

Ferro los había matado. A eso era a lo que se refería con lo de que había sido una noche muy larga y los «demás». A Eira se le hundió el estómago y tuvo que rodearse conscientemente la mente de hielo para mantener la cabeza fría.

—Pues más motivos para llevarlo ante la justicia. No podemos dejarlo libre. —Eira se levantó tambaleándose—. Voy a volver a Solarin con Marcus y luego enviaré a la guardia.

—Si lo haces…

—Voy a hacerlo.

—Pero…

—¡Esto no es ninguna negociación, Cullen! —Eira se volvió para mirarlo—. Hice una promesa… *la última promesa* que le hice y que le haré a mi hermano fue que volveríamos juntos. Acabaremos juntos esta prueba. No importa lo que me pase a mí. Lo he decepcionado demasiadas veces en toda mi vida. Ahora no puedo dejarlo, no lo dejaré. Es mi última oportunidad de hacer algo por él. ¡No me la arrebates! —Tenía la voz rota y rasgada, temblando como todo lo demás en ella. Pero no le cayó ninguna lágrima. Ya había llorado hasta la última gota que había en su interior. Ahora ya solo quedaba hielo.

Cullen la miró fijamente hasta que no pudo soportarlo más. Apartó la mirada y observó a su caballo. Sin decir una palabra, se acercó a la montura. Eira esperaba que la abandonara. Al fin y al cabo, el Príncipe de la Torre no podía dejarse ver con una asesina.

Además, tenía un secreto que guardar (fuera el que fuera) y, si él tenía razón… sospecharían de ella. Aunque pudiera demostrar su inocencia, estaría bajo investigación. Sabía cómo se desarrollaban los acontecimientos tras algo así. Ya lo había vivido antes. Y los Corredores de Agua, sus competidores directos, habían sido los asesinados. A Eira se le retorcieron las entrañas. Ferro la había dejado para el final porque sabía que, aunque él no tuviera éxito, la justicia de Solaris acabaría con ella.

No, no podía culpar a Cullen por marcharse. Era inevitable que lo hiciera. Era un riesgo para él y para su familia, una carga por su asociación.

Solo que… no se marchó.

Cullen llevó al caballo hasta ella.

—Sube.

—¿Qué?

—Estás agotada, sube.

—Pero…

—Necesitas tus fuerzas para retener a Ferro, ¿verdad? No camines el resto del trayecto, cabalga. Y antes de que lo preguntes, yo llevaré a Marcus.

—No tienes por qué hacer esto —susurró.

—Cierto, y probablemente no debería hacerlo. —Cullen frunció el ceño—. Ahora mismo estoy arriesgando mucho, más de lo que crees.

—En ese caso, ¿por qué?

—Porque es lo correcto. Porque Marcus era mi amigo, porque querría que cuidara de ti y porque yo… yo quiero cuidar de ti.

El último hombre que había «cuidado de ella» había asesinado a su hermano y había intentado matarla a ella. Pero Eira se guardó esos pensamientos y asintió ligeramente. Ahora mismo necesitaba la ayuda de Cullen. Pero tampoco se dejaría llevar por su amabilidad. Protegería su corazón para no volver a ser vulnerable nunca más.

Cullen la ayudó a subir a la silla y miró a Marcus. Permaneció en un tenso silencio con la cabeza gacha y Eira le permitió tener su momento. Ella lo había llorado durante todo el camino de regreso por el bosque y seguiría llorándolo mucho después de haber vuelto a Solarin. Cuando Cullen estuvo preparado, levantó las manos y el cuerpo de Marcus flotó sobre el suelo.

Juntos, emprendieron su viaje silencioso de vuelta a Solarin.

El camino por el que iban finalmente se desvió hacia la Gran Vía Imperial. Desde ahí no estaban lejos de la capital. Los caminos estaban vacíos al amanecer, aunque en la distancia, en las puertas altas, pudo ver a un grupo de gente reunida en una plataforma que no había estado ahí anteriormente.

Al llegar a la última curva, oyó palabras desde la distancia. Hubo gritos. La gente empezó a moverse.

—No voy a poder ayudarte inmediatamente —murmuró Cullen deteniéndose. Bajó respetuosamente el cuerpo de Marcus.

—No pasa nada. —Eira desmontó con su ayuda. Seguía teniendo el puño apretado, hacía mucho que se le habían entumecido los músculos y se habían quedado en el sitio—. No esperaba que me ayudaras tanto, puedo hacer el resto sola.

—Pero no estarás sola, te lo prometo.

Eira no tuvo oportunidad de pedirle que se explicara. Los guardias de la ciudad corrieron hacia ellos. Fritz y Gwen iban detrás. Los senadores con sus brillantes ceñidores azules los siguieron.

Fritz la agarró por los hombros y la sacudió con una agresividad involuntaria. La cabeza de Eira se tambaleó de delante hacia detrás. Sus músculos apenas tenían fuerza ya para sostenerla.

—Eira. ¡Eira! Gracias a la Madre, estás viva. —La atrajo hacia sí y luego la apartó—. ¿Qué ha pasado? —Sus ojos estaban marcados con la angustia cuando se volvió hacia Marcus.

—Yo...

—Debe ser arrestada —pronunció una voz conocida por encima de ella. El padre de Cullen, Yemir, había llegado al círculo de guardias que la rodeaban—. ¡Guardias, arrestadla!

—¡Que nadie se mueva! —gritó Gwen pasando por delante de los guardias. Llevaba su armadura chapada, cubierta de acero hasta el cuello—. Senador Yemir, usted no es el jefe de la guardia de la ciudad.

—Ni tú tampoco. —Yemir no dejaba escapar una. Miró a Gwen de arriba abajo—. Tú eres parte de la guardia de *palacio*. Esto queda fuera de tu jurisdicción, entra en el alcance del Senado.

—Por favor, dejad que se explique —declaró Fritz con firmeza.

—Ha matado a sus compañeros candidatos. Ya tiene antecedentes matando a compañeros. Esto es lo que intentábamos evitar sacándola de la Torre y llevándola ante la justicia hace años. —Yemir habló más para sus compañeros senadores que para los guardias, como si estuviera montando un espectáculo para ellos.

—No lo he hecho —susurró Eira mirando a Fritz en lugar de a Yemir—. Sabes que no lo haría. ¡Yo *nunca* le haría daño a Marcus, nunca le haría daño a nadie intencionalmente! Fuimos atacados y lo he traído hasta aquí para poder llevar a cabo un Rito del Ocaso. Yo no le he hecho nada. —Eira agarró el codo de su tío con la mano libre.

—Lo sé, lo sé —intentó calmarla—. Pero debes decirnos qué ha pasado. ¿Quién os atacó?

Los senadores se habían reunido en un tiempo récord.

—Solaris está bajo la ley. Guardia de la ciudad, arrestaréis a esta mujer y os la llevaréis bajo custodia. Hay demasiadas sospechas a su alrededor para permitirle seguir libre.

—Nos atacaron —insistió Eira.

—Es un hecho probable —replicó Yemir—. Veremos si las pruebas confirman tus afirmaciones.

—¡Yo no hice nada! —Eira le gritó a Yemir. Todo estaba sucediendo tal y como había dicho Cullen, pero en cierto modo era peor porque fuera su padre el que la estuviera señalando como culpable. Eira tenía la respiración entrecortada. Se sentía de nuevo en aquel salón del Senado, con apenas quince años, esperando el juicio, esperando su destino.

—Pues entonces no tienes nada que temer. Guardias, apresadla.

—¡No! ¡No os permitiré tocarla! —Gwen dio un paso adelante y blandió la espada.

—Tía, no. —Eira no estaba dispuesta a ver sufrir más a su familia por su proximidad a ella—. Iré voluntariamente.

Cullen habló finalmente:

—Llevadla a las profundidades del palacio.

—¿Qué? —La mirada de Gwen tenía un brillo asesino—. No os la llevaréis allí. He visto las celdas y…

—No pasa nada —intentó tranquilizarla Eira. *Ya ha sufrido bastante gente por mí hoy*—. Déjame. —*No seguiré siendo una maldición para tu familia.*

—¿Veis? —se pavoneó Yemir—. Mi hijo habla con sensatez. Encerradla con lo peor de Solaris. Si dice la verdad, se aferrará a su historia. Si no… pasar el tiempo suficiente allí rompe hasta el más fuerte de los hombres.

Eira se encontró con los ojos avellana de Cullen. Brillaban como la miel bajo la luz de la mañana, engañosamente dulces. Había dicho que la ayudaría, pero en cuanto había aparecido su padre, la había arrojado a las mazmorras. Cullen había elegido el bando de su familia. Lo sabía. Aun así, le dolió de todos modos. ¿Cómo era posible que quedaran partes en ella sin herir?

—Vamos a ayudarte —juró Gwen.

—Llegaremos a la verdad de lo sucedido. —Fritz se acercó a su hermana pequeña y la rodeó con los brazos para retenerla mientras los guardias se acercaban a Eira.

—Cuidad de Marcus —suplicó Eira mientras unas manos frías y cubiertas de acero le rodeaban las muñecas y tiraban de ella. Los grilletes eran pesados y era un peso terriblemente familiar. Más manos le rodearon los brazos y la empujaron más que acompañarla hacia la entrada del palacio—. ¡Aseguraos de que Marcus tenga un Rito del Ocaso! ¡Pase lo que pase, que tenga una despedida adecuada!

El suelo se deslizó por debajo de ella mientras se la llevaban. ¿Así se había sentido Marcus cuando ella lo había llevado hasta ahí? ¿Incapaz de hacer nada? ¿Con el mundo girando a su alrededor? ¿Cambiando? No... no había sentido nada.

Porque hacía mucho que se había ido.

—Adiós, hermano —susurró.

Lo último que vio Eira fue el cuerpo helado de Marcus y a su tía y su tío llorando sobre él. Ellos lo cuidarían. Y ella...

Le colocaron un saco en la cabeza. Una mano le arrancó el broche del pecho. La metieron en un carro y le echaron otra tela por encima. Jadeó con su rancio olor y tosió por el polvo. No querían que las masas vieran a una candidata siendo arrastrada por la ciudad. Lo mantendrían todo en secreto. Intentarían culparla por los asesinatos, pero, mientras Eira siguiera respirando, no permitiría que sucediera.

Porque, hicieran lo que le hicieran, mientras le quedara fuerza en la médula, mantendría la mano cerrada en un puño. Ferro seguía siendo su cautivo. Y tal vez fuera su última baza.

# Veintiséis

La celda en la que la arrojaron era un lugar frío y árido. No había nada. Ni cama, ni orinal, ni calor, ni luz.

Encajaba con ella.

Eira se apoyó contra los barrotes de la puerta. Los pasos de los soldados se habían desvanecido hacía rato en el goteo de un agua lejana. Debía haber alguien posicionado cerca para vigilarla. Los barrotes de hierro, ni siquiera los más fuertes, eran efectivos para mantener a un hechicero encerrado. Se preguntó a qué hechicero se le habría dado la orden de matarla si intentaba escapar. ¿Quién estaría tan entusiasmado como Yemir ante la idea de encerrarla por unos asesinatos que no había cometido?

No importaba. No iba a intentar huir. Eira cerró los ojos y descubrió que apenas había diferencia respecto a tenerlos abiertos.

Oscuridad en su interior y a su alrededor.

Pasaba el tiempo. Los minutos transcurrían convirtiéndose en horas. Eira se ahogó en ellos tal y como debía haberse ahogado en ese frío abismo en el que Marcus había exhalado su último aliento. Sus sentidos adormecidos empezaban a agudizarse. Los pensamientos sobre su hermano volvieron de pleno como si se hubiera roto un dique.

Abrió los ojos de golpe.

—¿Hola? —llamó tímidamente—. ¿Podría tener algo de luz?

La oscuridad que primero había apreciado de repente le pareció opresiva. Se cerraba a su alrededor desde todos los rincones. Vivían sombras en ella, preparadas para convertir su mente agotada en un juguete destrozado.

*Oscura,* al igual que en el lago al que había caído. Oscura como el bosque del que había salido Ferro, el bosque en el que esperaba que su puño todavía lo mantuviera cautivo. Oscura como las profundidades de las que había sacado a Marcus demasiado tarde.

Demasiado tarde.

—¿Por favor? —gimió en voz más alta—. ¿Podría tener algo de luz? ¿Por favor?

Si alguien la había oído, no acudió. Eira se encogió en un ovillo con las manos todavía atadas a la espalda. Empezaría a usar la otra mano para mantener los dedos y la magia en su sitio.

Presionando el rostro contra las rodillas, Eira respiró hondo y se estremeció. Ferro era su prisionero. Lo había capturado. Él no le haría daño y ahora podía respirar. Ya no estaba bajo el agua y el hielo.

Pero Marcus sí.

*Ay, Marcus.*

—¡Por favor, alguien que me traiga luz! —suplicó con un sollozo.

De repente, se hizo una luz más intensa de lo que había esperado. Eira se apartó con un aullido, tropezando y gateando hacia atrás con incomodidad. Al menos, hasta que se dio cuenta de que la luz no provenía del Giraluz.

Estaba ahí la emperatriz con una antorcha flotando sobre su hombro sostenida mágicamente por corrientes de aire invisibles debajo de su base. Vhalla abrió la puerta rápidamente y entró.

—Lo lamento muchísimo —murmuró la emperatriz. Eira jadeó suavemente calmando los nervios. Los sentimientos volvieron, aunque todavía un tanto distantes y surrealistas con la emperatriz de toda Solaris arrodillada detrás de ella y soltándole los grilletes—. He venido todo lo rápido que he podido. ¿Puedes tenerte en pie?

—¿Sois... sois un sueño? —Tal vez hubiera muerto con Marcus. Tal vez esa tortura estuviera más allá de los reinos del Padre. Eira estaba siendo castigada por sus crímenes, por la aprendiza a la que había matado y por los aprendices que habían muerto por culpa de la información que ella le había dado a Ferro.

—No, no lo soy —contestó amablemente la emperatriz—. Estoy aquí para ayudar. Y ahora, ¿puedes tenerte en pie?

—Creo... creo que sí —asintió Eira.

—Bien, vayamos a algún lugar más cómodo. Has tenido un día muy duro.

—Pero los senadores...

—El Senado responde ante la corona —replicó Vhalla bruscamente. Entonces su rostro se suavizó en una expresión más dolorida, torturada incluso—. Pero a veces tenemos que bailar alrededor de ese hecho para mantener la paz. La política puede ser... complicada. Yo misma no lo entendía cuando estaba en tu lugar.

—¿En mi lugar? —preguntó Eira mientras Vhalla la ayudaba a levantarse. Le temblaban las piernas, pero de algún modo, lograron soportar su peso.

—Sí, hace mucho tiempo... —Vhalla pasó la mirada por toda la celda. Arrugó la nariz con disgusto—. Te lo contaré de camino. No tengo ningún interés en quedarme aquí.

La emperatriz se marchó y la antorcha la siguió. Una Eira muy confundida cojeaba tras ella intentando seguirle el ritmo. Era eso o quedarse para siempre en la oscuridad de la celda.

La emperatriz la condujo por una escalera y por un pasillo en el que dejó a la antorcha en un anillo que había en la pared. A continuación, levantó un tapiz que reveló una puerta por la que pasaron. Más adelante había otros dos pasadizos ocultos, tres escaleras y varios cambios de sentido hasta que Eira estuvo completamente perdida.

*Todo esto tiene que ser un sueño,* seguía insistiendo su mente.

*No, los sueños no duelen tanto,* replicó su corazón.

*Las pesadillas sí y nunca más volverás a tener un sueño agradable.*

Tras una puerta cerrada había un último pasillo que llevaba a otra puerta cerrada y, finalmente, a un lujoso salón. Vhalla cerró la puerta (no, el cuadro, de ese lado era un cuadro) y la volvió a bloquear.

—Aquí estás a salvo —le dijo.

—Donde… —Eira estaba ahora en lo alto del palacio, a juzgar por lo que veía por las ventanas, en una sala repleta de oro. Aparte de eso y de todos los lujos, no tenía ni idea de dónde estaba.

—Estás en los aposentos imperiales. Aquí solo puede entrar mi familia, mis amigos más cercanos y ciertos guardias elegidos. Estás a salvo. —Vhalla atravesó la estancia hasta una mesa baja entre unos sofás en la que había una pila de mantas—. Ven, siéntate junto al fuego y caliéntate.

—No tengo frío.

—No… —Vhalla hizo una pausa con la manta que iba a ofrecerle colgada del brazo—. Supongo que no.

—No siento nada. —Eira negó con la cabeza.

Vhalla se acercó lentamente a ella como si Eira fuera un animal salvaje. Esperó un momento antes de echarle la manta sobre los hombros. Cuando habló, lo hizo más como una madre que como la emperatriz de Solaris.

—Lo sé...

Esas dos palabras pronunciadas de ese modo volvieron a romperla.

—¡No... no siento nada! —sollozó Eira mientras la emperatriz la arropaba.

—Lo sé —repitió Vhalla y luego dio un paso hacia adelante y pasó los brazos por encima de la manta. Eira apenas podía procesar el hecho de que la emperatriz estuviera abrazándola. Pero, instintivamente, enterró el rostro en su hombro mientras sollozaba. Esa posición maternal le dolió, anhelaba un cariño que Eira necesitaba desesperadamente, pero del que sus padres la habían dejado con las ganas—. Lo sé —repitió Vhalla una y otra vez.

Algo le hizo creer a Eira que ella realmente lo sabía. Una lastimosa necesidad floreció desde un dolor olvidado en la voz de la emperatriz. Era una mujer que había nacido en la nada y había llegado al poder a pesar de todo lo que había tenido que superar para vencer al Rey Loco. Había sufrido mucho en el proceso, según contaban las historias. Y, de entre toda la gente, era esa mujer increíble la que estaba abrazando a Eira.

—Lo siento —susurró Vhalla.

—Yo no... ¿Qué he hecho mal? ¿Es culpa mía? ¿Es por haber hecho trampas? ¿Por no haber abandonado? ¿Por no hacerle caso a mi familia? —hipó Eira cuando las lágrimas disminuyeron de nuevo.

—Ven y siéntate conmigo, para empezar. —Vhalla la condujo suavemente hacia los sofás que había junto al fuego. Eira se sentó sin saber qué más hacer. Vhalla se sentó cerca de ella todavía rodeándole los hombros con el brazo—. Me veo a mí misma en ti y eso me parte el corazón.

—¿Cómo? —parpadeó Eira.

—Yo estuve una vez en esa celda. Ahora ya no hablan mucho de ello... ¿Te suena la Noche de Fuego y Viento? —Eira negó con la cabeza y Vhalla rio en voz baja—. Supongo que debería estar agradecida porque haga tiempo que ha caído en el olvido. Desde luego, no quiero que aquella noche sea algo importante en mi legado... si es que puedo elegir cuál será mi legado. —La emperatriz negó con la cabeza y volvió a centrarse. Vhalla frunció los labios reflexionando y trazando circulitos con la palma de la mano en la espada de Eira—. Escúchame, Eira. Me llevaron a juicio porque había gente retorcida en el poder y porque había fuerzas en juego mucho más grandes que yo. Me gusta pensar que mi marido y yo, a pesar de todos nuestros defectos y de todo el bien que todavía nos queda por hacer, no somos gente retorcida en el poder. Pero hay gente poderosa tramando complots y tú has acabado siendo una pieza en su tablero.

—Yo no maté a mi hermano. —Pronunció esas palabras acompañadas por una violenta sacudida de cabeza—. Ni a ninguno de los otros competidores.

—Lo sé —contestó rápidamente Vhalla—. Me lo ha dicho Cullen.

Eira se quedó inmóvil con los ojos muy abiertos y desenfocados.

—¿Qué?

—Cullen me ha contado lo que le dijiste cuando te encontró.

—Él... ¿cómo?

—Primero lo primero. —La mano de Vhalla cayó hasta el puño apretado de Eira—. ¿Sigues manteniendo cautivo a Ferro?

—¿Lo sabéis? —susurró Eira y Vhalla asintió. Eira se miró la otra mano—. Creo que sí. Todavía siento la magia abandonándome, pero... estoy muy cansada. No sé si es suficiente. Tal vez él...

—Pronto lo averiguaremos. Después de que te llevaran, Cullen vino a verme y me lo explicó todo. Me contó dónde les había dicho que te encerraran. —Rio suavemente—. Supongo que ser sincera con él sobre aquella noche de mi pasado y sus consecuencias hace tanto ha acabado resultando en algo bueno. Cullen sabía dónde encerrarte para que nadie mirara, donde solo podrían encontrarte algunos guardias imperiales seleccionados, donde yo podría llegar hasta ti.

—¿Él... se ha preocupado mí? —Eira elevó lentamente la mirada hasta los ojos de la emperatriz.

—Lo mejor que ha sabido. Sé amable con él, tiene más cargas de las que crees por ser el primer Caminante del Viento después de mí. Él tampoco está exento de oscuridad y problemas. —Esbozó una sonrisa triste y pasó la mano por el pelo de Eira. Pareció un movimiento muy natural. Eira solo había pensado en la emperatriz como figura insigne, como su soberana... nunca como una madre. Esos movimientos familiares hicieron que se le partiera el corazón en una hermosa tortura—. Debería llegar pronto. Con los demás.

—¿Los demás?

En ese momento, se abrió la puerta del salón revelando a Fritz, Grahm y Gwen.

—Vhal, eres realmente la salvadora de Solaris. —A Fritz se le quebró la voz al posar la mirada en Eira—. Gracias por sacarla de allí.

—Por supuesto, Fritz. —Vhalla se levantó para dejar espacio a la familia de Eira y la joven tuvo que resistirse para no pedirle a la consoladora mujer que se quedara.

Gwen fue la primera en acercarse a Eira. Fritz y Grahm la rodearon a continuación, completando un semicírculo de protección. Eira agachó la cabeza intentando ahogarse en los pliegues de la manta que seguía teniendo sobre los hombros.

—Lo siento —murmuró. Las revelaciones de su familia y sus últimas interacciones con sus tíos habían quedado por debajo de todo el afecto. Ahora todo le parecía insignificante, pero ¿sentirían ellos lo mismo?

—No tienes nada de qué preocuparte. Llegaremos hasta el fondo de todo este asunto —dijo Gwen estrechándola—. Ahora estás a salvo. No habrá más senadores actuando como si fueran los dueños de Solarin.

Eira volvió a pensar en Yemir. ¿Qué pensaría cuando se enterara de que Cullen la había ayudado? Se había mostrado ansioso por encerrarla... ¿De verdad estaba tan comprometido con la justicia? ¿Era una cuenta pendiente que saldar por cuando había «eludido la justicia» por la muerte de aquella aprendiza? ¿O... es que le tenía miedo? Eira volvió a pensar en aquel día en la corte y en su reacción a sus poderes. Volvió a pensar en las advertencias de Fritz.

Sus poderes eran peligrosos, mortíferos y el tipo de magia que los hombres y mujeres que luchaban por estar en la cima querrían poseer o destruir.

—Tendría que haber hecho caso. —Miró a los ojos tristes de Fritz—. No tendría que haberme presentado a las pruebas.

—Déjalo, está bien —contestó él suavemente estrechándole los hombros. Pero nada estaba bien. De hecho, todo estaba terriblemente mal—. Damos gracias a la Madre porque tú estés a salvo.

Eira miró el suelo. No era suficiente. *Ella* no era suficiente. Era Marcus el que debería estar ahí y no ella.

Se pasaron casi una hora sentados juntos sin decir apenas nada. Gwen intentó entablar conversación, pero se le quebraba la voz todo el rato y finalmente sus palabras fueron tragadas por la ausencia de Marcus. Después de eso, solo intercambiaron unas pocas palabras. ¿Qué había que decir? Nada traería de vuelta a Marcus ni arreglaría el retrato familiar roto. ¿Qué sentido tenía hablar?

Cuando volvieron a abrir la puerta, todas las cabezas se volvieron excepto la de ella. Estaba demasiado cansada para levantar la mirada. Su magia era tan frágil como su cordura.

Dos manos familiares le cubrieron el puño tembloroso. Eira las siguió hasta un par de ojos angustiados de color avellana.

—Puedes aflojarlo —dijo Cullen con suavidad—. Lo tenemos.

# Veintisiete

—¿Lo habéis capturado? —preguntó Eira—. ¿A Ferro?

—Sí. Lo tiene Deneya. Están con el emperador y la emperatriz. —La mirada de Cullen pasó por sus familiares mientras la de Eira recorría la habitación. No recordaba que Vhalla se hubiera marchado—. La emperatriz me ha ordenado que les informe a todos que está trabajando para resolver la situación de Eira. El plan es que habrá un anuncio para la ciudad, tras un breve periodo, acerca de un atacante misterioso. La participación de Eira se aclarará después de una «investigación» y el próximo asesino al azar de la ciudad que sea puesto bajo custodia en el palacio será condenado por los crímenes.

—Pero… —farfulló Eira. Nadie la oyó ni la escuchó. Eira seguía con la mano en un puño, todavía no había asimilado la verdad.

—No hace falta decir que ninguno de los tres debéis mencionarle a nadie de fuera de esta sala que Ferro ha estado detrás de estas atrocidades.

—Entendido. —Gwen bajó la barbilla acostumbrada a que las órdenes reales se canalizaran mediante terceros.

—¿A él qué le pasará? —preguntó Grahm claramente inseguro acerca de jurar guardar el secreto.

—Eso aún está por decidir. Teniendo en cuenta su posición y la proximidad del Torneo de los Cinco Reinos, este asunto se va a manejar con la máxima discreción.

La discreción era algo mucho mejor de lo que Ferro merecía.

—¿La celebración del Torneo sigue en pie? —Fritz mostró el asombro que Eira no tenía energía para sentir.

—Debe hacerse. Un tratado histórico entre cinco naciones no puede estancarse por las acciones de un solo individuo totalmente loco.

—No voy a permitir que envíen allí a ningún aprendiz después de esto. —Fritz se levantó tomando su puesto de ministro de Hechicería—. Ni siquiera conocemos sus motivos. ¿Y si han sido órdenes directas de la propia reina de Meru?

Cullen permaneció tranquilo.

—Estas cuestiones deberá discutirlas con la emperatriz.

—Claro que lo haré.

—Mientras tanto, su majestad me ha pedido que los acompañe de vuelta a la Torre —continuó Cullen hacia Fritz. Un joven, un aprendiz de la Torre, estaba dándole órdenes al ministro de Hechicería como si nada. Aunque fuera solo un recipiente de los deseos de la emperatriz, Eira sintió envidia de su hábil manejo de poder. Sin embargo, envidiaba todavía más su habilidad para permanecer tranquilo—. Habrá preguntas, por supuesto, por la muerte de los candidatos. Tendrá que estar ahí para mantener la calma en la Torre y para intentar acallar los rumores.

—¿Cuántos han muerto? —Eira se hizo oír esta vez. En cuanto planteó la pregunta, lo lamentó.

—Siete. —La expresión de Cullen estaba vacía de emoción. Eira se dio cuenta que no es que permaneciera tranquilo, funcionaba justo como ella: entumecido y distanciado—. Todos Corredores de Agua.

—Y yo soy la única que ha sobrevivido —suspiró Eira. No era de extrañar que Yemir estuviera dispuesto a acusarla de los crímenes y que todos los demás estuvieran dispuestos a creerlo. Todas las conversaciones nocturnas que había mantenido con Ferro flotaban por su mente. Le había hablado largo y tendido de los Corredores de Agua y de sus poderes. Lo había ayudado a dar cada paso del camino sin darse cuenta siquiera.

Ella había sido la que le había dado toda la información que necesitaba sobre el terreno, sobre qué podían o no hacer los Corredores de Agua y sobre su propio pasado. La conmoción finalmente hizo que relajara los dedos acalambrados y que abriera el puño. No le quedaba resistencia que oponer. Había sido usada y manipulada.

—No es culpa tuya —le dijo Cullen con tanta suavidad como firmeza mirándola directamente a los ojos—. Pero… está claro que el hecho de que el objetivo fueran los otros Corredores de Agua te perjudicará.

—¿La perjudicará? —Gwen pasó la mirada entre ellos.

—Creerán que tengo un motivo —explicó Eira para su tía.

—Tú nunca matarías a nadie. No puedo creer que se atrevan siquiera a sugerirlo —contestó Gwen con disgusto.

Nunca escaparía a lo que había sucedido tres años antes.

—Estoy de acuerdo —contestó Cullen con la boca presionada en una línea—. Pero la gente buscará cualquier motivo para explicar estos horribles actos. En su dolor, no les importará llevar ante la justicia al verdadero asesino siempre que tengan a alguien a quien culpar.

—Me cuesta creer que esto esté pasando. —Gwen negó con la cabeza.

Cullen mantuvo su mirada fría e inexpresiva.

—No tenemos buenas bazas, sobre todo Eira. —Antes de que nadie pudiera decir algo más, Cullen volvió la atención a su familia—. Fritz y Grahm, por favor, vuelvan a la Torre. La emperatriz ha dicho que se reuniría con ustedes allí en cuanto pudiera para seguir discutiendo el asunto en mayor profundidad. Gwen, la emperatriz quiere pedirle que mantenga a la guardia de palacio en orden, que ayude a evitar que se esparzan los rumores ahí también y, sobre todo, que se asegure de que nadie se dé cuenta de que Eira no está en su celda. El plan imperial es mantenerla aquí en comodidad en lugar de en las celdas.

—Lo haré encantada —suspiró Gwen resignada y le dio un beso en la mejilla a Eira antes de salir por la puerta.

—¿Y yo qué voy a hacer? —preguntó Eira, abatida. Fritz y Grahm la estrecharon con fuerza antes de marcharse, un movimiento que apenas procesó.

—Tú vas a descansar y a recuperar tus fuerzas —respondió Cullen poniéndole las manos en los hombros mientras se cerraba la puerta.

—Estoy bien. —Eira se apartó. Su magia se rompió y sufrió un espasmo en la mano. Eira se la miró fijamente. Tenía los músculos tan acalambrados y exhaustos que apenas podía mover los dedos—. Ya no lo tengo atrapado. Marcus está muerto y yo… necesito estar haciendo *algo*.

—Lo mejor que puedes hacer ahora es descansar. Tienes que quedarte aquí escondida y esperar a que limpien tu nombre. Por lo que respecta al resto del mundo, sigues en esa celda y, si se descubre la verdad, habrá problemas.

—Pero el Rito del Ocaso de Marcus será…

—Esta noche —terminó él con las dos palabras más horribles que Eira había escuchado nunca.

—Puedo ir, ¿verdad? —Eira se levantó y el mundo se tambaleó a traición. Pasó de odiar a Cullen y a su pragmatismo entrenado, frío y calculador en un momento a necesitarlo al siguiente. Él no dijo nada y la mano buena de Eira se cerró sobre la camisa del chico a la altura del pecho—. Cullen, dímelo, ¿puedo...?

—No lo sé. —Cubrió las manos de Eira con las suyas amablemente.

—Es mi hermano —se atragantó—. Tengo que estar allí para presenciar cómo se marcha a los reinos del Padre. —Sería el último momento en el que sus almas mortales existirían juntas en el mismo plano de la existencia hasta que ella encontrara su descanso eterno.

—Lo intentaré. Pero, Eira, debes entender que todos están intentando protegerte.

—¡Debo ir!

—No a expensas de tu seguridad. —La amabilidad de sus ojos se estaba convirtiendo en frustración.

—¡Olvida mi seguridad!

—¡Tu seguridad es lo único que importa! —Levantó las manos desde donde las tenía sobre las de ella y se las puso en los hombros. Cullen la agarró con fuerza y la sacudió. Tenía los ojos muy abiertos por la emoción—. ¡Marcus se ha ido! Nada de lo que arriesgues ahora logrará traerlo de vuelta.

—¿Crees que no lo sé? —Alzó la voz para ponerla al nivel de la suya.

—¡Pues deja de intentar tirar tu vida por la borda! —Cullen estaba sin aliento, Eira sintió los jadeos del chico sobre sus mejillas moradas. Estaba llorando de nuevo. ¿Cuándo había sucedido? No lo sabía. Sentía que sería una maraña de lágrimas y odio durante el resto de sus días. La voz de Cullen se rompió en algo más tierno y desconsolado—. Eira, yo... —Le puso una mano en el hombro. Antes de que Eira pudiera registrar el movimiento, la tenía en su mejilla y le limpiaba las lágrimas con el pulgar. Un esfuerzo inútil—. Yo también lo lloro. Pero él querría que estuvieras a salvo. Ayudándote estoy intentando honrar su memoria.

Había sido una carga para Marcus y ahora esa carga había sido transferida a Cullen. Eira cerró los ojos con fuerza, pero su rostro, sin que ella se lo ordenara, se inclinó ligeramente hacia la palma del joven buscando la ternura que él pudiera ofrecerle.

Tras un solo segundo, Cullen la atrajo hacia sí. Le pasó un brazo por los hombros y enterró la otra mano en su pelo. Eira se había imaginado alguna que otra vez sus uñas rozándole de nuevo el cuero cabelludo, pero no había creído que fuera así.

—Dime que te quedarás aquí y que estarás a salvo —murmuró—. No quiero tener que soportar nunca volver a verte encadenada.

—Lo haré. —Tampoco tenía ni idea de cómo escapar, aunque quisiera.

—Bien. —Cullen se apartó lentamente—. Intenta dormir un poco.

Le ajustó diligentemente las almohadas a su alrededor. Cuando terminó, ella se tumbó y la arropó con la manta. Eira estudiaba cada uno de sus movimientos buscando alguna señal de traición. Había pasado por alto esos indicios en Ferro. No volvería a pasarle nunca.

—Vendré a verte cuando pueda.

Sonó como una promesa que ella no había pedido. Aun así, su corazón traicionero, se alegró de oírla. Ahogó la emoción tan pronto como la sintió.

—Pero puede que tarde. Voy a intentar frenar a mi padre.

—Me odia, ¿verdad? —Buscó la confirmación de su teoría.

Cullen vaciló y después asintió.

—Al principio simplemente le disgustaba que me relacionara contigo.

—¿Por qué?

—Porque lleva años acosándome para que empiece a cortejar buscándome un matrimonio políticamente beneficioso. —Cullen esbozó una débil sonrisa. Eira tragó saliva con dificultad ignorando cualquier implicación que pudiera haber detrás de sus palabras. No estaba lista para enfrentarse a eso—. Pero entonces, cuando vio tu magia... Ahora te ve como una amenaza para nosotros.

Eira estudió su rostro y Cullen le acarició suavemente la frente. Fue un movimiento tan tierno y dulce que estuvo a punto de acabar con ella. *No soy digna,* quería decirle. *No me toques, soy la muerte para todos aquellos que se atreven a acercarse a mí.*

—¿Sabes? Yo nunca quise relacionarme contigo —murmuró Eira.

—Yo tampoco quería relacionarme contigo —susurró él—. Pero aquí estamos... y ahora lucharé por ti. —Le rozó la mejilla con los nudillos una última vez y, sin decir ni una palabra más, Cullen se marchó.

No recordaba haberse quedado dormida, pero debió haberlo hecho. La última vez que tuvo los ojos abiertos, estaba amaneciendo. Ahora, la noche oscura impregnaba la habitación.

El fuego aun crepitaba en la chimenea y los ojos de Eira, hinchados por el sueño, se esforzaron por adaptarse a la luz. Alguien había mantenido el fuego encendido. ¿Cullen? ¿La propia emperatriz? ¿Personal de confianza? La idea de que alguien hubiera entrado y salido a escondidas mientras ella dormía la cubrió con una sensación de incomodidad casi palpable. Eira intentó quitarse esa sensación espesa y viscosa de los brazos, pero solo logró quitarse la manta.

—Bien, estás despierta.

Que hubiera alguien sentado en el sofá que había frente a ella no sirvió para aliviar su sensación de incomodidad. Eira se levantó al instante y se calmó al enfocar la silueta. Deneya estaba mirándola con los ojos brillantes delineados con llamas anaranjadas.

—¿Qué hora es?

—Una hora impía cuando la mayor parte del mundo está descansando tras un día *muy* largo —respondió Deneya vagamente.

Eira se acomodó de nuevo en su almohada y observó las sombras danzantes en el techo. Se había perdido el Rito del Ocaso de Marcus. Nadie la había despertado para que pudiera rezar sola a la Madre y al Padre para que tuviera un pasaje seguro. Quería llorar por lo que se había perdido, pero se le habían desvanecido todas las lágrimas.

—¿Estás aquí para matarme? —preguntó finalmente Eira—. ¿Para terminar el trabajo que empezó tu maestro?

—Ferro era más un inconveniente que un maestro. —Sus palabras contenían un eco de ofensa—. He venido a disculparme. —Eira volvió a mirar a Deneya—. Si hubiera hecho bien mi trabajo, me habría dado cuenta antes. Podría haber evitado la desgracia que has sufrido.

—¿De verdad?

—Sí. Me enviaron aquí para mantenerlo vigilado. Sospechaban de él en Meru.

—Entonces me parece que debería odiarte —comentó Eira en voz baja. Si Deneya decía la verdad, podría haber puesto fin a todo el sufrimiento de Eira antes de que empezara.

—Adelante. —Deneya se encogió de hombros—. No serías la primera ni la última persona que me odia.

—Tendría que esforzarme demasiado para sentir algo en este momento... Además, la culpa es tanto mía como tuya.

—¿Por tus encuentros con él?

—Sí. ¿Cómo lo sabes? —preguntó Eira. Deneya no sabía lo de sus reuniones unos pocos días antes.

—Tengo mis métodos.

—Debe de haber sido Alyss. —Eira solo se lo había contado a Alyss y a Marcus. Ferro había quemado todas las notas que usaba para convocarla… había sido meticuloso a la hora de cubrir sus huellas.

Deneya asintió con un brillo de aprobación en los ojos.

—Se lo dijo a Fritz, él a la emperatriz y ella a mí. Ahora necesito saber de qué hablasteis en esos encuentros.

—Ya te lo he contado al decir que ha sido todo culpa mía. Le hablé de la magia de los Corredores de Agua, de la Torre, de Solaris, de los bosques y de todo lo que necesitaba para… —Eira se interrumpió y se llevó una mano a la boca. Jadeó intentado retener los sollozos. No volvería a llorar. No permitiría que Ferro volviera a tener poder sobre ella.

—Necesito hasta el último detalle —insistió Deneya cuando Eira se recompuso—. Hay más cosas en esto de lo que crees.

—¿Cómo qué?

—Cuanto menos sepas, mejor.

—Mi hermano está muerto, mis compañeros están muertos, me han culpado de sus asesinatos y he estado a punto de morir. Creo que tengo derecho a saberlo. —Eira se irguió sentándose más recta que antes. Le dolió, pero eran las penas profundas que se habían hecho un hogar en su pecho. Los dolores del cuerpo y de la magia no eran nada en comparación.

Deneya la observó durante un largo momento. No sabía qué estaba evaluando, pero Eira había dado en el blanco.

—Sospechamos que Ferro puede formar parte de una organización que pretende sabotear el Tratado de los Cinco Reinos. Sospecho que este ataque es una prueba de ello, ya que estaba intentando aumentar las sospechas que Solaris ya siente por Meru.

—Por eso no van a llevarlo a juicio aquí —comprendió Eira. Ferro pensaba que ganaría pasara lo que pasara. O bien escaparía tras asesinarla a ella y a todos los demás Corredores de Agua (levantaría sospechas con su desaparición, pero viviría para contarlo) o bien sería juzgado en Solaris y todos los ciudadanos lo verían como un elfin asesino, como un enemigo. No contaba con ser capturado o con que el emperador y la emperatriz fueran un paso por delante de él y no lo llevaran a juicio.

—Me lo llevaré de vuelta a Meru y comparecerá ante la reina para un veredicto privado. Me aseguraré de llevarlo ante la justicia, te lo prometo. Pero quiero todas las pruebas que pueda encontrar de lo que ha estado haciendo. Y no solo para su juicio, sino para encontrar también a los conspiradores con los que estaba trabajando.

—No actúa solo... has dicho que forma parte de una organización.

—Eso es. —Deneya tenía una expresión sombría.

—¿Quién está en lo alto de la organización? ¿Quién sabotearía un tratado?

—Tenemos algunos sospechosos, pero nada concreto. Pensé que podía ser Adela cuando sospeché que podías ser una agente suya. Investigarte a ti me distrajo de Ferro... por lo tanto, cualquier cosa que puedas contarme puede ayudar a compensar el tiempo perdido. —Deneya se reclinó en el sofá apoyando el brazo en el respaldo—. No podemos interrogarlo. Como puedes sospechar, está amordazado para que no pueda utilizar el Giraluz. Eso significa que tú eres nuestra mejor baza.

Eira miró a través de las ventanas oscuras durante varios minutos. Había sido sospechosa debido a su conexión percibida con Adela. Incluso después de que Deneya le hubiera dicho que había descartado la posibilidad de que Eira estuviera trabajando para la reina pirata, las sospechas no se habían desvanecido por completo. Ahora las noches que habían pasado juntas cobraban una nueva luz. Esa luz también iluminaba los miedos de Fritz y de toda su familia porque su posible parentesco saliera a la luz.

Su posible conexión con Adela había contribuido a la muerte de Marcus. Era culpable en muchos sentidos.

—Te contaré todo lo que recuerdo —decidió Eira colocándose en el borde del sofá. Por muy dolorosas que le resultaron las palabras, las obligó a salir. Recordó cada interacción con tanta precisión que le dolió el corazón y le temblaron las manos. Había reproducido esos encuentros mentalmente una y otra vez, pero ahora estaban sofocados por el hedor de la traición. Lo que tuviera que soportar ahora no sería suficiente, nunca pagaría por todo lo que le había arrebatado a la familia Charem—. Y eso es todo —terminó.

Deneya suspiró. Eira supo que su información no era terriblemente útil por la expresión que la elfina ponía mientras ella hablaba.

—Gracias por contármelo. Haré lo que pueda. —Deneya se levantó.

—Espera. —Eira miró al fuego y de repente se le ocurrió una idea—. Creo que puedo ayudarte más.

—¿Sí?

—Llévame a su habitación.

—¿Qué...? Ah. —Los ojos de Deneya se iluminaron con una diversión perversa. Una sonrisa tiró de sus labios—. Eres bastante útil, ¿verdad?

—Seré lo que sea necesario para vengar a mi hermano —juró Eira.

Deneya no se mostró sorprendida ni desalentada. Sin duda, había captado el tono asesino de la voz de Eira y había permanecido imperturbable. La mujer no estaba hecha de hielo, sino de sombra y era tan impasible como Eira intentaba ser.

—Muy bien —contestó Deneya dirigiéndose a la puerta—. Sígueme.

# Veintiocho

Deneya tenía un conocimiento aterrador del palacio. Se movía entre las sombras y daba cada paso con confianza. Sabía exactamente cómo abrir puertas secretas con bisagras oxidadas de manera que no chirriaran y alertaran a todos los que aún dormían. Conocía las rondas de los guardias y qué pasadizos no estaban iluminados por orbes de llamas, sino por velas largas y oscuras.

Eira se esforzó por seguirle el ritmo, pero sus pies eran torpes en comparación. Tropezó más de una vez y cayó con fuerza evitando por poco llevarse al suelo con ella un lujoso jarrón o una armadura. Las salidas de los pasillos eran incómodas en el mejor de los casos.

Pero Deneya no frenó. No miró hacia atrás ni una sola vez para asegurarse de que Eira estuviera siguiéndola y no le indicó verbalmente los desvíos. Para Eira era como una prueba más, como si a cada paso le susurrara: «Continúa. Demuéstrame que puedes».

Finalmente se detuvieron delante de una puerta desconocida.

—Creo que el estudio que mencionaste está justo al final del pasillo —susurró Deneya señalando.

—No tengo ningún interés en volver allí. —La oscuridad se espesaba por el pasaje complicándole la visión siniestra bajo unos pocos rayos de luna.

—Ya lo suponía. —Deneya sacó una llave de su bolsillo, abrió la puerta y la hizo entrar con ella.

Eira dio una vuelta por la habitación. Quería que pareciera más nefasta. Que hubiera mapas y escritos sobre el complot de Ferro esparcidos por ahí. Quería ver dagas e instrumentos de tortura junto a montones de literatura oscura.

Pero era todo tan… benigno.

La cómoda, la cama, la silla y el escritorio eran todo lo que se podría esperar de la nobleza de Solaris: majestuosos, dorados, elaborados con madera de cerezo por una mano impecable. Las sábanas estaban recién planchadas y colocadas alrededor de la cama. Ferro había sido meticuloso con todo lo demás, tenía sentido que hubiera hecho lo mismo con sus aposentos. Había una colcha con símbolos parecidos al Giraluz, un cofre cerrado al pie de la cama y una mesita para la cama colocada sobre el escritorio. Eran los únicos toques personales de la habitación.

—Ya hice un barrido preliminar, pero lo dejó todo arreglado. —Deneya se cruzó de brazos y se apoyó contra la puerta—. No encontré nada sospechoso, pero tal vez tú puedas oír algo que mis ojos pasaron por alto.

Eira miró por encima del hombro y asintió. Respirando hondo, se preparó. No importaba que fuera a encontrar algo útil o no, sin duda estaba a punto de oír la voz de Ferro. Alzó un muro de hielo alrededor de su corazón y juró que nunca le permitiría volver a sentir. Nunca dejaría que su corazón dictara en quién confiaba. Desde ese momento, su corazón dejaría de tener el control, dejaría de guiarla.

Al exhalar, se imaginó su magia llenando la habitación. Cristalitos de hielo brillando con la luz de la luna actuando como ancla para su poder. La habitación brillaba con su malicia, con un resplandeciente mar de odio, y Eira empapó todos los elementos con su magia.

Se volvió primero hacia la cama invitándola a hablar con ella.

*Ábrela... Puedo hacerlo yo... Muchas gracias...* Fragmentos de conversaciones vagaron por su mente. Todas eran discusiones inofensivas con lo que parecía el personal de palacio. No esperaba que la cama le ofreciera mucho más y por eso había empezado por ahí.

Pero a pesar de que las conversaciones no le decían mucho, aun así, le dolió escucharlas. La voz de Ferro fue como una flecha en sus sienes. Le provocó un dolor punzante que la hizo sentir mareada. Los cálidos sonidos que había oído en el estudio contrastaban con el hombre que la había atacado por la noche, el hombre que había intentado matarla.

Cuando recuperó la compostura, se volvió hacia el cofre. Tampoco tenía mucha información que dar y Eira tiró del pestillo para abrirlo. El hecho de que Deneya no se hubiera movido de la puerta ni le hubiera dicho que se detuviera fue todo el permiso que Eira necesitaba para rebuscar entre los objetos personales de Ferro.

Había una túnica particularmente habladora, el eco de alguna mujer despidiéndose de él durante lo que Eira supuso que era una fiesta en Meru. Escuchó esperando que algo le diera una pista, pero no había nada. La conversación bailaba alrededor de temas concretos. Cada discusión parecía ser un guion cuidadosamente editado.

Por último, Eira se acercó al escritorio. Quitó lo que había en la cajonera y lo colocó sobre la cama. Los cristalitos de hielo que había por toda la habitación se movieron a su alrededor como si flotaran en corrientes invisibles. Al levantar la tapa para revelar el compartimiento principal, Eira encontró exactamente lo que cabría esperar: tres plumas, dos botes de tinta y una pila de papeles en blanco. Justo cuando estaba a punto de cerrarla, un débil susurro flotó hasta ella.

*Sí, todo va según el plan,* dijo Ferro en voz baja. Se produjo una larga pausa y luego continuó. *No, no sospechan nada, aunque Deneya podría ser un problema.* Otra pausa. *Sí, la Corte de Sombras sin duda va detrás de nosotros. Pero nos mantendremos un paso por delante. Ya no controlan Risen.*

Eira tocó varios objetos del escritorio. Cuando sus dedos llegaron al centro de las tres plumas, las palabras de Ferro se volvieron más fuertes y claras.

*Una vez desmantelado el tratado, podemos entrar en el vacío creado por el caos resultante. La gente anhelará un liderazgo en el que pueda confiar. Será tu regreso glorioso. A continuación, purgaremos a los herejes y a cualquiera asociado con ellos. Haremos... sí... sí, Padre, lo sé.*

Una risa amarga se le escapó.

—¿Qué pasa? —preguntó Deneya.

—Todo lo que me dijo era mentira. —Eira tomó la pluma y la hizo girar entre los dedos silenciando por un momento las palabras—. Me dijo que era huérfano, como yo.

—Lo era. —Deneya se apartó de la puerta—. Al menos... según la información que pude recopilar. ¿Qué has oído?

—No estoy segura, pero creo que es uno de vuestros comunicadores. —Eira levantó la pluma—. ¿Qué es? ¿Narro hath?

—En efecto. —Deneya se acercó y los fragmentos de hielo se movieron a su alrededor.

—Solo he leído acerca de ellos en libros, pero he oído una gran cantidad de conversación de este objeto, como si Ferro estuviera hablándole a él. Pero no oigo ninguna otra voz. Si es un comunicador que también tiene otra persona, tiene sentido que solo oiga la mitad de la conversación.

—Un objeto tan modesto. —Deneya frunció el ceño, le quitó la pluma a Eira y le dio la vuelta entre las manos—. Nunca habría sospechado que esto pudiera ser un comunicador. Normalmente la gente los lleva encima. Pero tal vez se diera cuenta de que habría sido demasiado sospechoso. O pensaría que, si era atrapado, se le confiscaría todo lo que pareciera importante y asumió que esto sería descartado.

—Es probable.

—¿Qué has oído? —preguntó Deneya. Eira le relató la breve conversación que había escuchado—. ¿Eso es todo?

—Por ahora, sí. Hace poco que he empezado a usar este poder activamente. Tal vez haya más capas que pelar y pueda recuperar más fragmentos de conversación. Pero, por ahora, es lo único que he oído.

—*Herejes* —murmuró Deneya repitiendo la palabra de Ferro con el ceño fruncido. Salió de sus pensamientos y miró a Eira—. Bueno, has sido útil. Ahora te llevaré de vuelta antes de que alguien se dé cuenta de tu ausencia.

—Espera. —Eira detuvo a Deneya antes de que pudiera abrir la puerta. La magia de la habitación se desvaneció cuando ella la liberó—. Puedo ser más útil si me lo permites. Soy la última Corredora de Agua, iré a Meru.

Eira jugueteó con la pluma pensándoselo.

—¿Sabes lo que me estás pidiendo?

—Estoy pidiendo una oportunidad para vengar a mi hermano. —Eira miró a la elfin a los ojos—. Quienquiera que hiciera esto, quiero que pague por ello. Quiero ver a Ferro ante la justicia. Meru me ha llamado toda la vida, tal vez por este propósito o tal vez por otro. —¿Las afirmaciones de Ferro sobre Adela y Eira y su posible linaje con los elfins también habían sido mentira? Eira ya no creía todo lo que le había dicho, por supuesto. Pero conocía un lugar que podría contener la verdad: los archivos de Yargen. Y si no estaba allí, la Corte de Sombras.

—¿Sigues queriendo ir a Meru después de lo que te ha pasado? —Deneya arqueó las cejas.

—Sí y quiero ayudar a la Corte de Sombras.

La elfina se acercó lentamente a ella, tanto sombra como sólida. Una sonrisa se dibujó en sus labios.

—Sigues creyendo que soy parte de la Corte de Sombras, ¿verdad?

—Sé que lo eres —respondió Eira sin dudar—. Y eso te convierte en mi mejor oportunidad para vengarme.

—Si vienes a mi mundo… no habrá vuelta atrás.

—Nada me retiene aquí. —Había matado a Marcus. Aunque su familia la perdonara por las decisiones que había tomado sin saber que llevarían a su muerte, no había forma de que pasaran por alto el hecho de que ella podría haberlo salvado cuando más importaba. Les había arrebatado el hijo a sus padres. ¿Cómo podía esperar que volvieran a mirarla a los ojos sin al menos haber impartido justicia al hombre y la organización responsables?

Los ojos de Deneya brillaron en la oscuridad. Pero fueran cuales fueran los pensamientos que le habían provocado esa expresión contemplativa, no los compartió con Eira.

—Muy bien. Ven a Meru y la Corte de Sombras podría encontrar uso para una mujer con tus talentos.

Pasó seis días sola en los aposentos imperiales. La misma sirvienta entraba y salía para atender sus necesidades, una anciana que sin duda sería más leal a Solaris que a sus propios intereses. Pero la mujer nunca le daba conversación. Nunca respondía a las preguntas de Eira sobre el mundo exterior ni sobre lo que estaba sucediendo.

—Confía en la corona —murmuraba tranquilizándola y se marchaba.

Los pensamientos de Eira eran unos compañeros peligrosos con los que dejarla. Repasó una y otra vez la noche con Deneya para recordarse a sí misma que había sido real. Pero, cuanto más diseccionaba y separaba esas horas palabra por palabra, más le parecía un sueño. Había algo en las reuniones nocturnas con elfins demasiado increíble para ser real. Y, al igual que con Ferro, no tenía ninguna prueba que corroborara sus recuerdos bañados por la luna cuando llegaba el amanecer.

Deneya no volvió, por supuesto. Eira se quedó despierta hasta tarde uno o dos días para ver si la visitaba por la noche para ver cómo iba. Pero si Deneya acudió, se marchó sin dejar rastro.

Lo que realmente empezó a carcomerla fue la ausencia de Fritz, Grahm y Gwen. Seguramente estarían ocupados. Probablemente, Fritz estaría abrumado gestionando la crisis consiguiente a la muerte de los aprendices. Grahm estaría ayudándolo. Y Gwen, vigilando la guardia de palacio bajo las órdenes de la emperatriz.

Pero... ¿no podían pasarse en ningún momento?

Sus protestas lógicas se debilitaban día a día contra las partes inseguras de su mente. Se estaba volviendo demasiado fácil negar que alguna vez la hubieran amado. Habían estado muy dispuestos a dejarla de lado cuando por fin había mostrado su verdadera naturaleza. Esa era su oportunidad para deshacerse por fin de ella.

*¡No!* Su corazón intentaba objetar. Pero Eira había acabado de escuchar a su corazón. Se había arriesgado con Adam y luego con Ferro.

Nunca más.

La mañana del séptimo día, la misma sirvienta anciana apareció con un montón de ropa y anunció:

—Voy a llevarte de vuelta a la Torre, querida.

Eira se vistió y siguió a la mujer fuera de los aposentos imperiales por pasadizos secretos una vez más, aunque diferentes de los que había tomado Deneya, hasta que llegaron a una vía normal para sirvientes.

—Sé dónde estoy. —Eira se ajustó la túnica de la Torre sobre los hombros. Volvía a llevar el broche de candidata en el pecho. Tenía su libertad y su título de competidora, Yemir había perdido—. Puedo seguir sola desde aquí.

—Me han dicho que te acompañe a la entrada —insistió y Eira estaba demasiado cansada para objetar. Se detuvieron en un pasaje ilusorio cuya entrada estaba envuelta en magia para parecer de piedra a ambos lados del túnel—. Habrá alguien esperándote al otro lado.

—Gracias por todo —intentó decir Eira con sinceridad, aunque era fácil resentirse con la mujer por ocultarle información en todo momento.

—Es mi deber con la corona. —Hizo una reverencia y se marchó.

Eira atravesó la ilusión y llegó a un pasillo en penumbra. En el otro extremo había una mujer con trenzas gruesas que le caían en cascada por la espalda. Eira corrió hacia esa mujer.

—¡Eira! —Alyss plantó los pies y se mantuvo firme cuando Eira se estrelló contra ella. Se rodearon mutuamente con los brazos y se estrecharon con fuerza—. Gracias a la Madre, por fin estás libre. He rezado todas las noches. He oído que te tenían en una celda. ¿Cómo de horrible ha sido?

Alyss se había creído las mentiras difundidas por el emperador y la emperatriz: que Eira había sido retenida como sospechosa, pero finalmente la habían declarado inocente tras una investigación. Abrió la boca y volvió a cerrarla antes de acabar contándoselo todo a Alyss. Con el tiempo podría hacerlo, pero ahora no era el momento.

—Ha sido... muy solitario. —Eira continuó aferrándose a su amiga, inhalando profundamente el aroma familiar y reconfortante de las lociones y perfumes que ella usaba.

—Me imagino... Marcus... fui a su Rito del Ocaso.

—¿De verdad? —Eira se apartó para mirar directamente los ojos oscuros de Alyss.

—Sí. Lo habría hecho de todos modos, pero cuando me enteré de que no te dejaban asistir, supe que tenía que ir yo. —Alyss sonrió con tristeza—. Murmuré una plegaria de tu parte.

—Alyss, no te merezco. —Eira atrajo a su amiga hacia sí de nuevo.

—Después de todo lo que has pasado, mereces a alguien mucho mejor. —Alyss le dio un último apretón, pero Eira se resistía a soltarla—. He visto a tus padres.

—¿A mis padres? —Sí que habían viajado rápido las noticias—. ¿Y... has hablado con ellos? —preguntó Eira, incómoda. Se le hizo un nudo de esperanza en el pecho. Aunque no sabía qué esperaba.

—No. No... me pareció que fuera el momento. —Alyss frunció el ceño.

—Claro, por supuesto —farfulló Eira. Fritz, Grahm y Gwen la habían visitado, aunque fuera brevemente. ¿No podían haber ido sus padres? ¿Habían querido ir?

Alyss la tomó de la mano.

—Deberíamos ir, tu tío está esperando.

Fritz era la última persona a la que Eira quería ver, sobre todo después del tormento que su mente se había deleitado creando sobre su familia durante los últimos días. Pero sabía que no tenía motivos para oponerse. Así que Eira siguió a Alyss diligentemente a la espiral principal de la Torre.

Otros aprendices se detuvieron y la miraron cuando pasó. Eira oyó susurros flotando a su alrededor como pequeños pájaros dispuestos a picotear su mente cansada. Le lanzaron miradas escépticas y otras aparentemente hostiles.

Cullen tenía razón. Todos consideraban que tenía un motivo para deshacerse de su competencia. De repente, su obsesión por Meru se convirtió en un lastre. Esa gente, sus compañeros, pensaban que los mataría para cruzar el mar. Pensaban que realmente era capaz de matar a su propio hermano por conseguirlo.

Aunque no era su hermano. Tal vez se hubiera filtrado el rumor y hubiera empezado a extenderse. Tal vez ante los ojos de todos era una niña huérfana y furiosa, rechazada y marginada, buscando vengarse de una familia a la que nunca había pertenecido.

Eira mantuvo los ojos al frente y la boca cerrada. No confiaba en lo que podría llegar a decir si la abría.

—Estaré leyendo en mi habitación. Cuando termines, si quieres compañía, ven a buscarme —dijo Alyss cuando se detuvieron ante la puerta de Fritz.

—Gracias —contestó Eira. En realidad, quería suplicarle a Alyss que no se marchara—. Te veo pronto.

—Más te vale. Te he echado de menos. —Alyss le estrechó las manos y se apartó, esperando. Intencionalmente o no, su presencia no le dejaba espacio a Eira para huir corriendo.

Preparada o no, tenía que enfrentarse a su tío.

Fritz estaba detrás del escritorio y le señaló en silencio que se sentara frente a él. Eira cerró la puerta y se sentó en su lugar habitual. La silla que había a su lado, la que normalmente ocupaba Marcus, estaba dolorosamente vacía.

Eira rompió el silencio.

—¿Entiendo que ya no soy sospechosa?

—A los ojos de la corona y el Senado, sí. Pero sigue habiendo mucha gente escéptica contigo. —Suspiró—. Pero, lo más importante, ¿cómo estás?

—Bien —mintió.

—Sé que eso no puede ser cierto.

—Lo habrías sabido si hubieras venido a verme —replicó Eira con tono casual. Había practicado esa conversación mentalmente.

—Tenía que atender asuntos que no podía ignorar, también por tu bien. No podíamos arriesgarnos a ir contigo y a que se descubriera que ya no estabas en aquella horrible celda.

—Gracias por esforzarte tanto por mí. —Eira se agarró a los brazos de la butaca, preparándose—. ¿Mis padres intentaron venir a verme?

—Les dije que no era posible. —Fritz frunció el ceño y una pesada tristeza se reflejó en su mirada.

—¿Intentaron enviar alguna carta? —preguntó. Su silencio fue suficiente respuesta, pero Eira siguió presionando—. ¿Te han dejado algún mensaje?

—No.

Nunca una palabra pronunciada con tanta calma había hecho tanto ruido. Fritz no dijo nada más del tema, pero Eira no necesitaba que lo hiciera. Sus padres la habían dado por perdida. ¿Y cómo podía culparles después de cómo se había comportado durante los últimos meses, de la revelación y de la muerte de Marcus?

Eira esperaba que le doliera más. Pero cualquier posibilidad de sentir dolor había quedado ahogada en el océano de entumecimiento en el que se estaba hundiendo más y más cada día. Se miraron el uno al otro durante un largo minuto sin decir nada.

—¿Algo más, tío?

—Sí, necesito repasar los siguientes pasos contigo. —Sus ojos se posaron en el broche que llevaba en la túnica—. A la luz de los incidentes, la quinta prueba no se celebrará. No queda ningún otro candidato Corredor de Agua además de ti.

Sin embargo, uno de tus instructores se ha ofrecido voluntario a ocupar tu puesto.

—Tú... ¿Todavía esperas que abandone? —preguntó Eira, incrédula. Se llevó la mano al broche como si quisiera protegerlo de su agarre.

—Eira... —se interrumpió y la miró fijamente. ¿De verdad le sorprendía que Eira aún deseara ir? A ella le había parecido obvio—. Por favor, no lo hagas.

—Voy a ir —afirmó Eira con calma, a pesar de que quería gritarle por haberse atrevido a pedírselo después de todo lo que había pasado.

—Sé cómo debes sentirte. Esto ha sido difícil para ti... para todos.

—No tienes ni la menor idea de cómo me siento.

Él ignoró el comentario.

—Tu familia ya ha sufrido suficiente. No puedo quedarme aquí sentado y enviarte a Meru después... después de la muerte de Marcus. Te queremos y te queremos a salvo, aquí, con nosotros.

—Tengo que ir. —Y precisamente la muerte de Marcus era la razón.

—No es momento de ser egoísta.

—Voy a hacerlo para asegurarme de que los hombres que mataron a mi hermano se las vean ante la justicia.

—¿Hombres?

—Hombre —corrigió Eira rápidamente. Fritz no sabía nada de la organización que estaba detrás de todo. Ese hecho hizo que Eira se llenara de una sensación de poder y deber—. *Debo* ir.

—Sinceramente, ¿qué crees que puedes hacer? —Su tío la miró por encima del hombro, todavía calmado.

—Todo lo que pueda.

—Tus padres han perdido un hijo. Te necesitan. *Yo* te necesito. Lamento las transgresiones que sientes que he cometido contra ti. No soy perfecto, ninguno lo somos, pero lo intentamos. —El fantasma del padre adicional que había visto en él en otra época pasó sobre él. Verlo hizo que se rompiera una parte del corazón que todavía tenía intacta. Pero Eira lo desterró con un recordatorio silencioso de todo lo que había hecho los últimos meses, cada vez que la había retenido o se había interpuesto en su camino—. No te vayas ahora, por favor.

Eira se agarró con más fuerza a los reposabrazos del sillón. Pero mantuvo su magia bajo control. No apareció ni una mota de escarcha en la tapicería de terciopelo.

Tenía un millón de réplicas y mil objeciones que quería soltarle. Había tenido mucho tiempo para tratar de descubrir qué era lo mejor para ella y para su familia, pero a lo único que regresaba una y otra vez era al hecho de que no podía enfrentarse a sus padres. Todavía no. No con la sangre de su hermano en las manos y el asesino suelto.

Y, sobre todo, no después de que ellos la hubieran abandonado.

—Lo siento, pero tengo que irme. —Eira se levantó—. Mi decisión está tomada: iré a Meru. —*La Corte de Sombras me está esperando.*

# Veintinueve

Eira no fue a clases, talleres ni a la clínica en los tres días siguientes. Mientras tuviera el broche en el pecho, seguía siendo candidata y eso significaba que no tenía obligaciones. Daba igual que la quinta prueba hubiera sido cancelada y que fuera la única Corredora de Agua que quedaba. No iba a hacer nada que no quisiera hacer y nadie se atrevía a pedirle lo contrario.

Pasaba la mayor parte del tiempo con Alyss en un rincón en la parte trasera de la biblioteca. Alyss iba alternando entre la lectura de sus novelas románticas y la escultura, a veces ambas. Eira siempre sabía cuándo Alyss estaba asustada o nerviosa. Mantenía las manos ocupadas y se enterraba en otros mundos que existían en cientos de páginas encuadernadas.

Eira hizo su retiro de un modo diferente. Antes habría pasado el tiempo leyendo, pero ahora, cuando se sentaba en el asiento junto a la ventana en la biblioteca, practicaba la escucha. Extendía su magia en silencio, de manera invisible, y apuntaba a varios de los objetos que la rodeaban.

Ahora los susurros obedecían sus órdenes. Pero Eira entrenaba en silencio de todos modos. Algún día iría Deneya allí a Solaris, a Meru o a donde el destino llevara a Eira. La Corte de

Sombras parecía algo que no entendía de fronteras ni las respetaba. Era una entidad viva en la mente de Eira, una de la que no quería escapar. Quería ser parte de ella.

Cuando la corte la llamara esa noche, al día siguiente o en un año, estaría preparada. Ayudaría a llevar a Ferro y a cualquiera que estuviera con él ante la justicia.

Ella y Alyss solían estar solas, los demás aprendices de la Torre las evitaban dando grandes rodeos. Seguían expandiéndose los rumores acerca de que Eira, de algún modo, había tenido algo que ver en la muerte de sus compañeros, a pesar de lo que había revelado la investigación imperial.

Ese capullo de soledad se volvió aún más estremecedor cuando se les acercaron Cullen y Noelle. Sin decir nada, Cullen le tendió una carta a Alyss y luego le dio otra a Eira. Extendió la mano, esperando, mientras ella pasaba la mirada de la carta al hombre que llevaba sin ver una semana.

Un rincón traicionero de su corazón quería sentir algo por él. Quería estirar los brazos, pasárselos por el cuello y apretarlo contra ella. Quería llorar una vez más con él, resguardarse en la seguridad que Cullen parecía brindarle. Quería que le apartara el pelo de la cara y que le dijera que todo iría bien.

Pero no podía. No se lo permitiría a sí misma.

—Sé lo que dice esta carta, esta vez no es una trampa —dijo él amablemente malinterpretando su vacilación.

—Supongo que es como aquella noche, ¿verdad? —murmuró Eira. Tomó la carta que le tendía Cullen. La última carta que él le había entregado había sido la noche de la crueldad de Adam y el inicio de la brecha que había entre ellos. Pero Eira esperaba que la misiva que sostenía en esos momentos fuera el inicio de su unión, les gustara o no.

Desdobló el pergamino y reconoció la escritura de su tío.

—Enhorabuena —leyó ojeando las pocas líneas que él había escrito.

—No parece una gran felicitación después de todo lo que ha pasado, ¿verdad? —murmuró Alyss mirando a Eira con la mirada algo angustiada—. Los otros Rompedores de Tierra no se habrán echado atrás. Como no ha habido quinta prueba, el ministro y la realeza me han elegido basándose en mis puntuaciones anteriores.

—Bienvenidas al equipo, compañeras competidoras —dijo Noelle.

Eira miró a las tres personas que la rodeaban y volvió la vista a la carta.

—Supongo que deberíamos empezar a hacer el equipaje.

La mañana siguiente, Eira se levantó mucho antes que el sol. Avanzó por los pasillos silenciosos de la Torre y acabó en la habitación en la que había pasado tantas horas. Observó el amanecer a través de la pequeña ventana y se preguntó cuántas veces habría estado Adela en el mismo sitio en el que estaba ella ahora.

Esa habitación había sido de Adela, Eira lo había aceptado hacía tiempo. Eso significaba que los diarios que había estado estudiando podían ser escritos de su madre biológica. O tal vez Eira estuviera equivocada y su madre biológica se hubiera perdido en el tiempo. No obstante, Eira recogió lentamente esos diarios y los guardó en la bolsa que había llevado.

Cuando terminó, se tomó un momento para despedirse de la habitación y dejarla atrás para que la descubriera otro aprendiz.

Eira dejó la bolsa en su habitación al lado de otra y de un gran baúl. A continuación, descendió por los pasillos y por un pasadizo secreto y fue la primera en llegar a la sala de espera indicada en la segunda carta que le había llegado la noche anterior.

Cullen fue el segundo.

En cuanto entró, sus miradas se encontraron y él se paró. Se pasaron un largo minuto mirándose el uno al otro. Una tensión pesada y espesa ocupó el espacio entre ellos, al igual que había sucedido el día anterior. Eira esperaba sinceramente que no fuera una sensación que fuera a sentir cada vez que se encontrara cerca de él.

—¿Estás preparada? —preguntó él en voz baja.

—Lo estoy. —Eira miró por la ventana. Se sentía extrañamente vulnerable mirándolo a los ojos—. No era como quería que sucediera, pero aquí estoy.

—Marcus estaría orgulloso de ti.

Eira se tensó ante la mención a su hermano.

—Vayamos y ganemos. Por él.

—Lo haremos —prometió Cullen.

—Eira —susurró Cullen lo bastante cerca de ella como para obligarla a apartar la vista de la ventana y darse cuenta de que lo tenía justo delante—. Sé que... tú y yo... nosotros...

—¿Nosotros qué? —Eira lo miró protegiendo las tiernas partes de su corazón todavía sangrante.

—Tuvimos un comienzo complicado.

Ella resopló suavemente.

—Es un modo de decirlo.

Cullen esbozó una sonrisa.

—Pero ahora me alegro de estar aquí contigo.

—Habrías preferido a Marcus.

—Habría preferido que él estuviera aquí para verte ocupar este puesto —respondió Cullen con determinación—. Me alegro de que estés aquí... conmigo.

Posó la mano suavemente sobre la de Eira y ella se quedó mirando el tierno roce inesperado. Pasó la mirada por su brazo hasta su rostro. No sabía qué expresión había en su cara, pero, fuera la que fuera, hizo que Cullen se apartara.

*No puedo*, quería decir. *No puedo arriesgarme a entregarte mi corazón. Muere gente cuando me enamoro.*

—Creo que seremos buenos compañeros de equipo —comentó Cullen con rigidez. Esta vez fue él el que la ignoró para mirar por la ventana.

A pesar de tener el corazón rodeado por un muro de hielo, seguía doliéndole. Quería contacto. Quería consuelo. *Su* consuelo.

Cosas que no podía permitirse tener. Cullen tenía sus secretos, ella tenía los suyos. No podía arriesgarse a arrastrarlo al mundo de sombras al que ella se dirigía.

La puerta se abrió de nuevo y aparecieron Alyss y Noelle. Alyss se acercó enseguida a Eira y Noelle se dirigió al rincón más alejado de la habitación. Cullen fue hasta ella para charlar.

Tras una media hora, llegó Gwen con su atuendo formal.

—Hola, competidores de Solaris —saludó con calidez—. ¿Preparados para vuestro debut?

Todos asintieron y la siguieron.

Gwen los condujo por pasillos traseros hasta un salón conocido. La última vez que Eira había recorrido ese camino era de noche y perseguía a Ferro. Esperaba que el bozal que le habían puesto al embajador asesino fuera fuerte y firme.

Se detuvieron tras las grandes puertas que daban al Escenario Soleado. Se oían vítores ahogados y proclamaciones ininteligibles desde el otro lado. De repente, las puertas se abrieron y los cuatro salieron a la luz del sol.

Como era de esperar, Ferro y Deneya estaban ausentes. Eira había oído alguna excusa sobre que se habían marchado pronto a Meru para ayudar con los preparativos. Eira no dudaba de que viajarían con ellos en secreto. El emperador y la emperatriz estaban de pie a un lado del escenario, Fritz al otro. Eira mantuvo la mirada al frente mientras se acercaba al borde del escenario con sus compañeros.

Los cuatro hechiceros se alinearon y el sol se reflejó en sus broches, los últimos cuatro broches de Solaris. Los broches que ahora los señalaban como competidores.

—Hombres y mujeres de Solaris, os presento a vuestros competidores —anunció el emperador—. ¡El Caminante del Viento, Lord Cullen Drowel...

Cullen dio un paso adelante al oír su nombre bajo un estruendoso aplauso.

—... la Portadora de Fuego, Noelle Gravson...

Noelle dio una zancada, se sacudió el pelo y levantó ambas manos.

—... la Rompedora de Tierra, Alyss Ivree...

Alyss se preparó antes de dar un paso adelante. Eira podía ver su pecho agitado por los nervios, pero se las arregló para esbozar una audaz sonrisa. El esfuerzo fue recompensado por más vítores.

—... y la Corredora de Agua, Eira Landan!

Al oír su nombre, los aplausos se apagaron como si les hubieran echado un cubo de agua. Eira observó las murallas mirando a la gente que aplaudía educadamente y con incertidumbre. Sin duda, también les habían llegado los rumores de que había matado para conseguir ese puesto. Aunque su nombre estuviera limpio oficialmente, seguían escépticos acerca de su participación.

Eira se obligó a sonreír y saludar.

Que pensaran lo que quisieran porque al caer la noche estaría en un carruaje de camino a Norin. En dos semanas zarparía con un barco de la Armada Imperial. En un mes, pisaría Meru. Y en un año, Eira conseguiría la victoria para Solaris y venganza para su hermano.

# Agradecimientos

Mi Guardia de la Torre: este libro es para todos vosotros. Me levantáis cuando estoy de bajón. Estáis ahí cuando necesito opiniones. Cada vez que tengo un problema, alguien de vosotros salta dispuesto a ayudar. Cuando necesito compartir algo, estáis ahí. Cada uno de vosotros me aporta mucho y espero fervientemente poder continuar devolviéndooslo con cada libro que escribo. Gracias por creer no solo en el mundo del Despertar del Aire, sino en todos los otros mundos que escribo.

El Hombre: gracias por tu ayuda para traer esta novela al mundo. Cada vez que escuchaste mientras yo esbozaba ideas, cada noche que preparaste la cena, limpiaste la casa o te ocupaste de la «vida» para que yo pudiera centrarme en mundos ficticios fue esencial para hacer realidad la historia de Eira.

Mamá: gracias por ser una de mis lectoras beta más emocionadas y una de mis mayores animadoras. Aprecio todo lo que has hecho y sigues haciendo por mí. Y, por favor, dale también un abrazo a papá.

Melissa Wright: sin ti no habría acabado tan rápido la historia ni habría sido la mitad de buena. Gracias por tus comentarios y tus gracietas. No podría haber tenido una compañera crítica mejor.

Danielle Jensen: estoy bastante segura de que te debo una copa de vino. ¿Por qué? No lo sé, solo es una excusa para intentar verte. Gracias por todo, amiga.

Mary: mi amiga, gracias por reconstruir mi cuerpo constantemente después de que yo lo destrozara con mi mala postura y con muchas más palabras de las que cualquier persona debería escribir en un día.

Lux Karpov-Kinrade: gracias por ser la mejor compañera de *sprint* con la que cualquiera soñaría. Eres una amiga y autora increíble y estoy muy emocionada por seguir escribiendo junto a ti y todos tus proyectos.

Michelle Madow: adoro nuestras sesiones de lluvia de ideas, nuestras *happy hours* y nuestras salidas. Gracias por formar parte de mi viaje como autora.

Tortugas: sois todas maravillosas y no podría haber soñado con formar parte de una comunidad de escritoras mejor que esta.

Todos los Instagrammers, expertos de Facebook, gurús de Twitter, blogueros y otros *influencers* que han ayudado a correr la voz sobre *Una prueba de hechiceros*: sois mis héroes. Nunca podré daros las gracias personalmente como os merecéis, pero que sepáis que os veo. Que sepáis que estoy agradecida con todos vosotros, al igual que con mi Guardia de la Torre. Espero poder expresar mi gratitud a través de las historias que traigo al mundo y de las exclusivas especiales que pueden venir con ellas.